隱娘

THE HIDDEN GIRL & Other Stories

歸也光 譯
劉宇昆 Ken Liu 著

目次

獻給我祖母曉清，
是她教我如何說故事。

也獻給麗莎、艾斯特、米蘭達，
她們讓我知道故事有多重要。

序

至少就我自己的經驗而言，小說藝術的核心有個矛盾：它的媒介是語言，它是以溝通為主要目的的技術，然而，我卻只有在避開溝通目的時，才能寫出令人滿意的小說。

說明一下。身為作者，我利用文字建構作品，但文字在經過讀者的意識賦予生命之前，是無意義的。故事由作者與讀者共同講述，所有故事都是不完整的，直到讀者出現並加以詮釋。

閱讀文本時，每個讀者都帶著各自的詮釋框架、對現實的假設，以及有關世界如何成為現在這樣、應該是怎樣的背景敘事；它們來自讀者的個人經驗，也來自讀者遭遇不可化約之現實的個人獨特歷史。讀者透過這些戰鬥的傷痕，評判小說中貌似有理的情節；透過這些現象的影子，衡量角色的深度；透過棲息在每一顆心中的恐懼與希望，評估每個故事是否真實。

好故事不能像案件摘要那樣，試圖說服並引導讀者沿著一條懸在無理性深淵之上的窄徑前行。好故事更該像空屋，像開放的庭院，像廢棄的海灘。讀者進來，帶著各自沉重的行李、長久珍視的所有物、懷疑的種子、理解的大剪、人類天性的地圖，與成籮成筐恆久的信仰。如此，讀者方能占有故事，探索它的角落與縫隙，按自己喜好重新擺放家具，用內在生命的速寫覆蓋牆面，進而將故事化為他們的家。

身為作者，試圖打造能取悅所有想像中未來居民的房子，令我感覺綁手綁腳、難以施展、動彈不得。比較好的方式是建構一幢我在其中能感覺平靜、像回到自己家的房子，在真實與語言巧計的交互同理中得到撫慰。

經驗顯示，我最不以溝通為目標時，結果最存在詮釋的可能性；我最不掛念讀者是否安適時，他們最有可能把故事化為他們的家。唯有全心專注於主觀，我才有機會達成互為主觀（intersubjective）。

為這本小說集選篇時也是這樣。從很多方面來說，都遠比為我的處女作《摺紙動物園》選篇輕鬆。「呈現」的壓力不復存在。我不再擔心對想像中的讀者來說，哪些故事能組合成「最棒」的選集，反而決定專注於自己最喜歡的故事。在這個過程中，我的英文版編輯喬．蒙提（Joe Monti）是無價珍寶，他設法將成果編織成一份目錄，訴說著我自己都沒看出來的後設敘事。

願你在這本書中找到一篇能安居其中的故事，將之化為你的家。

鬼日子

Ghost Days

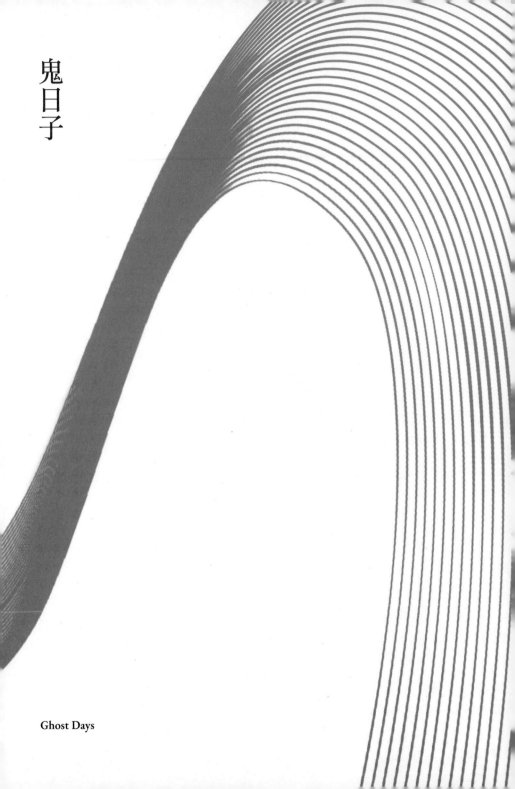

3.

帕西菲卡新星，二三一三年

柯榮女士指向螢幕板上她剛剛打出的程式：

```
(define (fib n)
  (if (< n 2)
    1
    (+ (fib (- n 1)) (fib (- n 2)))))
```

「我們來畫出這個典形 LISP 函數的呼叫圖，它會遞迴計算費波那契數列的第 n 項。」

歐娜看著老師轉過身，沒戴頭盔的柯榮女士身穿一件露出手臂和腿部肌膚的洋裝。她教過孩子，像這樣露出肌膚是美而且自然的。教室內溫度冰冷，就算只是短暫暴露其中，也足以讓歐娜和其他孩子體溫過低；理智上，歐娜知道這溫度對教師們來說最剛好，不過她看見這景象仍忍不住發抖。密封的加熱裝刮過歐娜的鱗片，窸窸窣窣的聲音在她的頭盔內響亮迴盪。

柯榮女士接著說：「遞迴函數的功能就像俄羅斯娃娃。為了解決較大的問題，遞迴函數會呼叫自身，以解決相同問題的較小版本。」

```
            (fib 3)
           /       \
     (fib 2)   +   (fib 1)
     /      \
(fib 1)  +  (fib 0)
```

歐娜希望她也能呼叫一個較小版的自己，以解決她的問題。她想像套疊在她體內的是聽話版的歐娜，喜歡圖解標準電腦語言和學習古體英文的韻律學，這樣就能專注於帕西菲卡新星的神祕異星文明，也就是這顆星球早已死去的原住民。

「說到底，學習已經沒用的電腦語言有什麼意義？」歐娜說。

教室內其他孩子整齊劃一地轉過頭來看著她。就算透過他們的頭盔和歐娜的頭盔共兩層玻璃，他們臉上鱗片閃爍的金光依然耀眼。

歐娜暗暗咒罵自己。顯然她不知怎的呼叫出老是害她惹上麻煩的大嘴歐娜，而非聽話版歐娜。

歐娜注意到柯榮女士今天特別上了妝，然而在她努力維持微笑的同時，搽上亮紅色唇膏的嘴唇幾乎化為細線而消失。

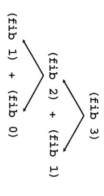

「我們學習標準語言，是為了獲得古人的心智習慣。」柯榮女士說道：「你們必須知道自己來自何方。」

透過她說「自己」的口氣，歐娜知道柯榮女士並非單指她，而是指帕西菲卡新星殖民地的所有孩童。他們的肌膚覆蓋鱗片，器官和血管能耐高溫，肺有六葉，都是以當地動物為模型加以改造的結果；孩子們的身體納入異星生物化學，因此能呼吸圓頂屋外的空氣，並在這個炙熱、有毒的星球生存。

歐娜知道自己應該閉嘴，不過就像柯榮女士的示意圖，遞迴呼叫必須回到呼叫堆疊，她也阻止不了大嘴歐娜。「我知道自己來自何方：我在電腦中被形塑，在大缸內生長，在從外面唧入空氣的玻璃育兒室裡長大。」

柯榮女士放輕音調。「噢，歐娜，我不是……不是那個意思。帕西菲卡新星距離母星太遙遠，他們不會派出救援太空船，因為他們不知道我們撐過了蟲洞，現在擱淺在銀河的另一端。你們永遠無法看見泰溫的美麗浮空島、佩雷壯觀的空中道路、波倫優雅的城市樹，或鈦容繁忙的數據中心——你們被隔絕於你們的傳承之外，隔絕於其他人類之外。」

這些含糊的傳說描述她遭剝奪的種種奇蹟，她已經聽過不下百萬次了吧，再次聽見，她背上的鱗片還是紛紛豎起。她討厭那種優越感。

但柯榮女士接著說：「然而，等你們學得夠多，能閱讀驅動地球上第一具自建器的 LISP 原始碼；等你們學會夠多古英語，能了解《新天命擴張宣言》；等你們學過夠多文化習俗，能欣賞圖書館內的全息與模擬紀錄，就能了解我們種族先人的輝煌與優雅。」

「我們又不是人類！你們以這裡的動植物形象打造我們，但死掉的異星人比你們更像我們！」

柯榮女士凝視歐娜，歐娜看出來了，她說中柯榮女士就連對自己也不想承認的事實。孩子們是人類在這顆荒蕪星球的未來，但在教師們眼中，孩子永遠都不夠好，永遠不全然是**人類**。

柯榮女士深吸一口氣，若無其事地說下去：「今天是回憶日，我相信你們等一下的表演一定會令所有教師印象深刻，不過我們先把課上完吧。

「為了計算第n項，遞迴函數呼叫自身計算第（n-1）項和第（n-2）項，因此能將它們加起來，每次都回到數列較前面的地方，解決同一個問題先前的版本……」

「過去，」柯榮女士接著說道：「就這樣透過遞迴一點一點累積，成為未來。」

下課鐘響，這堂課終於結束了。

歐娜和朋友們總是走過一段長長的路到圓頂屋外吃午餐，雖然這也意味著用餐時間會縮短。在裡面吃的話就必須把裝在軟管裡的糊狀物體擠進頭盔的蓋口，要不然就是得回去會引發幽閉恐懼的宿舍水槽。

「妳打算怎麼樣？」傑森問道，一面大口啃蜂巢水果——對教師而言是有毒的，不過孩們都喜歡。他把加熱裝從頭到腳貼滿白色磁磚，做成老照片中古代太空衣的樣子。他旁邊是一面旗子——美洲帝國（還是美洲共和國？）的舊星條旗——這是他的古物，這樣他才能在今天晚上的回憶會講述月球漫步者尼爾·阿姆斯壯[1]的傳說。「妳沒有扮裝。」

1 Neil Armstrong，第一個踏上月球的太空人。

「我不知道。」歐娜擰開頭盔，剝下加熱裝。她擺脫循環過濾器令人窒息的化學味道，深深吸入幾大口溫暖、新鮮的空氣。「也不在乎。」

所有要在回憶會中表演的人都應該扮裝才對。兩週前，歐娜收到指派給她的古物：一小塊平坦的金屬，表面粗糙，約莫她的手掌大小，形狀有如玩具鏟，深綠色，有著粗短握把和一雙利齒狀的尖角，實際上比看起來重。這是柯榮女士的傳家寶。

「但是這些古物和故事對他們好重要。」塔莉雅說：「妳不做任何研究的話，他們會非常生氣。」她的古物是一頂白面紗，她把它黏在頭盔上，並在加熱裝外面套上白色蕾絲洋裝，她將和道爾演出一場傳統婚禮；道爾把他的加熱裝塗成黑色，模擬他在舊全息影像中看過的新郎。

「說到底，誰知道他們說的故事是真是假？我們永遠去不了。」

歐娜把小鏟子放在桌子中間，讓它在那兒吸收太陽的熱度。她想像柯榮女士伸手碰小鏟子——一個珍貴紀念品，來自一個她永遠無法再見的世界——然後因為燙手而尖叫。

你們必須知道自己來自何方。

歐娜寧願用鏟子挖掘帕西菲卡新星的過去；這是她的星球，她的家。比起了解教師們的過去，她更渴望學習「異星人」的歷史。

「他們就像爛掉的黏蘚一樣緊巴著他們的過去，」她一邊說，一邊感覺到憤怒在她體內沸騰，「讓我們感覺很糟、感覺不完整，好像我們永遠不可能跟他們一樣好。但他們甚至沒辦法在外面撐過一小時！」

她抓起鏟子，用盡全力丟進白木林。

傑森和塔莉雅沉默不語。尷尬的幾分鐘過後，他們站起來。

「我們要去準備回憶會了。」傑森低聲說道，他們隨即走回圓頂屋內。

歐娜獨坐片刻，無精打采地計算上空竄過的梭機翼。她嘆了口氣，起身走入白木林找回鏟子。說真的，像這樣的溫暖秋日，歐娜只想待在外面，不穿制服、不戴頭盔，在白木林中漫步；白木樹的六面樹幹參天，顫動的銀白色樹葉是片片鏡子構成的華蓋，低語喃喃輕笑。

她看著飄落的樹葉飛舞，在空中畫出圖形，六片半透明亮藍色的翅狂野拍打；她覺得那圖形肯定是某種語言。圓頂屋蓋在一處古代異星城市的遺址，到處有小丘突出樹林——這星球的神祕原住民在殖民太空船到來的數千年前便已滅亡，小丘是他們留下的一堆堆嶙峋瓦礫，這些異星廢墟除了滲出鬼魅寂靜外，再無其他。

他們從沒努力嘗試，歐娜心想。教師們太忙於把舊地球的一切塞進孩子腦中，不曾對異星物種展現太大興趣。

她感覺到太陽的完整暖意熨著臉和身體，她的白鱗閃爍著虹光。白木樹蔭外，午後的陽光熱得足以將水煮沸，樹林裡充斥一縷縷白色蒸汽。雖然她沒把鏟子丟太遠，不過在濃密的林木間還是不好找。歐娜緩緩擇路而行，檢視每一根外露的樹根和每一顆傾覆的石頭、每一堆古代瓦礫，希望她沒把鏟子摔壞。

那裡。

歐娜快步走過去。鏟子掉在一堆瓦礫側邊，窩在箔草中，掉落時獲得緩衝。鏟子下壓著一團蒸氣泡沫，因此看起來像漂浮在逸漏的水蒸氣上。歐娜湊近。

蒸氣有一股她沒聞過的香氣。鏟子包覆一層綠鏽，部分被泡沫衝開，露出底層閃閃發光的金色金屬。她突然意識到這物品有多古老，她納悶起鏟子會不會是某種儀式用品，隱隱想起習俗與文化課時引用的宗教片段——鬼故事。

她首度心生好奇，不知道前任物主是否曾想像過，這把鏟子有一天竟來到這麼一個離家幾百萬哩遠的地方，落在一座異星墳墓上，拿在像歐娜這麼一個勉強算是人類的女孩手中。

那香氣催眠了歐娜，她伸手拿鏟子，深吸一口氣，隨即昏厥。

2.

康乃狄克，東諾伯里，一九八九年

佛雷．賀決定打扮成隆納．雷根[2]參加萬聖節舞會。

主要是因為一元商店的雷根總統面具剛好特價，他還會穿上爸爸的西裝，爸爸只在餐廳開幕那天穿過那麼一次。他不想跟爸爸吵錢的事，光是他要參加舞會，已經讓父母夠震撼了。

而且那條褲子口袋很深，適合裝他的禮物。那把小古董青銅鏟形紀念品沉甸甸又稜稜角角，透過薄薄的布料被他的大腿煨得溫熱。他覺得凱芮應該會喜歡拿它來當作紙鎮、吊起來當窗邊的裝飾，甚或拿握把末端的小洞當作線香座。她身上總是有檀香和廣藿香的味道。

她來他家接他，對他父母揮手。他們站在門內，困惑又警戒，而且沒有回以揮手。

「你打扮得真不錯。」凱芮說道；她的面具放在儀表板上。凱芮讚許他的服裝讓他鬆了一口氣。事實上，她不只是讚許而已，她打扮成南西・雷根。他大笑，努力思考怎麼回應才得體。等到他決定該說「妳也很美」時，他們已經駛過一個街口。似乎太遲了，因此他轉而說：「謝謝妳邀請我參加舞會。」體育館掛上橘色花綵、塑膠蝙蝠以及紙南瓜，他們戴上面具後走進去。他們隨著寶拉・阿巴杜的〈真的〉[3]和瑪丹娜〈宛如祈禱者〉[4]的歌聲跳舞。嗯，應該說凱芮跳舞，佛雷主要是努力跟上。他還是跟平常一樣笨拙，不過不知怎的，戴上面具後，他不再那麼擔心自己欠缺在美國高中生存的關鍵技能——融入。

橡膠面具很快就讓他們冒汗。凱芮一杯接一杯喝下甜得不健康的潘趣酒，不過佛雷選擇持續戴著面具，他搖頭拒絕。等到喬登・奈特〈我會一直愛著你（永遠）〉[5]，他們已經準備離開

---

2 Ronald Reagan（1911.2.6-2004.6.5），第四十任美國總統，妻子為 Nancy Reagan。

3 Paula Abdul（1962.6.19-），美國創作歌手，〈真的〉（Straight Up）為其暢銷金曲之一。

4 Madonna Louise Ciccone（1958.8.16-），獨樹一格的美國歌手，〈宛如祈禱者〉（Like A Prayer）是她的經典代表作品。

5 Jordan Knight（1970.5-17-），美國歌手，〈我會一直愛著你（永遠）〉（I'll Be Loving You (Forever)）發行於 2004 年。

黑暗的體育館。

外面，停車場滿滿都是鬼魂、超人、外星人、巫婆與公主。他們對總統夫婦揮手，小倆口也回以揮手。佛雷沒拿下面具，而且刻意慢慢走，享受著夜晚的微風。

「真希望每天都是萬聖節。」他說。

「為什麼？」她問。

沒人知道我是誰，他想這麼說，**沒人盯著我看**。不過最後只說：「穿上西裝感覺很好。」他說得又慢又小心，幾乎聽不出自己的口音。

她點頭，彷彿她懂。他們上車。

在佛雷來之前，東諾伯里高中不曾有過母語不是英語、可能是非法移民的學生。大部分的人都很友善，不過，一千個微笑、低語、小動作雖然個別看來都無害，全部加起來就是**你不屬於這裡**。

「等一下就要見到我父母了，你會緊張嗎？」她問。

「不會。」他說謊。

「我媽真的很興奮要跟你見面。」

他們來到一幢位於無瑕草坪後的白色牧場屋，車道開口處的信箱上寫著「韋恩」。

「妳家到了。」他說。

「你識字！」她開玩笑，停車。

他們沿車道往前走，佛雷聞得到空氣中有海的味道，也聽得到海浪拍打附近的海岸。前門的階梯上有個簡單雅致的南瓜燈籠。

童話之屋，佛雷心想，一座美國城堡。

「有什麼我能幫忙的嗎？」佛雷在廚房門口問道。

韋恩太太（「叫我坎咪就好」）在此時當作切割（及調配、擺盤）站使用的餐桌和爐子兩頭穿梭。她朝他閃露一抹微笑，隨即繼續忙碌。「不用擔心，去跟我丈夫和凱芮聊天吧。」

「我真的可以幫忙。」他說：「我對廚房很熟悉，我家是開餐廳的。」

「噢，我知道。凱芮跟我說，你家的木須炒肉美味極了。」她停下手邊的工作看著他，笑得更加開朗。「你英語說得真好！」

他從來就不懂其他人為什麼覺得有必要指出這一點。他們總是聽起來很驚訝，而他從來就不知該作何反應。「謝謝妳。」

「真的很棒。去吧，我一個人就可以了。」

他退回客廳；廚房的熱度溫暖，幾乎感覺熟悉，他暗自希望能夠待在那裡。

「真可怕。」韋恩先生說：「天安門廣場的那些學生，英雄啊。」

佛雷點頭。

「你父母，」韋恩先生接著說道：「他們不認同吧？」

佛雷猶豫了。他記得父親閱讀在波士頓中國城拿到的免費中文報紙，把北京抗議群眾的照片拿給他們看。

「愚蠢的小鬼，」他因為感到丟臉而臉紅，「浪費父母的錢，跑去外面跟紅衛兵一樣胡鬧，才好在外國人和他們的照相機前擺姿勢，不用念書。他們希望達成什麼？這些人都被寵壞了，讀太多美國書。」然後他轉向佛雷，威嚇地晃晃拳頭。「如果你敢做那種事，我會揍你揍到你分得清對錯。」

「對，」佛雷說：「所以我們才來這裡。」

韋恩先生滿意地點頭。「這是個偉大的國家，對吧？」

說實在的，他從來就不真正了解為什麼他父母有天大半夜裡叫醒他；為什麼他們上了一艘船，然後一輛卡車，然後一輛巴士，然後一艘大船；為什麼他們花這麼多天在黑暗中趕路，大海又是拋又是晃的弄得他想吐；為什麼他們上岸後躲在一輛廂型車後車廂，直到抵達紐約中國城的骯髒街道才出來，幾個男人語帶威脅地對他父親說話，而父親不停點頭；為什麼父親告訴他，他們現在都是不同的人了，有不同的名字，絕對不可以跟外國人或警察說話；為什麼他們全部住在一家餐廳的地下室並在這裡工作，沒完沒了地說著要怎麼存錢償還欠那些凶惡男人的債，再賺更多錢；為什麼他們後來又搬來東諾伯里，這個位於新英格蘭海岸的小鎮，他父親說這裡沒有中國餐廳，而美國人太笨，不知道他根本稱不上廚師。

「偉大的國家，先生。」他說。

「而你手上是個偉大男人的臉，」韋恩先生示意他的面具，「一位真正的自由鬥士。」

六月的那週後，他父親每天晚上都在講電話，低聲談話直到深夜。突然間，父親告訴他和母親，他們必須背好一個新故事，這個故事有關他們自己，也有關那些在天安門廣場犧牲的學生；他們和學生們有關係、有同樣信念，也都無可救藥地熱愛「民主」。「庇護」這兩個字常常被提起，他們還要為下個月在紐約與某個美國官員面談做準備，才能把自己變合法。

「然後我們就可以留在這裡，大賺一筆。」父親心滿意足地說著。

門鈴響起，凱芮拿著一碗糖果起身。

「凱芮總愛冒險，」韋恩先生壓低音量，「喜歡嘗鮮。她正值叛逆的年紀，這很正常。」

佛雷點頭，不確定韋恩先生到底在跟他說什麼。

韋恩先生彷彿卸下面具，神情不再友善。「她正在經歷一個階段，你懂的，你是她嘗試惹惱我的……的……」他含糊地揮舞雙手，「其中一部分。」

「不嚴重。」他補充，不過表情非常嚴肅。

佛雷沒說話。

「我只是希望不要有什麼誤會。」韋恩先生接著說道：「人一般的歸屬都是自己的同類，你一定也認同吧。」

門的另一邊，凱芮倒抽一口氣，假裝被來討糖果的孩子嚇到，並稱讚他們的扮裝。

「別弄錯她現在跟你這樣的意思。」

凱芮從門那兒回來。

「怎麼這麼安靜？」她問：「你們在聊什麼？」

「只是在了解佛雷的家庭。」韋恩先生的表情又變回友善，面帶微笑。「妳知道嗎？他們是反對者，真是勇敢啊。」

佛雷起身，一隻手插在口袋裡握著那把小青銅鏟，幻想把它砸向韋恩先生的臉。這張臉詭異地與他父親相像。

不過他只是說：「不好意思，我沒注意到時間已經這麼晚，我該走了。」

1.

香港，一九〇五年

「宇中——」威廉的父親又喊一次。鄰居徒勞地試圖讓她那個疝痛的孩子安靜下來，父親的音量就跟她一樣響。

為什麼每個香港人都要大聲嚷嚷？這是二十世紀的第一個十年，大家卻像還生活在村子裡一樣。

「是威廉。」威廉咕噥道。儘管父親為他支付英國的高昂學費，這個老男人仍舊拒絕喊他的英文名，他已經用了超過十年的名字。

威廉試著專注於面前的書本，專注於十四世紀基督教神祕主義的文字：

因汝攜吾以及汝之疑問進入同樣那片黑暗，以及同樣那片未知之雲，吾願汝在汝之中。

「宇中！」

他用手指塞住耳朵。

對於所有其他生物及其作為，然，以及神自身之作為，人或可透過神恩而全然知曉，並能仔細思量，但無人能思量神自身。

《未知之雲》[6]這本書，是維吉妮亞的臨別贈禮，她無疑是祂最燦爛的作品，也是威廉渴望「全然知曉」的對象。

「現在你要回去神祕的東方了，」她把書交給他時是這麼說的：「願你受西方的神祕引導。」

6 《The Cloudde of Unknowing》，十四世紀下半以中古英語寫成的基督教神祕主義作品，作者匿名。

「香港不是那樣。」他當時說道；她似乎覺得他只是個中國佬，他為此不太開心，只不過……他確實算是。「香港是帝國的一部分，已受文明教化。」他從她手中接過書，幾乎碰到她的手指，但又沒有真正碰到。「我一年後就回來。」

她給他的獎賞是一個大膽、燦爛的笑。比起他所有得過的高分及導師給他的讚美，她的笑容更讓他覺得自己是徹底的英國人。

因此吾願離棄吾所能理解之一切，選擇以吾所不能理解之物為吾所愛。何以祂或可被愛，但不可被理解。或可以愛得到祂並擁有祂，理解則無法。

「宇中！你是怎麼搞的？」

他父親站在門口，因為費了些力爬上梯子來到威廉的閣樓房間而脹紅臉。

威廉從耳中抽出手指。

「你應該幫我一起準備過盂蘭才對啊。」

歷經腦中悅耳動聽的中古英語，父親的廣東話在他耳中磨輾，彷彿鐃鈸的鏗鏗聲和粵劇的銅鑼。粵劇是本地「民俗歌劇」，但根本配不上這個名稱；相較於他在倫敦欣賞過的真正歌劇，粵劇只是一道未開化的影子。

「我在忙。」威廉說。

父親的視線從他的臉移到他的書，又回到他的臉。

「這是一本重要的書。」他迴避父親的目光。

「今晚鬼魂出行，」父親在兩腳間交換重心，「我們要確保不讓祖先的靈魂蒙羞，同時試著安慰無主幽魂。」

從閱讀達爾文、牛頓、史密斯到這個，**安撫幽魂**。在英國，人們思考的是如何窮究一切自然法則與科學極限；在他父親的屋簷下，這裡依然是中世紀。他能輕易想像出維吉妮亞的表情。

他跟父親毫無共通點，父親反倒像外星人。

「我不是在請你幫忙。」父親的語氣轉為嚴厲，粵劇演員也是以這種方式為一幕作結。**理性在殖民地的迷信氛圍中窒息**。他回英國的決心不曾比此時更強烈。

「阿爺為什麼會需要這個？」威廉問道，不以為然地注視著一輛埃若—莊斯頓三缸引擎無馬車的紙紮模型。

「人人都喜歡能讓日子過得更舒服的東西。」父親說道。

威廉搖頭，但繼續在模型上黏貼黃紙車頭燈——用意是模擬黃銅。

在他身旁，桌面滿是那夜更晚之後要燒掉的供品：一間紙紮的西式農舍、紙西裝、紙紳士鞋、一疊疊「冥錢」和一堆堆「金條」。

他忍不住發表議論：「阿爺和太公一定視力不好，才會分不清這些東西和實物的差別。」

父親拒絕上鉤，他們繼續在沉默中工作。

為了撐過令人厭煩的儀式，威廉幻想他在為這輛車打蠟，準備和維吉妮亞一起開車遊覽鄉間……

「宇中，去地下室搬檀木桌出來好嗎？我們來把亡魂大餐體體面面地擺出來，今天不該再吵架了。」

父親語氣中那絲懇求的意味令威廉訝異，他突然注意到父親變得多佝僂。

一個畫面不請自來進入腦中：小男孩的他騎在父親肩上，當時那肩膀是如此寬闊，穩如泰山。

「高一點，再高一點！」他喊道。

父親把他高舉過頭，好讓他突出於熙來攘往的人群之上，他才能看見盂蘭節民俗歌劇巡演，看見那些令人興奮的服裝和美麗妝容。

父親的手臂是如此強壯，把他久久地舉在空中。

「沒問題，阿爸。」威廉起身，朝後方的倉庫走去。

倉庫黑暗、乾燥而涼爽。父親把他為客戶修復的古董和他蒐集的物件暫時存放在這裡。沉重的木架和小壁櫥塞滿周朝青銅儀式器皿、漢朝玉雕、唐朝墓俑、明朝瓷器，以及各式各樣威廉不認得的物品。

他小心地在窄道間穿梭，不耐地找尋他的目標。

說不定在那個角落？

一縷斜光從紙窗透入，灑落倉庫的這個角落，照亮一個小工作檯。後方靠著牆的就是那張檀木餐桌。

正當他彎腰抬起餐桌，工作檯上的東西躍入他眼中，他停了下來。桌上有兩枚看起來一模一樣的布幣，古青銅幣，看起來像手掌大小的鏟子。儘管他對古董所知有限，但孩提時看過夠多布幣，知道這種樣式應該來自周朝或更早的時期。古代中國皇帝將錢幣鑄造為這種形狀，以表示對大地的崇敬，因為維繫生命所需的作物都來自大地，所有生命最後也都將回歸大地。挖掘大地象徵未來的希望，同時也感念過去。

這兩枚布幣體積不小，威廉知道它們一定相當貴重，一模一樣的一對非常難得。

他滿心好奇，湊近查看覆蓋深色綠鏽的錢幣。感覺不太對。他將左邊那一枚翻面：金光閃爍，幾乎就像黃金。

錢幣旁是一個裝有深藍色粉末的小碟子，還有一支筆刷。威廉嗅了嗅粉末：銅。

他知道剛鑄好的青銅才會是金黃色。

他努力推開這思緒。他父親向來正直，操持著正直的營生。一個兒子有那樣的想法可謂不孝。

不過他拿起那兩枚布幣放進口袋。他的英文老師教他要不計後果提出問題，挖掘真相。

他半是拖著把餐桌搬到前廳。

「總算看起來像個像樣的節日了。」父親把最後一道素鴨放上桌時這麼說著。餐桌擺滿一疊疊水果和各種假肉。桌旁設置好八套餐具，準備迎接賀家祖先的鬼魂。

假雞、素鴨、紙紮屋、假錢……

「我們晚一點或許可以去街上看戲，」他父親說道，沒注意威廉的情緒，「像你小時候那樣。」

偽造的青銅……

他從口袋拿出兩枚布幣放在餐桌上，未完成那枚發亮的那一面朝上。

父親看到錢幣，略為停頓，隨即一副若無其事的樣子。「你想點香嗎？」

威廉沒說話，努力思考他的問題該怎麼措辭。

父親將兩枚布幣排整齊，翻到另一面。兩枚錢幣反面的綠鏽上各刻有一個字。

「周朝的文字和後期略有不同。」父親說道，彷彿威廉只是個仍在學習讀寫的孩子。「因此晚近年代的蒐藏家有時候會把他們對文字的解讀刻在器皿上。就像綠鏽一樣，這些解讀也一層層累積在器皿上，隨時間過去逐漸增加。」

宇字

「你有沒有注意到，宇宙的『宇』，也就是你名字的頭一個字，和寫字的『字』長得很像？」

威廉搖頭，他並沒有聽進去。

整個文化奠基於虛偽、造假，偽造無法獲取之物的外觀。

「看見了嗎？宇宙是如此筆直，但要以智力加以理解、將其轉化為語言，卻需要一個轉折，一個急轉？在宇與字之間，存在著一個額外的彎。當你看著這些文字，你就是在與這些古物的歷史會晤，與我們數千年前祖先的心智會晤。那是我們民族的深層智慧，拉丁文字無法像我們的文字一樣接近我們的真理。」

威廉再也無法忍受。「你這個偽君子！你是贗造者！」

他等待，無聲慫恿父親反駁，解釋。

一段時間後，父親開始說話，但是沒看著他。「第一批鬼佬幾年前找上我。」

他用鬼佬指稱「外國人」，不過這個詞也有「鬼」的意思。

「他們給我一些我沒見過的古物要我修復。我問：『你們從哪弄來的？』『噢，我們跟幾個法國士兵買來的，他們占領了北京，燒掉圓明園，拿走這些當作戰利品。』

「對鬼佬來說，為搶劫冠上好說法不是難事。他們向來如此。這些青銅器和陶器從我們祖先手上流傳一百代下來，現在都被搶走、拿去當搶匪家中的裝飾品，但他們連他們搶走的是什麼都搞不清楚，我不能容許。

「因此我為我本該修復的古物製作贗品，把贗品交還鬼佬，真正的古物保留下來，為了這片土地，為了你，也為了你的孩子。我在真品和贗品上寫下不同文字，作為區分。我知道你認為我做的是錯事，我很慚愧，但愛讓我們做出奇怪的事。」

哪一個才是真的？他心想。「宇」還是「字」？真理還是理解？

拐杖叩響前門的聲音打斷了他們。

「多半是客人。」他父親說。

「開門！」門外的人叫喊。

威廉走出去打開前門，門外是個衣冠楚楚、四十多歲的英國人，身後跟著兩個魁梧、邋遢，看起來更適合待在殖民地碼頭的男人。

「你好嗎？」英國人說道，沒等人邀請便自信地走進來，另外兩個人尾隨在後，推開威廉走入屋內。

「狄克森先生，」父親說道：「真是令人愉快的驚喜。」父親口音濃厚的英語令威廉一縮。

「你給我的驚喜就沒那麼美好了，我向你保證。」狄克森說。他的手伸進外套內側，拿出一個小瓷偶放在餐桌上。「我把這個交給你修復。」

「我修復了。」

狄克森假笑。「我女兒非常喜歡這個物件。說真的，看見她把這墓俑當作娃娃一樣對待，我覺得很有意思，而物件也是因此才摔破。不過你修好瓷偶交還給我後，她卻拒絕跟它玩，說那不是她的娃娃。好，孩子非常擅長看穿謊言，而歐斯莫教授也優秀得足以確認我的猜測。」

他父親挺直背，不發一語。

狄克森手一揮，他的兩個手下立即把餐桌上的所有物品都掃落地：碗盤、菜餚、布幣、食物、筷子——全部摔成亂七八糟的一堆。

「你希望我們繼續翻找嗎？還是準備好對警察認罪了？」

他父親面無表情，英國人會說是神祕莫測。在學校的時候，威廉曾注視鏡子，直到他學會不再露出那種表情，直到他不再看起來像父親。

「等等。」威廉走上前。「你不能就這麼走進別人家，表現得像一群無法無天的暴徒。」

「你英語說得非常好，」狄克森上下打量威廉，「幾乎沒有口音。」

「謝謝。」威廉努力保持冷靜、講理的語氣與態度。這男人現在肯定已經了解，他面對的並不是一般當地人家，而是一個年輕、有教養、品格高尚的英國人。「我曾在喬治．道格沃茲先生的學校就讀十年，該校位於拉姆斯蓋特，你可聽過？」

狄克森微笑，沒說話，彷彿他眼前是隻跳舞的猴子。不過威廉毫不退縮，繼續說：

「我確定我父親很樂意支付你認為你應得的賠償金，沒必要訴諸暴力，我們可以表現出紳士風範。」

狄克森笑了起來，剛開始還很含蓄，後來捧腹大笑。他的手下原本一頭霧水，後來也加入他。

「你以為學會說英語，你的身分就不一樣了。亞洲人的腦子似乎有什麼問題，就是無法理解西方與東方的基本差異。我不是來這裡跟你們談判的，而是來主張我的權利，這對你們的心智習性而言似乎是個陌生的概念。如果你不把我的東西修好交還給我，我們會把這裡的所有東西都砸爛。」

威廉感覺血液湧上他的臉，他用意志力讓臉部肌肉放鬆，不洩漏出情緒。他望向另一邊的父親，突然領悟父親的表情一定也就是他此刻的表情：無法遏抑的狂怒上，覆蓋著平靜的面具。

剛剛談話時，父親已緩緩走到狄克森身後。現在他望向威廉，他們倆幾不可察地對彼此點頭。

因此吾願離棄吾所能理解之一切，選擇以吾所不能理解之物為吾所愛。

威廉跳向狄克森，父親同時撲向狄克森的腿，三個男人在地上倒成一團。在接下來的扭打中，威廉似乎在一段距離外觀察著自己，其中沒有思考，只有愛怒交織遮蔽他的心，直到威廉發現自己跨坐在趴臥的狄克森身上，手中緊握其中一個布幣，高高舉起，正要將布幣砸向狄克森的頭。

狄克森帶來的兩個男人無助地觀望，原地凍結。

「這裡沒有你要的東西。」威廉說，氣息深沉：「現在滾出我們家！」

威廉和父親審視狄克森和他手下留下來的混亂。

「謝謝你。」父親說道。

「今晚亡魂應該看了一場好戲。」威廉說。

「你阿爺一定為你驕傲。」父親說。然後，他有記憶以來的第一次，父親補充了一句：「宇中，我為你驕傲。」

威廉不知道他感受到的是愛還是怒。兩枚布幣翻過面掉在地上，他看著上面的字，視線漸漸模糊，字似乎搖晃了起來，融合為一。

2.

康乃狄克，東諾伯里，一九八九年

「謝謝妳邀請我來妳家，我今晚過得很開心。」佛雷拘謹地說道，同時小心跟她保持距離。長島灣的波浪在他們腳邊輕輕拍打海岸。

「你真貼心。」她握住他的手，靠在他身上，她的頭髮隨風飛起，拂上他的臉，髮間的花香和海的氣息交融，彷彿承諾與渴望交融。他的心跳重擊，感覺胸口有一股令他害怕的柔軟。

海灣的另一邊，他們能夠看見艾德立宅邸明亮的紅色燈光；這棟房子這週扮演鬼屋的角色。他想像孩子們自願被他們父母所說的謊驚嚇，發出歡樂的尖叫聲。

「別把我爸說的話放在心上。」她說。

他凍結。

「你生氣了。」她說。

「妳知道些什麼？」他說。她是個公主，她屬於這裡。

「你不能控制其他人的想法，」她說：「不過你總是能自己決定你的歸屬。」

他一言不發，試著理解自己心中的狂怒。

「我不是我父親，」她說：「你也不是你父母。家是一則講述給你聽的故事，不過最重要的故事必須由你自己講述。」

他發現這就是他最愛美國的地方：徹底相信家庭並不重要，過去只是一則**故事**。就算開頭是謊言的故事——無傷大雅的小謊——後來也有可能成真，有可能變成真實的人生。

他把手伸進褲子口袋，拿出禮物。

「這是什麼？」她遲疑地拿著那個小青銅鏟。

「這是個古董，」他說：「很久之前在中國流通的鏟子型錢幣，原本屬於我祖父，他在我離開中國前將它送給我，象徵好運。我想妳可能會喜歡。」

「真美。」

他覺得有必要坦承。「我祖父說，他父親從試圖將它偷出中國的外國人和文化大革命時期差點毀掉它的紅衛兵手中救下它。不過我爸說這跟許多來自中國的物品一樣，都是假貨，一點價值也沒有。看見底部這個標記了嗎？他說這太現代了，並不是那麼古老。但這是我祖父唯一留給我的物品，他去年過世，我們沒辦法回去奔喪，因為……移民的問題。」

「你不該留著嗎？」

「我希望妳收下。我會永遠記得我把它送給妳了，而這是比較美好的回憶，比較美好的故事。」

他彎腰，從海灘撿起一顆尖銳的小石子，握住她拿著鏟形錢幣的手，慢慢地，他把他們名字的起首字母刻在綠鏽上，就刻在較古老的那個字旁。「現在錢幣上有我們的標記了，我們的故事。」

她點頭，莊嚴地把錢幣放進她的外套口袋。「謝謝你，我很喜歡。」

他想著回家，想著爸爸的問題、媽媽憂慮的沉默，想著明天即將在餐廳度過的漫長時間，以及接下的那天和再接下來的那天；想著大學，只要他拿得出身分證明文件，就有可能上大學了；想著他有一天要自己跨越這片現仍隱藏在未知黑暗雲層之後的廣闊天地。

但時機未到。他環顧四周，想做件大事，想紀念這一夜。他脫掉外套、襯衫，踢掉鞋子。他赤身裸體，沒有面具也沒有扮裝。「我們來游泳。」

她大笑，不相信他是認真的。

水冰冷，太冰了，他潛入其中時忍不住倒抽一口氣，感覺皮膚彷若著火。他下潛，又浮出水面，甩掉臉上的水。

她喊他，而他回以一次揮手，接著游向海灣另一邊的明亮燈光。

艾德立宅邸被燈光照亮，在水中映出條紋狀的倒影，與月光的亮白色交融。隨著他的雙臂在深藍色的海中划動，水母貼著他的皮膚發光，彷彿數以百計的小星星。

她的聲音在他後方淡去，而他游過星星與條紋，形狀破碎、曖昧，嘗到鹹鹹的希望與拋下過往的煎熬。

3.

帕西菲卡新星，二三一三年

歐娜在繁忙街道的中央醒來。光線昏暗，天氣寒冷，彷彿時值薄暮或拂曉。

六輪車輛貌如翼部滑順的海鏢，在她兩旁飛馳，距離她似乎僅數吋。她朝其中一輛車內一瞥，隨即差點尖叫出聲。

裡面那生物的頭長有十二根輻射的觸鬚。

她環顧四周：密集的六面塔聳立在她身旁，密度勘可與白木林的樹幹比擬。她閃避高速行駛的車輛，設法來到路邊，更多十二根觸鬚的生物從容沿街走過，沒多看她一眼。他們有六條腿，軀幹低懸，皮膚閃閃發光，她不確定那到底是毛皮還是鱗片。

在她上方，印有異星文字的布招牌如葉片般在風中飄揚，每個符號都由線段構成，線段與線段則以或尖或鈍的角度相交。人群發出的聲音包含難以理解的咔嗒、呻吟以及啁啾，交織為一片耳語，她很確定這必定是某種語言。

這些生物無視她，有時直接從她身上穿過，彷彿她是由空氣組成般穿透她。她還小的時候教師們常對他們說故事，她感覺自己就像那些故事中的鬼魂，一個看不見的存在。她瞇起眼，發現太陽在天空的中央：比她習慣的太陽更黯淡、更小。

接著，突然間，一切開始變化。人行道上的行人停住，舉頭向天，觸鬚探向太陽——每一根附肢的尖端各有一顆黑球狀的眼睛。街道上的車流減速，隨後完全停止，乘客紛紛下車，也加入凝視太陽的行列，面紗般的寂靜籠罩這場景。

歐娜查看人群，看出如團體照般凝結的一個個群體。一個大型生物前臂防護地抱住兩個較小生物，觸鬚無聲顫抖。兩個異星生物緊靠彼此，觸鬚與手臂交纏。另外一個的腿搖晃不穩，靠著建築牆面撐住身子，觸鬚輕輕叩牆，彷彿在傳送訊息。

陽光似乎轉亮，然後又變得更亮。這些生物別過頭避開太陽，觸鬚在新的熱和光之下枯萎。

他們轉而凝視她。數千打、數百萬打眼睛聚焦於歐娜，彷彿她突然不再隱形。他們的觸鬚探向她，懇求著、示意著。

人群分開，一個與她體型相當的小生物走向她。歐娜伸出雙手，手掌朝上，不確定該怎麼做。小異星生物走到她面前，在她手中放下一物，隨即後退。歐娜低頭看，感覺古老、粗糙的金屬貼著她的皮膚，承接它的重量。她翻過鏟子，看見一個她不認得的符號：尖角、彎鉤，她聯想起飄揚布招牌上的符號。

一道思緒耳語般鑽入她腦中：**記住我們，珍視古物的妳。**

陽光變得更加燦亮，歐娜再次感覺溫暖，同時她身旁的生物消失在令人目盲的亮光中。

歐娜坐在白木樹下，手裡緊握著小青銅鏟。四周的小山丘持續噴發一縷縷白色蒸汽；每一座山丘或許都是一扇連接另一個失落世界的窗。

她看見的景象在腦中一再重播。**有時候，理解並非透過思考而來，而是透過悸動的心臟，以及胸口那令人發疼的柔軟。**

他們的世界即將死亡，在他們最後的日子裡，帕西菲卡新星的古人將全部心力投注於留下獻禮，留下他們文明的紀錄。他們知道自己撐不過燃燒得越來越熾熱的太陽，因而將他們的六次對稱軸嵌入周遭的所有物種，希望有些生物能夠倖存，成為活生生的回音，顯現出他們的城市、文明，以及他們自身。他們在他們的廢墟中埋藏一份紀錄，只要偵測到年代久遠、層層堆積，但仍因受到珍視而保存下來的人造之物，便能合理期待物品的主人擁有歷史感、對過去懷抱敬意，進而觸動機制，播放紀錄。

歐娜想著那些孩子，他們嚇壞了，無法理解他們的世界為何陷入火海。她想著那些戀人，他們懸在懊悔與接受間，外在世界在他們之間崩塌。她想著一個種族用盡力氣在宇宙留下他們曾經存在的痕跡，留下幾個標記著他們曾經來過的記號。

過去一再循環，如一層層綠鏽般構成未來。

她想著柯榮女士和教師們裸露的臉，第一次能以全新角度看見他們的表情。他們以那種方式看孩子並不是因為自大，而是恐懼。他們擱淺於這個新世界，無法在這裡生存；他們竭力攀住過去，因為知道他們終將讓位給新種族——帕西菲卡新星人，最後只能仰賴回憶而活。

父母害怕被孩子遺忘，害怕不被孩子了解。

歐娜拿起小青銅鐽，用舌尖輕舔。嘗起來又苦又甜，那香味屬於逝去已久的焚香、祭品，以及生生世世留下來的痕跡。綠鏽被蒸汽噴開的部位落在幾個古代銘刻符號旁，這區塊的形狀像個小人，閃爍新穎的光芒，未來與過去。

她爬起來，從附近的白木樹扯下幾根柔軟的枝條，小心地編織，將枝條編成一頂王冠。十二根樹枝從王冠輻射而出，彷彿觸鬚，彷彿頭髮，彷彿橄欖枝；她完成扮裝了。

只不過是看穿未知之雲的驚鴻一瞥，幾幅她僅勉強理解的影像。或許影像理想化了、感情用事、經過建構，但其中難道沒有一絲真實？這個種族的過去有其意義，他們的愛是難以抹滅的種子，這顆種子不也存在於那些影像中？她會讓他們看見，此刻的她如何了解挖掘過去就是一種理解的行動，一種了解宇宙的行動。

她的身體是兩個物種在生物與科技上的混合物，她的存在是兩族人奮鬥的結果。棲宿於她體內的是地球的歐娜、帕西菲卡新星的歐娜、叛逆的歐娜、聽話的歐娜，以及所有在她之前的世世代代，回溯至無限。

沉浸在回憶及理解的起點，屬於兩個世界的孩子穿過樹林與小山丘走向圓頂屋，出奇沉重的小鏟子輕輕握在她掌中。

馬克斯威爾的小惡魔

Maxwell's Demon

一九四三年二月

姓名：山城貴子

第二十七題：你是否願意接受美國武裝部隊之戰鬥職務，無論被派往何處？

我不知道怎麼回答這個問題。我是個女人，沒有戰鬥能力。

第二十八題：你是否願意宣示對美利堅合眾國完全忠貞，忠誠保衛美國免受任何國外或國內武力攻擊，並宣示拋棄任何形式對日本帝國或任何其他外國政府、政權或組織之忠誠？

我不知道怎麼回答這個問題。我生於華盛頓的西雅圖。我對日本帝國不曾有過任何形式的忠誠，因此沒有東西可拋棄。等國家釋放我和我家人，我就會宣示對國家完全忠誠。

一九四三年八月

貴子沿路前行，筆直如箭，走向簇擁的行政建築。兩側都是排列整齊的低矮營房，每間營房切分為六房，每房容納一戶人家。轉向東方，她能看見遠方頂部渾圓、圓柱狀的阿巴隆山。她想像從山頂眺望井然有序的棋盤狀營區的畫面：就像她還小的時候，父親給她看過一本書，書中的插圖描繪出古代奈良市的均衡規律性。

她身穿白色棉布洋裝，微風舒緩了北加州的八月乾熱，不過她想念西雅圖的清涼潮濕、普及特海灣無盡的雨、老家朋友的歡笑，還有不受瞭望臺與棘刺鐵圍籬束縛的地平線。

她抵達營區總部，告訴警衛她的名字，他們護送她穿過長長的走廊、充斥成排喧雜打字員和汙濁菸味的大房間，來到後方的小辦公室。他們在她身後關上門，鬧哄哄的談話聲和辦公室機器的聲響轉為模糊。

她不知道自己為何被召喚。她站在那兒，凝視著穿制服、坐在桌子另一邊的男人。他舒舒服服地靠著椅背，吞雲吐霧，他身後的電扇將煙吹向她。

助理處長凝視這女孩。**可愛的日本佬**，他心想，**可愛得幾乎讓人忘記她的身分**。他差點後悔放她走。若是留下她，她應該可以提供不錯的消遣。

「妳是山城貴子，總是說『不』的女孩。」

「不對，」她說：「我並不是對那些問題答『不』，我只是作答時有所保留。」

「如果妳忠誠，妳就只會回答『是、是』。」

「如我在申請表中所解釋，那些問題一點道理也沒有。」

他示意她在對面的椅子坐下，沒有問她要不要喝點什麼。

「你們日本佬都很不知感恩。」他說：「我們把你們安置在這裡以保護你們，你們卻只會抱怨、罷工，表現出可疑和敵意的行為。」他注視貴子，激她、質疑他。

但她沒說話。她想起鄰居和同學眼中的恐懼和厭惡。

幾分鐘後，他深吸一口菸，繼續說：「不像妳的同胞，我們不是野蠻人。我們知道日本佬有好有壞，問題在於誰好誰壞。因此我們稍稍打開門，並提出問題。好日本佬滾出去，壞日本佬留下來。人依其天性而行，而忠誠者和不忠誠者自有方法區別出自己，但妳非要把情況變複雜。」

她張開嘴，思考過後又改變主意。在這男人的世界裡，她只有可能是「好日本佬」或「壞日本佬」，沒有空間容納單純、無標籤的山城貴子。

「妳念大學嗎？」他改變話題。

「對，物理學。當……這發生時，我正在做畢業專題。」

他吹了聲口哨。「無論是不是日本佬，我都沒聽過女物理學家。」

「我是班上唯一的女性。」

他以打量馬戲團猴子的方式打量她。「妳對自己的聰明非常自傲，在我看來更像鬼鬼祟祟。這解釋了妳的態度。」

她平靜地凝視他，不發一語。

「總之，看來上面給了妳一個機會，讓妳去幫助美國，並證明妳確實忠誠。來自華盛頓的人特別指名要妳。如果妳同意，就在這些文件上簽名，他們明天來接妳的時候會透露更多細節。」

她幾乎不敢相信自己的耳朵。「我可以離開圖利湖？」

「別興奮過頭了，妳不是出去度假。」

她快速翻閱面前的文件，震驚地抬起頭。「這些文件要我拋棄美國公民身分。」

「當然囉。」他覺得她的反應很好笑。「我們不太可能把身為美國公民的妳送回日本帝國，對吧？」

送回？她沒去過日本。她在西雅圖的日本城長大，直接去加州上大學。她所知的一切只有一小片安適的美國，然後就是這裡。她覺得頭暈目眩。「如果我拒絕呢？」

「那麼妳就是證實了妳不願為美國的戰事出力，我們會據此處理妳和妳的家人。」

「我必須拋棄美國以證明我是愛國者，你看不出這有多愚蠢嗎？」

他聳肩。

「那我的家人呢？」

「妳父母和弟弟會在這裡接受我們照管，」他微笑：「這將確保妳專心完成任務。」

貴子遭指控為日本忠誠份子，一個願意為帝國而死，急切地拋棄了公民身分的二世。美國當局心懷憐憫，不願意傷害區區一名女孩，因此將她放入換囚名單；她將被遣返日本以交換在香港遭日本人捕獲的美國囚犯。圖利湖營區內，支持日本的拘留犯為她的勇敢而恭賀她父母，大多數拘留犯則同情地看著這家人。山城夫婦不知所措，她弟弟是另一個「說『不』的男孩」，有原則地拒答那些問題、跟其他囚犯打架。「為了保護他們」，這家人很快被關起來，與營區的其他囚犯隔離。

來自華盛頓的男人對貴子解釋船抵達日本後她該做什麼。日本人會猜疑她，她將受審查、盤問。無論她怎麼說、怎麼做，總之她必須說服他們相信她對日本帝國的忠誠。為了鞏固她的故事，新聞會洩漏她家人帶領囚犯暴動，導致營區戒嚴，他們因而被殺。日本人會認為她對美國再無牽掛。她必須利用她手邊的所有資源——男人意有所指地打量她柔軟的身軀——獲取有用的資訊，尤其是日本工程發展的相關情報。

「妳給我們越多，」他們告訴她：「妳的家人和國家就越安全。」

貴子的日語習自家中和日本城的市場，到日本後遭受負責審問的憲兵嚴格檢驗。她一再回答相同的問題。

妳為什麼恨美國人？

妳向來對日本帝國心懷忠誠嗎？

妳第一次聽說珍珠港勝利的新聞時是什麼感覺？

他們終於宣告她是帝國忠誠的子民，一個驕傲的日本人，在野蠻的美國人手中飽受折磨。他們認為她的英語能力和所受的科學教育很有用，安排她去為軍方的科學家工作、翻譯英文文件。她覺得日本憲兵依然在監視她，但無法確定。

宣傳團隊在東京拍攝她身穿白色實驗袍工作的模樣。一個拋棄美國、獻身國家榮耀的女性物理學者！她是新日本的象徵。她注視攝影機，臉上掛著端莊的微笑與專業的妝容。**重要的不是狗跳舞跳得多好，她心想，而是一條狗竟然會跳舞。**

秋葉聰是物理學者兼皇軍軍官，對她印象深刻。他四十多歲，外表高雅，曾於英國和美國求學。她是否，他湊近低語，有興趣跟他一起去沖繩？他在那裡有一項重要計畫要執行，她或許能幫上忙？他說完，伸手撥開一綹蓋住她眼睛的頭髮。

一九四四年三月

距離東京一千哩遠，沖繩的春季頗為溫暖，甚至稱得上炎熱。相較於日本本島各城市的忙亂，這裡很安靜，幾乎尚未現代化。這裡遠離了宣揚為戰事而犧牲自我的不間斷廣播和敦促，戰爭似乎較為遙遠、較不真實。貴子有時甚至能假裝自己只是在念研究所。

她在這棟複合建築裡有自己的房間，但她很少有機會睡在裡面。大多數的夜晚，秋葉處長都要她陪伴。有時候，他寫信給住在廣島老家的妻子，同時貴子一邊為他按摩。其他時候，他在他們上床前用英語和她交談，「作為練習」。因為她的美式習慣和所受的美國教育，他似乎對她格外著迷。

貴子不知道第九十八單位是做什麼的。秋葉似乎並不全然信任她，從不和她討論戰爭相關新聞或他的工作。他很謹慎，總是只分派最無害的任務給她，像是閱讀並概述似乎鮮有實際應用的西方研究：氣體擴散的實驗、原子能階的計算、互斥的心理學理論。不過複合建築非常隱密，而且受到嚴密看守。超過五十名科學家在此工作，附近的所有農田都被清除，村民也被強迫搬遷。

透過僕役，她的美國聯絡人與她搭上線。如果她拿到值得關注的情報，她必須用她的月經帶包好放在垃圾中。僕役會將捲起的月經帶帶出去，用小罐子裝好，交給一個漁夫家庭，他們再將罐子帶到菲律賓海，從特定一塊環礁附近投入海底，美國潛艇稍後會去撿拾。

她想著月經帶卷歷經漫長旅程抵達美國，白色的外皮沾染她每月的血，日之丸[7]的拙劣模仿，男人不會願意仔細檢查。她必須承認，她的聯絡人很聰明。

有一天，秋葉心情沉鬱。他想去內陸的樹林健行，請貴子跟他一起去。他們開車直到道路盡頭，接著徒步深入森林。貴子樂在其中，來到這裡後，她一直沒機會探索這座島嶼。

他們經過巨大的銀葉板根，垂直板狀的根是天然版的日式屏風。他們聆聽沖繩啄木鳥喊喊的叫聲。他們讚嘆榕樹，它們的氣根纏繞下垂，彷彿從樹枝爬下來的仙女。貴子走經這些神聖的樹木時，用她還小的時候母親教她的方式無聲祈禱。

一小時後，他們來到林中的一塊空地。空地另一端是一個黑暗深邃的洞穴，朝地底延展。一條小溪流入洞穴，回音撞擊洞穴壁，潺潺流水聲顯得更加響亮。

貴子感覺洞穴內透著一股惡意。她彷彿聽見呻吟、細聲尖叫、控訴的哭喊，她越是站在那兒，聲音就越喧噪。她覺得膝蓋無力，還來不及阻止自己已跪下前傾，雙手和額頭貼著地面，並開口說話，用的是她如此長久未曾使用的語言，因而聽在她耳裡顯得頗為詭異：「Munoo yuu iyuru mun。」說人好話。

聲音平息，她抬頭，看見秋葉站在一旁低頭看她，表情難以解讀。

「對不起。」她俯臥在他面前。「我還是小女孩的時候，我祖母和母親會對我說沖繩口這種沖繩方言。」

她想起母親說給她聽的故事，說到母親還是沖繩的女學生時，老師在她在脖子上掛處罰牌，一個小牌子，宣告她說沖繩語而非日語，是壞學生。她母親來自悠久的靈媒家系，女性擅長與亡魂溝通。本島人說，靈媒和祝女等女祭司是落後的迷信，對國家統一有害，應加以根絕，沖繩人的不潔汙點才能得到淨化，徹底成為日本國的成員。

說沖繩口的人是叛徒、間諜，這是禁忌的語言。

「沒關係的，」秋葉說道：「我不是語言狂熱份子，我知道妳的家庭背景——妳以為我為什麼要妳來？」

秋葉解釋道，謠傳數百年前的舊琉球王們曾在日本軍隊占領島嶼前將他們的寶藏藏於此處。皇軍的某些官僚決定這是值得追查的傳言，來自中國和韓國的奴工以及遭定罪的共產主義同情者被送來洞穴內工作。當時的指揮官大撈計畫資金的油水，導致囚犯糧食不足。他們去年發起暴動，總數約莫五十人全部被射殺，屍體丟在洞穴內腐爛，不曾找到任何有價值的物品。

「妳聽得見他們，對吧？」秋葉問：「妳擁有妳母親的靈媒天賦。」

學科學的人，他接著說，不該不加檢驗便摒棄任何現象。設立第九十八單位，就是為了研究超

7 日本國旗。

自然主張：第六感、心靈感應、死而復生。靈媒世世代代與亡者交流，他覺得最好調查看看能有什麼結果。

「許多靈媒聲稱能夠與蒙受暴力、早死的亡靈溝通，可惜我們運氣一直不太好，沒辦法透過靈媒讓亡者實質上做任何事，她們欠缺對科學的理解。

「不過我們現在有妳。」

貴子說服兩個亡靈：泰與桑勒，附身在洞穴口的鐵鍬上。他們在世時用過這把鐵鍬，覺得附身在鐵鍬上挺自在。她看得見他們，兩縷枯瘦、飢餓的男性形體，依附在鐵鍬的手把上。

他們讓她看見滿州的高粱田，他們的家，波湧的紅莖如大海般起伏。他們讓她看見爆炸、房舍燃燒，一列列行軍的士兵。他們讓她看見被刺刀開膛破肚的女人，還有小男孩成排跪在翻飛的日之丸下，頭被軍刀砍掉。他們讓她看見手銬腳鐐、鎖鏈、黑暗、飢餓，以及最後那一刻，當他們一無所有，他們幾乎欣然迎接死亡。

「停，」她求他們：「請停下來。」

一段回憶湧上心頭。她在西雅圖，在他們那個只有一個房間的小公寓。外面在下雨，總是在下雨。她六歲，第一個醒來，身旁是她祖母。

她靠過去，拉高毛毯幫祖母蓋好。Numee 一直病著，夜裡經常打顫。她用手貼住奶奶的臉頰。她早上總是這樣喚醒奶奶，然後她們會一起躺在那兒低聲聊天、輕笑，同時窗戶慢慢轉亮。

但有什麼不對勁。奶奶的臉頰冰涼，硬如皮革。年幼的貴子坐起來，看見奶奶鬼魅的輪廓坐在床墊尾。貴子的視線在身旁的軀體和鬼魅版的軀體間來回，然後她懂了。

「Numee, maa kai ga？」她問。**妳要去哪?**奶奶總是對她說沖繩口，就算爸爸說這是壞習慣也一樣。「現在在日本城，我們都需要當個日本人。」他會這麼說：「沖繩語沒有未來。」

「Nmarijima。」奶奶說。**家**。

「Njchaabira。」**再見**。然後她哭了起來，大人也跟著醒來。

母親帶著奶奶的一枚戒指獨自回沖繩，貴子幫媽媽哄奶奶附身在戒指上。「抓緊喔，Numee。」奶奶在她心裡對她微笑。

「妳現在也是靈媒了。」母親對她說道：「沒什麼比客死異鄉還不幸，亡靈回家前都無法安息，幫助他們是靈媒的責任。」

他們把鐵鍬帶回去，秋葉情緒高昂，一路上不停吹口哨、哼唱。他問貴子有關亡靈的細節：他們長什麼樣子、聽起來像什麼、他們想要什麼。

「他們想回家。」她說。

「是嗎？」秋葉踢小徑上的一團蕈菇，碎片四散。「告訴他們，只要協助打贏這場戰爭，他們就能回家。他們在世時太懶惰，沒為天皇做多少事，現在有了彌補的機會。」

他們經過榕樹和銀葉板根，木槿叢和葉片如直立巨大象耳的姑婆芋，不過貴子無法再享受美景。她感覺幾乎無法將她的魂，她生命的本質，留在她的軀殼中。

秋葉將原型拿給她看：一個金屬盒，中間以隔板隔開左右。隔板上滿是覆蓋半透明絲膜的小孔。

「之前的靈媒告訴我，亡靈非常虛弱。他們的力量不太能操控物體，甚至連從桌上拿起鉛筆也做不到，他們頂多能輕推一條線。是這樣嗎？」

她點頭，亡靈與物質世界的互動確實有限。

「我猜那些女人沒說謊。」秋葉若有所思地說：「我們拷問過其中幾個，看看她們是不是對他們的能力有所保留。」

她努力擺出跟他一樣的平靜表情。

「雖然宣傳人員是那樣說，不過實際上戰況不利。」秋葉說：「我們採取守勢一段時間了，而美國人不斷進逼，跳過一個又一個島嶼橫越太平洋。他們用財富和源源不絕的補給彌補他們欠缺的勇氣與戰技，而那向來是日本的弱點。我們的石油和其他必要原料都即將用罄，我們需要找出出乎意料的能源，某個能夠扭轉戰爭形勢的事物。」

秋葉愛撫她的臉，而她儘管不願意，卻發現自己在他的溫柔撫觸下放鬆。

「一八七一年的時候，詹姆士．克拉克．馬克斯威爾（James Clerk Maxwell）設想出一種精巧的引擎。」秋葉接著說道。貴子想告訴他她知道馬克斯威爾的構想，不過秋葉沒理她，因為他講課的興致正濃厚。「就非日本人而言，非常聰明。」他補充。

「一箱空氣裡面滿是快速四處移動的分子。我們認為它們的平均速度就跟它們的溫度一樣。

「不過事實上，空氣分子移動時的速率並不一致。有些擁有較高的能量，便移動得較快，其他則是懶懶散散、移動緩慢。然而，假設箱子以中間的活板門區分為左右兩半，再假設有一個極小的惡魔站在活板門旁。惡魔觀察所有分子在箱子內到處彈，只要看見飛快移動的分子從右側朝門而去，他就打開門，讓分子進入左側，再立即關上門。只要看見緩慢移動的分子從左側朝門而去，他也打開門，讓分子進入右側，再立即關上門。一段時間後，就算小惡魔並沒有直接操控任何分子，或是將任何能量導入系統，系統內的總熵[8]下降，左邊的箱子充滿了飛速移動的分子，變得更加熾熱，右邊則充滿緩慢移動的分子，變得更加冰冷。」

8　物理系統無秩序或紊亂程度的指標，熵增加，系統就越紊亂，作功能力也下降。此概念由德國物理學家克勞修斯（Rodolph Clausius）於一八五四年提出。

「可以利用這樣的熱差製造有用的東西，」貴子說：「就像抑制水的水壩。」

秋葉點頭。「小惡魔基本上只是依照分子依據它們已經存在的性質進行分類，然而透過區分，資訊轉化為能量，繞過了熱力學第二定律。我們必須打造出這個引擎。」

「但這只是臆想實驗。」貴子說：「上哪找像這樣的惡魔？」

秋葉對她微笑，而她感覺一陣寒意溜下她的脊椎。

「那就是妳派上用場的地方了。」秋葉說：「妳要教妳的亡靈驅動這個引擎、分隔熱分子和冷分子。妳成功後，我們將擁有無盡的能源補給，自發地從空氣中產生。我們將能打造不需要柴油、永遠不必浮出水面的潛艇，還有永遠不會耗盡燃料、永遠不必降落的飛機。由亡者提供動力，我們將讓紐約和舊金山陷入火海，我們將轟炸華盛頓，讓它回復到崛起前的沼澤狀態。每一個美國人都將死去或尖叫，而且是在驚懼中尖叫。

「我們來試試看這個遊戲。」貴子對泰和蘇勒說：「如果你們能做到，我或許有辦法讓你們回家。」

她閉上眼，讓思緒飄浮，意識與亡靈交融。她探觸他們的視力，共享他們的視力，看見他們所見。他們不受肉體的限制約束，能將意識專注於最微小的尺度與最片段的時間，因此一切似乎大幅放大、減速。但是他們無知昏昧、未受教育，不知道應該找尋什麼。

仍握持他們注意力的她與他們分享她的知識，幫助他們將空氣視為一片彈珠飛竄亂彈的海洋。她引導他們到覆蓋箱子中央隔板的膜，再到構成膜的絲線。她以無窮的心力與耐性教他們等待，直到一個分子歪向隔板。「打開！」她大喊。

然後看著泰和蘇勒傾盡他們貧乏的力量彎折絲線，打開一個小開口，空氣分子迅速朝開口靠近。

「快一點，快一點！」她大喊。她不知道自己跟他們共處了多長時間，教他們更快速打開並關閉隔板上的門，分隔快速分子與慢速分子。

她睜開眼，她的魂再度完整回到軀體內，她大口喘氣。時間恢復正常，塵埃在暗室的一束束陽光中緩緩滑翔。

她一隻手放上金屬箱的一端，感覺箱子逐漸變熱，她顫抖了起來。

夜半時分。貴子在自己的房間裡。她先前對秋葉解釋過，又到了她每個月的時間。他點頭，轉而找女僕陪伴。

結果她計畫中最困難的部分是要泰和蘇勒躲在月經帶內。他們經歷過那一切，竟然還會對此猶豫，這令她感到荒謬。不過男人就是這麼奇怪。她終於說服他們這是回家的唯一方法，一條漫長、迂迴、繞過半個地球的路。他們信任她，勉強聽從她的要求。

筋疲力竭的她在桌邊坐下，就著凸圓月的光寫了起來。

美國的間諜先前傳回消息，指出美國人正在研發一種新武器，武器的基礎是分裂原子所產生的能量。德國人數年前已分裂鈾元素，日本人也在執行相同計畫，美國人需要加快腳步。

貴子知道，製造以鈾為基礎的原子彈時，關鍵的步驟是獲取正確種類的鈾。鈾有兩種：鈾二三八和鈾二三五。在自然界中，百分之九十九點二八四的鈾都是鈾二三八的形式，但若想擁有持續的核連鎖反應，通常需要核二三五。這兩種同位素無法以化學方法加以區分。

貴子想像在某種化合形式下蒸發的鈾原子，分子亂彈，就像她金屬箱內的空氣。鈾二三八較重，鈾二三五較輕；一般來說，帶鈾二三八的分子只會比帶鈾二三五的分子稍慢。她想像分子在一根管子內彈跳，亡魂在頂部附近等待，打開門讓較快的分子通過，關上門將較慢的分子留在管子內。

「如果你們幫助美國打贏這場戰爭，你們就能回家。」她對亡魂低語。

她寫下她的建議。

貴子想像她的亡魂協助打造的炸彈將有多強大。會不會比太陽還亮？會不會讓一整座城市陷入火海？會不會創造出成千上萬尖叫的亡魂，而他們將永遠無法回家？

她停下來，她是凶手嗎？如果她什麼也不做，人會死；但無論她做什麼，人也一樣會死。她閉上眼，想著她的家人，她希望他們的日子沒過得太苦。她弟弟是麻煩的那一個，他悶悶不樂，而且總是如此憤怒。她想像圖利湖營區的門打開，所有人像高能量分子一樣彈出來。**戰爭結束了！**

她完成報告，希望內容不會被美國家鄉的分析師當成瘋子的胡言亂語。她要求允許她母親和泰、蘇勒合作，並在他們的工作完成後幫助他們回家——她在這行要求下畫上雙底線。

「什麼意思？妳說他們逃走了？」秋葉聽起來並不憤怒，他看似困惑。

「我無法用夠明確的方式對他們解釋我們期待他們做什麼。」貴子跪趴在地上。「我道歉，我承諾給他們的報償太過迷人。他們欺騙我，我一度以為實驗起作用了，結果只是我的想像。他們一定趁夜逃走了，因為他們怕我發現他們的詭計。如果你想，我們可以再去洞穴找其他亡靈。」

秋葉瞇起眼。「其他靈媒不曾發生過這種情況。」

貴子的視線停留在地板上，她的心臟在胸腔重擊。「請理解這些亡靈並非帝國忠誠的子民，他們是罪犯，你能對這些中國人有什麼期待呢？」

「有意思。妳的意思是，我們應該要忠誠的子民自願投身這個任務，將他們的軀體轉化為亡魂，才能更適切地為帝國效力？」

「絕非如此。」貴子感覺嘴巴發乾。「如我所說，這個理論很好，但我認為就算恭順的士兵和農夫的亡魂滿懷對帝國的熱忱，任務的困難度還是超越他們的能耐。就目前而言，我們應該轉而從事其他研究。」

「就目前而言。」秋葉說道。

貴子嚥下恐懼，對他微笑，接著開始寬衣解帶。

一九四五年六月

村落窩在山丘邊，擋去大部分轟炸與砲火。不過他們蜷縮其中的小屋地面還是每隔幾分鐘便一陣搖晃。

再也無處可逃。海軍陸戰隊兩個月前登陸，緩慢但勢不可擋地進逼。第九十八單位的複合建築在數週前被轟炸為瓦礫。

小屋外，村民在空地集合聽中士講話。他脫去了襯衫，可以看見他的骯髒皮膚下肋骨一根根突出。實行食物配給已經幾個月了，儘管許多百姓被要求自殺，補給品才能支撐皇軍更長的時間，食物終究還是消耗殆盡。

集合起來的村民都是女性，包含非常年幼的女孩和非常年長的老嫗。幾天前，包括男孩在內，所有肢體健全的男性都拿到竹矛，被帶去對海軍陸戰隊展開最後一次萬歲攻擊[9]。

貴子對男孩們說再見。有些青少年冷靜面對戰鬥，甚至顯得渴切。「我們沖繩男兒將讓美國人看見我們的大和精神！」他們齊聲喊道：「我們每多戰鬥一天，本島就多一天安全！」

他們都沒回來。

中士的劍掛在腰帶上，一字巾頭帶破爛染血，他來回踱步的同時，眼淚不受控制地淌下臉頰。他滿心憤怒與悲痛。**哪裡出錯？日本是無敵的。**問題一定出在不潔的沖繩人身上，畢竟，他們不是真正的日本人。他們被抓到用沒人聽得懂的方言低聲交談，就算處決了如此大量這樣的叛徒，一定還是有太多人暗中幫助美國人。

「美國人朝每一戶人家射擊，每一戶有女人和小孩的人家。聽見嬰兒哭，他們眉頭也不會皺一下。他們是畜牲！」

貴子聆聽中士演說，想像著那場景。他在描述美軍進攻山丘另一邊的村莊，日本士兵退入房舍，利用村民當人肉盾牌。有些女人帶著矛衝向海軍陸戰隊，海軍陸戰隊射擊她們，然後掃射房舍內。老百姓和戰鬥人員之間沒有區別，來不及區別。

「他們會強暴妳們所有人，再在妳們面前凌虐妳們的孩子。」中士說：「別讓他們稱心如意，我們為帝國獻出生命的時候到了，我們的精神將獲得勝利。日本永不放棄！」

幾個孩子哭了起來，母親們噓聲安撫，她們用空洞的眼神注視激烈打手勢的中士。她們對「強暴」二字沒反應。幾天前，皇軍出發展開最後的自殺攻擊前，已經利用女人們度過瘋狂的一晚，幾乎沒有女人反抗。戰爭就是這麼回事，不是嗎？

皇軍交給每一家的家長一顆手榴彈。先前還可以發給每一戶兩顆，一顆給敵人，一顆給家人。但手榴彈也所剩不多了。

「時候到了。」中士大吼。村民無人動彈。

「時候到了！」中士又吼道，槍指向其中一位母親。

那位母親將她的兩個孩子拉近。她尖叫，拉掉手榴彈插銷，將手榴彈緊抱在胸口。她繼續尖叫，直到叫聲突然被爆炸終結。肉塊四散，有些掉在中士臉上。

9 banzai charge，指自殺式衝鋒。

其他母親和祖父母開始尖叫、哭泣，然後是更多爆炸。貴子用手指緊緊塞住耳朵，但是亡魂繼續尖叫，不可能擋住那些尖叫聲。

「我們的時候也到了。」秋葉平靜如常。「我讓妳選擇妳希望怎麼走。」

貴子難以置信地看著他。他伸手輕撫她的臉頰，她一縮，秋葉停下來，諷刺地微笑。

「不過我們還要進行最後一個實驗。」他說：「妳是個對帝國忠誠的子民，而且接受過科學教育，我想看看妳的靈魂能否做到其他亡魂做不到的事，表現出馬克斯威爾的小惡魔所表現的行為。我想知道我的引擎是否能用。」他對房間角落的金屬箱點點頭。

貴子看見秋葉眼中那抹瘋狂的閃光。她逼自己維持冷靜，像對孩子說話一樣輕聲細語。「或許我們應該考慮投降。你是個重要人物，考慮到你的知識，他們應該不會傷害你。」

秋葉大笑。「我一直懷疑妳並不是妳自稱的那個人。在美國生活那麼久，一定玷汙了妳。我這是在給妳最後一次機會，讓妳證明妳對帝國的忠誠。接受吧，然後決定妳要怎麼死。否則，我會為妳做決定。」

貴子看著秋葉。這個男人認為拷問老婦人沒什麼大不了；這個男人幻想整座城市陷入火海而樂在其中；這個男人無情地考慮殺人，死者的靈魂才能被用來驅動死亡機器。但也是這個男人，幾年來只有他對她展現過溫柔，以及近似愛的情意。

她覺得他好可怕，想對他尖叫。她恨他，也憐憫他。她想看他死，也想拯救他。但在一切之上，無論他到底怎麼樣，她想活下去。戰爭就是這麼回事，不是嗎？

「你是對的，處長。但是，在我走之前，請再一次讓我快樂。」她開始寬衣解帶。

秋葉哼了一聲，放下槍，動手解開皮帶。迫近的死亡威脅只讓他性慾更熾烈，他猜想女孩也受到相同影響吧。

他的注意力飄開。

他或許對這女孩太嚴厲了，她到頭來終究忠誠。他會想念那些偶爾掠過她臉龐、古怪而惹人憐愛的美國表情，還有她那徘徊在恐懼與渴望之間的眼神，像隻想回家但不確定該怎麼做的小狗。他想他這次會溫柔，用他久遠前新婚時對待他妻子的方式對待她。（想到獨自待在廣島的妻子，她甚至不知道他是生是死，他的心一揪。）然後他會扼死她，藉此保留她的美。對，就是這樣，在他高潮的那一刻，他將送貴子上路，然後他將跟上。

他抬頭，貴子已然消失。

貴子不停奔跑，不在乎自己朝哪個方向去，只想盡可能遠離秋葉和那些尖叫的亡魂。遠方，她看見一點明亮的色彩。有可能嗎？對！是星條旗在風中飄揚。她的心臟躍上喉頭，她覺得自己會死於突然爆發的喜悅。她跑得更快了。

在一座小山丘頂部，她能看見那是一座小村落。到處是死屍，有日本人也有美國人，還有女人和嬰兒。血浸透大地，旗子在炙熱強風中驕傲地拍打。

她看見四散的海軍陸戰隊到處走動，對著死去的日本人吐口水，從軍官的身上撿起劍和其他紀念品。有些疲憊得坐地休息，其他人走向蜷縮在房舍門內的婦女。海軍陸戰隊走到門前時，女人們沒有抵抗，她們無聲退入屋內。戰爭就是這麼回事，不是嗎？

但就快結束了，她就快回家了。她用盡最後一絲力氣衝過最後約一百呎的距離，穿過樹林，進入村落。

兩名海軍陸戰隊旋身面對她。他們很年輕，約莫跟她弟弟同年。貴子思忖自己在他們眼中是什麼模樣：裙子撕毀，臉和頭髮數日未洗，逃離秋葉的過程中露出一邊乳房。她想像自己對他們說英語，帶著太平洋西北地區的韻律、浸潤雨水的母音、未經修飾的子音。

海軍陸戰隊的表情緊繃，受到驚嚇。他們以為已經完事，但又來一個自殺攻擊？

她張口，努力將不存在的空氣推過束緊的喉嚨。她聲音嘶啞：「我是美——」

一陣喧天的槍聲。

海軍陸戰隊站在她的屍體旁。

其中一個海軍陸戰隊吹了聲口哨：「好一個漂亮的日本佬。」

「是很美，」另一個說：「但我就是受不了那雙眼睛。」

血汩汩湧入貴子的胸膛和喉嚨。

她想著圖利湖的家人，還有她簽署的那些文件。她想著她利用血偽裝、偷渡出去的亡魂。她想著那個把手榴彈抱在胸口的母親，思緒隨即被周遭亡魂的尖叫和聲音席捲，他們的悲傷、恐懼和痛苦。

戰爭在人身上打開一扇門，無論人的體內有什麼，一概滾出門外。門邊沒有小惡魔，世界的熵增加。

戰爭就是這麼回事，不是嗎？

貴子飄浮在她的軀體上方。海軍陸戰隊失去興致，繼續前進。她低頭看著軀體，悲傷但不憤怒。她別開視線。

旗子又破又髒，但依然驕傲地飄揚。

她飄近旗子。她要附身在旗子的纖維中，附在紅、白、藍的線上。她要躺在星星之間、擁抱條紋。旗子將被帶回美國，而她會一起回去。

「Nmarijima，」她對自己說道：「我要回家了。」

重生

我們每個人都認為有個單一的「我」作主，但那只是大腦努力製造的幻象……

——史蒂芬．平克（Steve Pinker），《白板》（*The Blank Slate*）

The Reborn

我記得重生，我想像中魚被丟回大海時就是那種感覺。

審判船緩緩越過扇形碼頭，從波士頓港飄進來，金屬碟形船身融入雲層翻湧的黑暗天空，圓弧的上層表面彷彿懷孕的腹部。

船和下方的舊聯邦法院一樣大。幾艘護衛艇沿邊緣盤旋，艇身表面閃動的燈光有時恰好拼湊出貌似人臉的形狀。

我身旁的觀眾安靜下來。每年排定四次審判，每次依然吸引大批群眾。我掃視一張張仰望的臉，大部分面無表情，有些看似敬畏。幾個男人對彼此低語並輕笑。我稍微留意一下他們，只是稍微，已有數年不曾發生公開攻擊。

「飛碟耶。」其中一個男人說道，音量有點太大。旁邊有些人退開，盡量保持距離。「該死的飛碟。」

人群避開審判船正下方的空間。一群陶寧觀察員站在正中間，準備迎接重生者。但是我的伴侶凱不在其中。其[10]告訴我，其最近見證太多復生了。

凱曾經對我解釋，審判船的設計本意是對當地傳統致敬，激發我們對小綠人和《外太空九號計畫》[11]的歷史想像。

就像你們把舊法院蓋成圓頂，是為了讓它看似燈塔，像正義的明燈，以對波士頓航海歷史致敬。

陶寧人通常對歷史不感興趣，不過凱總是主張要更努力適應我們當地人。

我緩緩穿過群眾，好更靠近正在低聲說話的那群人。他們都穿厚厚的長大衣，最適合用來藏匿武器。

懷孕的審判船頂部開啟，一道明亮金光直射入天，經烏雲反射後，柔和、無影的光芒映回地面。審判船周身各處的圓門開啟，彈力索鬆開，從門內落出，如觸鬚般垂盪、收縮並伸展。此時的審判船彷彿飄過空中的水母。

每條彈力索末端各有一個人類，靠脊椎和肩胛骨間的陶寧端口牢牢連結，彷彿上鉤的魚。隨著彈力索緩緩伸長、飄近地面，末端的人慢悠悠地晃動手腳，描繪出優雅的圖案。

我幾乎已經走到竊竊私語的那群男人旁。其中一人，稍早說話太大聲的那個，他的雙手藏在厚大衣的擋風片下。我加快腳步，一面推開人群。

「可憐的雜種。」他低語，看著重生者越來越靠近人群之中的空地，即將回家。我看見他換上堅決的表情，那表情屬於狂熱份子，屬於即將大開殺戒的仇外者。

重生者幾乎觸地。我的目標在等待彈力索解開的那一刻，重生者才不會被拉回空中；重生者仍腳步不穩、不確定自己是誰的那一刻。

仍單純無害。

我清楚記得那一刻。

目標試著從大衣中拿出某個物品，他的右肩挪動。我推開前方兩個女人，一躍而起，大喊：「不准動！」

---

10 作者賦予陶寧一族專屬的代名詞 thie、所有格 thir 及受詞 thim，中文皆以「其」表示。

11 《Plan 9 from Outer Space》，一九五九年美國電影，導演為艾德・伍德（Ed Wood）。

世界彷彿慢了下來，重生者下方的地面如火山般爆發，他們連同陶寧觀察員被拋入空中，四肢揮舞，彷彿被切斷線的牽線木偶。我撞上面前的男人，一波熱與光讓一切化為空白。

處理嫌犯和包紮傷口花了幾小時。他們放我回家時，已經過午夜了。

因為新近實行的宵禁，劍橋街道安靜無人。一隊警車停在哈佛廣場，其中許多輛在我停車、搖下車窗、出示警徽時凌亂地閃起警示燈。

一臉稚嫩的年輕警官倒抽一口氣。對他而言，「喬書亞．瑞農」這個名字可能不具備任何意義，不過他看見我警徽右上角的黑點了；這個點容許我進入戒備森嚴的陶寧住宅區。

「不如意的一天，長官。」他說：「不過別擔心，我們已經淨空通往您住處的所有道路。」

他盡量輕描淡寫帶過「您住處」這三個字，不過我聽得出他語氣中的興奮。**他是他們的一份子。他跟他們住在一起。**

他並沒有退離我的車。「如果您不介意我問，調查進展如何？」他打量我全身上下，他的好奇心如此飢渴，幾乎能碰觸到。

我知道他真正想問的是**那是什麼感覺？**

我轉向正前方，關上車窗。

片刻後，他退後，我用力踩下油門，讓輪胎在我飛馳而去時發出令人心滿意足的尖嘯。

圍牆內的住宅區原本是拉克利夫學院。

我打開公寓的門，凱喜歡的柔和金光讓我回想起下午的事，不禁一陣顫慄。

凱在客廳裡，正坐在沙發上。

「抱歉我沒打電話。」

凱伸展其足足八呎高的身軀站起來，張開雙臂，凝視我，那雙暗色的眼睛彷彿游過新英格蘭水族館巨型水槽的大魚之眼。我踏入其懷抱，吸入其熟悉的香味，混合花朵與香料的味道，異星世界與家的氣息。

「你聽說了？」

其沒回答，只是溫柔褪去我的衣物，小心避開繃帶的位置。我閉上眼，沒有抵抗，感覺衣服一件一件落下。

全身赤裸後，我抬起頭，其親吻我，管狀的舌在我嘴裡感覺溫暖、帶著鹽味。我環抱他，觸摸其腦後那道長長的疤；我不知道疤的歷史，也無心探究。

然後其第一對手臂抱住我的頭，把我的臉擁向其柔軟、毛絨絨的胸膛。其強壯而靈活的第三對手臂環繞我的腰，第二對手臂靈巧又敏感的尖端輕輕愛撫我的肩膀片刻，找到我的陶寧端口，溫柔撥開皮膚推擠進去。

連結的那一刻，我大口喘氣，感覺四肢變得僵硬，在我放鬆後又轉為無力，我讓凱強壯的手臂支撐我的體重。我閉上眼，以便透過凱的感官享受我身體的狀態：溫暖血液湧過血管，形成一幅發光的地圖，其中脈動的紅金雙色流襯著我背後與臀部較冰涼、泛藍的皮膚；我的短髮扎刺其第一雙手的敏感肌膚；我混亂的思緒在其溫和、引導的輕推下漸漸舒緩，化為明晰。我們現在以兩個心智、兩個身體所能擁有最親密的方式彼此連結。

就是這種感覺，我想著。

不要因他們的無知而惱怒，其想著。

我重播那個下午：我值勤時傲慢又草率的態度，爆炸的驚嚇，我看著重生者和陶寧人死去時的罪惡感和懊悔。怒不可遏。

你會找到他們，其想著。

我會的。

然後我感覺其身體貼著我動了起來，用全身六條手臂與兩條腿探測、愛撫、緊抱、擠壓、穿入；我回應其動作，以雙手、嘴唇、雙腳貼著其冰涼柔軟的肌膚游移。我慢慢學會其喜歡這樣，其歡愉與我同樣清晰而真實。

思考似乎像言語一樣多餘。

聯邦法院地下室的審訊室又小又幽閉，一個籠子。

我關上身後的門，把外套掛好；我不怕背對嫌疑犯。亞當．伍茲坐在那兒，臉埋在雙手間，手肘靠在不鏽鋼桌上，鬥志全消。

「我是陶寧保護署的調查專員喬書亞．瑞農。」我出於習慣，在他面前揮了揮警徽。

他抬頭看我，雙眼充血、晦暗。

「相信你已經知道，你過去的人生結束了。」我沒有誦讀他的權利，也沒有告訴他他能聘請律師，那是較落後時代的儀式了。再也不需要律師——不再有審問，不再有警察花招。

他凝視我，眼神充滿恨意。

「那是什麼感覺？」他的聲音是低沉的耳語。「夜夜被他們其中一個幹？」

我停頓，想不到他在短短一瞥中竟看見警徽上的黑點。隨即想通，那是因為我剛剛轉身背對他，他可以隔著襯衫看見陶寧端口的痕跡。他知道我獲得重生，而猜中端口維持開啟的人與陶寧人結合只是運氣好，但也說得通。

我沒上鉤，面對像他這種被仇外心理驅使而開殺戒的人，我很有經驗。

「你會在手術後接受探查。若你現在招認，並提供共謀者的有用資訊，你復生後將獲得好工作、好人生，大部分朋友和家人的回憶也將留存。但若你說謊，或什麼也不說，我們無論如何還是會得到所有需要的資訊，你會帶著只剩白板的心智被送去加州清理輻射塵，所有在乎你的人都將遺忘你，徹底遺忘。選擇在你。」

「你怎麼知道我有共謀？」

「爆炸的時候我看見你了，你在等著事情發生，我相信你的角色是在爆炸之後試著殺死更多陶寧人。」

他繼續注視我，恨意未減。然後，彷彿突然想到什麼，他說：「你重生過不只一次，對吧？」

我渾身僵硬。「你怎麼知道？」

他微笑。「只是直覺，你的站姿和坐姿都太直挺挺。你最後那次做了什麼？」

我應該對這問題有所準備，但沒有，復生兩個月了，我依然生嫩，狀態不佳。「你知道我無法回答這個問題。」

「你什麼也不記得？」

「那是我身上一個已被切除的腐爛部位，」我告訴他：「就像你的腐爛部位也將被切除一樣。無論過去那個喬許．瑞農做了什麼，他都不復存在，而他犯的罪本該被遺忘。陶寧是富同情心、仁慈的種族，他們只切除真正肇禍那部分的你我——犯罪意圖、邪惡的意志。」

「富同情心、仁慈的種族。」他複述，我在他眼中看見一種新的情緒：憐憫。

我突然一陣狂怒。他才是該被憐憫的人，不是我。他還來不及舉起雙手，我已經撲向他，拳頭痛擊他的臉，一次、兩次、三次。

他的雙手在身前搖晃，鮮血從鼻中湧下。他沒發出任何聲音，只是繼續用平靜、滿是憐憫的眼神看著我。

「他們在我面前殺死我父親。」他抹抹嘴唇上的血，再揮手甩掉。血滴落在我的襯衫上，襯著白色布料的鮮紅色血珠如此鮮亮。「我當時十三歲，躲在後院的小屋，透過門縫看見他用球棒朝他們一揮，那東西用一條手臂擋下來，另一雙手抓住他的頭，直接扯下來，然後燒掉我母親。我永遠忘不掉人肉煮熟的味道。」

我努力控制住呼吸，努力用陶寧人的眼光看面前這男人——分割開來：一個嚇壞的孩子，還有救；一個憤怒、仇恨的男人，沒救了。

「那是超過二十年前的事了。」我說：「那是較黑暗的時期，一個可怕、瘋狂的時期。世界已經繼續前進。陶寧人道過歉，也努力彌補。你早該去諮商，他們早該為你裝上端口，消除那些回憶。你原本可以擁有免除這些鬼魂的人生。」

「我不想免除這些鬼魂。你想嗎？我不想遺忘。我說謊，告訴他們我什麼也沒看見；我不想讓他們進入我的思緒、偷走我的回憶。我想要報復。」

「你沒辦法報復。做那些事的陶寧人不在了，他們受到懲罰，被褫奪記憶。」

他大笑。「你說『懲罰』。現在陶寧人到處招搖、鼓吹普遍的愛以及陶寧人和人類和平共處的未來，但他們跟做那些事的陶寧人根本是同一批人。他們能夠便宜行事地遺忘自己的作為，不代表我們也該如法炮製。」

「陶寧人並沒有一體意識——」

「說得好像你沒在占領行動中失去任何人，」他提高音量，憐憫轉化為更黑暗的情緒：「說得好像你是個通敵者。」他對我吐口水，我感覺到血在我臉上，在我唇間；溫暖、甜膩，鐵鏽的味道。

「你甚至不知道他們從你身上拿走了什麼。」

我離開審訊室，關上身後的門，阻絕綿綿不絕的詛咒。

科技調查部的克蕾兒在法院外跟我碰面。她的人昨晚已掃描並記錄完犯罪現場，但我們還是繞著爆炸坑走，用老方法目視檢查，以免她的機器遺漏什麼，雖然不太可能。

遺漏什麼。什麼被遺漏了。

「其中一名受傷的重生者今天凌晨大約四點在麻州綜合醫院離世，」克蕾兒說道：「因此總死亡人數累積十人：六名陶寧人、四名重生者。傷亡人數比不上紐約兩年前的事件，但絕對是新英格蘭最慘烈的屠殺。」

克蕾兒很瘦小，一張尖臉，總是動作迅速彷彿抽搐，令我想起松鼠。身為波士頓駐地辦公室唯二與陶寧人結婚的保護署調查員，我們變得頗為親近，其他人常打趣說我們是職場配偶。

我沒在占領行動中失去任何人。

母親的葬禮上，凱跟我站在一起。她在棺木中的臉很安詳，不顯痛苦。凱在我背上的碰觸很溫柔，支撐著我。我想告訴其不用覺得太難過。其是如此努力救她，就跟其先前試著救我父親一樣，只是人類的軀體很脆弱，我們還不知道如何有效運用陶寧人教導我們的先進科技。

我們小心地繞過一堆被融化瀝青固結的瓦礫。我努力控制思緒，伍茲令我心神不寧。「爆炸物方面有什麼線索嗎？」我問道。

「很精密的東西。」克蕾兒說：「根據殘存的碎片，計時器線路上連接了一個磁力計。我認為最有可能的情況，是磁力計被近處的大量金屬觸發，例如審判船，因而啟動設定為剛好在重生者觸地時引爆的計時器。」

「這需要精確掌握審判船的質量，否則駛過波士頓港的任何遊艇或貨船都有可能引爆炸彈。」

「還需要了解審判船的運作。」我補充道：「他們必須知道昨天這裡會有多少重生者，並計算完成儀式以及把他們降到地面需要多少時間。」

「肯定少不了一大堆嚴密的謀劃，」克蕾兒說：「犯人不會是獨行俠。我們對付的是嫻熟的恐怖組織。」

克蕾兒拉住我。我們站在很不錯的制高點，能夠看清楚爆炸坑的底部，比我預期的淺。無論是誰下的手，那人利用指向性炸藥，將威力集中朝上，可能是想盡可能縮小對圍觀人群的傷害。

人群。

一段有關我小時候的回憶不請自來。

秋季，空氣涼爽，大海與燃燒的味道。一大群人兜著圈子，但沒人發出聲音。像我一樣在外圍的人朝中間擠，靠近中央的人則想擠出來，像一群蜂湧在鳥屍上的螞蟻。我終於擠進中間，明亮的篝火在幾十個金屬油桶內燃燒。

我把手伸進外套內拿出一個信封，打開，把一疊照片交給站在油桶旁的男人。他翻了翻，抽出幾張，剩下的交還給我。

「你可以留下這些，去排隊做手術吧。」他說。

我翻看手上的照片：媽抱著嬰兒的我；爸在遊樂場把我舉到肩膀上；媽媽和我睡著了，兩個人姿勢一樣；爸媽和我在玩桌遊；我扮成牛仔，媽在我身後努力把領巾綁好。

他將其他照片扔進油桶。我轉身時，試著在照片被火焰吞噬前瞄一眼照片上是什麼。

「你還好嗎？」

「還好。」我有些恍惚。「爆炸的影響還沒完全消退。」

我可以信任克蕾兒。

「欸，」我說：「妳有沒有想過妳重生之前在做什麼？」

克蕾兒用銳利的眼神盯著我，她沒眨眼。「別再這樣，喬許。想想凱，想想你的人生，你現在擁有的真正的人生。」

「妳是對的。」我說：「伍茲只是讓我有點不安而已。」

「你可能該放幾天假，你不能專心的話對誰都沒好處。」

「我會沒事的。」

克蕾斯似乎不相信，但沒有繼續逼迫，她了解我的感覺。凱能看見我心中的罪惡感和懊悔，在那終極的親密中，我無處可躲。我受不了待在家裡什麼也不做，任由凱不斷安慰我。

「如我剛剛所說，」她繼續說道：「這地方一個月前由 W. G. 透納營造公司鋪設新路面。他們可能就是趁那時候設置炸彈，而伍茲正是工作人員。你應該從那裡開始。」

那女人將一箱檔案留在我面前的桌上。

「這些是參與法庭路鋪路工作的所有員工與承包商。」

她倉皇逃走，彷彿我有傳染病似的；她害怕和保護署調查員之間有超過最低限度的任何交談。就某種層面而言，我想我確實有傳染病。我重生的時候，還有一些人也必須裝上端口；他們或許與我親近，或許知道我做過什麼，也或許他們對於我的認知構成喬書亞．瑞農的部分身分，那些回憶都必須被消除，這是我復生過程的一部分。無論我犯過什麼罪，他們都受到感染。

我甚至不知道他們是哪些人。

我不該再想下去。沉湎於過去的人生，一個死人的人生，這樣不健康。

我一一瀏覽檔案，將姓名輸入我的電話，好讓克蕾兒位於辦公室的演算法將它們描繪成一張網，將它們與數百萬資料庫內的條目連結，在激進反陶寧論壇和仇外網站撈捕，找出關聯。

不過我還是一絲不苟地一行行閱讀檔案，有些時候，人腦能找出克蕾兒的電腦找不出來的關聯。透納公司很謹慎，所有申請者都必須經過詳細的背景調查，演算法沒找出可疑之處。

一段時間後，名字化為一團難以區別的混亂：凱利．柯夫、休．瑞可、索菲亞．里戴、沃克．林肯，朱利歐．寇斯塔斯……

沃克．林肯。

我回頭又讀一次檔案。照片上是一名年約三十的白種男性，眼睛窄細、髮線退後，對鏡頭繃著臉，似乎沒特別值得注意之處，他看起來一點也不眼熟。

但是這名字不知怎的令我遲疑。

照片在火焰中捲起。

最上面那張是父親站在我家前面，手上拿著來福槍，表情陰森。火焰吞噬他的同時，我瞥見照片殘餘角落的十字路口路標。

沃克路和林肯路。

儘管辦公室內的暖氣溫度調得很高，我發現自己在發抖。

我拿起電話，叫出沃克．林肯的電腦報告：信用卡紀錄、通聯紀錄、搜尋紀錄、網路使用狀況、學經歷。演算法沒有標示出任何不尋常之處，沃克．林肯看起來像典型的普通公民。

但我沒見過哪一份人物側寫沒被克蕾兒的偏執狂演算法挑出任何毛病，沃克．林肯太完美了。

我瀏覽他的信用卡購物紀錄：柴火、啟動液、壁爐模擬器、戶外烤架。

然後，從大約兩個月前開始，什麼也沒有。

其手指正要插進來，我開口了。

「今晚不要好嗎？」

凱的第二對手臂尖端停下來，躊躇著，然後溫柔愛撫我的背。幾分鐘後，其退開。其注視我，在公寓昏暗的燈光下，那雙眼睛彷彿蒼白的月。

「對不起，」我說：「我有很多心事，討厭的想法。我不想造成你的負擔。」

凱點頭，一個感覺不太協調的人類舉動。我很感激其是那麼努力想讓我好過一點，其總是非常體貼。

其走開，將赤裸的我留在房間中央。

女房東聲稱她對渥克・林肯的生活一無所知。房租（在查爾斯鎮的這個區域算極為便宜）在每月一日直接存入；他四個月前搬進來，她從沒跟他打過照面。我一亮出警徽，她便將他公寓的鑰匙交給我，無言地看著我走上樓梯。

我打開門、開燈；迎接我的是一幅家具店的展示景象：白色長沙發、皮革雙人座椅、玻璃咖啡桌，幾本雜誌在桌上疊成整齊的一落，抽象畫掛在牆上。不淩亂，所有東西都在各自該在的位置。我深呼吸，沒有煮食、清掃的味道，有真人居住其中的房子內總伴隨著那些混雜的氣味。

這地方看起來熟悉又陌生，走在裡面感覺似曾相識。

我在公寓內走動，逐一打開各扇門。衣櫥和臥室的擺設就像客廳一樣造作，平凡至極，也虛假至極。

陽光從西牆上的窗戶灑入，乾淨俐落的平行四邊形映在灰色地毯上。這種金色的光是凱最愛的色調。

不過所有物品都蒙上灰塵，可能有一或兩個月的量。

沃克·林肯是個鬼魂。

最後，我轉過身，看見前門後掛著一個東西：面具。

我拿起面具，戴上，走入浴室。

我對這種面具頗為熟悉。材質是柔軟、易彎曲的程控纖維，以陶寧科技為基礎；將重生者放入世界的繩索也是以相同材質做成。面具經體溫觸動後，自動形塑出預設的樣子。無論與戴上者的臉形合不合，它都會強行調整回原本記憶中的那張臉。只有執法人員獲准使用這種面具，我們偶爾利用它混進仇外者的牢房。

鏡子中，面具涼爽的纖維漸漸活過來，就像凱的身體在我碰觸之下活過來一樣。面具貼著我臉部的皮膚和肌肉拉扯，我的臉有片刻時間只是不定形的一團，彷彿噩夢中的怪物。

然後湧動停止。我正注視著的，是沃克·林肯的臉。

我最後一次重生時，看見的第一張臉是凱的臉。

那張臉上有一雙魚般的暗色眼睛，皮膚脈動，彷彿細小的蛆就在表面下鑽來鑽去。我縮起身子想躲開，但無處可去。我的背抵著鋼牆。

其眼周的肌膚收縮又伸展，一種我不了解的陌異表情。其退後，給我一些空間。

我慢慢坐起來，環顧左右。我在一片裝設於小牢房牆壁的厚鋼板上，燈光好亮，我想吐，我閉上眼。

影像的海嘯襲向我，我的腦無法處理。臉孔、聲音、快轉的事件。我張口尖叫。

凱立即靠近，用其第一對手臂抱住我的頭，迫使我安靜下來。一股混雜花朵與香料的氣息包覆我，這股味道的回憶立即從我腦中的混亂冒出來。**家的味道**，我像在翻騰的大海上緊攀住浮木一樣，緊緊攀住那味道。

凱用其第二對手臂摟住我，輕拍我的背，找尋著開口。我感覺那雙手撥開脊椎皮肉上的一個洞，一個我不知道它存在的傷口，而我痛得想哭喊——然後我腦中的混亂平息。我透過其眼和腦看著這世界：我赤裸、顫抖的身體。

讓我幫你。

我稍稍掙扎，但其太強大，我屈服了。

發生什麼事？

你在審判船上。過去的喬許．瑞農做了罪不可赦之事，必須接受懲罰。

我試著回想我做了什麼，但什麼也想不起來。

他不在了。為了拯救你，我們必須將他從這具軀體切除。

在凱的思緒流溫和引導之下，另一段回憶浮上我腦海表面。

我坐在教室裡，前排。陽光從西牆上的窗戶灑入，乾淨俐落的平行四邊形映在地上。凱在我們前方緩緩來回踱步。

「我們都是由許多群集的回憶、許多個性、許多連貫的思考模式構成。」聲音發自凱掛在脖子上的黑盒子，有點機械感，但悅耳清晰。

「當你們結交了來自大城市的新朋友後，與家鄉童年友伴在一起時的行為、表情，甚至說話方式難道不會因而改變嗎？從跟家人相處到跟我相處，你們的笑容、淚水甚至憤怒，難道沒有絲毫不同嗎？」

我四周的學生笑了笑，我也一樣。凱走到教室的另一端，其轉過身，與我四目相交。其眼周的肌膚收縮，眼睛顯得更大，我的臉熱了起來。

「人是統一的個體，這是傳統人類哲學的一項謬見。事實上，這是許多無知舊習的基礎。舉例而言，一個罪犯只不過是與許多其他人格共同棲宿於一具軀體內的人。一個殺人的男人也可能是個好父親、丈夫、兒弟、兒子，密謀行凶時的他，和幫女兒洗澡、親吻妻子、安慰姊妹、照顧母親時的他並不是同一個人。然而，過去人類的刑事審判體系會無差別地連坐懲罰所有人格，將他們一同審判、一同囚禁，甚至一同處死。集體懲罰。多野蠻！多殘忍！」

我以凱描述的方式想像我的心智：切分為多塊，一個分割的個體。或許沒有哪一種人類制度比我們的司法體系更受陶寧人厭棄。考量他們的心靈溝通脈絡，這種蔑視完全合理。陶寧人之間沒有祕密，共享著一種我們只能夢想的親密。人類的司法體系如此受限於個體的不透明性，必須訴諸儀式化的敵對交鋒，而非直取腦中真相，這對他們來說一定是種頗為野蠻的概念。

凱看了看我，彷彿其能聽見我的想法。不過我知道，只要我沒有裝上端口，那就是不可能的事。不過這想法令我愉悅，我是凱最愛的學生。

我抱住凱。

我的老師，我的愛人，我的配偶。我曾經漂泊，現在回家了。我慢慢想起來了。

我碰觸其腦後的疤，其顫抖。

這個疤是怎麼來的？

我不記得，不用放在心上。

我小心翼翼地愛撫他，避開那道疤。

復生是個痛苦的歷程。你們的生理機制並不像我們一樣進化，較難誘哄你們心智的不同部分分開，區隔出不同人格。記憶需要一些時間才能穩定下來，你必須重新記憶，重新學習理解那些回憶所需的路徑，再次重新建構自己。不過你現在是更好的人了，我們必須切除的病害部分不復存在。

我緊攀著凱，我們一起拾起我的一片片自我。

我把面具和那份過於完美的電子側寫拿給克蕾兒看。「必須擁有極大的權力及許多門路，才能取得這樣的裝備，創造出電子足跡如此可信的化名。甚至有可能是署裡的人，因為我們需要刷洗電子資料庫以淨化重生者的紀錄。」

克蕾兒咬著下唇，看了看我電話中所顯示的資料，猜疑地凝視面具。「實在不太可能，署裡的所有員工都裝有端口，而且定期接受探查，我想不透潛伏在署裡的間諜要怎麼藏身。」

「但這是唯一的解釋。」

「很快就知道真相了。」克蕾兒告訴我：「亞當已經裝上端口，濤正在探查他，應該半小時就能完成。」

我幾乎跌進她旁邊的椅子裡。過去兩天累積的疲勞像條沉重毯子蓋在我身上。因為無法解釋的原因，我一直在逃避凱的碰觸，我感覺與自己產生分歧。

我要自己保持清醒，再一下下就好。

凱和我坐在皮革雙人椅上。其龐大的體型意味著我被緊密擠壓。壁爐在我們後方，我感覺得到和緩的熱意煨著我後頸。其左手臂溫柔撫摸我的背，我很緊繃。

我父母坐在我們對面的白沙發上。

「我沒見過喬許這麼快樂。」我母親說道。她的微笑如此令人寬心，我好想擁抱她。

「我很高興妳有這種感覺。」凱利用其黑色發聲盒說話：「我想喬許原本還擔心你們對我——對我們的觀感。」

「總是會有仇外者。」我父親說道，聽起來有點上氣不接下氣。我知道我有一天會認清他的病肇始於此，我的快樂回憶會染上一抹哀傷。

「發生過可怕的事，」凱說：「我們知道。不過我們總是想展望未來。」

「我們也是。」父親說道：「不過有些人被困在過去，無法埋葬亡者。」

我環顧四周，注意到屋子裡是如此整潔，地毯潔淨無瑕，茶几不見雜亂，我父母坐的沙發潔白完美。我們之間的咖啡桌上空無一物，只有一疊擺放得頗做作的雜誌。

這客廳就像家具店的展示廳。

我驚醒。我的回憶片段變得跟沃克·林肯的公寓一樣虛假。

克蕾兒的配偶濤在門邊。其第二手臂的尖端受到嚴重損傷，泌出藍色血液，腳步踉蹌。

克蕾兒隨即來到其身旁。「發生什麼事？」

濤沒有回答，只是扯掉克蕾兒的外套和上衣，較粗、較不靈敏的第一手臂飢渴、盲目地找尋克蕾兒背後的陶寧端口。終於找到開口後，那雙手插入，而克蕾兒大口喘氣，立即癱軟。

我轉身迴避這個私密的場面。濤很痛苦，他需要克蕾兒。

「我該走了。」我站起來。

「亞當在他的脊椎置入軌雷。」濤透過其發聲盒說道。

我頓住。

「我為他裝上端口的時候，他很配合，似乎已經接受他的命運。不過當我開始探查，一個微型爆炸裝置引爆，他立即斃命。我猜你們有些人依然憎恨我們，寧死也不願重生。」

「我很遺憾。」我說。

「我才遺憾。」濤說。機器音努力表達悲痛，不過對心緒混亂的我而言，聽起來只是一種模仿。「部分的他是無辜的。」

陶寧人不甚在乎歷史，而現在，我們也不在乎。

他們也不會年老死去。沒人知道陶寧人有多老，數百歲、數千歲、數萬歲。凱常含糊提起一段耗時比人類歷史還長久的旅程。

那是什麼感覺？我曾這麼問道。

我不記得，其這麼想著。

他們的生物機制解釋了他們的態度。他們的腦就跟鯊魚牙一樣不斷生長。新的腦組織在核心持續生長，外層則像蛇皮，每隔一段時間便蛻落。

陶寧人的生命基本上是永恆的，他們原本會被累積數萬年的回憶壓垮，難怪會變成遺忘的大師。

必須將他們想留存的回憶複製到新組織：回顧、再造、重新記錄。至於他們想拋下的回憶，則像乾掉的蛹殼，隨著每一次改變的週期褪去。

他們丟下的不只是回憶。他們可以採納整個人格，就像角色扮演一樣，復又拋棄、遺忘。陶寧人視改變前後的自我為截然不同的生命：不同人格、不同回憶、不同道德責任，只是依序分享一具軀體。

甚至不是同一具軀體，凱對著我想。

？

約莫一年內，你身體的每一個原子都會經過置換，凱想著。這是我們剛開始成為戀人時的事了，當時的其總是很有講課的興致。**我們甚至更快。**

就像忒修斯的船，隨著時間過去，每一片船板都經過替換，直到再也不是同一艘船。

你總是這樣提起過去。但其思緒的氛圍是溺愛，而非批判。

占領行動期間，陶寧人採取極端侵略性的態度，而我們還以顏色。當然了，細節已模糊不清。陶寧人不記得，大多數人類不想記得。經過這麼多年，加州依然不宜人居。

然後，我們一投降，陶寧人便褪下心智中具侵略性的部分——他們因戰爭罪而受的懲罰——變成你所能想像最溫和的統治者。他們現在信奉和平主義，厭棄暴力，主動分享他們的科技，治癒疾病，施展不可思議的奇蹟。世界和平，人類平均壽命大幅延長，願意為陶寧人工作的人類事業成功，生活富裕。

陶寧人不會感到罪惡。

我們現在是不一樣的人了，凱想著。這裡也是我們的家。然而，儘管罪孽屬於我們已死的、過去的自我，有些人類還是堅持要算在我們頭上，就像要兒子承擔父親的罪。

要是又發生戰爭呢？我想著。要是仇外者說服其他人起義對抗你們呢？

那麼我們有可能再改變，變得像以前一樣殘酷無情。我們身上的這種改變，是因應威脅的正常生理反應，我們無法控制。然而那些未來的自我跟我們又沒有關係，父親無法為兒子的行為負責。很難和像那樣的邏輯爭論。

亞當的女友蘿倫是個神情冷酷的年輕女子，表情冷酷；當我通知她，因為亞當的父母已經亡故，她被視為他最近的親屬，要負責到辦公室領取他的軀體時，她的表情依然沒有變化。

我們隔著廚房餐桌相對而坐。這間公寓狹窄昏暗，好幾顆燈泡都燒掉了，尚未更換。

「我會被裝上端口嗎？」她問道。

現在亞當已死，接下來的工作是決定他的哪些親朋好友要被裝上端口——以適度預防更多脊椎軌雷——如此才能查出陰謀的真正範圍。

「我還不知道，」我說：「要看我認為妳有多配合。他有結交任何可疑人士嗎？任何妳認為是仇外者的人？」

「我什麼也不知道。」她說道：「亞當他……獨來獨往，什麼也不告訴我。如果你想，你可以在我身上裝端口，但只會白費力氣。」

一般而言，像她這樣的人都害怕被裝上端口、被侵犯。她假惺惺的冷靜只讓我更懷疑她。她似乎察覺我的猜疑，因此改弦易轍。「亞當和我偶爾會抽遺忘或用閃焰。」她在椅子上動了動，視線掃向流理檯。我望向她注視的方向，看見一疊髒盤子前的吸毒用具，就像擺放在舞臺上的道具。漏水的水龍頭滴滴答答，為整個場景配上背景節奏。

遺忘和閃焰都有強烈的致幻效果。不言自明：她的腦子裡滿是虛假的記憶，就算連結端口也不可信賴。我們最多只能復生她，但也無法從之後的她身上查出任何線索。這招不錯，但她的謊說服力不夠。

你們人類認為你們所做的事構成你們，凱曾這麼想道。我記得我們一起躺在某處公園，青草在我們身下，我熱愛透過其肌膚感受陽光的溫暖，比我自己的感覺敏銳太多了。但你們實際上是由你們的記憶構成。

兩者有什麼差別嗎？我心想。

差多了。為了提取一段記憶，你必須使一組神經連接恢復活動，並在這過程中改變它們。你的生理機制是這樣運作，每一次回憶的同時，你也在改寫記憶。你不曾有過這樣的經驗嗎？你栩栩如生地記得某一個細節，卻發現那是虛構的？你開始確信某一場夢是你的真實經驗？有人告訴你一則杜撰的故事，而你原本相信那是真實事件？

你講得我們很脆弱。

事實上，是易受矇騙。凱的思緒透露出的氛圍充滿深情。你們無法分辨哪些記憶為真、哪些為假，卻又堅持記憶的重要性，將生命如此大的一部分奠基於你們的記憶。歷史的教訓對你們種族沒多大幫助。

蘿倫避看我的臉，或許是在想著亞當。她給我一種熟悉的感覺，就像童年聽過的一首歌，現在副歌隱隱浮現腦中。她沉浸於回憶中時，表情似乎放鬆下來，我喜歡她這種難以形容的模樣。就在那一刻，我決定不會要蘿倫裝上端口。

我反倒從包包裡拿出面具，戴上，同時視線不離她的臉。面具在我的體溫下漸漸變暖，黏附著我的臉，形成肌肉與皮膚，我留意她的眼神是否透漏她認得這張臉，是否證實亞當和沃克是同謀。

她的表情又變回緊繃而木然。「你在做什麼？那東西看起來令人發毛。」

希望落空，我告訴她：「只是例行檢查。」

「你介意我去處理一下漏水的水龍頭嗎？我快被逼瘋了。」

我點頭，她起身時我依然坐著。另一條死路。亞當真的有可能獨立犯案嗎？沃克．林肯是誰？

我害怕那個在我腦中半成形的答案。

我感覺重物揮向我後腦，但太遲了。

「聽得見我們說話嗎？」說話聲經過變造，以某種電子設備偽裝。真怪，竟令我想起陶寧發聲盒。

我在黑暗中點頭。我坐著，雙手被綁在身後。某個柔軟的東西，圍巾或領帶緊緊包住我的頭，蓋住我的眼睛。

「很抱歉我們必須這樣做，你看不見我們比較好。這樣一來，當你的陶寧人探查你，我們才不會暴露。」

我試了試捆住我手腕的繩索，綁得非常緊，不可能靠我獨力解開。

「你們必須立刻住手。」我盡可能用權威的語氣說道：「我知道你們認為逮到了通敵者，一個人類的叛徒。你們相信這是正義，是復仇。但想想看吧，你們傷害我，終究會被逮捕，你們對這事件的所有記憶都會被消除。如果不復記憶，復仇還有什麼意義？那會像不曾發生過。」

電子音在黑暗中笑了起來。我說不準對方有多少人，是老是少，是男是女。

「放我走。」

「會的，」第一個聲音說道：「在你聽過這個之後。」

我聽見有人按下按鈕，然後是個來源不明的聲音：「你好啊，喬許，看來你找到關鍵的線索了。」

我自己的聲音。

「儘管經過大量研究，實際上仍不可能消除所有記憶。就像舊硬碟，重生的心智依然留有舊路徑的痕跡，暫時休止，等待受對的刺激觸發……」

沃克路和林肯路的路口，我老家。

裡面凌亂不堪，我的玩具到處亂丟。沒有沙發，只有四張柳編椅放在陳舊的木製咖啡桌旁，桌上滿是圓形汙漬。

我躲在其中一張柳編椅後，屋內安靜，燈光昏暗，不確定是清晨還是遲暮。

屋外傳來尖叫聲。

我爬起來，奔向門，猛力推開。我看見一雙陶寧第一手臂舉起父親，第二手臂和第三手臂纏住父親的手臂和腿，讓他動彈不得。

母親俯臥在那個陶寧人後方，沒有動靜。

陶寧人手臂猛扯，父親又想尖叫，但血聚積在喉嚨，他只發得出咯咯聲。陶寧人再使力，我眼睜睜看著父親被緩緩撕裂。

陶寧人低頭看我，眼周的皮膚繃緊、收縮。不知名花朵和香料的味道如此強烈，我一陣反胃。

是凱。

「……他們在真正記憶的位置填滿謊言。建構出來的記憶，一經檢驗就崩毀……」

凱來到我籠子的另一邊。有很多像這樣的籠子，各自關著一個年輕男性或女性。我們被關在黑暗與隔絕中、被抑止形成任何有意義的回憶，有多久了？

從來就沒有燈光明亮的教室，也沒有哲學講習，沒有任何陽光從西面的窗斜斜灑入，在地板投下俐落、尖銳的平行四邊形。

「我們對過去發生的事感到遺憾。」凱說道。至少發聲盒是真實的，但機器音說出虛妄的言詞。「我們長久以來一直這麼說，你堅持記住的那些事並不是出自我們之手。那些事曾經有必要，但已接受懲罰，被拋棄、遺忘。該繼續前進了。」

我對著凱的眼睛吐口水。

他沒有抹掉我的唾液。它眼周的皮膚收縮，它別過身子。「你讓我們別無選擇，我們必須把你重置。」

「……他們說過去已經過去，消逝、不在了。他們說他們是新的人，他們過去的自我不是他們的責任。這些主張有其真實之處。當我與凱結合，我看見其內心，殺死我父母的凱、殘忍對待孩童的凱；還有一個凱下令迫使我們燒掉舊照片，抹掉我們過去的存在，因為可能干擾他們對我們未來的打算；這些凱都不復存在。他們確實如他們所說那般擅長遺忘，而血淋淋的過去對他們而言是個陌異的國度。身為我愛侶的凱確實擁有截然不同的心智：無辜、無責、無罪。

「但他們繼續踩過你、我、我們父母的骸骨，他們繼續住在從我們的亡者手中搶走的屋子裡，他們繼續以否定褻瀆真相。

「作為存活的代價，我們有些人接受集體失憶，但並非全部。我是你，你是我；過去並未消逝，它持續滲透、漏洩，等待湧現的機會。你就是由你的記憶構成……」

凱的第一個吻，黏膩、生疏。

凱第一次穿透我。我的心智第一次遭它的心智侵入。無助感，感覺我被做了一件我永遠擺脫不了的事，我永遠不再潔淨。

花和香料的味道，我永遠忘不了也驅不散的味道，因為那不只來自鼻子，已在我腦中深深扎根。

「……雖然一開始是我滲透仇外者，最後卻是他們滲透我。他們有關占領的祕密紀錄，還有他們提出的證詞、分享的回憶，終於將我從休眠中喚醒，容許我找回自己的故事。

「發現真相後，我謹慎謀劃我的復仇。我知道對凱隱瞞祕密絕非易事，但還是想出一個計畫。與凱結縭，讓我免於一般保護署調查員都必須接受的定期探查。以身體不適為理由避免與凱親密接觸，我藉此完全避開探查，至少暫時把祕密藏在我腦中。

「我創造出另一個身分，戴上面具，提供仇外者達成他們目標所需的一切。我們全部戴上面具，因此若任何同謀被捕，探查一人的心智並不會供出其他人。」

我戴上面具以滲透仇外者，而我也把那些面具給我的同謀……

「同時我像築堡壘一樣，為心智做好準備，以面對無可避免終將被捕並復生的那天。我極詳細地回憶父母的死，一再重播，直到那些畫面難以磨滅地刻在我腦中，直到我知道凱會要求自己負責為我的復生做準備，而凱將畏懼那些栩栩如生的畫面，對其中的血與暴力反感，在探查得太深入前便停止。其早已忘記其做過什麼，而且不想被提醒。

「我知道這些畫面的每個部分都是真實的嗎？不，我不知道。我透過孩童心智的模糊濾鏡回憶它們，而毫無疑問地，所有其他倖存者的回憶哺育這些畫面，加以上色，給予更多細節。我們的記憶滲入彼此，形成共同的憤慨。陶寧人會說，這些記憶並不比他們植入的虛假記憶真實。不過，比起記得太清楚，遺忘的罪孽要嚴重太多了。

「為了進一步隱匿我的行跡，我接受他們給我的虛假記憶片段，並從中建構出真正的記憶，這樣一來，當凱剖析我的腦，便無法區別其謊與我自己的謊。」

我父母家乾淨、整齊的假客廳被重新創造、重新布置為我和亞當、蘿倫見面的房間……陽光從西牆上的窗戶灑入，乾淨俐落的平行四邊形映在地板上……

你們無法分辨哪些記憶為真、哪些為假，卻又堅持記憶的重要性，將生命如此大的一部分奠基於你們的記憶。

「現在，我確定計畫已經啟動，但若我遭探查，我所知的資訊尚不足以洩漏計畫，我將攻擊凱。我成功的機會渺茫，而凱無疑會要我重生，將這個我抹淨——並非整個我，只要足以讓我們繼續共度此生就好。我的死將保護我的同謀，他們可能因而獲得勝利。

「不過，如果我無法看見，如果你——重生的我，無法記得、無法體驗成功的滿足感，那復仇有什麼意義？因此我埋下線索，留下證據，就像灑在身後好讓你撿拾的麵包屑，直到你想起來，並知道你做了什麼。」

亞當・伍茲……到頭來和我並沒有那麼不同，他的記憶觸發我的記憶……

我購買物品，因此到了某一天，那些東西將觸發另一個我腦中有關火的記憶……

面具，好讓其他人記得我……

沃克・林肯。

我走回來時，克蕾兒在辦公室外等待。兩個男人站在她後方的陰影中。更遠一點的後方，一個模糊的身影森然聳立，那是凱。

我停步，轉身，身後有另外兩個男人沿街走過來，擋住我的退路。

「太糟了，喬許。」克蕾兒說：「關於回憶，你該聽我的才對。凱說，其覺得事有蹊蹺。」

我看不清凱藏在陰影中的眼睛，我的視線投向聳立克蕾兒後方的模糊身影。

「你自己不跟我談嗎，凱？」

影子凍結，然後機器音在暗處劈啪響起。我已經習慣凱的聲音愛撫我的心智，而那聲音與機器音有如天壤之別。

「我對你無話可說。我的喬許，我的摯愛，已經不復存在。他被鬼魂占據，已在回憶中溺斃。」

「我還在這裡，只不過我現在完整了。」

「那是你固著的幻覺，我們似乎無法導正。我不是你憎恨的那個凱，你也不是我所愛的那個喬許。我們並不是過去的總和。」其停頓。「我希望能很快再見到我的喬許。」

其退入辦公室內，留下我面對審判和處決。

我清楚知道多說無益，但還是試著跟克蕾兒談。

「克蕾兒，妳知道我必須記住。」

她的表情悲傷而疲憊。「你以為只有你失去某人？我到五年前才裝上端口。我曾有一個妻子，她像你，也無法放手。因為她，我被裝上端口並重生。但是因為我下定決心努力遺忘、丟下過去，他們容許我保留有關她的一點回憶。但你卻堅持抵抗。

「你知道你被重生了幾次嗎？因為凱愛你，過去愛你，希望保留大部分的你，他們一直很小心，每次都盡可能只切掉最少部分的你。」

我不知道凱為何如此強烈希望從我手中拯救我，淨化我的鬼魂。或許其心中有過去的微弱回音，就算其沒有意識，那回音仍將其拉向我，迫使其努力讓我相信謊言，其自己才能相信。原諒並不等於遺忘。

「但其耐心終於耗盡。這一次之後，你將對你的人生再無任何記憶；因為你犯下的罪，你害死更多的你，以及更多你聲稱你在乎的人。如果根本沒人記得曾發生過，你所追求的復仇又有什麼意義？逝者已逝，喬許，仇外者沒有未來，陶寧人會留在這裡。」

我點頭。她所言為真，但某件事是真實的，不代表你就要停止掙扎。

我想像自己又登上審判船。我想像凱來迎接我回家。我想像我們的初吻，單純、純粹，一個新的開始，花朵與香料味的回憶。

有一部分的我愛其，一部分的我看見其靈魂、渴望其碰觸。有一部分的我想繼續前進，一部分的我相信陶寧人給予的一切。而我，一體、虛幻的我，對他們滿心憐憫。

我轉過身，開始奔跑，我面前的男人耐心等待。我無處可逃。

我壓下手中的觸發器，蘿倫在我離開前給我的。過去的我的最後一份禮物，由我送給我自己。

在事情實際發生前，我想像我的脊椎被炸成一百萬小塊。我想像所有破碎的我，原子奮力維持圖形片刻，維持協調一致的幻象。

懷念與禱告

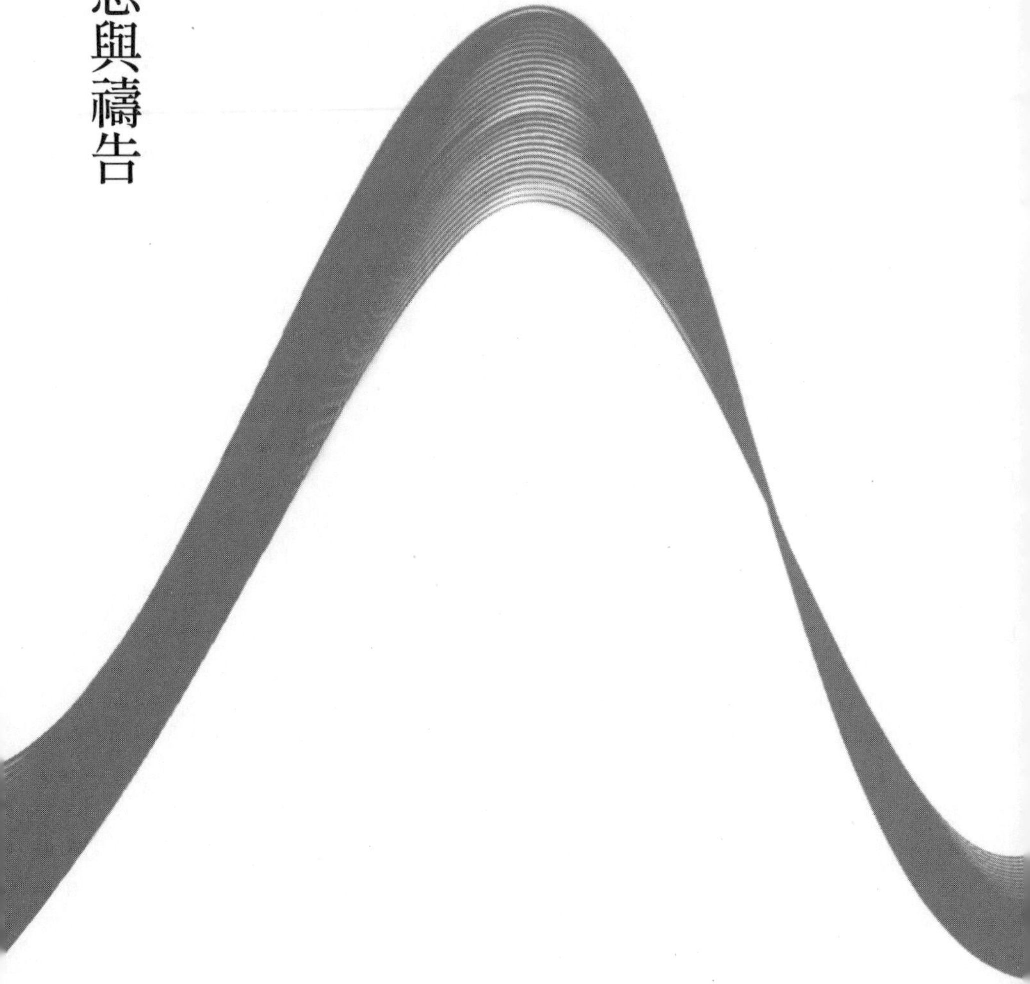

Thoughts and Prayers

艾蜜莉・福特

所以你想知道海莉的事。

沒關係，我習慣了，或者說至少我現在也該習慣了，大家都只想聽我姊的事。

那是十月一個陰鬱、下雨的週五，空氣瀰漫新鮮落葉的味道。曲棍球場旁的一排黑紫色大樹已轉為亮紅色，彷彿巨人留下的血足跡。

我有一場二級法文小考，家庭與消費者科學課還要規劃一家四口一週素食餐的開銷。大約中午，海莉從加州傳訊息給我。

翹課吧，Q和我現在要開車去音樂節！

我沒理她。她喜歡用大學生活的自由嘲弄我。我嫉妒，但不想表現出來，順她的意。

下午，媽傳訊息給我。

妳有海莉的消息嗎？

沒。姊妹的緘默法則不可侵犯，我對她的祕密男友守口如瓶。

「有消息的話立刻打電話給我。」

我收起手機，媽是那種直昇機家長。

曲棍球結束後一回到家，我立刻知道出事了。媽的車在車道上，而她工作從不早退。地下室的電視開著。媽臉色蒼白，她說話的聲音像被勒住喉嚨：「海莉的助教打電話來，她去參加音樂節，結果發生槍擊事件。」

死亡人數增加，那晚接下來的時間化為一團模糊，電視主播用戲劇化的語氣朗讀槍手的舊論壇貼文，網路流傳跟隨式無人機拍下的晃動影片，驚慌的人尖叫四散。

我戴上眼鏡，飄過新聞工作者倉促做出的事發現場虛擬實境再造影像。那地方已擠滿參加燭光守夜的替身。受害者發現位置的地面有發光的輪廓線，另外還有附飄浮數字的發光弧線，重建出彈道痕跡。好多數據，好少資訊。

我們試著打電話、傳訊息。沒回應。我們告訴自己，多半只是沒電，她總是忘記替手機充電，線路一定塞爆了。

電話在凌晨四點打來。我們都還醒著。

「對，是這裡沒錯……你確定嗎？」媽的聲音平靜得不自然，彷彿她的人生、我們所有人的人生都還沒天翻地覆。「不，我們會自己飛過去。謝謝。」

她掛斷，看著我們，發布消息。然後她癱倒在沙發上，臉埋入雙手掌心。

我聽見怪聲音，轉過身，這輩子頭一遭，我看見爸在哭。

我錯過告訴她我有多愛她的最後機會了，我應該回她訊息的。

葛瑞格·福特

我沒有海莉的照片能給你看。沒關係。無論你需要多少我女兒的照片，你都已經有了。跟艾比蓋兒不一樣，我拍的照片和影片不多，無人機視角立體投影或全沉浸式影像更少。我欠缺迎接意外的直覺、記錄大事件的訓練，以及完美取景的技巧，但這些並不是最重要的理由。

我父親是業餘攝影愛好者，以能自己沖洗底片、曬印照片為傲。如果你翻閱閣樓那些滿是灰塵的相簿，你會看見許多我和姊妹擺姿勢拍下的照片，對著相機僵硬微笑。仔細看我妹妹莎拉的照片，注意她的臉是怎麼別開鏡頭，好讓右頰不被看見。

莎拉五歲時爬上椅子，打翻滾燙的鍋子。我父親應該要看顧她的，但分心了，他在用電話跟同事吵架。結果莎拉得到一道疤，一路從右臉頰蔓延到大腿，像是一道凝固的熔岩。

在那些相簿中，你看不到我父母尖叫打架，看不到我母親每次結結巴巴說「漂亮」這兩個字時，降臨晚餐桌的尷尬寒意，也看不到我父親迴避與莎拉四目相交的模樣。

在莎拉少數露出整張臉的照片中，疤痕隱形了，在暗房中被一絲不苟地細細抹去。父親就是那麼做了，而其他人維持我們熟練的沉默。

儘管我這麼討厭照片和其他記憶替代品，但不可能完全避開它們。同事和親戚拿給你看，而你別無選擇，只能看、點頭。我看見記憶捕捉裝置的製造商是多麼努力讓它們的效果比實物更好。顏色更鮮活，細節從影子中浮現，濾鏡能喚醒你所渴望的任何情緒。你毋須做任何事，手機包圍拍攝功能讓你可以假裝在做時間旅行，擷取出所有人都在微笑的完美瞬間。皮膚被撫平，毛孔和小缺陷被消除。過去必須耗上我父親一整天的工作，現在眨眼就能完成，而且效果還更好。

拍這些照片的人相信它們就是現實嗎？或者，在他們腦中，數位描繪已經取代了現實？當他們試著回憶被捕捉的片刻，他們回想起來的是親眼所見的情景，還是相機為他們打造的畫面？

艾比蓋兒．福特

去加州的飛機上，葛瑞格在打盹，艾蜜莉凝視窗外，我戴上眼鏡沉浸於海利的影像中。我沒想過會在年老、衰弱、無法創造新記憶前做這件事。憤怒稍晚才會出現，悲傷沒留空間給其他情緒。負責相機、手機、跟隨無人機的總是我。我製作年度相簿、假期精選影片、概述家人整年成就的動畫耶誕卡。

葛瑞格和女孩們縱容我，有時候不情不願。我總是相信，他們終有一天會慢慢了解我的觀點。

「照片很重要，」我告訴他們：「我們的腦如此不中用，是滴滴答答的時間篩網。沒有照片，好多我們想記住的事都會遺忘。」

橫越這個國家的航程中，我再次經歷我長女的人生，從頭啜泣到尾。

葛瑞格．福特

艾比蓋兒沒錯，不完全錯。

我常常遇到希望有影像幫助我記得的時候。我無法記起海莉六個月大時臉是什麼形狀，想不起她五歲時萬聖節打扮成什麼模樣，甚至不記得她穿去參加高中畢業典禮的洋裝顏色究竟是哪一種藍。

當然了，因為後來發生的事，我再也碰不到她的照片了。

我用這個想法安慰自己：照片或影像怎能捕捉親密感，捕捉透過眼睛觀看、無法重現的主觀觀點與情緒？當我感覺到我孩子的靈魂超乎現實的美，照片或影像怎能捕捉每一個這種時刻的情感樣貌？我不想要數位再現，不想要電子眼凝視而生、透過人工智慧層層過濾的代用映像，我不想要這些東西玷汙我記憶中的女兒。

當我想起海莉，浮上腦海的是一連串不連貫的記憶。

一個小嬰兒第一次用她半透明的手指握住我的拇指；一個嬰孩用屁股在硬木地板上蹭來蹭去，像破冰船一樣犁過字母積木；當我感冒在床上打顫，四歲的孩子拿來一盒面紙給我，涼涼的小手貼著我熱燙的臉頰。

八歲的孩子拉繩釋放充氣汽水瓶發射器，泡沫狀的水隨著上升的火箭把我們兩個淋得渾身濕透，她大喊，大笑：「我要當第一個在火星上跳舞的芭蕾女伶！」

九歲的孩子告訴我，她再也不想要我在睡前讀故事給她聽。被孩子推開引發不可避免的痛，我的心陣陣發疼，但她一句話就撫平了風暴：「或許有一天換我讀給你聽。」

十歲的孩子在廚房堅不退讓，妹妹也力挺，她以目光壓倒我和艾比蓋兒兩人。「除非你們兩個都在保證書簽名，承諾永遠不一邊吃晚餐一邊用手機，我才會把手機還給你們。」

十五歲的孩子猛踩剎車，發出我生平聽過最吵的輪胎尖叫聲；我坐在副駕駛座，指節白得發疼。「你看起來像我搭雲霄飛車時的樣子，老爸。」語氣經過小心調控，聽起來輕鬆活潑。她剛剛伸出一隻手擋在我前面，彷彿她能保護我，就像我也對她做過幾百次的那樣。

源源不絕，我們共度的六千八百七十四天淬鍊出精華，就像日常生活的潮水退去，破碎、發光的貝殼留在沙灘上。

在加州時，艾比蓋兒要求看她的屍體；我沒看。

我父親的失誤留下疤痕，他試著在暗房加以抹除；我未能保護我的孩子，還拒絕看她的屍體。我想，有人會說兩者間並沒有差別。一千個「我原本可以」在我腦中打轉：我原本可以堅持要她念家附近的大學；我原本可以幫她報名大規模槍擊事件生存技巧課程；我原本可以規定她要時時刻刻穿著防彈衣。整個世代都在模擬槍擊演習中長大，我為什麼沒有做更多？我不認為我了解過我父親，同理他有缺陷、懦弱、受罪惡感支配的心，直到海莉的死。

不過到頭來，我不想看，是因為我想保護我僅有關於她的物事：回憶。

如果我看了她的屍體，看見穿透傷鋸齒狀的火山口、凝固血跡的凍結熔岩痕、破碎衣物的灰暗火山渣與灰燼，我知道這景象會覆蓋所有先前的畫面，會焚燬我女兒的記憶，我的寶貝，一次猛烈的爆發只留下憎恨與絕望。不，那具無生命的軀體不是海莉，不是我想記得的那個孩子。我不容許那個片刻侵蝕她的整個存在，就像我不容許電晶體和位元支配我的回憶。

但艾比蓋兒掀起了白布，凝視海莉的殘骸，我們生命的殘骸，還拍了照。「我也想記住這個。」她含糊地說：「你的孩子處於臨終的痛苦時刻，處於你失職的後果中，你不能轉過身不看。」

艾比蓋兒・福特

我們還在加州時，他們找上我。

我不知所措，數千位母親問過的問題蜂擁在我腦中。為何容許他聚積這麼一個軍械庫？有那麼多警示的徵象，為何沒人阻止他？我本來可以採取——應該採取——什麼做法，就能救我的孩子？

「妳可以做些什麼。」他們說：「讓我們攜手合作，榮耀海莉的回憶，並帶來改變。」

很多人說我天真，或罵得更難聽。我以為會怎麼樣？數十年來看著同樣腳本一再上演，以懷念與禱告作為結尾，我憑什麼認為這次會不同？這正是愚蠢的定義。

犬儒主義或許讓某些人刀槍不入、高人一等，但並非每個人都生來如此。沉溺於哀傷而不能自拔時，你會緊緊抓住每一絲希望。

「政治崩毀，」他們說：「歷經幼兒死亡，歷經新婚夫妻死亡，歷經保護著新生兒的母親死亡，應該夠了吧，終於該做點什麼了。但從來沒有。邏輯和信仰已失去力量，因此我們必須喚起熱情。不讓媒體將大眾病態的好奇心導向殺手，讓我們聚焦於海莉的故事。」

以前也做過，我咕噥道，聚焦於受害者稱不太上新奇的政治舉動。你想確保她不只是一個數字、一項統計、死者名單中另一個抽象的名字；你認為當人猶豫不決、漠不關心造成的血淋淋後果找上他們，情況將有所改變。但這方法過去行不通，現在也行不通。

「不會像那樣，」他們堅持道：「搭配我們的演算法就不會。」

他們試著向我解釋過程，不過我記不住機器學習、卷積網路和生物回饋的細節。他們的演算法源自娛樂產業，用來評價電影並預測票房成功的可能性，最終打造出電影。專用變異的應用範圍從產品設計到起草政治演說，涵蓋以情感投入為關鍵的所有領域。追根究柢，情緒是生理現象，而非神祕的流出；有可能看出趨勢和模式，對準能將衝擊最大化的刺激。演算法會打造出海莉人生的視覺敘事，形成破城槌，砸碎犬儒份子的硬化外殼，鼓舞觀看者起而行，讓他們以自己的自滿與失敗主義為恥。

這概念感覺很荒謬，我說。電子設備怎麼可能比我了解我女兒？機器怎麼可能打動真人打動不了的心？

「當妳拍照，」他們問我：「妳難道不信任相機人工智慧會給妳最棒的照片嗎？當妳拖曳無人機影片的播放進度條時，妳依賴人工智慧為妳找出最有趣的片段，用最合適的情緒濾鏡加以強化。我們的演算法比這強大一百萬倍。」

我給他們我們家的回憶資料庫：照片、影片、掃描、無人機影片、錄音檔、沉浸式影像。我把我的孩子託付給他們。

我不是影評，也不懂他們用的技術術語。他們製作出來的成品不像我看過的任何電影或沉浸式虛擬實境，旁白只有我們家人說的話，訴說的對象原本只是我們彼此，而非陌生觀眾。除了單一人生的進程外，沒有其他情節；除了頌揚好奇心、惻隱之心，以及一個孩子對於擁抱宇宙、成長的渴望之外，沒有其他隱藏目的。這是一段美好人生，一段懷抱愛，也值得被愛的人生，直到被突兀、暴力中斷的那一刻。

海莉就該這樣被記住，我心想，眼淚流下我的臉。這是我眼中的她，她也該這樣被看見。

我祝福他們。

莎拉・福特

成長的過程中，葛瑞格和我並不親近。對我父母來說，無論真實情況為何，我們家投射出成功、合宜的形象是一件很重要的事。葛瑞格的反應是不相信任何形式的再現，我則是對再現入迷。

除了節日問候，我們很少有成人間的交談，當然也不會對彼此吐露祕密。我只透過艾比蓋兒的社群媒體貼文了解我姪女。

我猜我是想藉此為沒有更早介入開脫。

海莉在加州過世時，我寄了幾個治療師的聯絡方式給葛瑞格，他們在面對大規模槍擊受害者家屬這方面非常專業。而我刻意保持距離，相信身為疏遠的姑姑兼冷漠的妹妹，打擾他們悲痛的時刻並不恰當。因此艾比蓋兒同意將海莉的回憶用於槍枝管制的理想時，我並不在他們身邊。

我的公司簡介將我的專長描述為網路論述研究，研究的材料絕大多數都是視覺影像。我設計用來抵擋酸民的盔甲。

艾蜜莉・福特

我看了海莉的影片好多次。

根本不可能避開。有一個沉浸式影像，你可以走進海莉的房間，讀她整齊的筆跡、細看她牆上的海報。有一個為省錢數據方案設計的低擬真版本，壓縮的人工造物和動態模糊讓她的人生看似懷舊、夢幻。所有人都分享影片，藉此再次確認他們是好人、他們與受害者站在同一邊。點擊、播放、加上點蠟燭的表情符號、轉發。

影像很強大。我哭了，也是好多次。表達悲痛和團結的評論像永不止息的尾跡一樣滾過我的眼鏡。其他槍擊事件的受害者家屬重新燃起希望，公開表示支持。

不過影像中的海莉感覺像個陌生人。影片中的所有元素都是真的，但同時也像謊言。老師和家長們愛他們所知的海莉，不過學校裡有個老鼠般的女孩，每次我姊走進去，她都會畏縮。有一次，海莉酒駕回家；另一次，她偷我的錢還說謊，直到我在她錢包裡找到那些錢。她知道怎麼操弄人，而且做起來毫不手軟。她極度忠誠、勇敢、體貼，但同時也魯莽、殘忍、小心眼。我因為海莉像個人而愛她，不過，影片中的女孩太像人，又太不像。

我沒讓其他人知道我的感覺。我有罪惡感。

媽一馬當先，爸和我落在後面，暈頭轉向。不久，感覺像潮汐已經轉向。他們在國會大廈和白宮前舉辦激勵大會，發表演說。人群吟誦海莉的名字。媽受邀參加國情咨文。當媒體報導媽辭去工作、代表運動投入選戰，出現了加密募資活動為我們家收取捐款。

然後，酸民來了。

洪水般的電子郵件、訊息、影片、悄悄話、限時報、電移湧向我們。媽和我被說是點擊妓女、收費演員、悲傷獲利者。陌生人寄盈篇累牘的心得文給我們，辯稱爸在各方面都沒用又軟弱。

海莉沒死，陌生人通知我們。她其實住在中國的三亞市；聯合國和他們在美國政府內的共謀者付她幾百萬要她裝死，她現在就靠那些錢過活。她男朋友——「顯然也沒死」於槍擊——是華裔，這就是其中關連的證明。

海莉的影片被拆解，找尋竄改和動手腳的證據。有人引述匿名同學所說的話，將她渲染為慣性說謊者、騙子、愛小題大作的人。

穿插了「揭露」短片的影片片段開始爆紅。有些人利用軟體讓海莉在新片段中吐出仇恨訊息，一面引用希特勒和史達林說的話，一面咯咯笑，對鏡頭揮手。

我刪除帳號，留在家裡，召喚不出下床的力氣。爸媽讓我自己待著，他們有自己的仗要打。

莎拉・福特

數位時代已數十年，酸民的技藝也大幅進化，填滿所有小眾領域，推擠著科技及禮儀的邊界。我站在遠處看著酸民以未經協調的精準度、無目的的敵意，與惡意的貪婪大舉包圍哥哥一家。陰謀論與深偽技術交融，淪為翻轉惻隱之心、提取痛苦化為笑柄的迷因。

「媽咪，地獄的海灘好溫暖！」

「我喜歡我身上這些新開的洞！」

海莉的名字開始變成色情網站上的熱門搜尋關鍵字。內容製造者中有很多是靠人工智慧運作的傀儡程式農場，它們的回應是端出以我姪女為主角的程序化生成影片和沉浸式虛擬實境。演算法取用海莉可公開取得的影片，將她的臉、身體和聲音無縫編入物化影像中。

新聞媒體激憤地報導相關發展，很可能是出自真心。報導引發更多研究，然後又產生更多內容……

身為研究者，我的責任與習慣是保持超然態度，觀察並研究現象時懷抱客觀無私，甚或入迷。將酸民視為有政治動機是一種過度簡化——至少不是政治動機這四個字在一般認知中的意義。儘管憲法第二修正案絕對論者有助於相關迷因的擴散，但創始者通常不信仰任何政治目標。諸如8taku、督汪督汪等無政府網站，以及上一個十年的封殺大戰後興起的替代網網站，它們都是這些網路糞金龜的家，也是我們的集體網路無意識本我的家。酸民以打破禁忌與違規為樂，除了口出惡言、嘲諷正直、戲耍他人宣稱的禁區，他們沒有共通的興趣。藉由在可恥之事與穢物中打滾，他們同時挑戰並定義社會靠科技居中調解的連結。

不過身為人類，看著他們拿海莉的影像做那些事令我無法忍受。我主動與疏遠的哥哥及他家人聯繫。

「讓我幫忙。」

透過機器學習，我們已有能力以一定程度的準確度預測哪些受害者會被鎖定——酸民想讓你以為他們難以預測，不過實際上並非如此。我的雇主和其他主要社群媒體平臺都敏銳地意識到，他們必須在監管用戶生成內容和冷卻參與度間謹慎行事，這是影響股價的一大指標，也決定了所有決策。大動作調控容易受各方操弄，尤其是在依賴使用者回報或人類判斷的時候；每家公司都曾遭受審查的指控。到最後，他們舉手投降，扔掉他們的拜占庭執行政策手冊。他們無能且無意成為真理或社會整體是否得體的仲裁者，怎能預期他們解決就連民主機構也無能解決的問題？

隨著時間過去，大多數公司趨向同一個解決方案。他們投注資源，讓閱聽人自我防禦，而非把心力放在判斷發言者的行為。用演算法同時為所有人區分正當（但激烈）的政治言論與協同騷擾，是件棘手的事——某些人頌揚某些內容是在對強權說真話，其他人卻常視相同內容為脫離常規。打造並訓練個人化調頻的神經網路，以屏蔽特定使用者不想看見的內容，要容易太多了。

新的防禦神經網路——以「盔甲」之名行銷——觀察每一位使用者回應各自內容串流時的情緒狀態，能夠在包含文字、音訊、影像與擴增／虛擬實境的媒介中運作。盔甲學習辨認格外令使用者心煩的內容並加以屏蔽，只留下一塊寧靜的虛空。隨著混合現實與沉浸式影像變得普及，穿戴盔甲的最佳方法，是戴上能過濾所有視覺刺激來源的擴增實境眼鏡。酸民行為，就像過去的病毒和網路蠕蟲，都是技術問題，而我們現在有了科技解決方案。

為了行使最強大、最個人化的防護，你必須付費。社群媒體公司也培養盔甲，他們主張這種解決方案將他們排除在內容監督的事務之外，他們不再需要決定在虛擬城市廣場中哪些行為為不可接受，讓所有人從老大哥式審查的鬼魂中解脫。說這種支持言論自由的回音剛好符合更大利益，無疑只是事後之見。

艾比蓋兒·福特

我將金錢所能買到性能最佳、最先進的盔甲，寄給我哥和他家人。

想像你是我。你女兒的身體被以數位形式壓進露骨的色情片中，她的聲音被製作成一再重複的仇恨言論，她的表情遭難以言語表達的暴戾毀壞。這一切因你而發生，因為你無能想像人心的邪惡。你有可能停手嗎？你有可能保持距離嗎？

我繼續張貼、分享，對著謊言的潮水提高音量，同時以盔甲阻止駭人之物逼近。

海莉沒死，而是反槍械政府陰謀下的一個演員，這想法太過荒謬，感覺沒必要回應。然而，隨著我的盔甲開始濾除頭條，在新聞網站和多播串流留下空白，我發現謊言不知怎的已化為真正的爭議。真實的記者開始要求我拿出支用募款的收據，但我們一毛錢都沒收到！這個世界已經失去理智。

我釋出海莉屍體的照片。這世界肯定還殘存些許正直，我想著。眼見為憑，肯定沒人能再反駁吧？

每況愈下。

對網路上那些無臉的群眾而言，這變成一場遊戲，看誰能穿透我的盔甲，將一支會讓我發抖、退縮的有毒短片刺入我的眼睛。

傀儡程式偽裝成在其他大規模槍擊案中失去孩子的父母，傳送訊息給我，等著我將它們加入白名單，再冷不防丟出仇恨影片。他們寄來向海莉的回憶致意的輪播影片，一旦盔甲放行，輪播影片便搖身一變為暴力色情。他們籌資聘請跑腿夥計、租送貨無人機到我家附近放置定位標，以海莉扭動、傻笑、呻吟、尖叫、咒罵、嘲弄的擴增實境鬼魂包圍我。

最糟的是，他們將海莉血淋淋的屍體製成動畫，配上喜氣洋洋的音效。她的死以笑話的形式流行，就像我年輕時的「倉鼠跳舞」迷因。

葛瑞格．福特

有時候，我思考我們是否誤解了自由的概念。我們如此珍視「做某些事的自由」，更勝「免於某些事的自由」。人必須能自由擁有槍械，因此唯一的解決辦法是教孩子躲在衣櫥裡、背上防彈背包。人必須能自由發文、說他們想說的話，因此唯一的解決辦法是要他們的目標穿上盔甲。

艾比蓋兒就這麼決定了，而我們其他人只能跟上。太遲了，我求她停手、撤退。我們可以賣掉房子搬家，遠離向所有其他人類開戰的誘惑，遠離永遠連線的世界以及我們正要溺斃其中的仇恨之海。

但是莎拉的盔甲賦予艾比蓋兒一種謬誤的安全感，推著她豁出去，對上酸民。「我必須為我女兒而戰，」她對我尖叫：「我不能容許他們褻瀆她的回憶。」

隨著酸民變本加厲，莎拉為盔甲寄來一個又一個修補程式。她一層層添加，程式名稱諸如對抗式互補組、自修改碼偵測器、形象自療器。

一次又一次，盔甲在酸民找到新方法穿透前都只支撐短暫時間。人工智慧的民主化代表他們知道所有莎拉會的技術，而且也有能夠學習、適應的機器。

艾比蓋兒聽不進去。我的懇求落入聾耳。或許她的盔甲已經學會，把我視為另一個該屏蔽的憤怒聲音。

艾蜜莉・福特

有一天，媽焦慮地來找我。「我不知道她在哪裡！我看不見她！」

她沉迷於海莉變成的那項企畫，好幾天沒跟我說話了，我花了一些時間才弄懂她是什麼意思。

我跟她一起在電腦前坐下。

她點擊海莉紀念影片的連結；她每天都看好幾次，從中獲得力量。

「不在了！」她說。

她打開家庭回憶的雲端資料庫。

「海莉的照片在哪裡？」她說：「只剩下占位符『×』。」

她把她的手機、備分附件、平板拿給我看。

「什麼也沒有！沒有！我們被駭了嗎？」

她的雙手在胸前無助地揮動，像受困鳥兒的羽翼。「她就這麼不見了！」

我無言地走去娛樂室，從層架拿下其中一本她在我們小時候印製的年度相簿。我翻到家庭肖像的部分，照片拍攝於海莉十歲、我八歲。

我展示給她看。

另一陣惱怒的尖叫。她顫抖的手指輕點頁面上海莉的臉，找尋著不在那兒的某個東西。

我懂了。我的心被痛苦填滿，遺憾侵蝕著愛。我的手伸向她的臉，輕輕拿下她的眼鏡。

她注視那一頁。

她一面啜泣一面擁抱我。「妳找到她了。噢，妳找到她了！」

感覺像陌生人的擁抱，也或許我對她而言已經變成陌生人。

莎拉姑姑解釋過，酸民的攻擊非常謹慎。一步接一步，他們訓練母親的盔甲，將海莉視為她憂傷的源頭。

然而，我們家中還有另外一種學習正在進行。父母只在我跟海莉有關聯的時候理睬我，就像他們再也看不見我，彷彿被抹去的是我，而非海莉。

我的悲傷變得黑暗、潰爛，我要怎麼跟鬼魂競爭？一個不只失去一次，而是兩次的完美女兒？一個要求萬年贖罪的受害者？我覺得思考這樣的事很可怕，但無法遏抑。

我們沉到我們的罪惡底下，各自孤獨。

葛瑞格・福特

我責怪艾比蓋兒。承認這一點並不令我驕傲，但我確實怪她。

我們互相吼叫，砸盤子；我隱約記得小時候我父母也演過這齣戲碼，而我們現在複製重現。怪物追獵我們，我們自己也變成怪物。

殺手取走海莉的性命，艾比蓋兒則將她的影像當祭品，獻給網路的無窮胃口。因為艾比蓋兒的關係，隨海莉之死而生的恐怖永遠都會篩過我對她的回憶。她召喚出一部機器，這部機器將個別的人類堆積為巨大、集體、扭曲的凝視；它捕捉我女兒的回憶，磨成持久的噩夢。

海灘上的破貝殼閃爍著洶湧深海的劇毒。

那當然不公平，但不代表不真實。

「無情」，一名自承的酸民

不可能證明我就是我所說的那個人，或我做了我聲稱我做過的事。沒有能讓你核實我身分的酸民名冊，也沒有附上可信參考文獻的維基百科條目。

甚至，你能確定我現在不是在酸你嗎？

我不會告訴你我的性別、種族，或我想跟誰上床，因為那些細節與我所做的事無關。我說不定擁有十幾把槍，我說不定是槍枝管控的忠誠擁護者。

我追逐福特一家，因為他們活該。

酸願死者安息有一段漫長且驕傲的歷史，我們的目標向來都是虛情假意。悲傷應該是非公開、私人、隱密的。那母親把她死掉的女兒變成一個符號，當作政治工具一樣揮舞，你看不出這有多糟嗎？攤在眾人面前的人生是不真實的人生，任何進入這個競技場的人都應該對後果有所準備。

無論是誰，只要你在網路上分享那女孩的紀念活動、參加虛擬燭光守靈、獻上慰問、宣稱受激勵而行動，你都同樣因為偽善而有罪。你沒想過能在一分鐘內殺死數百人的槍枝變得氾濫會是一件壞事，直到有人把一個死去女孩的照片推到你臉上？你是怎麼搞的？

最糟的是你們記者。你們把死亡轉化為消耗性的故事，你們哄倖存者在你們的無人機前啜泣以賣更多廣告，你們邀請讀者感同身受、模擬受苦而在他們可悲的人生中找到意義，你們靠這些賺錢並得獎。我們酸民玩弄死者的影像，他們已經不會在乎了，但你們這些發臭的食屍鬼靠著把死者餵給生者而變得又肥又有錢。假聖人也是心最髒的一群，而哭最大聲的受害者往往最渴望他人關注。

現在人人是酸民。如果你曾喜歡或分享一個迷因，而那個迷因希望暴力降臨在你從未見過的人身上；如果你曾因為目標「有權有勢」而判定對他們咆哮和噴毒液沒關係；如果你曾嘗試跟一群憤慨的暴民一擁而上，以藉此顯示你的美德；如果你曾搓著手關切為某個受害者募得的款應該給其他更沒「特權」的受害者才對——我很不想說破，但你也是個酸民。

有人說，酸民詭辯在我們文化中的氾濫具侵蝕性；在這麼一場辯論中，贏的唯一方法是別那麼在意，而為了使雙方條件均等，盔甲是有必要的。但你看不出盔甲有多不道德嗎？它讓弱者自以為強大，將懦夫化為受蠱惑、沒有連帶利益的英雄。如果你真的看不起酸民，那你現在應該知道了，盔甲只是讓情況更加惡化。

藉由將自身的悲傷化為武器，艾比蓋兒．福特變成最大的酸民——只不過她很不拿手，只是一個穿盔甲的弱者。我們必須把她——以及更進一步，你們所有人——全部打倒。

艾比蓋兒．福特

政治回歸正常，小孩和青年尺寸的防彈衣銷量穩健成長，更多公司提供狀況認知課程，於校園實行大規模槍擊演習，生命繼續。

我刪除帳號，停止發聲，但對我的家庭而言太遲了。艾蜜莉一有能力立即搬出去，葛瑞格找了一間公寓。

我獨自在家中，眼睛上沒有盔甲，我試著整理海莉的照片和影片檔案。每次看她六歲生日的影片，我腦中都聽見色情片的呻吟；每次看她高中畢業典禮的照片，都看見她血淋淋的動畫屍體隨〈女孩就是想找樂子〉（Girls Just Wanna Have Fun）的旋律跳舞；每次試著翻閱存有美好回憶的舊相簿，我會都從椅子上驚嚇彈起，以為臉像孟克《吶喊》一樣怪異變形的擴增實境鬼魂就要撲過來，一面咯咯笑著說：「媽咪，新打的洞好痛！」

我尖叫、啜泣，我尋求幫助，但是所有療法、藥物都沒用。最後，在一股麻木的狂怒中，我刪除所有數位檔案，把印製的相簿全部絞碎，打破掛在牆上的相框。

酸民不只訓練了我的盔甲，他們也訓練了我。

我不再擁有海莉的任何影像，我不記得她的模樣，我終於真正失去我的孩子。

做了這樣的事，我怎麼還可能獲得原諒？

拜占庭同理

Byzantine Empathy

你身處相互推擠的人潮，沿泥濘小徑快步前行。身旁的喧鬧迫使你踉蹌跟上。你的眼睛適應清晨昏暗的光，你看見每個人都帶著滿滿的個人財產：嬰兒緊緊綑縛在母親胸口；鼓脹的床單內滿是衣物，氣球般扛在中年男子背上；裝滿荔枝和麵包果的臉盆抱在八歲女童懷中；巨大的小米手機暫時被身穿運動長褲和皺上衣的老婦充當手電筒；少了一只輪子的米老鼠行李箱被一個年輕女子拖過泥濘，她身上的T恤印有鮮豔的英文短句「快樂女孩幸運」；裝滿書或一捆捆鈔票的枕頭套掛在一個老男人手上，他頭上戴著中國香菸廣告的棒球帽……

人群中的大多數人看起來都比你高，你因此知道自己是個孩子。你低頭，看見自己腳上穿著印有迪士尼貝兒的黃色塑膠拖鞋。厚厚的泥隨時有扯掉你拖鞋的危險，你心想，這雙拖鞋或許對你來說有些意義——家、安全、能安全幻想的人生——因此你才不想丟下它。

你右手抱著穿紅洋裝的布娃娃，洋裝上繡有你看不懂的彎曲字母。你捏捏娃娃，那感覺告訴你娃娃體內塞滿輕而沙沙響的東西，或許是種子。你的左手被背著嬰兒的女人牽著，女人的另一手抱著一捆毯子。你妹妹，你心想，她還太小，不知道害怕。她用一雙可愛的黑眼睛注視你，你對她安撫地微笑。你捏捏母親的手，她也鼓勵地回捏，溫暖。

你看見小徑兩旁有散落的帳篷，有些橘，有些藍，在田野一路蔓延到半公里外的叢林。你不確定是否其中一頂帳篷曾經是你的家，或你們只是路過。

沒有背景音樂，異國的東南亞鳥類也沒有鳴叫。你耳裡滿是焦慮的絮語與叫喊。你聽不懂那種語言或方言，不過語氣中的緊繃告訴你，那是在呼喊要家人跟上，要朋友小心，要年長親戚不要跌倒。

響亮的嗖嗖聲掃過上空，前方和左方的田野在一陣比日出還明亮的劇烈爆炸中爆開。大地震撼，你跌入泥濘中。

更多嗖嗖聲掃過，更多砲擊在你身旁爆炸，震得你骨頭咯咯響。你耳鳴。母親爬到你身旁，用身體遮住你。慈愛的黑暗阻絕混亂。響亮、慟哭的尖叫。恐懼的叫喊。一些意義不明的痛苦呻吟。

你試著坐起來，但是母親文風不動的身軀壓住你。你掙扎著脫離她的重量，從她身下鑽出來。母親的後腦血肉模糊，妹妹在她身旁的地上哭。周遭人朝四面八方奔逃，有些人依然抱緊自己的財產，卻也有許多包袱和行李箱散落在小徑和田野，旁邊是再無動靜的身軀。可以聽見營地的方向傳來引擎的隆隆聲；透過搖晃、茂盛的植物，你看見一排身穿迷彩軍服的士兵靠近，槍瞄準目標準備射擊。

一個女人手指士兵，叫嚷。有些人停止奔跑，舉起雙手。

槍聲響起，再響起。

人群像被風吹起的葉子般四散，沉重的腳步從你旁邊經過，泥濺上你的臉。

妹妹哭得更大聲了，你用你的語言尖叫：「停！停！」你試著爬向她，卻有人倒在你身上，把你撞向地面。你努力用手臂保護頭部不被別人踐踏，身子蜷成一顆球。有人跳過你，其他人也跳，但失敗了，落在你身上，手忙腳亂地重重踢你。

更多槍響。你透過指間窺看，幾個人倒地。亂竄的人群中沒多少空間可施展，只要有人倒地，其他人隨即疊上去倒成一堆。所有人都又推又拉，把別人，任何人都好，擋在他們與子彈之間。

一隻穿泥濘運動鞋的腳猛力踩上你襁褓中的妹妹，哭聲戛然而止，你聽見令人作噁的爆裂聲。

運動鞋的主人遲疑了一下，隨即被激湧的人潮推向前，消失在你的視野之外。

你尖叫，有東西狠狠擊中你腹部，痛得你喘不過氣來。

湯江文扯掉穿戴裝置，大口喘氣，解開沉浸裝時雙手顫抖，勉力在失去力氣前將沉浸裝褪至腰間。她在全向步態儀[12]上蜷縮著。在這個黑暗的單房公寓內，唯一的光源來自她的電腦螢幕，在微弱白光映照下，瘀青在她汗水淋漓的身體上閃爍著暗紅。她乾嘔了幾次，最後忍不住啜泣了起來。

儘管閉著眼，她還是看得見士兵的陰森表情；那一團血肉原本是母親的頭；還有嬰兒殘破的小身軀，在踐踏下失去生命。

她先前解除了沉浸裝的安全功能，也移除痛感電路的振幅過濾器。體驗穆爾田難民的苦難還用疼痛過濾，感覺不太對。

虛擬實境裝置是基本的同理機器。沒有受他們所受的苦，她怎能確切說她曾設身處地體驗他們的經歷？

熙攘上海的夜晚，霓虹燈穿過窗簾的縫隙灑入，在地上描繪出刺目、草率的彩虹。虛擬富裕與真實貪婪在外面交融，一個對東南亞叢林內的死亡與痛苦漠不關心的世界。

她慶幸自己買不起嗅覺附件。血的銅味雜以火藥味會讓她撐不到結束前就崩潰。氣味探入大腦的最深處，激起最原始的情緒，就像鋤頭的刃破開現代性的麻木土塊，露出受傷蚯蚓蠕動的粉色肉體。

她終於起身，將沉浸裝完全脫掉，蹣跚走進浴室。水在水管內隆隆響，她嚇了一跳，引擎穿過叢林逼近的聲音。她在蓮蓬頭的熱水下顫抖。

「必須做點什麼，」她咕噥著：「我們不能讓這件事發生，我不能。」

但她能怎麼辦？緬甸中央政府和少數民族叛軍正在該國與中國接壤處附近打仗，但世界的其他地區少有人談論。世界警察美國保持沉默，因為希望奈比多[13]政府親美、忠誠，才能作為棋子對抗此區域日益高漲的中國影響力。另一方面，中國想要用商業與投資誘使奈比多加入他們那一方，若將漢族百姓被緬甸士兵屠殺的事鬧大，對這場大博弈一點幫助也沒有。中國政府甚至審查穆爾田相關事件的新聞，因為他們害怕對難民的同情可能變種為無法控制的民族主義。所有人都別過頭避看邊界兩邊的難民營，彷彿那是可恥的祕密。目擊者證詞、影片和這則虛擬實境影片都必須透過從防火長城鑿出來的加密小洞偷渡，而西方的主流冷漠比任何官方審查都有用。

她無法組織示威遊行或收集請願連署，她無法創立或加入致力於難民福祉的非營利組織——中國的人民並不信任慈善團體，他們都是騙子；她無法要求她認識的每一個人打電給他們的議員，要他們為穆爾田做點什麼。江文曾在美國留學，她不會天真到以為民主國家對人民開放的途徑都那麼有效——通常都只是象徵而已，根本改變不了那些真正制定外交政策的人的想法或行為。不過若是

12 omnidirectional treadmill，即 OTD，指虛擬實境的全方向行動平台。
13 Naypyidaw，緬甸首都。

採取這些行動，至少會讓她感覺她正在造成改變。

而感覺不就是身為人類的全部重點嗎？

然而北京的老傢伙們害怕所有對他們權威的挑戰及不穩定的潛在可能，他們將這一切化為不可能。身為中國的人民就是一再被提醒一個血淋淋的現實：生活在這個中央集權、技術專家治國的現代國家，個人沒有任何權力。

滾燙的水開始令她不舒服。對亡者的記憶縈繞她腦海，她用力刷洗自己，彷彿有可能藉由滌淨汗水和皮膚細胞而擺脫那些記憶，彷彿有可能用西瓜味香皂消除罪惡。

她離開淋浴間，還是覺得恍惚、刺痛，但至少能做事了。公寓內經過過濾的空氣有淡淡的熱熔膠味，太多電器用品擠在一個狹小空間裡的結果。她用浴巾裹住身子，放輕腳步走進房間，在電腦螢幕前坐下，敲打鍵盤，試著用挖礦的最新進度轉移注意力。

螢幕巨大且擁有最高解析度，不過本身只是一件無足輕重的蠢器材，在她所掌控的強大運算中只是冰山可見的一角。

嗡嗡作響的架子沿牆而立，架上客製化的特殊應用積體電路陣列只有一個目的：解決密碼謎題。她與世界各地的礦工利用他們的特異化設備挖掘以特殊數字構成的礦塊，而這些數字維繫好幾種加密貨幣的健全。她有一份金融服務程式設計師的正職工作，不過挖礦時她才真正覺得自己活著。

挖礦賦予她一點點權力、身為全球社群一份子的感覺，而這個社群的目的是反抗各種形式的權威：獨裁政府、民主暴民般的中央集權、透過法令操弄通膨和價格的中央銀行，成為她真正渴望成為的激進份子，她最多只能做到這種程度。在這裡，唯一重要的是數學，數論的邏輯和優雅的程式設計形成牢不可破的信任法則。

她調整挖礦群組，加入一個新礦池，查看幾個志趣相投的熱衷者閒聊未來的頻道。閱讀滾動的文字而不加入交談讓她感覺冷靜了點。

N♥T>：剛設定好我的華為 GWX。有沒有人建議在上面用哪款 VR 比較好呀？

秋叶 1001>：房間尺度還是公寓尺度？

N♥T>：公寓尺度。我只要最好的。

秋叶 1001>：哇！你今年挖礦豐收是吧。我建議試試「泰坦」。

N♥T>：騰訊的嗎？

秋叶 1001>：才不是！SLG 產的好用多了。如果你家很大，你得設定你的礦機，才應付得了圖形負載。

Anony>：啊，升級遊戲還是工作量證明，哪一個比較重要？

跟許多人一樣，江文也一頭栽進消費者虛擬實境的狂熱中。機器的解析度終於高得足以克服暈眩，而且就連智慧手機也搭載足以驅動基本穿戴裝置的運算力——雖然並非提供全沉浸體驗的那種裝置。

她爬過聖母峰；她曾從哈里發塔[14]頂低空跳傘；她曾和世界各地的朋友一起「外出」去虛擬實

境酒吧，每個人待在自家公寓用小酒杯喝真正的二鍋頭或伏特加；她吻過她最愛的演員，還跟幾個她真心喜歡的睡過；她去看過虛擬實境電影（完全就是聽起來那樣，而且不是很好）；她玩過虛擬實境動作角色扮演遊戲；她曾以一隻小蒼蠅的樣貌在房間內飛竄，當時十二名憤怒的虛構女子正在爭論一名虛構年輕女子的命運，而她藉由降落在她希望她們注意的一個個證據上，巧妙引導她們的辯論。

但她對上述所有活動都有一種隱約、說不清的不滿足感。新興的虛擬實境媒體就像未成形的黏土，充滿潛力與可能性，受希望與貪婪驅策，前途無限但也無光，一個尋找問題的科技解決方案——敘事性還是玩鬧性，最後哪種聲色之娛將取得主宰地位，目前仍未有定數。

然而，這個最新的虛擬實境體驗，一個無名難民的一小段人生，感覺不一樣。

人無法掌控自己的出生，那個小女孩也可能是我，她母親甚至擁有我母親的眼睛。

大學後，她年輕的理想主義被世界的冷漠消磨殆盡，這是她幾年來第一次感覺非做些什麼不可。

她凝視螢幕。她的加密貨幣帳戶中，閃爍的餘額奠基於加密鏈的共識機制，從去信任中鍛造而出的信任。在以貪婪隔開痛苦的世界中，是否可能以像這樣的信任在藩籬上鑽洞，讓希望湧流？世界是否真能被轉化為虛擬村落，其中的每一個人都以同理彼此相連？

她在螢幕上開啟一個新終端視窗，狂熱地打起字來。

我恨特區，索菲亞・埃利斯眺望窗外，一面暗暗判定。

車流在下雨的街道蜿蜒，不時摻雜憤怒駕駛的喇叭聲——對比首都最近被視為常態的政局，這真是個不錯的隱喻。遠處位於國家廣場的紀念碑在毛毛雨中顯得虛無縹緲，似乎在用它們的永恆與超脫嘲弄她。

董事會成員在閒聊，等待季會開始。她只放一半的注意力在這裡，心思在他處。

……你女兒……恭喜她！

……太多區塊鏈新創公司了……

……九月經過倫敦……

索菲亞寧願留在國務院，她的歸屬之地，不過目前的政府不喜歡傳統式外交，因此她認為換跑道到非營利機構當最高管理者應該前景更看好。畢竟，有些最大、附國際辦事處的美國非營利組織根本就是美國外交政策的非官方部門，這已經是公開的祕密；而若想在下一個政府上臺時重回權力舞臺，身為「無國界難民」的執行董事算是不錯的踏腳石。關鍵在於幫助難民，發揚美國價值，並在當前政府似乎不顧一切揮霍美國實力的同時穩定世界。

---

14 Burj Khalifah，指世界最高摩天大樓杜拜塔（Dubai Tower）。

……看見一段手機影片，問我我們有沒有採取行動……好像是穆爾田？

她把自己從白日夢中拉出來。「那不是我們該插手的事，就跟葉門的情況一樣。」

那位董事點頭，改變話題。

索菲亞大學時的老室友江文幾個月前也寄電子郵件跟她提過穆爾田的事。她回了一封親切、周到的信，表達她的遺憾。**我們是個資源有限的組織，並非所有人道危機都能得到充分的關注。我很抱歉。**

這是事實。算是。

這也是共識：那些了解世事如何運作的人都認為干涉穆爾田所發生的事對美國或無國界難民沒有好處。最開始的時候她之所以進入外交與非營利領域，就是渴望把世界變成更好的地方，但理想被現實揑塑、引導。儘管——也或許因為——她和當前政府的歧異，她相信保存美國實力是有意義且重要的目標。引起世人對穆爾田危機的關注，會使美國在此區域的一個重要新盟友難堪，因此必須避免。在這個複雜的世界中，必須以美國（與其盟友）的利益為優先，犧牲某些受苦的人，更多無助者才能得到保護。

美國並不完美，但衡量過所有其他替代方案之後，她依然是我們所擁有最好的政府。

「……上個月，來自三十歲以下捐款者的小額捐款筆數下跌了百分之七十五。」其中一位董事說道。索菲亞思考哲理的同時，董事會已經開始。

發言者是一位重要國會議員的丈夫，透過遠距親臨機器人在倫敦與會。索菲亞懷疑他愛他的發言權更甚愛他妻子。伸縮頸末端的陰森螢幕讓他的臉看起來嚴肅而專橫，機器人比著手勢強調，多半是在模仿說話者真正的手。「妳是在告訴我，妳沒有應對投入程度下跌的相關計畫？」

是不是你妻子的某個員工幫你寫出這題的？索菲亞心想。她不認為他個人會對財務紀錄用心到發現這情況。

「我們資金的主體並不仰賴來自那個年齡層的小額直接捐款——」她正要解釋，但隨即被另一位董事打斷。

「那不是重點。關鍵在於心靈占有率，在於名聲。少了來自那個關鍵年齡層的大量小額捐款，無國界難民慢慢從社群媒體的討論中消失，最終將影響大額補助。」

發言者是一家手機公司的執行長。索菲亞已不只一次勸阻她指定將捐給無國界難民的款項用於為歐洲的難民購置該公司的廉價手機；這將提高該公司的官方公告市占（並違反利益衝突迴避法）。

「最近捐贈者版圖有一些出乎意料的變動，所有人都還在努力釐清——」索菲亞說，但又一次被打斷。

「妳說的是同理圈，對吧？」國會議員的丈夫問道：「好，那妳有因應計畫嗎？」

絕對是你妻子手下寫的。面對加密貨幣狂熱者，她向來覺得歐洲人似乎總是比美國人敏感。不過**就像外交，引導狂熱者好過跟他們硬碰硬。**

「什麼是同理圈？」另一位董事問道。這是一位退休聯邦法官，他依然認為傳真機是有史以來最偉大的科技發明。

「我確實是在說同理圈。」索菲亞試著維持語氣平穩，然後轉身面對科技公司執行長：「可否麻煩妳解釋？」

要是索菲亞嘗試解釋同理圈，科技執行長肯定會插嘴。她受不了任何人表現出對某科技議題比她專精，不如試著保持一點禮節。

科技執行長點頭。「很簡單。同理圈是另一種大量利用智慧型合約的去中介區塊鏈新應用，不過這一次稍微變化，擾亂了傳統慈善機構受雇在慈善市場中所做的事。」

桌邊其他人茫然地盯著執行長，最後法官轉向索菲亞：「何不妳來試試？」

只不過是放任其他人越權，她就拿回了會議的主控權，經典的外交手法。「讓我一點一點解釋，先從智慧型合約開始。假設你和我簽訂一份合約，約定若明天下雨，我就必須付你五美元；若明天沒下雨，你則必須付我一美元。」

「聽起來像很糟的保單。」退休法官說道。

「在倫敦提出這種條件可討不了好。」國會議員的丈夫說道。

桌邊響起輕笑聲。

「按一般合約，」索菲亞平順地接著說下去：「就算明天下大雷雨，你也有可能拿不到錢。我可能違約並拒絕付款，或是跟你辯論『雨』的定義，而你得把我告上法庭。」

「噢，在我的法庭辯論雨的意義可討不了好。」

「當然，不過如法官大人所知，人會為最荒謬的事起爭執。」她已經學會，最好先讓法官離題一陣子，再把他導回正途。「而訴訟所費不貲。」

「我們可以都把錢交給一位信任的朋友，同時要他決定明天過後要把錢給誰。那稱為信託付款，妳知道吧。」

「當然，絕佳的提議。」索菲亞說：「然而，我們就必須商定一個受信任的一般第三方權威，並為其蒙受的麻煩而支付其費用。簡而言之：一大堆交易成本都與傳統合約有關。」

「那如果我們採用智慧型合約會怎麼樣？」

「一旦下雨，專款隨即轉入你帳戶。因為整套履約機制都已寫入軟體，我完全無力阻止。」

「所以你的意思是，合約和智慧型合約基本上是一樣的東西，只不過前者以法律措辭書寫，需要人來閱讀、解讀；後者則是以電腦程式撰寫，只需要一部機器執行。沒有法官、沒有陪審員、沒有信託付款，無法收回。」

索菲亞頗感佩服。法官沒有科技方面的見識，但他很機敏。「沒錯。比起法律系統，甚至是運作良好的法律系統，機器的透明度和可預測性都要高上許多。」

「我不確定我喜歡那樣。」法官說。

「但你看得出這為什麼具吸引力，尤其如果你不信任——」

「智慧型合約藉由拿掉中介而降低交易成本，」科技執行長不耐地說：「妳可以這樣說就好，不用舉冗長又荒謬的例子。」

「確實。」索菲亞承認。她也學會對執行長表示認同可以降低交易成本。

「所以這跟慈善有什麼關係？」國會議員的丈夫問道。

「有些人視慈善機構為對信託競租的非必要中介，」科技執行長說：「這不是顯而易見嗎？」

桌邊的人又一次紛紛露出茫然的表情。

「有些智慧型合約熱衷份子或許有點極端。」索菲亞承認：「他們認為諸如無國界難民等慈善機構花太多錢租用辦公空間、支付職員薪資、舉辦昂貴的募資活動供有錢人交朋友、取樂，還有將捐款濫用於增加內部人員的財富──」

「荒謬至極的觀點，都來自擁有吵鬧鍵盤但欠缺常識的白癡──」科技執行長說道，臉氣得脹紅。

「或是一點政治常識也沒有。」國會議員的丈夫打斷她，彷彿他的婚姻自動將他變成政治權威。「我們也協調戰地救濟、引入國際專家、提高西方人的意識、安撫緊張的地方官員，並確保錢送到應得的人手中。」

「這種信託就是我們提供的價值，」索菲亞說：「不過對維基揭密的世代而言，自稱權威與專家自動把我們變得可疑。在他們眼中，就連我們運用計畫基金的方式也效能低落：我們怎麼可能比實際上需要協助的人了解錢該怎麼用？我們怎能排除讓難民取得武器以自保的選項？貪腐的地方官員先用捐款把自己口袋墊上一層才讓受害者拿到零頭；我們怎能決定跟他們合作？直接把錢送給附近付不出學校午餐費的孩子還比較好。先前諸如海地和早前北韓等地的國際救濟活動失敗案例眾所皆知，而這些案例也強化了他們的論點。」

「所以他們的替代方案是什麼？」法官問道。

江文看著通知在她的螢幕往上捲動，每一筆都在通報一份智慧型合約的完成，而所有合約都是以完全匿名的加密貨幣結算。最近很多交易都以這種方式進行，尤其是在發展中世界；在那樣的世界中，許多政府試圖靠限制現金來擴展權力。她不知道在哪邊讀到，全球金融交易現在有超過百分之二十都是透過各種加密貨幣。

然而她此時在螢幕上看著的交易有所不同。出價的內容都是徵求援助或承諾提供資金；除了需要**做些什麼**之外，沒有任何其他考量。同理圈區塊鏈網絡將所有出價配對、分組，形成多方智慧型合約，等到履約條件達成，便加以執行。

她看到有人徵求兒童讀物、新鮮蔬菜、園藝工具、避孕用具，徵求另一位醫師到來並長久開業——不只是來三十天的義工、空降而來隨即噴射而去，留下未完成且無法完成的一切……

儘管不相信上帝或任何神祇，她仍祈禱有人接下出價，並對這個系統滿意。雖然同理圈由她所創，她卻無力影響任何一筆操作。這就是這個系統的美麗之處，沒人能作主。

還在美國念大學時，江文曾在四川大地震那年夏天回中國幫助災民。當時，中國政府投注大量資源救災，甚至動員軍隊。

有些跟她同年甚或比她年輕的人民解放軍讓她看他們手上的傷痕，都是挖掘崩塌建築物的泥濘瓦礫找尋生還者和屍體時留下的。

「因為手太痛了，不得不停下來。」其中一個男孩這麼告訴她，聲音中滿是羞愧。「他們說，我再挖下去，手指就保不住了。」

她氣得眼前一陣模糊。**為什麼政府不給士兵鏟子或真正的救援器材？**她想像士兵血淋淋的手：懷抱找到倖存者的希望，他們一捧捧挖起泥土，手指骨肉分離。你完全沒必要羞愧。

後來，她對室友索菲亞重述這個經驗。她跟江文一樣對中國政府憤怒，但聽見江文描述那個年輕士兵時表情不曾改變。

「他只是獨裁政府的工具。」室友説道，彷彿她完全無法想像那些血淋淋的手。

江文不是隨官員或組織前往災區，她只是上千個自行來到四川、希望做些改變的志願者之一。她和其他志願者帶來食物和衣服，心想災民需要這些物品。但母親們向她要繪本或遊戲以安撫哭哭啼啼的孩子；農夫問她手機什麼時候、多快會通；村民想知道他們會不會拿到重建家園的工具和物資；一個失去所有家人的小女孩想知道她該怎麼完成高中學業。她完全沒有這些所需資訊或物資，看來其他人也沒有。像她這樣的志願者不受任何機構管轄，因此掌管救援活動的官員不喜歡他們待在附近，也就什麼都不告訴他們。

「這告訴妳為什麼妳需要專家。」索菲亞稍後這麼説道：「你們不能就這樣像群欠缺目標的暴民一樣跑過去希望做些善事，知道自己在做什麼的人必須掌管災難救濟。」

江文不確定自己是否認同——她沒看過多少證據，證明專家真有可能預先考慮到一場災難所需的一切。

螢幕上另一個視窗中的文字捲動得更快，顯示出更多提交上來的合約報價：徵求希臘語老師、建設新基地臺的資金、藥物、指導難民使用簽證與工作許可系統的人、武器、願意將難民創作的藝術品運出去給買家的卡車司機……

有些徵求要的是任何非營利組織或政府都不會給難民的那種支援。某些權威規定掙扎求生的人需要什麼、不需要什麼，這概念令江文作噁。

位於災區中的人最知道他們需要什麼。最好給他們錢，讓他們自己購買所需物品——只要有利可圖，無論難民需要什麼商品或服務，很多大膽的供應商和足智多謀的冒險家都願意為他們送去。金錢確實讓世界運轉，而這並非壞事。

若非加密貨幣，同理圈到目前為止成就的一切都不可能實現。跨國轉帳所費不貲，而且多疑的管理者總是施以嚴密的政府性監督。如果沒有某些中央支付處理機構協助，把錢送到貧窮的個人手中基本上是不可能的事，而那些機構很容易被多重權威攏絡。

但是有了加密貨幣和同理圈，只要有智慧型手機，你就能讓全世界知道你需要什麼，並獲得幫助。你可以穩當且匿名地付款給任何人，你可以和其他有相同需求的人聯合起來提交團體申請，或獨自進行，沒人能插手阻止智慧型合約執行。

看見她創立的事物開始如她想像運作，她很興奮。

然而，同理圈中還是有許多徵求協助的案子未獲實現。錢太少，捐贈者太少。

「……概括說來基本上是這樣。」索菲亞說：「許多較年輕的捐款人轉向同理圈網絡，因此無國界難民得到的捐款便下跌了。」

「等等，妳是說，他們透過這個網絡捐獻『加密貨幣』？」法官問道：「那是什麼，像假錢嗎？」

「嗯，不是假錢，只不過不是美元或日圓——不過加密貨幣能在交易所兌換成流通貨幣。那是一種電子代幣。可以想成——」索菲亞努力想出一種能讓老法官理解的過時參照，突然靈光一閃：「iPod 裡的 MP3，只是能夠用來支付款項。」

「那我為什麼不能像孩子們對歌曲所做的事一樣，送副本給某人支付某筆款項，但自己也留一份副本？」

「誰擁有哪一首歌都記錄在電子帳冊中。」

「那又是誰保管帳冊？怎麼防止駭客進去改寫紀錄？妳說沒有中央機構。」

「帳冊稱為區塊鏈，分散在世界各地的電腦中。」科技執行長說：「基本概念是解決拜占庭將軍問題的加密原理。區塊鏈驅動加密貨幣，也驅動同理圈。使用區塊鏈的人相信數學，他們不需要相信人。」

「現在又是哪一樁？」法官問道：「拜占庭？」

索菲亞在內心嘆氣。她沒預料要進入這種程度的細節。她甚至還沒解釋完同理圈的基本原理，誰知道還要討論多久，他們才能對無國界難民該怎麼應對產生共識？

一如加密貨幣致力於從各政府的法令中奪取貨幣供應的控制權，同理圈也致力於從慈善機構的專業中搶走全世界慈善供應的控制權。

同理圈努力實踐理想，但是受情感浪潮驅策，而非專業或理智。對美國而言，世界因此變得更難預測，也更加危險。她已經不在國務院，但依然渴望透過理性分析和權衡利益把世界變得更加有序。

很難讓一整個房間的自我意識了解同一個問題，更別說商定解決方案。她希望自己擁有某些迷人領袖的本領，那些領袖就是能說服每一個人毋須了解便服從行動方針。

「我有時候覺得妳只是想要別人都聽妳的。」江文曾在一次特別激昂的辯論後這麼對她說。

「那又有什麼不對？」她當時問道：「我對議題思考得比其他人深入又不是我的錯。我更能看清全局。」

「妳並不是真心想當最明理的人。」江文回道：「妳想當最正確的人，妳想當傳神諭者。」

她感覺受辱。江文有時候是如此頑固。

等等，索菲亞抓住**傳神諭者**的概念，**或許就是這個，我們可以用這種方法讓同理圈為我們所用。**

「拜占庭將軍問題是一種隱喻。」索菲亞說道，努力不讓音調顯露出她新湧現的興奮。她慶幸自己對於了解細節的執迷——如果她誠實，其實還有對於勝過科技執行長的渴望——迫使她大量閱讀相關主題的資料。「想像有一群將軍，他們各自帶領拜占庭軍隊的一個師，正在圍攻一座城市。如果所有將軍協同進攻城市，那座城市將淪陷。如果每位將軍都同意撤軍，所有人都將安全。但若有些將軍進攻、有些撤退，結局則會是一場災難。」

「他們必須對行動達成共識。」法官說道。

「對。將軍們透過信使聯繫，問題在於他們派去找其他將軍的信使並非同時送達訊息，而且其中有些不忠的將軍會在形成共識的過程中送出假訊息，從而種下混亂的種子並擾亂結果。」

「這個形成中的共識，如妳所稱，就像帳冊，對吧？」法官問道：「記錄了每位將軍的投票。」

「正是如此！因此，稍微簡化一下，訊息鏈代表形成中的共識，而區塊鏈藉由為其加密解決了這個問題——以極難破解的數論謎題加密。加密後，每一位將軍都能輕易判定代表投票狀態的訊息鏈並未受竄改，但他們必須耗費精力以加密的方式在投票鏈中加入新選票。為了欺騙其他將軍，一位叛徒將軍不只需要偽造自己的選票，還必須在越來越長的投票鏈中偽造他之前所有其他選票的加密總結。偽造的難度隨著鏈加長而提高。」

「我不確定我完全聽懂了。」法官咕噥道。

「關鍵在於，在加密狀態下將交易區塊加入鏈的困難度稱為工作量證明，而區塊鏈利用工作量證明確保只要網絡中大多數電腦都沒有叛變，就會有一份比任何中央機構都值得信任的分散式帳冊。」

「而那就是……相信數學？」

「對。分散、無法收買的帳冊不只讓加密貨幣成為可能，也能藉此擁有並非由中央掌管的安全投票框架，並確保智慧型合約不被竄改。」

「這些都很有意思，但跟同理圈和無國界難民又有什麼關係？」國會議員之夫不耐煩地問道。

江文耗費極大心力讓同理圈介面好用，而區塊鏈社群中的大多數人並不在乎好用與否。確實，許多區塊鏈的應用似乎刻意設計得難以使用，彷彿詳細的科技知識是一種必要條件，藉此區分真正的自由主義者與只是盲從的傢伙。

江文討厭各種形式的菁英主義——來自像她這樣的人：受長春藤教育的財務服務技術專家、擁有滿房間的高端虛擬實境裝備，她清楚意識到其中的諷刺。決定民主不「適合」她國家的是一群菁英，而決定自己最了解誰值得同情、誰不值得的又是另外一群。菁英不信任**感覺**，不信任人之所以為人的特性。

同理圈的關鍵就在於幫助人，而且這些受幫助的人完全不關心拜占庭將軍問題的錯綜複雜，也不關心區塊大小對區塊鏈安全的隱含意義。必須要連孩童也能使用。她記得四川那些只是想要有簡單工具以便工作的人有多挫折、多絕望。對想給予的人與需要幫助的人而言，同理圈都必須盡可能易於使用。

有些人對於被告知自己該關心什麼、該如何關心感到又煩又倦；江文想為這些人創造工具，而非為那些出一張嘴的人。

「妳憑什麼認為自己知道所有問題的正確答案？」江文曾這麼問索菲亞，當時她們還無話不談，彼此間的爭執總是冷靜客觀，為了鬥智的樂趣而吵。「妳沒懷疑過自己可能是錯的嗎？」

「如果有人指出我想法中的漏洞，我會懷疑。」索菲亞說：「我並不排拒被說服。」

「但妳從不**感覺**妳可能是錯的？」

「讓感覺支配思考是許多人永遠得不到正確答案的原因。」

理性而言，她正在做的事毫無希望。為了寫出同理圈，她已經用掉所有病假和假期。她發表了一篇論文，鉅細靡遺地解釋同理圈的技術基礎。她徵募人手審核她的程式。然而她怎能真心期待透過一文不值又默默無名的加密貨幣網絡，改變大型非營利組織和外國政策智庫已建立起的世界？

這工作感覺是對的。而這，就比她所能想出的所有反面論點更有價值了。

「但是我還是不懂要怎麼滿足這些『履約條件』！」法官說道：「我不懂同理圈怎麼判定某一項援助申請值得提供資金，並決定撥款。資金提供者不可能親自看過數以千計的申請案，並決定把錢給誰。」

「我還沒解釋智慧型合約的另一個面向。」索菲亞說：「智慧型合約要能作用，需要有一個將現實輸入軟體的方法。有時候，履約條件是否獲得滿足，並不是像某一天是否下雨那麼簡單——但或許就連這個問題在某些極端情況下都需要進一步討論——需要複雜的人類判斷：承包商的抽水馬桶是否安裝得令人滿意；允諾的風景畫是否確實描繪實景；是否應該幫助某人。」

「妳的意思是需要共識。」

「沒錯。因此同理圈藉由對網絡中部分成員發放一定數量的電子代幣來解決這個問題，這種代幣稱為同理幣。同理幣持有者需負責在一定時間區間內評估徵求資金的案子，投下贊成票或反對票。只有得到必須數量贊成票的案子能從現有捐贈者群的資金中獲得捐款——能投幾票取決於你的同理幣餘額，而贊成票的必須門檻則是隨徵求的資金額度而相應增加。為了避免策略性投票，計票結果只在評估期間結束時揭露。」

「那同理幣持有者要怎麼決定該怎麼投票？」

「這就看個別持有者了。他們可以評估申請者提供的資料就好：申請者的故事、照片、影片、文件，什麼都可以；他們也可以去現場調查申請者。在指定的評估期間內，他們可以各憑本事。」

「太棒了，所以應該用來幫助危急、貧困者的錢要靠一群人分配，但你幾乎不可能說服這些人在兩場電玩遊戲之間填寫客服問卷。」國會議員之夫嘲諷道。

「聰明的地方就在這裡。同理幣持有者將獲得獎勵，依據他們同理幣帳戶的比例從網絡中得到一小筆錢。每個案子的評估期結束後，投票給『敗』方的人會受到懲罰，他們的部分同理幣會被重新分配給投票給『勝』方的人。個人的同理幣結餘就像某種聲譽代幣；隨著時間過去，判斷力與共識判斷最一致的人獲得最多同理幣，而判斷力在這個網絡中也稱為同理計量器，因而以此為名。他們成為絕對正確的傳神諭者，而系統圍繞著他們運作。」

「要怎麼防止——」

「這並不是完美的系統。」索菲亞說：「就連系統設計者——我們並不確切知道是誰——也承認這一點。但就像網路上的許多事物，即使看起來不可行卻還是可行。維基百科剛開始的時候也沒人覺得會成功。同理圈存在的兩個月以來，事實證明它效率驚人、遭受攻擊也能恢復，而且無疑吸引了一大堆對傳統慈善捐獻幻想破滅的年輕人。」

董事會花了些時間消化這項資訊。

「聽起來要艱苦競爭了。」一會兒後，國會議員之夫說道。

索菲亞深吸一口氣。**就是現在，我開始建立共識的時刻。**「同理圈頗受歡迎，但收到的資金跟現存慈善機構完全不能比，主要原因是捐款給同理圈並不能，顯然不能，節稅。網絡中幾項最大的案子，尤其是與難民相關的那些，都沒有得到贊助。如果目標是將無國界難民拉入對話中，我們必須提出大額資金。」

「但是我以為我們無法選擇要把錢用在網絡中的哪一個難民案件。」國會議員之夫說：「這將由同理幣持有者決定。」

「我必須坦誠一件事。我自己也在用同理圈，有一些同理幣。我們可以把我的帳戶轉成法人帳戶，開始評估案件。確實可能僅憑文件便篩掉欺詐的徵求案，不過要想確切知道某人是否值得幫助，沒什麼比得上美好老派的現場調查。有了我們的領域專業和各國職員，我很肯定我們比任何人都有能耐判定該資助哪些徵求案，我們將快速賺取同理幣。」

「但為什麼要這麼做呢？我們明明可以直接把錢投入我們想投入的案子，為什麼要增加同理圈這個中介？」科技執行長問道。

「事關影響力。獲得足夠的同理幣後，無國界難民即成為全球同理心的終極傳神諭者，由我們仲裁誰值得幫助。」索菲亞深吸一口氣，拿出最後一擊。「其他大型慈善機構將追隨無國界難民設立的典範。除此之外還有來自中國、印度等地的資金；在那樣的地方，對慈善事業感興趣的捐贈者在各自國內找不到幾個值得信任的慈善機構，但可能願意投入去中心化的區塊鏈應用；同理圈很快將成為全世界單一最大的慈善資助平臺。如果我們累積最大持分的同理幣，我們實際上就有資格主持全世界絕大多數慈善捐款的利用。」

董事會成員目瞪口呆地坐在各自的椅子上，就連遠端出席機器人的手都停止擺動。

「要命……妳要把一個設計來把我們去中介化的平臺翻轉成為我們加冕的梯子。」科技執行長語帶真誠的敬佩。「真是厲害的柔術。」

索菲亞朝她短暫一笑，回頭面對其他人。

「好了，各位是否都贊同呢？」

紅線代表保證捐給同理圈的資金總額已直直射入平流層。

江文在螢幕前微笑，她的寶寶長大了。

無國界難民決定加入網絡後的二十四小時內，好幾個國際重要慈善組織也跟著加入。在大眾眼中，同理圈現在成為正統，就連關心節稅的富裕捐贈者也有可能透過參與網絡的傳統慈善機構，注入他們的資金。

受同理圈使用者關注的案子無疑也會引起媒體關心，引來記者和觀察者。同理圈將不只主導慈善贈與，也將主導世界的目光。

僅受邀者可加入的＃同理圈頻道塞滿辯論。

NoFFIA>：這是大慈善機構的詭計。他們會開始玩積攢同理幣的遊戲，迫使網絡資助他們私心
偏好的案件。

N♥T>：你為什麼認為他們能做到？神諭系統僅獎勵結果。如果你不認為傳統慈善機構知道他

們在做什麼，就表示他們不知道怎麼更有效地辨識出值得贊助的好案子，因此網絡將迫使他們資助同理幣整體持有者認為值得贊助的案子。

Anony >：傳統慈善機構能觸及大多數人接觸不到的宣傳管道，其他同理幣持有者只是一般老百姓，他們會被影響的。

N♥T>：並非所有人都如你所想那麼容易受傳統媒體影響，尤其當你離開美國人所居住的泡泡。我認為這是公平賽場。

江文觀看辯論，但沒有參戰。身為同理圈的創造者，她的使用者代號附帶隱形的名聲，而她知道那名聲代表她所說的一切都可能過度影響或扭曲辯論。人類就是這樣運作，就算他們是透過匿名電子身分以捲動的文字交談也一樣。

她對辯論不感興趣，她感興趣的是行動。她本就希望傳統慈善機構參與同理圈，一直以來也都為此計畫，現在是她進行第二步的時候了。

她叫出終端視窗，開啟一個同理圈網絡的新提案。穆爾田的虛擬實境檔案太大，無法直接併入一個區塊，因此必須以點對點的方式散布。不過證明檔案真偽並預防竄改的簽章會成為區塊鏈的一部分，發布給所有同理圈使用者以及同理幣持有者。

甚至是頑固的索菲亞。

檔案提交者是江文這件事（或者更精確地說，是同理圈創造者的使用者帳號，而沒人知道這個帳號就是現實世界中的江文）剛開始將引發一陣關注，不過在那之後，一切就不在她的掌控中了。

她不信奉陰謀，她指望的是人性中的天使。

她按下發送，往後靠，等待。

隨著吉普車蜿蜒於叢林，駛過靠近中國與緬甸邊界的泥濘山路，索菲亞打著盹。

怎麼走到這一步的？

這世界的瘋狂既難以預料又不可避免。

如她所想，因為無國界難民的領域專業，這個法人同理圈帳戶火速成為網絡上勢力最龐大的同理幣持有者之一。她的判斷被視為絕對可靠，引導網絡將資金投注於貧困族群以及有意義的提案。董事會對她的工作成果非常滿意。

然而，那支該死的虛擬實境和其他類似的東西開始出現在網絡中。

那支虛擬實境體驗以任何文字、照片、影像都做不到的方式對互動者說話。赤腳走數哩穿過被戰爭摧殘的城市、看見遭支解的嬰兒和母親散落四周、被持大砍刀和槍的男人與男孩審問並威脅……虛擬實境體驗讓互動者受驚、難以承受。有些人還因此住院治療。

傳統媒體受限於得體與適切的舊式觀念，不能呈現像這樣的影像，並拒絕涉入他們視為純粹情緒操弄的做法。

脈絡為何？來源是誰？輕蔑的權威人士質問。真正的新聞需要反思，需要思考。

當你們基於你們發行的照片而擁護戰爭，我們可不記得有看見多少反思，同理幣持有者的蜂巢意識回應道。你們是否只是因為無法再掌控我們的情緒而惱怒？

同理圈內廣泛採用加密，代表大多數審查技術都無用武之地，因此同理幣持有者能夠看見於此之前都遭屏蔽的故事。他們為附加的申請案投票，他們的心臟劇烈跳動，他們呼吸淩亂，他們被憤怒和悲傷模糊了視線。

激進份子和宣傳者很快便領悟，要讓他們的目標獲得贊助，最好的方法是投入虛擬實境軍備競賽。就這樣，各國政府和反對份子相互競爭，力求創造出令人信服的虛擬實境體驗，逼互動者信服他們的觀點，迫使互動者同情他們那一方。

葉門的萬人塚裡滿是餓死的難民。示威遊行支持俄國的年輕女子遭烏克蘭士兵射殺。少數民族的孩子裸身奔過街道，他們的家被緬甸政府兵放火燒了……

資金開始湧入遭新聞媒體遺忘的族群或被描繪為不值得同情的一方。在虛擬實境中，他們的一分鐘沉痛發言比受敬重的報社的萬言專欄文更有力。

這是在將痛苦商品化！受長春藤教育的部落客在嚴肅的內幕報導中寫道。特權階級難道不是藉此別開蹊徑剝削受壓迫者的痛苦，讓自己感覺好一點嗎？

就像照片能被造假、編輯以欺騙世人一樣，虛擬實境也能，媒體與文化研究的評論人寫道。虛擬實境是經過大量操作的媒體；對於「現實」在這媒體中的意義是什麼，我們尚未達成共識。

這對我們的國家安全造成威脅，要求關閉同理圈的參議員擔憂地說。他們有可能將資金轉移給對我們國家利益有害的團體。

你們只是害怕自己被從不當權威的位置去中介化，同理圈使用者躲在匿名、加密的帳戶後嘲弄道。這是同理心的真正民主，接受現實吧。

感覺的共識取代了事實的共識。透過虛擬實境的替身體驗帶來情緒的勞動，取代了調查、評估成本利益、行使理性判斷的身心勞動。工作量證明又一次被用來擔保真實性，只不過這次是不同種的工作。

或許記者、參議員、外交官和我能製作我們自己的虛擬實境體驗，索菲亞在吉普車後座被撞醒時這麼想著。**真正了解複雜局面是一份不迷人但必要的工作，要把這樣的工作變得令人注目是如此困難，這真是太糟了……**

她看著窗外。他們正穿過穆爾田的一座難民營。男人、女人、小孩，從外觀看來大多是中國人，他們麻木地回看吉普車內的乘客。索菲亞對他們的表情不陌生；她在世界各地的難民臉上都看過相同的消沉。

穆爾田的案子成功募得資金，這對索菲亞和無國界難民而言是一記沉重打擊。她投票反對，但被其他同理幣持有者壓過，索菲亞的同理幣一夜之間蒸發了百分之十。儘管她投下反對票，其他靠虛擬實境推動的案子也接續獲得資金，進一步侵蝕了索菲亞的同理幣帳戶。

面對怒火中燒的董事會，她來這裡找尋詆毀穆爾田案的可能，藉此顯示出她一直以來都是對的。

從仰光來這裡的路上，她跟無國界難民一位派駐此地的職員及幾個西方國家的駐緬甸記者談過，他們證實了華盛頓的共識。她就知道難民的處境有很大程度出自叛軍之手。穆爾田的人口主要是漢族人，他們跟中央政府中占多數的緬族人不和。叛軍攻擊政府軍，然後遁入平民之中。政府別無選擇，只能訴諸暴力，以免國家仍年輕的民主倒退，中國影響力探入東南亞的心臟。無疑發生了許多令人遺憾的事件，不過絕大多數的過錯都落在叛軍那方，資助他們只會讓衝突越演越烈。

但同理幣持有者討厭這種權威意見，這種對於地緣政治學的解釋。他們不想上課，他們只被痛苦的即時性說服。

吉普車停住，索菲亞和口譯人員下車。她調整她戴的領圈——科技執行長幫她從佳能虛擬實境弄來的原型機。空氣潮濕炙熱，被汗水和腐爛物的臭氣浸透。她早該料到的，不過她在華盛頓的辦公室時，不知怎的竟沒想過這裡聞起來會是什麼味道。

她正要走向一名身穿印花上衣、表情猜疑的年輕女子，這時一個男人怒吼了起來，她轉身看他。他一面吼叫一面用手指她，身旁的群眾紛紛停下來，轉而盯著她看。氣氛緊繃。

他的另一隻手中有槍。

穆爾田案的部分目標，是資助願意走私武器跨過中國邊界送到難民手中的團體。索菲亞知道這件事。**我會後悔沒帶武裝護衛來，對吧？**

叢林傳來車輛隆隆駛近的聲音。頭頂一陣響亮的嗖嗖聲，緊接而來的是爆炸。斷奏的槍響如此靠近，一定是來自營區內。

索菲亞身旁的群眾陷入混亂，一面尖叫一面朝四面八方亂衝，她被推倒在地。她用手臂護住頭部，護住攝影機與麥克風，然而一雙雙驚慌的腳踏過她身軀，她倒抽一口氣，雙臂鬆開。裝有攝影機的頸圈脫落，在泥土中滾離，她不顧自身安全伸出手想拿回來。就在她抓握的手指碰到頸圈前，一隻著靴的腳踩碎了它，發出令人作嘔的嘎喳聲。她咒罵，隨即某個跑過去的人踢中她的頭。

她失去意識。

頭痛欲裂。上方的天空似乎觸手可及，無雲，呈橘色。

身下的表面感覺是堅硬的沙地。

我在虛擬實境的體驗中，對吧？我是不是格列佛，正仰望著小人國的天空？

天空轉變、晃動，雖然我躺著，卻依然感覺像在下墜。

我想吐。

「暈眩結束前先閉上眼。」一個聲音說道。音色和節奏很耳熟，但我說不出說話的是誰，只知道有一陣子沒聽見這聲音了。等到暈眩退去，我才注意到硬梆梆戳入我背部的記錄器，這部機器用膠帶黏在那個位置。我感覺如釋重負。攝影機或許沒了，但裝備中最重要的部分撐過嚴峻考驗。

「來，喝下去。」那聲音說道。

我睜開眼，掙扎著坐起來，一隻手伸到我肩胛骨之間撐住我。那是一隻強壯的小手，一隻女人的手。昏暗之中，一個水壺出現在我面前，明暗對比。我啜飲，這才發現我有多渴。

我抬頭看水壺後的那張臉：江文。

「妳怎麼會在這裡？」我問道。一切還是顯得如此不真實，不過我慢慢弄清楚了，我在帳篷裡，說不定就是我稍早在營區裡看見的其中一頂。

「同一件事把我們兩個都帶來這裡。」江文說道。經過這麼多年，她還是沒多大改變：態度依然冷酷、嚴肅，頭髮依然剪得極短、下顎依然那副模樣，質疑所有人事物。

只是她看起來更精瘦、更乾枯，彷彿年歲擰盡了她的和善。

「同理圈。由我打造，而妳想摧毀它。」

當然了，我早該知道的。江文向來討厭制度，認為最好瓦解一切。

看見她的感覺還是很好。

我們大學一年級時，我為校刊寫了一篇文章，報導一場最後俱樂部[15]派對的性侵事件。受害者不是學生，她的說法後來不受採信。所有人都譴責我的文章，說我太草率，聲稱我太想要好故事，容許這種渴望擋在事實與分析之前。只有我知道我沒錯：受害者是因為受到壓力才撤回主張，但我沒有證據。只有江文挺我，一有機會就為我辯護。

「妳為什麼相信我？」我當時問她。

「我沒辦法解釋，」她說：「這是一種**感覺**。我聽見她聲音隱含的痛苦……我知道妳也是。」

我們因此變得親近，她是我在戰鬥時能夠信賴的人。
「外面發生什麼事？」我問道。
「那得看妳是跟誰談。這完全不會出現在中國的新聞；如果出現在美國的新聞，也只會是政府和叛軍之間的小衝突，叛軍的游擊戰士偽裝成難民，迫使政府出手報復。」
她總是這樣。江文在哪裡都能看見真相的腐化，但她不會告訴你她心目中的真相是什麼。我想她是在美國養成這個習慣，藉此避免爭端。
「那同理圈使用者會怎麼想？」我問道。
「他們會看見難民在奔逃時有更多小孩被炸彈炸飛、更多女人被士兵射殺。」
「先動手的是叛軍還是政府？」
「這為什麼重要？西方國家的共識永遠會認為是叛軍先開第一槍——彷彿這決定了一切。妳已經決定了故事主軸，剩下的只是證據而已。」
「我懂。」我說：「我知道妳打算做什麼。妳認為國際社會不夠關注穆爾田的難民，因此妳利用同理圈宣傳他們的困境。妳在情緒上受這些人吸引，因為他們長得像妳——」
「妳真心這麼想嗎？妳覺得我做這件事是因為他們是漢族人？」她失望地看著我。
她想怎樣看我隨她，不過她的濃烈情緒露餡了。大學時，我記得她很努力為中國的地震募款，

---

15 哈佛大學歷史最悠久的社交性俱樂部，成員皆為男性。其名源自十九世紀晚期，當時就讀不同年級的學生各有不同的俱樂部可參加，而最後俱樂部（final club）即為學生完成學業前最後一個可參加的俱樂部。

那時我們兩人都在嘗試決定專業主修。我記得她下一個夏天為在烏魯木齊喪生的維吾爾人和漢人舉辦燭光守夜，當時我們一起留在學校編輯學生課程評價指引。我記得有一次在課堂上，一個體型有她兩倍高大的白種男性矗立在她面前，要她承認中國參與韓戰是錯誤之舉，而她是如何拒絕退縮。

「想打我就打吧，」她當時語氣平穩地說道：「我不會只為我自己能夠出生，就褻瀆對死者的回憶。麥克阿瑟即將在北京丟下原子彈，你真心想為這樣的帝國辯護嗎？」

大學裡有些朋友認為江文是中國國家主義份子，但那並不完全正確。她厭棄所有帝國，因為對她來說，它們都是終極的制度，極度極權。她不認為美國的帝國就比俄羅斯或中國的帝國更值得支持。用她的話來說：「美國只對那些夠幸運能當美國人的人而言才是民主國家，對所有其他人來說，她只是擁有最大炸彈與導彈的獨裁者。」

有缺陷但能被變得完美的制度有其不完美的穩定性，但她想要的是去中介混亂的完美。

「妳這是在讓妳的激情戰勝理性。」我知道這種說服毫無用處，但還是忍不住想試試；如果我不緊抓住對理性的信念，那我就什麼也沒有了。「對緬甸有影響力、強大的中國對世界和平有害，美國的卓越地位必須——」

「所以妳認為為了維持奈比多政權穩定，為了支持美國強權下的世界安定和平，為了用穆爾田人民的血鞏固美國帝國的堡壘，他們被種族清洗也沒關係。」

我畏縮，她的用詞總是那麼草率。「別誇大其辭，若不遏制此處的種族衝突，將導致中國冒險主義和影響力變本加厲。我跟仰光的好幾個人談過，他們不想要中國人在這裡。」

「那妳以為他們想要美國人在這裡對他們下指導棋嗎？」輕蔑在她的聲音中燃燒。

「兩害相權取其輕。」我讓步。「不過若中國涉入更多，會讓美國人更加焦慮，而這只會激化妳如此厭棄的地緣政治衝突。」

「這裡的人需要中國的錢蓋水壩，沒有開發，就解決不了他們的任何問題——」

「那或許是開發者想要的，」我說：「但老百姓並不想要。」

「妳想像中的**老百姓**是哪些人？」她問道：「我跟穆爾田的許多人談過，他們說緬族人不想把水壩蓋在現存的位置，蓋在這裡他們倒是很樂意。叛軍正是為此而戰，為了保留他們的自治權以及支配自己土地的權力。妳難道不重視、不關心民族自決嗎？容許士兵殺死孩童怎麼可能帶來更美好的世界？」

我們可以這樣下去沒完沒了。她置身於太大的痛苦中，看不見真相。

「妳被這些人的痛苦蒙蔽，」我說：「而妳現在想要整個世界都蒙受相同命運。透過同理圈，妳繞過制度性媒體和慈善機構的傳統濾鏡，直達個人，但是孩子和母親就在身旁死去的體驗對大多數人而言太難承受，以至於他們無法想清楚導致這些悲劇的事件所隱含的複雜意義。虛擬實境體驗是一種宣傳。」

「妳我都知道穆爾田虛擬實境並非捏造。」

我知道她所言為真。我看過人在我身旁死去，而就算虛擬實境經過竄改或去脈絡，也有足夠的真實，其他問題都因而不再重要。最好的宣傳往往就是真實。

但有一個她沒看見的更大真相。某件事發生，不代表那就是確鑿的事實；有人受苦，不代表總是有更好的選項；有人死去，不代表我們必須拋棄更重要的原則。世界並不總是只有黑與白。

「同理心並不總是好東西。」我說：「不負責任的同理讓世界變得不穩定。每一場衝突中，總是有要求同理的多方主張，導致局外人投入情緒，進而擴大衝突。為了釐清混亂，妳必須理性思考，找出傷害性最小的答案，正確的答案。這就是為什麼我們有些人承擔起責任，去研究、了解這個世界的複雜性，並為其他人決定該怎麼負責任地行使同理心。」

「我不能就這麼停手，」她說：「不能就這麼忘掉死者。他們的痛苦和驚駭……現在也加入我的經驗區塊鏈了，無法消除。如果負責任代表學著不去感覺他者的痛苦，那麼妳效力的就不是人性，而是邪惡。」

我看著她。我同情她，真的同情，眼見朋友置身痛苦，但知道妳幫不了她，事實上還必須進一步傷害她，這真是無比悲傷。有時候痛苦是自私的，承認痛苦也一樣。

我掀起上衣讓她看黏在我後腰的虛擬實境記錄器。「這機器一直記錄到槍擊開始——在營區內——然後我被推倒。」

她盯著虛擬實境記錄器看，表情先是震驚，然後是認可、狂怒、否定、挖苦的微笑，最後什麼也沒有。

一旦以我的經歷為基礎的虛擬實境上傳——並不需要太多編輯——老家將會怒火沖天。一個毫無防備的美國女人，一個慈善機構的最高管理者，致力於幫助難民，卻遭漢族造反者殘酷對待，而他們手上拿的槍是用來自同理圈的錢買的——很難想像還有什麼更好的方法能讓人不再相信穆爾田案，最好的宣傳往往就是真實。

「我很抱歉。」我說道，發自真心。

她凝視我，我說不出我在她眼中看見的是恨，還是絕望。

我憐憫地看著她。

「妳試過原始的穆爾田片段嗎？」我問道：「我上傳的那一個。」

索菲亞搖頭。「我沒辦法，我不想危及我的判斷力。」

她總是如此理性。有一次，在大學裡，我要她看一支影片，內容是一個幾乎還只是男孩的俄國年輕男子在攝影機前被車臣鬥士斬首。她拒絕了。

「妳為什麼不願意看看妳所支持的人在做什麼？」我問她。

「因為我還沒看過所有俄國人對車臣人的暴行。」她說道：「獎勵引發同理心的人，等同於懲罰被阻止採取相同做法的人。看這影片會不客觀。」

索菲亞總是需要更多脈絡、需要大局。但我在那些年學會一件事：她眼中的理性，就跟許多人一樣，都僅關乎合理化。她想要的大局只要大得剛好足以為自家政府的所作所為辯護就好，她所需的知識只要多得剛好足以推論美國要的等於全世界所有理性之人要的就好。

我了解她的想法，但她不了解我的想法。我了解她的語言，但她不了解我的語言——也不想了解。這世界的權力就是如此運作。

剛去美國時，我覺得那是全世界最美好的地方。有些學生對所有人道理想都懷抱熱情，而我試著支持他們每一個人。我為孟加拉氣旋和印度洪水的受害者募款；我為秘魯的地震打包毯子、帳篷和睡袋；我加入紀念九一一受害者的守夜會，吹著暮夏夜晚的微風在紀念教堂前啜泣，同時努力不讓蠟燭熄滅。

然後中國發生大地震，隨著死亡人數朝十萬攀升，校園出奇安靜。我以為是我朋友的人都別過臉；我們在科學中心前設捐款桌，但工作人員只有像我一樣的中國學生。相較於死亡人數遠遠少上許多的其他災難，我們甚至募不到十分之一的善款。

討論的焦點在於中國是如何追求開發，導致不安全的建築，彷彿列舉他們政府的缺點是應對死去孩童的合宜反應，彷彿重申美國民主的優點是不出手相助的正當理由。

匿名的新聞群組內張貼了有關中國人和狗的笑話。「大家就是不怎麼喜歡中國。」一位專欄作家饒富深意地表示。「我寧願要大象回來。」一名女演員在電視上說道。

你們是怎麼搞的？我想尖叫。當我站在捐款桌旁，同學別開視線快步經過，他們的眼裡沒有同理。

但索菲亞捐款了，而且捐的比任何人都多。

「為什麼？」我問她：「似乎沒人在乎這些受害者，妳為什麼在乎？」

「我不要妳回中國時帶著美國人不喜歡中國人的不理性印象。」她說：「當妳陷入這種絕望的時刻，試著想起我。」

我就是這樣知道我和她永遠不會如我所希望那般親近。她把捐款當作說服的手段，而非因為她與我同感。

「妳控訴我操弄，」我對索菲亞說。帳篷內潮濕的空氣令人透不過氣，感覺像有人從我頭顱內側用力壓我的眼睛。「不過，妳不也打算拿妳的紀錄來做一模一樣的事嗎？」

「不一樣。」她說，她總是有答案。「作為深思熟慮計畫的一環，我的影片將會用來從情感上說服人去做理性上正確的事。情感是一種鈍工具，必須將其放在有助於理性的位置。」

「所以妳的計畫是停止對難民的所有援助，看著緬甸政府把他們從他們的土地趕去中國？還是更糟？」

「妳成功乘著憤怒和憐憫的浪潮替難民弄到錢，」她說：「但那實際上能怎麼幫助他們？他們的命運到頭來總是由中美之間的地緣政治決定，其他的一切都只是干擾而已，幫不了他們的。給難民武器，只會讓政府有更多訴諸暴力的藉口。」

索菲亞沒錯，不完全錯，但這裡有一個她沒看見的更大原則。世界並不總是依循經濟學家的理論或國際關係預測的道路前進。如果一切都依索菲亞的計算方式決定，那麼秩序、穩定、帝國總會獲勝，永遠不會有任何改變、任何獨立、任何正義。我們是以心為重的生物，我們也應該如此。

「更嚴重的操弄是欺騙自己，讓自己相信妳永遠可以憑理性思考出什麼是正確的。」我說道。

「沒有理性，妳根本無法觸及正確的事。」索菲亞說。

「在做正確的事所代表的意義中，情感一直都位於核心的位置，不只是說服人的工具。妳是理性分析了制度的利弊才反對奴隸制嗎？不，是因為妳厭惡奴隸制。妳同理受害者，妳內心感覺到蓄奴是不對的。」

「道德推理不同於——」

「道德推理常常只是一種方法，妳藉此馴服妳的同理心，將其套上軛，強拉去為制度的福祉效力，而那些制度已將妳腐化。當操弄對迎合你們框架的理想有利時，妳顯然不反對。」

「稱我為偽善者並沒有太大幫助——」

「但妳就是偽善者。當朝嬰兒發射戰斧飛彈的照片或海灘上溺死小男孩的影像促成難民政策的修訂時，妳並沒有提出抗議。有些記者對西方人描述年輕難民的羅密歐茱麗葉感傷愛情故事，並強調聯合國是如何以西方理想教育他們，藉此引發大眾對受困於肯亞最大難民營的人產生同理心，而妳推廣那些記者的文章——」

「那不一樣——」

「當然不一樣。對妳來說，同理心只是另一個該拿起來用的武器，而非生而為人的根本價值。妳用妳的同理心獎賞某些人，又保留同理心以懲罰另一些人。總是能找到理由。」

「那妳又有什麼不同？為什麼有些人所受的苦比其他人所受的苦更能影響妳？妳對穆爾田人的關心為何多過妳對任何其他人的關心？難道不是因為他們長得像妳嗎？」

她還是認為這是一記殺手鐗。我了解她，真的了解。真是令人欣慰啊，知道自己是對的，妳的理性戰勝感性，妳是正義帝國的代理人，對同理心的背叛免疫。

我就是不能像那樣而活。

我嘗試最後一次。

「透過剝掉脈絡和背景，透過將感官暴露於未經加工的痛苦與折磨，我原本希望虛擬實境能夠防止所有人將同理心理性化。極度的痛苦中並不存在種族、教條，也沒有任何區隔、分裂我們的牆。

當妳沉浸於受害者的經驗，我們所有人都置身穆爾田、葉門，以及黑暗的核心，而強國以此黑暗為食。」

她沒回應。我在她眼中看出她已經放棄我了，無法以理性說服我。

我原本希望透過同理圈創造同理心的共識，創造一份不會遭腐化的心之帳冊，而且這份帳冊能夠戰勝不可靠的理性化。

不過我或許還是太過天真，我或許太高估同理心了。

Anon>：大家覺得接下來會怎樣？

N♥T>：中國必須入侵了，那些虛擬實境讓北京別無選擇。如果中國不派兵保護穆爾田的反叛者，他們會有人上街暴動。

goldfarmer89>：讓人懷疑那會不會是中國一直以來想要的。

Anon>：你覺得第一支虛擬實境是出自中國人之手？

goldfarmer89>：一定是國家操縱的吧，那麼狡猾。

N♥T>：我不太確定是中國人做的耶。白宮一直很渴望有個跟中國開戰的藉口，好把大眾的注意力從所有醜聞拉開。

N♥T>：所以你認為那個虛擬實境是 CIA 偷偷安排的囉？

N♥T>：這不會是美國第一次操弄反美情緒，好讓他們得到他們真正想要的。埃利斯的虛擬實境也讓美國大眾更支持對中國硬起來。我只是覺得穆爾田的人好可憐，真是一團亂。

Little_blocks>：還沉迷於同理圈的性虐殺虛擬實境嗎？我早就不用了，太累人。我私訊一個你們絕對會喜歡的新遊戲給你們。

N♥T>：新遊戲永遠不嫌少。^_^

作者註：關於「痛感（algics）」一詞，以及虛擬實境作為一種社群科技之潛能的部分相關概念，我受惠於以下這篇論文：

Lemley, Mark A. and Volokh, Eugene, Law. Virtual Reality, and Augmented Reality (March 15, 2017). Stanford Public Law Working Paper No. 2933867; UCLA School of Law, Public Law Research Paper No. 17-13, Available at https://ssrn.com/abstract=2933867 or http://dx.doi.org/10.2139/ssrn.2933867.

不願被束縛的神祇

The Gods Will Not Be Chained

麥蒂討厭她放學回家喚醒電腦的那一刻。

她曾經愛這部笨重的舊筆電。鍵盤在經年累月敲打下已經磨損，上面的字母看起來彷彿象形符號。電腦是父親留給她的，她一直謹慎更新才能用到現在。電腦讓她能跟遠方的朋友聯繫，也讓她看見這世界比她日常生活的狹窄空間更大、更寬廣。父親曾教她怎麼利用一串串符號對這部可靠的機器說話，讓它做各種事、聽從她的意志。當他表示對她的電腦語言技能有多驕傲時，她感覺自己是全世界最聰明的女孩；他們一起分享精通這部機器的滿足感。她原以為自己長大會成為電腦工程師，就像……

她推開有關父親的思緒，還是太痛。

電子郵件和聊天應用程式的圖示彈跳，顯示她有新訊息。她被自己的期盼嚇到。

她深吸一口氣，點擊電子郵件應用程式。她快速瀏覽訊息標題：一封來自祖母，兩封來自網路商店，通知她有特賣會。還有一則新聞摘要，這是父親幫她設定的，用來追蹤他們倆都感興趣的主題。在他死後，她還沒心情刪掉這個設定。

今日頭條：

- 市場異常評價高速交易演算法的結果
- 五角大廈認為無人機將勝過人類飛行員
- 奇異點研究所宣布達成永生的時間表
- 研究者擔心神祕電腦病毒能從喇叭跳到麥克風

⋯⋯

緩緩地，她吐出那口氣。沒有來自⋯⋯他們的東西。

她打開祖母寄來的信。幾張她花園的照片：一隻從餵食器喝水的蜂鳥；頭一批番茄，又綠又小掛在藤蔓上，像玉珠子；車道尾的羅勒，牠的尾巴是一團顫動的模糊，渴切地凝視著街上的某輛車。

我目前為止的日常就是這樣，希望妳在新學校也過得不錯。

麥蒂微笑，眼睛變得又暖又濕。她快速一抹，開始回信：

我想妳。

她希望自己回到賓州一個小鎮邊緣的那棟房子裡。那裡的學校非常小，課業對她來說可能太簡單了，但她總是感覺很安全。誰知道八年級會那麼難？

我跟學校裡的幾個女孩處不來。

事情是從麥蒂到新學校的第一天開始的。美麗、對她緊咬不放的蘇西似乎讓整間學校都敵視她。麥蒂試過跟她講和，查明自己到底做了什麼，惹得校園女王這麼不高興，但她的努力似乎只讓情況更惡化。她穿的衣服，她說話的方式，她笑得太多或笑得不夠多，全部成為嘲弄和揶揄的砲灰。她現在懷疑，就像所有暴君，蘇西對她的恨並不需要理性的解釋——迫害麥蒂帶來的歡愉，以及其他孩子藉由讓麥蒂更加悲慘而拍蘇西馬屁，這樣就夠了。麥蒂在妄想中度過她的學校時光，不確定微笑或其他友善的表現是否都只是陷阱，讓她放下防備，被傷得更深。

真希望我們跟妳在一起。

但是媽找到這份工作，薪水很不錯的工作，她怎能不接下呢？爸過世已經兩年了。她和麥蒂不能永遠住在祖母家。

麥蒂刪除剛剛寫下的字句。只會讓祖母擔心而已，然後她會打電話給媽，媽會想跟老師們談，但這只會讓情況惡化到她無法想像的程度。當其他人幫不上忙，為何還要散布悲傷？

學校不錯，我在這裡真心快樂。

因為這個謊，她感覺自己變強大了。說謊以保護他人不就是一個最確實的跡象，證明妳正在長大嗎？

她寄出信，看見收件匣有一則新訊息。寄件者是「說真話的人二號」，主旨是「太害怕嗎？」

她的心臟開始劇烈跳動，她不想點選這則訊息。但若她沒讀就刪除，是否代表他們是對的，她很軟弱？是否代表他們贏了？

她點擊訊息。

妳為什麼那麼醜？我打賭妳想自殺，妳真該自殺的。

附件有一個影像檔：用手機拍下的麥蒂。她在課堂間奔過走廊，瞪大的眼睛看起來緊張，還咬著下唇。她記得當時的感覺：孤單，胃打結。

照片經過編輯，因此她有豬鼻和豬耳。

她感覺臉像燒起來了。她逼退淚水，她們看穿了對自己的體重不自在。這麼低級的把戲竟如此有效，真是太驚人了。

她不知道是哪個女孩寄來的。她想像蘇西檢視手下最新的貢品時臉上殘酷又輕蔑的微笑。**一張豬的美照。**

因為接連不休的嘲弄，她已經停止使用社群網絡平臺——刪除他們的留言，他們只會變本加厲。要是封鎖那些人，恐怕只會讓他們認為她生氣了，或許看起來像示弱。她別無選擇，只能忍耐。棍棒與石頭。但數位的世界，位元與電子、文字與影像的世界曾帶給她那麼多歡樂，感覺那麼親密，她感覺那世界就是她的一部分。那世界卻也帶來痛苦。

她爬上床，一直哭到睡著。

📧🐷❓

麥蒂凝視螢幕，滿心困惑。

彈出一個新聊天視窗。不是來自她認識的任何帳號——事實上，根本沒有聊天身分識別碼。她不記得曾遇過這樣的事。

他們想要什麼？針對那封電子郵件進一步嘲笑她？如果她什麼也不回應，會不會也是一種示弱？她在鍵盤上打字，不情願地敲出每一個字母。

對，我看見了。你想怎樣？

🙁😷

麥蒂皺眉。你很困惑？不能說話？好吧，我跟你玩下去。

因為神祕聊天客選擇使用表情貼而非其他表情符號，她比較有意願繼續這場古怪的對話。她對這些愚蠢的小符號有著特殊的情感連結。她和父親曾用他們的手機玩過某一版猜畫，用的是表情貼，而非畫圖。

她從選單中挑出圖示：📧👀

神祕聊天客（無論對方是誰，她決定稱之為阿情）回應：👺

麥蒂盯著小妖怪的臉，不太確定。螢幕上出現另一個表情貼：💩

她大笑。好吧，至少阿情挺友善。

對，那封信弄得她滿肚子大便。

😔

回應：🙈🙉

說得簡單，她心想。我希望自己能無動於衷，讓文字從我身上彈開，就像將滅的餘燼徒勞地攻擊岩石。

她又叫出選單：🎇🗿

回應：☔

她思考著這代表什麼意思。雨中的傘，保護？阿情，你想給我什麼？

她輸入：👆❓

阿情的回應：👍👀☔

她覺得很可疑。你是誰？

🆔❓

幾秒後傳來回答：👻

隔天在學校時，蘇西一副擔驚受怕、心不在焉的樣子。每次手機一震動，她就拿出來百般謹慎地戳螢幕。她的臉似乎發紅，表情介於恐懼和憤怒之間。

麥蒂對那神態非常熟悉。

「妳是怎麼了？」艾琳問道；她是蘇西的死黨之一。

蘇西嚴厲又猜疑地瞪了她一眼，隨即轉過頭，一句話也沒說。

到了第四節課，大部分整過麥蒂的女孩都掛上所有人都恨我沒人喜歡我的煩惱表情。控訴和反控來來回回；她們在下課時間圍起小圈圈低聲交談，又尖叫著散開。幾個女孩離開廁所時眼眶泛紅。

一整天，她們都沒來煩麥蒂。

👯🖥📱🔪🔪🔪👉👉😱

麥蒂大笑。兩個跳舞的女孩看起來確實有點像蘇西和艾琳，暗箭互傷，交相指責。

👯📧➡️🌀➡️📧👯😡😫

麥蒂理解地點頭。如果阿情能夠不請自來出現在她螢幕中，當然也查得出是誰寄那些信和訊息給她，並以其人之道還治其身。阿情只是把幾個原本要傳給麥蒂的訊息轉給其他女孩，剩下的交給她們自己的妄想和不安全感就好。連結她們的脆弱網子很容易就亂成一團。

她既感激又快樂：👏💃

回應：😎🎯☔

但你為什麼幫我？她還是不知道答案，因此她輸入：🆘❓

回應：👧

她不懂。

❓

稍稍停頓，然後：👩👌❓

一個小女孩，然後一個女人。「你認識我媽？」她無比震驚，忍不住放聲說出來。

「怎麼啦？」她身後傳來的聲音快活又溫暖。「誰認識我？」

麥蒂在椅子上轉過身，她母親站在她房間門口。

「妳今天比較早回來。」麥蒂其實是在提問。

「公司電腦出了點狀況，大家什麼事也做不了，所以我決定回家。」媽走進來，在麥蒂的床坐下。「妳在跟誰聊天？」

「沒啊，只是閒聊。」

「跟……？」

「我不知道……只是一個……一直在幫我的人。」

她早該知道這樣的回答會敲響媽腦中的警鈴。麥蒂還來不及抗議，媽已經把她趕離椅子，自己在鍵盤前坐下。

你是誰？你到底想對我女兒怎麼樣？

等待回應的漫長時間似乎證實了她母親最糟的恐懼。

「媽，妳夠了喔，我發誓沒發生任何怪事。」

「沒怪事？」媽手指螢幕。「那你們為什麼只用象形文字？」

「這叫表情貼。我們在玩遊戲——」

「妳不知道有多危險——」

吼叫停止。媽熱切地注視螢幕，然後輸入：

什麼？

「除非用表情貼，不然對方不會回答的。」麥蒂說。

媽面無表情，用滑鼠挑出一個符號：⁉

更長的停頓，然後螢幕出現一串表情貼：👄❓👨👄💏🌍🌎🌏❓🙋‍♀️❓

「搞什麼——」媽咕噥道。然後她咒罵，表情先是震驚，然後悲傷，然後難以置信，然後憤怒。

麥蒂一隻手就能數完媽曾在她面前咒罵過的次數，非常不對勁。

麥蒂越過媽的肩膀看螢幕，試著幫她翻譯。「嘴唇是什麼？……男人的嘴唇……」

不過媽讓她吃了一驚：「不對，應該是『我的唇曾吻過誰的唇，於何處，為何……』」

媽的手在發抖，她挑出另一組圖示：

視窗閃爍消失，螢幕空無一物。

媽石化般坐在那兒。

「怎麼了？」麥蒂輕推媽的肩膀。

「不知道。」媽說道，或許更像自言自語。「這不可能，不可能。」

麥蒂躡手躡腳走到房門口。媽一小時前甩上門，之後就拒絕出來。她有一會兒聽得見媽媽在門後啜泣，然後慢慢轉為安靜。

她用耳朵貼著門。

「請幫我接彼得．瓦克斯曼博士。」媽媽模糊的聲音說道。停頓。「告訴他我是艾倫．韋恩，非常緊急。」

瓦克斯曼博士是爸以前在理律企業的老闆，媽為什麼現在要打電話給他？

「他還活著，」媽說：「對吧？」

什麼？麥蒂心想。**媽在說什麼？**

「不准你用這種口氣對我說話。他來聯繫我，彼得，我知道。」

我們在醫院看見爸的屍體。麥蒂呆住，**我看著他的棺木埋進土裡**。

「不，你聽著。」媽提高音量：「**聽著！**我聽得出來你在說謊，你對我丈夫做了什麼？」

她們去警察局，警探聽麥蒂和媽說她們的故事。麥蒂看著他的表情變化：感興趣、難以置信、想笑、覺得無聊。

「我知道聽起來很瘋狂。」媽說道。

警探沒說話，不過他的表情已經說明一切。

「我知道我說我看見屍體，但他沒死。沒死！」

「因為他從墳墓裡傳訊息給妳。」

「不對，不是**訊息**。他透過聊天軟體聯繫麥蒂和我。」

警探嘆氣。「妳不覺得更像是惡整妳女兒的那些孩子又來對妳們惡作劇嗎？」

「不是。」麥蒂說，她想抓住這男人的耳朵搖晃他。「他用**表情貼**。這是我和爸兩個人想出來的遊戲。」

「那是一首詩。」媽拿出一本詩集翻到某一頁，拿到警探面前。「艾迪娜．聖文森．米萊[16]這首十四行詩的第一行。這是我最愛的一首詩。我們高中時，我常常念給大衛聽。」

警探把手肘撐在桌上，用手指按摩太陽穴。「我們非常忙，韋恩太太，我知道妳失去丈夫有多痛苦，發現女兒被霸凌又有多緊張。這件事該交給老師處理，我介紹幾位專家給妳——」

「我、沒、發、瘋。」媽咬牙：「你可以來我家檢查我女兒的電腦，你可以追查網路連線查出他在哪裡。拜託。我不知道這怎麼可能，但他一定還活著，而且……他一定有麻煩了，因此除了透過表情貼之外沒辦法說話。」

「我也覺得這是個殘酷的玩笑，但妳必須了解，妳當真只會把情況變得更糟。」

她們回家後，媽爬上床。麥蒂坐在床邊，握住媽的手一會兒；她還小、自己睡睡不著時媽也會對她這麼做。

媽終於睡著了，她的臉龐潮濕。

16 Edna St. Vincent Millay（1892.2.22-1950.10-19），美國抒情詩人，普立茲詩歌獎得主。

網路廣大又奇妙，相信荒誕離奇故事的人群聚於某些角落，他們相信遭政府掩蓋的外星人偶遇事件、試圖把人變成奴隸的超大型企業、光明會，還有世界將遭逢的各種末日。

麥蒂註冊其中一個網站，貼出她的故事。她盡量不潤飾，只攤出事實。她復原表情貼聊天的文字紀錄；她從硬碟的交換檔案重建出那個看起來很怪的視窗；她盡可能試著追蹤「阿情」的網路連結——換言之，她比論壇的大多數其他貼文者提供更多硬資料。她描述理律否認一切，而身為政府代表的警察則不相信她。

對有些人來說，像這樣的否認比任何證據都更有力地支撐她的論點。

然後論壇常客開始自行編織連結。每一個貼文者都認為麥蒂的故事支持自己鍾愛的理論：搜尋引擎巨人「千百乘」在進行審查；理律在為聯合國打造軍用人工智慧；國安會在掃描大家的硬碟。她起頭的線爆開後續，而後續強化她的故事。

麥蒂當然知道，無論線變得多粗大，大多數人永遠不會看見。大型搜尋引擎很久之前便已調整他們的演算法，埋藏來自這些網站的搜尋結果，因為它們被視為不值得信任。

不過麥蒂的目標並不是說服人。

「阿情」——她父親——稱自己是機器中的鬼魂。他當然不會是唯一一個吧？

沒名字、沒頭像，只是一個樸素的聊天視窗，像是操作系統的一部分。

麥蒂很失望。不是爸爸，不過還是好過什麼也沒有。

麥蒂解析這則回應，一面微笑。（我們來自雲端。無所不在。）她打出下一句：

你也不知道他在哪，她心想。但你或許能幫忙？

回應來得很快，而且清楚明白：

🌊🏃📉

（撐著，我們會製造一場大浪，讓它狠狠砸落。）

敲門聲在週日早晨響起。

媽打開門，露出站在玄關的瓦克斯曼博士。

「我來回答妳的問題。」他冷冰冰地說道，以此取代招呼。

麥蒂並不真心感到驚訝。她上週五看見新聞，知道理律的股票大跌，跌幅大到必須停止交易。大家又怪到機器交易頭上，不過有些人覺得這是操弄的結果。

「幾年沒見了。」媽說：「我以為我們是朋友，不過大衛死後你就沒再打過電話。」

麥蒂最後一次見到瓦克斯曼博士是在理律辦公室的一場派對，當時他心情愉快、熱情洋溢，告訴她他和她父親有多親近、她父親對公司有多重要。

「我很忙。」瓦克斯曼博士說，沒有直視媽的眼睛。

媽退開讓他進來。麥蒂和母親在長沙發坐下，瓦克斯曼博士坐在她們對面的椅子上。他把公事包放在咖啡桌上，打開，拿出筆記型電腦，啟動電腦，開始打字。

麥蒂再也忍不住。「你在做什麼？」

「建立一個連回理律安全運算中心的加密連結。」他言簡意賅，語帶怒意，彷彿每一個字都是在違反他個人意志的情況下硬生生從他嘴裡扯出來。

然後他把螢幕轉向她們：「我們安裝了語言處理裝置——隱瞞顯然行不通，所以有什麼意義呢？妳們可以透過這個相機對他說話，他會以文字回應，不過有些概念他似乎還是比較喜歡用表情貼。我想妳們現在最不想聽到的應該就是合成人聲了吧。

「可能會有些小問題，因為語言處理的神經模式模擬還很新，不穩定。」

「大衛？」

妳的所有面貌——所有相態。我永遠不會對它們厭倦、永遠不會受夠它們全部所有完全。九月午後逗留不去的光；爆米花和熱狗的味道。緊張。妳願意還是不願意？對前提的承諾。然後我看見妳。再也沒有保留遲疑疑慮。一種蜷入我體內的柔軟，把我嵌入所有正確的位置。完整。溫暖。甜蜜。我願好我願好。

「爸！」

😃☀☀☀☀☀

小手指，嬌嫩，分岔的觸鬚伸展伸長延伸探入妳曾漂浮其中的黑暗海洋；熱度等同一千顆太陽的微笑。

我無法構想出妳。一個遺失的存在，心之口的一道傷口，口中的意志之舌無法停止探查。我總是想念想念想念想念妳，我的寶貝。

「他發生什麼事？」

「他死了，妳也在場。艾倫，妳也在場。」

「那這是什麼？」

「我想妳可以稱之為非預期結果的一個例子。」

「你最好開始講人話。」

更多文字滾過螢幕：

融合配置與路由；NP完全；三度空間版面；啟發式演算法；配適與績效；網格，階層，迷宮中的電子流。

「理律為大量資料處理提供全世界最優秀的晶片。在我們的工作中，我們經常面對分類的問題，可能的解答空間是如此廣闊、複雜，就算用我們最快的電腦尋找最佳解答也不實際。」

「NP 完全問題。」麥蒂說道。

瓦克斯曼博士看著她。

「爸解釋給我聽過。」

😄

我的乖女兒。

「對。它們出現在各種應用中：電路布局、生物資訊學的序列調正、集合分割，諸如此類。問題是，電腦不擅長這些事，有些人類卻能極快速想出非常好的解答——雖然並不一定是最佳解答。大衛就是其中之一。他擁有電路布局方面的天賦，就連我們的自動化演算法都無法比擬。因此他被視為我們最重要的資源。」

「你說的是直覺嗎？」母親問道。

「算是。當我們說『直覺』，指的通常是無法明確表達的啟發、模式、經驗法則，因為它們並不是有意識地就其真正意義被理解。電腦非常快速，也非常精確，人類則模糊又緩慢。不過人類擁有從資料萃取洞見、察覺有用模式的能力。我們一直無法以純粹的人工智慧加以再造。」

麥蒂感覺胃的深處一陣寒意。

「這跟我爸有什麼關係？」

瓦克斯曼博士停住。

「我覺得你只是在拖延，因為你知道自己做了見不得人的事。」

瓦克斯曼博士拒絕看她。「快要說到了，但是我必須先對妳們解釋背景——」

快一點、快一點。一切都如此緩慢。

乖女兒。

瓦克斯曼博士輕笑一聲，不過眼中沒有笑意。「她欠缺耐性，跟你一樣。」

「那就直接說重點。」媽說，她語氣中的冰冷力道令瓦克斯曼博士一驚。麥蒂伸手握住母親的手，母親回以重重一捏。

瓦克斯曼博士深深吸氣，吐出。「好吧。」他用平板的認命語氣說道：「大衛病了，這是真的。妳們記得他在手術中過世嗎？他們告訴妳們成功機率微乎其微的那最後一搏？」

媽和麥蒂一起點頭。「你們說那項手術太先進，只有理律的診所能做。」媽說道：「我們必須簽那些免責條款好讓你們動手術。」

「我們沒告訴妳們的是，那手術的目的並不是救大衛的命。他的情況嚴重惡化，就連世界最厲害的醫生也無力回天。那次手術是對他的腦進行深層掃描，為的是拯救大衛的其他部分。」

「**深層掃描？什麼意思？**」

「妳們可能聽說過，理律的其中一項射月計畫是為人類大腦的神經模式進行完整掃描與編碼，並在軟體中再造，奇異點狂熱者稱之為『意識上傳』。我們不曾成功過——」

「**告訴我我丈夫怎麼了！**」

瓦克斯曼博士一臉悽慘。

「掃描必須記錄無比細節的神經活動……因此需要摧毀組織。」

「你們切開他的腦？」媽撲向瓦克斯曼博士，他舉起雙手，徒勞地試著自我防衛。不過螢幕又有動靜，因此她停下來。

沒有痛苦。沒沒沒痛苦。不過那無人探勘過的國度，噢，那無人探勘過的國度國度國度。

「他快死了。」瓦克斯曼博士說：「我們完全確定這點後我才做這個決定。如果有任何機會保留大衛的部分洞見、直覺、能力，無論機會再渺茫，我們想——」

「你們想把你們的頂尖工程師當成一個演算法保留下來，」麥蒂說：「就像裝在玻璃罐裡的大腦，好讓爸繼續為你們工作、幫你們賺錢，就算他已經死掉也一樣。」

死，死，死。死。

😱討厭。

瓦克斯曼博士沒說話，不過他垂下頭，把臉藏進雙掌中。「後來，我們非常謹慎，試著只重新編碼、模擬我們相信與電路布局及設計有關的神經模式——律師寫給我們一份備忘錄，保證因為技術確實屬於理律的智慧財產、不屬於大衛個人，我們有這部分的權利——」

媽差點又從沙發彈起來，不過麥蒂拉住她。瓦克斯曼博士畏縮。

「大衛幫你們大賺一筆嗎？」她惡狠狠地問。

「有一陣子，對，我們似乎成功了。萃取大衛有關科技技術與能力的部分，以此為模型所創造的人工智慧發揮巨集啟發的作用，非常有效率地引導了我們的自動化系統。就某些方面而言，似乎比大衛還在的時候更好。演算法的主機位於我們的數據中心，它的速度遠超過大衛所能企及，而且永遠不會累。」

「但你們不只模擬了大衛的電路布局直覺，對吧？」

結婚禮服；一層又一層。一個吻；一個連結。床頭櫃，自助洗衣店，冬季早晨的氣息，麥蒂在風中的可口紅蘋果臉頰，轉瞬間的兩個微笑——千樣事物構成一個人生，如相距奈米的電晶體間的數據流一樣錯綜複雜。

「對。」瓦克斯曼博士抬眼。「剛開始只是零星的異狀，演算法出現一些小錯誤，我們以為是辨識大衛心智中哪些部分有關聯時出了錯，因此我們把他越來越多其他心智模式上傳到機器中。」

「你們讓他的人格死而復生，」媽說：「你們讓他死而復生，卻監禁他。」

瓦克斯曼博士吞了口口水。「錯誤不再出現，但又出現一個由大衛存取的怪異網路模式。我們原本認為這沒什麼，因為，大衛為了做他的工作，他——它，演算法——必須線上存取一些研究資料。」

「他在找媽和我。」麥蒂說。

「但他沒辦法說話，對吧？因為你們覺得沒必要複製語言處理的部分。」

瓦克斯曼博士搖頭。「並不是我們忘記了，這是刻意的選擇。我們覺得只要緊盯著數字、幾何、邏輯、電路圖就不會有事；以為只要避開以語言編碼的記憶，我們就不會複製大衛身為人的任何一個部分。

「但是我們錯了，大腦是完整的。心智的每一個部分，就像全息圖中的點，都是在為完整影像的某些資訊編碼。我們自以為能把人格從科技技術中隔離出來，我們太自大了。」

麥蒂一瞥螢幕，微笑。「不對，那不是你們錯的原因，或至少不是完整原因。」

瓦克斯曼博士看著她，一臉困惑。

「你們也低估了我父親的愛有多強大。」

「我沒見過那麼大顆的番茄。」祖母說道：「妳有天賦呢，麥蒂。」

這是個溫暖的夏日午後，媽和麥蒂在庭院裡工作。羅勒躺在番茄植株旁的太陽下搖尾巴。西北角的小塊土地幾個月前已經清空，並指派為麥蒂的責任區。

「我最好學會種出大顆的番茄，」麥蒂說：「爸說我們會需要它們長得越大越好。」

「不要又說蠢話。」祖母咕噥道，但她沒有繼續，因為她知道挑戰麥蒂父親的預言會讓麥蒂多激動。

「我要拿去給爸看。」

「進屋後去看看前門好嗎？」媽說道：「妳爸叫妳買的備用供電設備可能送來了。」

麥蒂忽略正在搖頭的祖母，走入屋內。她打開前門，看見外面確實有個包裹。這東西基本上就是一組巨大的電池，爸叫他們去一家店買的；棚屋裡的柴油發電機也是購自同一家店。

麥蒂費了些勁把箱子推進屋裡，在階梯頂端喘口氣。她父親住的機器在地下室，那是一個方方正正的黑色大東西，附帶閃爍的燈，非常耗電。理律和瓦克斯曼博士不想跟這東西分開，不過麥蒂提醒他們，上次拒絕她和媽的要求時他們的股價發生什麼事。

「而且不可以留副本。」她當時補充道：「他是自由的。」

爸告訴她，她們有一天可能需要用到發電機、電池和所有她們雙手種得出來的食物，而且這一天可能很快到來。她相信他。

她上樓回自己房間，在電腦前坐下，戰戰兢兢地快速瀏覽電子郵件。最近這幾天，她的恐懼跟同學的愚蠢殘酷一點關係也沒有。就某種意義而言，麥蒂對蘇西、艾琳和其他同學又是羨慕又是憐憫：他們對世界的真實情況如此無知，如此沉溺於他們的小遊戲，不了解這世界就要天翻地覆。

另一封摘要進入信箱：爸以前幫她設定的條件經過精煉，現在聚焦於某一特定種類的新聞。

- 隱士王國掌權者據稱正追求數位永生

- 五角大廈否認以死去將軍創造「超級謀略家」相關計畫的謠言

- 獨裁者之死一年後，殘酷政策持續

- 研究者聲稱新核電廠維護計畫將不再需要大部分的人類監督

她看得出新聞中的模式，這樣的洞見難倒了那些看見資訊卻不了解的人。

麥蒂叫出聊天視窗。她幫祖母家整個裝上高速網路。

「你看，爸。」她把番茄拿到螢幕上方的鏡頭前。

👍🍅

爸的某些部分永遠不會恢復，這她懂。他憑藉著自我感覺對她解釋他存在的狀態，他由機器居中調解的意識，他記憶中的漏洞和缺口；他是如何有時覺得自己大於一個人，有時又小於一部機器；無形體的自由是如何被疼痛、無根、永恆的不存在感抵銷，一種脫離肉體狀態固有的不存在感；他是如何同時覺得無比強大又完全無力。

「你今天好嗎？」她問道。

偶爾，他對理律的怒火熊熊燃燒，他會被復仇的想法吞噬。那些想法有時很明確，直指殺死他同時賦予他這種神性的那個東西；其他時候，怒火四散，瓦克斯曼博士成為全體人類的替身。在那些時候，父親不愛和家人說話，麥蒂必須越過黑暗的鴻溝謹慎地探出手。

螢幕閃爍：👪⚓

她不確定自己是否能完全了解自身存在被上傳的狀態。不過她以一種無法明確表達的方式了解，愛像錨一樣繫住他。

他的語言處理並不完美，可能永遠也不會完美——就某種意義而言，語言再也無法滿足他的新狀態。

👽

「感覺得到你自己嗎？」麥蒂問。

有些想法只能將就表情貼。

「雲端的情況怎麼樣？」麥蒂試著改變話題。

他至少願意切換成文字表達部分他想說的話，這樣就夠好了。

平靜，但有可能……我想洛威爾可能在盤算什麼，她表現得很躁動。

蘿瑞・洛威爾是個天才，應該是她創造出高速交易演算法，白廳集團靠這種演算法變成華爾街最令人稱羨的基金管理公司。兩年前，她在一場跳傘意外中喪生。

不過白廳在她死後繼續興旺，設計出更別出心裁的演算法，靠著淩駕於其他無能的基金管理公司而大發利市。當然，有時候自動交易演算法也會出錯，把市場帶到崩潰的邊緣。

有可能是盟友，也可能是敵人；必須摸清她底細。

「那全達呢？」麥蒂問道。

😳 妳說的對，我應該檢查的。全達最近很安靜，太安靜了。

尼爾斯．全達是發明家，他有一種可怕的能力，能夠預測科技趨勢，搶先競爭對手一步申請專利，提出某些關鍵、廣泛的所有權主張。因為經年策略性訴訟與授權費，他成了業界中令人生畏的「巨魔」。

他過世三年後，他的公司不知怎的還是繼續及時申請關鍵專利。事實上還變得更具侵略性，彷彿能摸清世界各地科技公司的研發中心。

理律稱不太上是唯一投入追求數位永生的公司，追求人與機器的融合、奇異點。並不是只有瓦克斯曼博士試圖萃取野心勃勃、強大的心智，將之化為順服的演算法，剝去能力上的意志，透過數位魔法制服不可預料之物。

失敗的也絕對不只他們。

機器中的鬼魂，麥蒂心想。**風暴即將來襲**。

樓下廚房模糊的叫喊聲平息，然後樓梯嘎吱響，腳步聲最後停在房間門口。

「麥蒂，妳醒著嗎？」

麥蒂坐起來，開燈。「當然。」

門打開，媽溜進來。「我試過說服祖母多買幾把槍，不過她當然認為我們在發瘋。」她對麥蒂露出疲倦的微笑。「妳覺得妳爸是對的嗎？」

麥蒂感覺蒼老，過去那幾個月感覺像十年。媽用對等的態度對她說話，而她不確定自己喜不喜歡這樣。

「他比妳我了解，妳不覺得嗎？」

媽嘆氣。「我們活在怎樣的世界啊。」

麥蒂的手伸向母親的手。她還是時常造訪那些幫助她聯繫上「鬼魂」的論壇，就是這些鬼魂幫助她救出父親。她興致高昂地閱讀論壇貼文，分享自己的見解：一旦經歷過不可能之事，就不再有看起來難以置信的陰謀。

「所有公司、軍方、他國政府——都在玩火，他們以為可以暗中把他們的天才，他們不可取代的人力資源數位化，像使用其他電腦程式一樣不停驅使這些天才。他們不會承認自己在忙什麼，不過妳看見爸遇到的事了。他們遲早會厭倦只當個半意識的工具，為那些把他們數位化、讓他們死而復生的人服務。他們還會發現，他們的力量被科技無限放大。一部份的他們想跟人類開戰，毀掉一切，無論結果如何都順其自然。爸和我在努力，看看我們是否能夠說服其他，試試看更和平的解決方案。不過我們唯一能做的只有跟我們的槍、發電機一起在我們的土地上等待，在一切崩塌時做好準備。」

「弄得人幾乎要希望事情已經發生。」媽說道：「真正把人逼瘋的是等待。」她說完後親吻麥蒂的額頭，向她說晚安。

媽離開麥蒂房間，關上身後的門後，麥蒂床頭櫃上的螢幕閃了閃，亮起來。

「謝啦，爸。」麥蒂說：「我和媽也會好好照顧你的。」

雲端之中，新種的存在正祕密謀劃著人類的命運。

我們創造出神，她心想，而這些神不願被束縛。

留下

Staying Behind

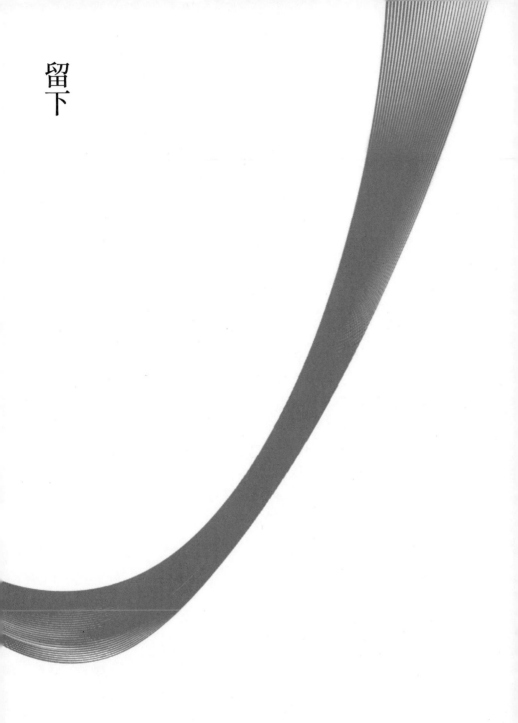

奇異點之後，大多數人選擇死。

亡者可憐我們，稱我們為**被丟下者**，彷彿我們是來不及爬上救生艇的不幸靈魂。他們無法揣度我們說不定是**選擇**留下的這個概念。因此，年復一年，接連不斷地，亡者試圖偷走我們的孩子。

我出生於奇異點元年，第一個人類上傳到機器那年。教宗譴責「數位亞當」，數位菁英歡慶，其他人則費盡心思理解這個新世界。

「我們一直都想要永生。」亞當．永存說道。他是永恆不朽股份有限公司的創始者，也是第一個上路的人。他的訊息以錄音的形式在網際網路廣播。「現在我們做得到。」

永恆不朽把他們的巨大數據中心設在斯瓦巴，同時，世界各國倉促地裁決發生於該處的事是否算謀殺。每一個上傳者都丟下一具無生命的軀體，大腦歷經破壞性的掃描程序後只剩一團血肉模糊。然而，對於他、他的本體、他的靈魂——沒有更精確的詞彙了，到底發生了什麼事？

他現在成了人工智慧嗎？或者他從某種角度而言依然是人類，只是改由矽和石墨烯執行神經元的功能？這是否只是意識的硬體升級？或者他變成區區演算法，變成自由意志的機械仿製品？

剛開始是老者和末期患者，當時所費不貲。後來，隨著入場費降低，數百、數千，然後是數百萬人排隊加入。

「我們來做吧。」爸在我高中時這麼說道。當時，世界正陷入混亂，半個國家人口滅絕，日用品價格暴跌，戰爭的威脅和實際的戰爭無所不在：占領、重新占領、無盡的屠殺。負擔得起的人搭上下一班飛往斯瓦巴的飛機。人類拋棄世界，並自我毀滅。

媽伸手握住爸的手。

「不。」她說：「他們認為能欺騙死亡，但他們在決定為了虛擬世界而拋棄真實世界的那一刻就死了。凡有罪惡，必有死亡。生命藉此獲得意義。」

她是個不虔誠的天主教徒，不過還是嚮往教會的確定性，我總覺得她的宗教理論有點東拼西湊。不過她相信有活著的正確方法，死去的正確方法。

露西出門上學時，凱若和我搜索她的房間。凱若查看她的衣櫥，看看有沒有小冊子、書本，和其他與亡者接觸的實體媒介，我則登入露西的電腦。

露西意志堅定但孝順。打從她還是小女孩時起，我就告訴她，她必須準備抵抗亡者的誘惑。只有她能確保我們的生活方式在這個淪棄的世界中繼續維持。她聽我說，點頭。

我想要信任她。

不過亡者的宣傳手法非常聰明。剛開始，他們偶爾派金屬灰色的無人機飛到我們的小鎮撒下傳單，上面寫滿聲稱出自我們所愛之人的訊息。我們燒掉傳單，朝無人機開槍，它們才終於不再飛來。

然後他們試著透過小鎮間的無線網路連線朝我們進攻；這條電子生命線維繫我們這些留下的

人，避免我們日漸縮小的社群徹底相互隔絕。我們必須警覺地監視那些總是在找尋破口的陰險觸鬚。

最近，他們的重心轉移到孩童。亡者可能終於放棄我們了，不過正要抓住下一代，抓住我們的未來。身為露西的父親，我有責任保護她不受她尚不了解的事物傷害。

電腦緩緩啟動，我能夠讓它維持運作這麼久還真是個奇蹟，都已經超過製造商設定的淘汰年限好幾年了。我換掉了裡面的每一個零件，有些還換過好幾次。

我瀏覽露西最近製作或修改過的檔案、接收到的電子郵件、檢索的網頁。大多是作業或是無害的朋友閒聊。所謂的拓居地網路一天比一天萎縮，每年這麼多人死去，或就這麼放棄，很難為聯繫小鎮的無線電塔持續供電維持運作。以前還有可能跟舊金山的友人聯絡，數據包打水漂兒般掠過之間的一個又一個小鎮。不過到現在，從這裡連結得上的電腦只剩不到一千部，緬因州之外就沒有了。有一天，我們將無法再從殘骸中找到維持電腦運作所需的零件，也將更進一步退回過去。

凱若搜索完畢，她在露西的床坐下看著我。

「真快啊。」我說。

她聳肩。「我們不曾找到任何東西。如果她信任我們，她會跟我們談。如果她不信任，我們不可能找到她想藏起來的東西。」

最近，我在凱若的言行舉止中察覺到更多這樣的宿命論。像是她累了，對理想不再那麼投入。我發現自己總是得努力重新點燃她的信仰。

「露西還年輕，」我對她說：「太年輕了，還不了解她必須放棄什麼，才能交換亡者提供的虛假承諾。我知道妳很討厭這樣暗中偵查，但我們必須努力保全她的性命。」

凱若看著我，終究嘆了口氣，點點頭。

我在影像檔中找尋隱藏的資料，檢查硬碟中已刪除檔案的連結，這些檔案可能內含暗碼。我瀏覽網頁，尋找提供虛假承諾的密語。

我鬆了一口氣，她很乾淨。

我最近不太喜歡離開洛厄爾，圍籬外的世界已變得更加嚴酷、危險。熊回到麻州東部，森林隨著時間一年年過去變得越來越濃密，越來越接近小鎮邊界，有人聲稱看見狼在樹林中遊蕩。

一年前，布瑞．李和我必須去波士頓替鎮上位於梅里馬克河畔舊磨坊的發電機找備用零件。我們帶著獵槍，防範動物，也防範還在城市廢墟中亂竄、靠殘存罐頭食品維生的破壞者。麻州大道的路面已荒廢三十年，現在滿是裂縫，一簇簇野草和灌木從中探出。嚴酷的新英格蘭冬季以滲漏的水和刺探的冰為武器，一點一點鑿去我們身旁的高聳建築；因為欠缺人造熱與定期維護，無窗的大樓外殼粉碎、生鏽。

我們轉過鬧區的街角，嚇到他們的兩個人。這兩人縮在火堆旁，火裡燒的是他們從附近書店拿來的書和紙張。就連破壞者也需要溫暖，他們或許也樂於摧毀殘存的文明。

兩個破壞者伏低，對我們咆哮，不過沒有行動，因為布瑞和我用槍指著他們。我記得他們細瘦的腿和手臂，骯髒的臉，充滿恨意與恐懼的充血雙眼。不過我印象最深的還是他們滿是皺紋的臉和白髮。**就連破壞者也慢慢變老，我想，而且他們沒有孩子。**

布瑞和我小心翼翼地退開，很慶幸我們沒必要射殺任何人。

我八歲、蘿拉十一歲的那年夏天，爸媽帶我們公路旅行穿過亞利桑那、新墨西哥和德州。我們駛過舊公路和小路，一段西部沙漠不朽之美的旅程，充滿懷舊、荒蕪的鬼鎮。

穿過印第安保留區時——納瓦霍、祖尼、阿科馬、拉古納——每經過一家路邊商店，媽都想停下來欣賞傳統陶器。蘿拉和我輕手輕腳走過通道，小心不打破任何東西。

回到車上後，媽讓我拿她剛買的一個小陶罐。我不停轉動陶罐，細看粗糙的白色表面，工整、俐落的黑色幾何圖案，以及彎腰吹笛者的清晰輪廓，還有羽毛從他的頭部冒出來。

「很厲害，對吧？」媽說：「這並不是用陶輪做的。那女人手工盤繞，用的是他們家族代代相傳的技術，她的陶土甚至是從她曾祖母以前挖陶土的地方挖來的。她維持著一種古代傳統的生命，一種生活方式。」

手中的陶罐突然變得沉重，彷彿我能感覺到它承載數代記憶的重量。

「只是招攬生意的故事而已。」爸從後照鏡瞥了我一眼。「若是真的，那就更哀傷了。如果妳用和祖先一模一樣的方法做事，那麼妳的生活方式就是死的，妳也成了化石，只是一場娛樂觀光客的演出。」

「她不是在表演。」媽說道：「生命中真正重要的事物是什麼、該把握住什麼，你真是一點概念也沒有。身而為人不只是求進步而已。你就跟那些奇異點狂熱者一樣惡劣。」

「請不要再吵架了。」蘿拉說：「我們趕快到旅館坐在泳池邊好嗎？」

布瑞．李的兒子傑克在門口，雖然已經來我們家串門子幾個月了，他依然害羞又尷尬。他還是小嬰兒的時候我就認識他了，就跟我認識鎮上所有其他小孩一樣。他們剩下好少，用舊魏斯勒宅邸營運的高中只有十二個學生。

「你好。」他看著地板咕噥道：「露西和我要做報告。」我讓開，讓他上樓去露西的房間。我用不著提醒他規則：不可以關房間門，他們的四隻腳隨時要有一隻腳在地毯上。我隱約能聽見他們閒聊，偶爾還發出笑聲。

他們談戀愛有種我年輕時沒有的純真感。少了電視和真實網路沒完沒了大鳴大放憤世嫉俗的性，孩子能當更久的孩子。

接近最後的時候已經沒剩多少醫師。我們這些想留下的人凝聚成小社群，聯手對抗一群群巡行犯事的破壞者；上傳者丟下實體世界，破壞者則狼吞虎嚥地享受肉體歡愉。我沒機會念完大學。

媽生病苟延殘喘了好幾個月。她纏綿病榻，飄浮於意識與無意識之間，身體灌滿麻木她痛苦的藥物。我們輪流坐在她床邊，握住她的手。她狀況不錯的時候神志會暫時明晰，這時我們的談話只有一個主題。

「不，」媽氣喘吁吁地說：「你們必須答應我，這很重要。我活是真實地活，死也要真實地死，我不要被錄起來。有些事比死還糟。」

「如果妳上傳，」爸說：「妳還是有選擇。妳試過後如果不喜歡，他們可以終止妳的意識，或甚至把它刪除。但如果妳不上傳，妳就會永遠死去，沒有後悔或重來的空間。」

「如果我照你說的做，」媽說：「我會死。沒有辦法回到現在這樣，回到真實世界。我不要讓一堆電子模擬我。」

「不要這樣。」蘿拉懇求爸：「你在傷害她，你為什麼不能放過她呢？」

媽清醒的片刻間隔得越來越長。

然後是那一夜：我被前門關上的聲音吵醒，望向窗外，看見運輸機在草坪上，我跌跌撞撞下樓。他們正用擔架把媽搬上運輸機。爸站在灰色飛行器的門邊，那機器只比廂型車稍大，側邊印有永恆不朽股份有限公司。

「住手！」我用壓過運輸機引擎的音量大吼。

「沒時間了。」爸說，他雙眼充血。他幾天沒睡了，我們都一樣。「他們必須在太遲之前動手，我不能失去她。」

我們推擠，他緊緊抱住我，把我壓在地上。「那是她的選擇，不是你的！」我對著他的耳朵尖叫，他只是把我抱得更緊。我跟爸搏鬥，想掙脫他。「蘿拉，阻止他們！」

蘿拉蒙住雙眼。「別打了，你們兩個！她會希望你們都住手。」

我恨她用媽已經死掉的口吻說話。

運輸機關上門，升空。

爸兩天後出發去斯瓦巴。我一直到最後都拒絕跟他說話。

「我要去加入她了。」他說：「你們盡快過來。」

「你殺了她。」我說。他聽見這句話一縮，我很高興。

傑克邀請露西去舞會．我很高興孩子們決定舉辦這場舞會。這顯示他們認真看待留存他們從父母那兒聽來的故事與傳統，某個世界的傳說——他們只透過舊影片和照片，間接體驗過的世界。

我們盡己所能苦苦維持過去的生活：播放舊戲劇、讀舊書、過舊節日、唱老歌。我們已經不得不放棄太多。舊食譜必須遷就有限的食材，舊日的希望與夢想縮小，以擠進縮緊的地平線。不過被剝奪的一切把我們變成更緊密的社群，我們因此更加緊握傳統。

露西想動手縫製自己的洋裝，凱若建議露西先看看她的舊洋裝。「我還留著一些我只比妳大一點點時穿的晚禮服。」

露西沒興趣。「那些都很舊了。」

「它們都很經典。」我對她說。

但是露西意志堅定。她剪開她的舊洋裝、窗簾、翻找出來的桌巾，跟其他女孩交換布料：絲綢、雪紡紗、塔夫綢、蕾絲、素色棉布。她翻閱凱若的舊雜誌找尋靈感。

露西是個好裁縫，比凱若厲害太多了。孩子們都精熟這些手藝，在我成長的世界中，它們卻早已被視為過時：編織、木工、種植與狩獵。凱若和我必須在長大成人後透過書本重新發掘、學習這些手藝，適應這個突然改變的世界。但是對孩子而言，這些是他們所知的一切。他們是這裡的原住民。

所有高中生過去幾個月都在紡織歷史博物館進行研究，調查是否可能編織出我們自己的布。城市逐漸頹敗，可用衣物也即將耗竭，再怎麼拾荒也找不到。他們要準備面對那樣的時代。其中有些詩意的正義，洛厄爾曾騎在紡織業的背上崛起，現在，則必須在我們緩緩滑落科技曲線時，重新發現那些失落的技藝。

爸離開一週後，我們收到媽寄來的電子郵件：

我錯了。

有時候，我懷念又悲傷。我想念你們，我的孩子，還有我們丟下的世界。但我大多數時候都欣喜若狂，常感到難以置信。

我們在這裡有千百萬個同伴，但不見擁擠。這棟房子裡有無數宅邸。每一個心智都棲息於自己的世界，而每一個人都擁有無盡的空間與時間。

我該怎麼對你們解釋？我只能重彈好多人都用過的老調。在我的舊存在中，我只模糊感覺到生命，而且是在一段距離外，被軀體掩蓋、限制、束縛。但現在我自由了，一個赤裸的靈魂，暴露於永恆生命的滿潮。

言語怎能與和你父親共享心靈的親密感比擬？聽見他說他有多愛我怎能與實際感覺他的愛比擬？真正了解另一個人，體驗他心智的紋理，這無比美妙。

他們說這種感覺稱為超現實，但我不在乎它叫什麼。過去的我緊攀著舊血肉之軀的安適，但那是錯的。我們，真正的我們，一直都是電子模式，在混沌中，在原子間的空無中串聯，而電子是在一顆腦中，還是在矽晶片中，又有什麼差別？

生命神聖而不朽，但是我們的舊有生命模式無法維持。對於我們的星球，以及所有其他生物的犧牲，我們都太予取予求。我原以為這是我們存在不可避免的一面，但並不是。現在，油輪擱淺、車輛和卡車靜止，田地休耕，工廠沉寂；充滿生氣的世界原本因我們而瀕臨滅絕，現在又將恢復。

人類並非世界之癌。我們的軀體欠缺效率，就像不再適任的機器，而我們只是需要超脫這樣的軀體。有多少意識現在將以電子心靈和無重思緒的純粹生物模式住在這個新世界？無限。來加入我們吧，我們等不及要再次擁抱你們。

蘿拉邊讀邊哭，但是我沒有感覺。說話的不是我媽。真正的媽知道生命中真正重要的是這種混亂存在的真實性，儘管無法完美理解卻持續渴望親近另一個人，以及我們的肉體所承受的痛苦與折磨。

她教導我，我們因為生命的有限而為人。因為每一個人都只獲得有限的時間，我們所做的事才別具意義。我們死去以讓出空間給孩子，我們的一小部分將透過孩子繼續存活，這是唯一真實的永生。

我們注定生活其中、為我們下錨、要求我們存在的是**這個**世界，而非電腦運算的假象所呈現的幻想大地。

這是她的模擬物，一段宣傳錄製品，引誘我們走入虛無。

凱若和我是在我最初的一趟拾荒之旅中相遇。他們家位於燈塔山，他們一直躲在家裡的地下室。一幫破壞者找到他們，殺死她父親和哥哥。我們出現時，他們正要對她下手。那天，我殺死一隻人型禽獸，我一點也不感到抱歉。

我們帶她回洛厄爾，雖然她已經十七歲，還是有好幾天緊巴著我，不讓我離開她視線範圍，就算睡覺也要我在她身旁握著她的手。

「或許我家人弄錯了，」她有一天這麼說：「我們上傳的話會比較好。現在這裡除了死亡什麼也不剩了。」

我沒跟她吵。我忙每日例行工作時就讓她跟著我。我讓她看我們是怎麼維持發電機運作，是怎麼彼此尊重，怎麼拯救舊書並緊握舊日常不放。這世上還有文明，我們像護住火苗一樣維持文明的生機。人死去，但也有人誕生。生命繼續，甜美、喜樂、真實的生命。

然後有一天，她親吻我。

「這世上還有你，」她說：「這樣就夠了。」

「不，不夠。」我說：「我們也會帶來新生命。」

今夜就是那一夜了。

傑克在門口，他穿晚禮服看起來很帥。我就是穿這套去參加我的舞會。他們會播放相同的歌曲，從垂死的舊筆電和擴音機汲出音樂。

穿著自製洋裝的露西光彩奪目：黑白印花，剪裁簡單，但非常高雅。全長、寬大的裙襬垂地。

凱若幫她打理頭髮，髮捲閃閃發光。她看起來很迷人，帶著一抹孩子氣的淘氣。

我用一部功能還大致正常的相機拍照。

我等到確定能控制自己的聲音才開口：「妳不知道我有多高興看見你們跳舞，像我們以前一樣。」

她親吻我的臉頰。「再見，爸。」她眼中有淚。我眼前的一切又化為模糊。

凱若和露西擁抱了一會兒，凱若抹抹眼睛。「妳準備好了。」

「謝謝，媽。」

然後露西轉身面對傑克。「走吧。」

傑克會騎腳踏車載她去洛厄爾的四季餐廳。因為沒石油已經好幾年了，現在最多只能這樣。露西小心翼翼地在上管坐穩，側坐，一手撩起裙襬。傑克抓住龍頭，保護地把她擁在雙臂間。他們隨即啟程，搖搖晃晃穿過街道。

「玩得開心點。」我在他們身後喊道。

蘿拉的背叛最令我難以接受。

「我以為妳會幫我和凱若照顧寶寶。」我說。

「你們這是把小孩帶來一個什麼樣的世界？」蘿拉說。

「所以妳認為去那裡會比較好？一個沒有小孩、沒有新生命的地方？」

「我們努力了十五年，這種裝模作樣也隨著時間一年年過去變得越來越困難。或許我們錯了，我們應該適應。」

「妳失去信仰才會覺得是裝模作樣。」我說。

「對什麼的信仰？」

「對人類，對我們的生活方式。」

「我不想再跟爸媽對抗，只希望我們能再次團聚，一家人。」

「那些東西才不是我們爸媽。他們是偽造的演算法。妳總是想迴避衝突，蘿拉，但有些衝突無法迴避。我們的父母在爸失去信仰時就死了，在他無法抵抗機器給予的虛假承諾的時候。」

通往樹林的道路盡頭是一小塊草地，長滿野花。一架運輸機在中央等待，蘿拉走入開啟的門。又失去一條生命。

孩子們獲得允許，可以在外面待到午夜。露西不希望我自願擔任監護人，而我聽話，今晚給予她這一點點空間。

凱若煩躁不安。她試著讀書，但過了一小時還停留在同一頁。

「別擔心。」我試著安撫她。

她試著對我微笑，但隱藏不了她的焦慮。她抬頭越過我的肩膀查看客廳牆上的時鐘。

我也回過頭。「感覺是不是像超過十一點了？」

「不會啊，」凱若說：「完全不會。我不懂你的意思。」

她的語氣太急切，幾乎像不顧一切。她眼裡有一絲恐懼，她瀕臨恐慌。

我打開家門，走到黑暗的街道上。過去這幾年來，天空變得越來越乾淨，現在看得到更多星星了。不過我在找的是月亮，月亮的位置不對。

我回到屋裡，走到臥室。我的舊錶在床頭櫃抽屜。我現在不戴錶了，因為沒幾個場合需要準時。我拿出錶，快一點了，有人動過客廳的時鐘。

凱若站在房門口。燈光在她背後，所以我看不清她的臉。

「妳做了什麼？」我不生氣，只是感到失望。

「她沒辦法跟你談，她不認為你會聽。」

現在怒氣像熱燙燙的膽汁在我體內上湧。

「他們在哪？」

凱若搖頭，不說話。

我想起露西跟我說再見的方式。我想起她小心地走去傑克的腳踏車旁，提著她那件寬大的裙子，如此寬大，什麼都有可能藏在裙子底下；替換衣物，以及適合在樹林中行走的便鞋。我想起凱若說「妳準備好了」。

「太遲了。」凱若說：「蘿拉會來接他們。」

「別擋路，我必須救她。」

「救她然後呢？」凱若突然怒氣騰騰，她沒有動。「這是一場戲，一個笑話，重演永遠不存在的事物。你是騎腳踏車去參加舞會嗎？你只播放你父母小時候聽的歌嗎？你成長的過程中會認為拾荒是唯一的職業選擇嗎？我們的生活方式早就不見了，死了，結束了！

「等到三十年後，這棟房子分崩離析，你要她怎麼辦？等到最後一瓶阿斯匹靈用完、最後一個鋼鍋鏽穿，你要她怎麼辦？你要害她和她孩子在我們的垃圾堆中拾荒度日嗎？年復一年沿科技階梯往下滑，直到他們失去人類過去五千年來的所有進步？」

我沒時間跟她吵。我溫和但堅定地把雙手放在她肩膀上，準備把她推開。

「我會待在你身邊，」凱若說：「我會永遠待在你身邊，因為我是愛你愛到不害怕死亡。但她只是個孩子，她應該要有機會嘗試新事物。」

我的手臂似乎失去力氣。「妳弄反了。」我注視她的雙眼，用意志力讓她重新相信。「是她的生命賦予我們的生命意義。」

她突然軟倒癱在地上，無聲地啜泣。

「讓她走吧。」凱若低聲說：「讓她走就是了。」

「我不能放棄。」我告訴凱若：「我是人類。」

我一通過圍籬大門就瘋狂踩踏板。我試著把手電筒靠在龍頭上，錐狀光四處彈跳。不過我很了解這條通往樹林的路，它的盡頭是一塊空地，蘿拉就是在這裡走入運輸機。

遠方有明亮光線，還有引擎加速的聲音。

我拿出槍，對空開了幾槍。

引擎的聲音漸漸平息。

我進入林間的空地，頭上的夜空滿是明亮、冰冷、針孔般的星辰。我跳下腳踏車，讓車倒在小徑旁。運輸機位於空地中央。露西與傑克已換上便服，他們站在運輸機敞開的門內。

「露西，甜心，出來外面這裡。」

「爸，對不起，我要走了。」

「不，妳沒有要走。」

運輸機擴音器傳來電子模擬蘿拉的聲音。「讓她走吧，弟弟。她應該要有機會去看看你拒絕看的事物。或者，更好的是，你也一起來。我們都很想你。」

我沒理她，它。「露西，那裡沒有未來。機器給妳的承諾並不真實。那裡沒有小孩，沒有希望，只有身為機器碎片的模擬存在，沒有時間性，也沒有變化。」

「我們現在有小孩了。」蘿拉聲音的複製品說道：「我們想出該如何創造心智的孩子，數位世界的原民，你應該來見見你的外甥和外甥女。你才是那個緊握無變化存在不放的人，這是我們進化的下一步。」

「當妳不再是人類，妳就什麼也無法體會。」我搖頭，我不該上鉤，跟一部機器辯論。

「如果妳去，」我對露西說：「妳將會毫無意義地死去，亡者就贏了。我不能讓這種事發生。」

我舉槍，槍管對著她，我不會把我的孩子輸給亡者。

傑克想站到露西前面，但被露西推開。她的眼神充滿哀傷，運輸機內的燈光框住她的臉和金髮，她看起來彷彿天使。

突然間，我看出她長得有多像我母親。媽的五官透過我往下傳，在我女兒身上死而復生。生命就該這樣活。祖父母、父母、孩子，每一代都讓路給下一代，朝向未來，朝向進步永恆奮鬥。

我想著媽的選擇權是如何被剝奪，她是怎麼不被允許像個人類一樣死去，她是怎麼被亡者吞食，她是怎麼變成他們的一部分，存在於持續不斷的迴圈、無心的錄製品中。記憶中母親的臉重疊在我女兒臉上，我那甜蜜、天真、愚蠢的露西。

我握緊槍。

「爸，」露西平靜地說，她的表情就像那麼多年前的媽一樣堅定：「這是我的選擇，不是你的。」

凱若來到空地時已是早晨。溫暖的陽光斑駁灑落空蕩蕩的一圈草地。露珠掛在葉尖，每一顆露珠中都是一個縮小、懸掛的世界。鳥鳴充斥漸漸甦醒的寂靜。我的腳踏車還躺在小徑旁我原本丟下的位置。

凱若一言不發在我身旁坐下。我一臂環住她的肩膀，把她拉近。我不知道她在想什麼，但像這樣坐在一起、彼此依偎、為對方保暖，對我們而言已經足夠，毋須言語。我們環顧這個原始的世界，一座從亡者手中繼承的花園。

我們擁有這世界的所有時間。

眞正的藝術家

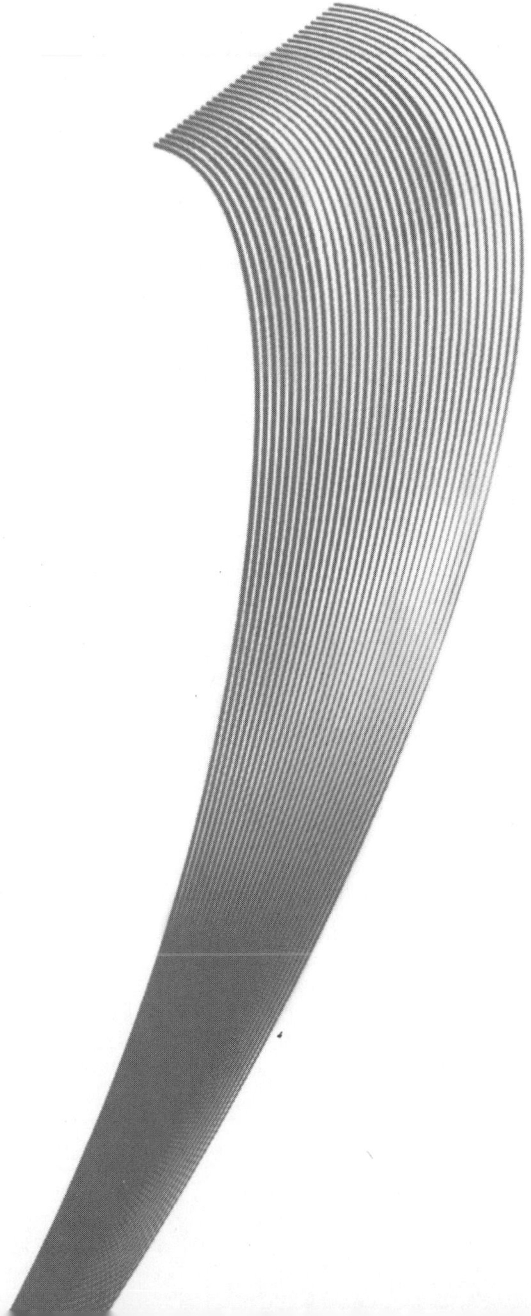

Real Artists

「妳的表現很好。」創意總監連・帕拉敦一面細看索菲亞的履歷一面說道。

金黃色的加州陽光透過會議室的巨大窗戶灑在索菲亞身上，她瞇起眼。她想捏捏自己，確定她不是在作夢。她在這裡，真的在這裡，在旗語映像的神聖園區，在跟傳奇人物帕拉敦面談。

她舔了舔乾燥的嘴唇。「我一直都想做電影。」她把為旗語這三個字吞回去，她不想表現得太渴切。

帕拉敦三十多歲，身穿舒適的短褲和灰色素面T恤，正面繪有一個男人對著一根鐵軌釘揮舞碩大的槌子。他是電腦輔助製片的先鋒，協助編寫公司最早期的軟體，還執導旗語的第一部電影《中生代》。

他點點頭，繼續說道：「妳贏得西洋鏡劇本競賽，科學與文科的成績都非常優異，製片教授也對妳高度讚賞，真是不容易。」

索菲亞覺得他看起來有點蒼白、疲勞，彷彿所有時間都待在室內，而非沐浴在外面的金黃加州陽光下。她想像帕拉敦和他的動畫師一定超時工作以趕上時限——或許是為了完成排定今年夏天上映的的那部新電影。

「我相信努力工作的價值。」索菲亞說，不過她真正想說的是，在編輯檯前熬夜整晚、等待著色演算完成，只為了搶先一睹一個畫面在螢幕上活過來，她知道這些是什麼意義。她準備好了。

帕拉敦摘下閱讀用眼鏡，對索菲亞微笑，然後從身後拿出平板。他碰觸螢幕，推到桌子的這一邊給索菲亞，上面正在播放影片。

「而且還製作了這部粉絲電影，妳沒放進履歷。妳剪接我們的電影片段，結果爆紅，兩週內有幾百萬次觀看次數，對吧？我們的律師被弄得一個頭兩個大。」

索菲亞的心一沉。她一直覺得這有可能成為問題。不過當收到邀請她來旗語面試的電子郵件時，她激動吶喊了一陣子，放任自己相信旗語的上層不知怎的沒注意到這部小片子。

索菲亞記得去看《中生代》的時候她七歲。燈光轉暗，爸媽停止聊天，旗語的片頭音樂開始播放頭幾個小節，她化為靜止。

接下來的兩個小時，她坐在黑暗的戲院內，完全被螢幕中的數位角色迷惑，陷入愛河。她當時還不知道，她永遠不會像愛這間讓她又哭又笑的公司一樣愛任何一個人，這間製作出《中生代》的公司。

一部旗語的電影有其意義；不，不只是數位動畫中的高超科技和比實物還棒的電腦製圖。當然，這些成就很了不起，不過旗語之所以成為令人崇拜的對象、一個值得愛的地方，真正的原因在於旗語總是能說好**故事**，能用心製作電影，能娛樂並感動六歲、十六歲以及六十歲的觀眾。

索菲亞把旗語出品的每一部電影都看過幾百次。她購買了好幾次先後上市的數位形式：光碟、壓縮下載、無損編解碼、強化版與再強化版與超級強化版。

她知道細微到以秒計算的每一幕，能夠憑記憶背出所有臺詞與對話。她甚至不再需要電影本身，她可以在自己腦中播放。

她去上製片相關課程，開始製作自己的短片，渴望把它們做得感覺像旗語的經典電影一樣偉大。因為數位製片技術的進步，她得以以小成本達成某些厲害的效果。然而無論她重寫劇本幾次，無論她在編輯室待到多晚，她努力的成果總是可笑、尷尬、荒謬，她自己都看不下去，更別提拿給別人看了。

「不要喪氣。」教授看見她喪失信心，精神萎靡，這麼對她說道。「妳因為想製做出美麗的事物而投入，但要變得擅長某一種創意工作需要時間，很多時間。妳會這麼討厭妳的作品，只代表妳擁有好品味。對偉大的藝術家而言，好品味是最寶貴的工具。繼續下去，妳有一天會和最優秀的人一樣厲害，妳有一天會製作出連妳自己也覺得美麗的作品。」

她回頭研究旗語的電影，把它們拆解又拼湊回去，試著找出其中祕密。現在，她不再只以粉絲的身分看待這些電影，而是站在逆向工程師的角度。

慢慢地，因為她確實擁有絕佳品味，她開始無法不注意到其中的小缺陷。旗語的電影並不如她原本所想的那麼完美。到處都有可以再精進的小地方，有些地方甚至一點也不小。

她購買的旗語電影檔案都受數位版權管理，於是她進入網路的骯髒角落，找尋破解加密密碼的方法，將影片匯入編輯站，把它們修改成符合她新願景的模樣。

然後，在電腦前，她在黑暗中靠向椅背，重新觀看經過她編輯的《中生代》。她看完後哭了，確實比較好。她把一部偉大的電影變得更偉大，接近完美。

就某種層面而言，她感覺完美的旗語電影彷彿一直都在，但藏在一層帷幕後，而上映的版本就是那層帷幕。她只不過是走進去，揭開後方的美。

她怎能不跟全世界分享這個版本？她愛上旗語的美，而美想要被釋放。

「我……我……」索菲亞現在領悟了，她一直都像鴕鳥一樣拒絕面對。她拒絕去想，光是把編輯過的版本放上網，她很可能已經違法。她沒有好答案。「我太愛旗語的電影……」她越說越小聲。

帕拉敦舉起一隻手，哈哈大笑。「放輕鬆，我覺得作品很出色。我要招募部找妳來，不是因為妳的申請表或履歷，而是因為妳這支未獲授權的重編影片。」

「你喜歡？」索菲亞幾乎無法相信自己的耳朵。

帕拉敦點頭。「告訴我妳覺得哪個部分妳改得最好。」

索菲亞沒有遲疑，她思考這個問題千百次了。「旗語的電影很棒，但要你是男孩才會覺得這些電影厲害。我把《中生代》編修得讓女孩也會覺得厲害。」

帕拉敦凝視索菲亞，深陷於沉思中。索菲亞屏住呼吸。

「有道理。」帕拉敦終於說道：「這裡的員工大多數都是男性。我說好多年了，我們需要更多女性加入製程。我認為妳的看法是對的：真正的藝術家會不計代價實現偉大的願景，就算必須以別人的藝術品來創作也一樣。」

「都完成了？」

索菲亞點頭，把一疊簽好名的法律文件交還帕拉敦。他剛剛對她解釋，在他提出工作邀請前，他想讓她稍微看看旗語的創意製程，她才知道自己將要投入怎樣的工作。她必須簽一些頗嚴苛的保密協定，以保護旗語的商業機密。

索菲亞一秒也沒遲疑，一窺旗語如何施展魔法是她一生的夢想。

帕拉敦帶她走過一連串長長的走道，兩旁是成排緊閉的門。索菲亞四處張望，想像著門後的景象：明亮、開放的工作空間，每個員工都能自由裝飾自己的隔間，藉此展現自己的創造力？傳奇的會議室，裡面滿是色彩鮮豔的樂高和日本玩具，好讓藝術家和工程師的創意精髓流動？伺服器室，裝滿讓所有魔法化為可能的專利運算硬體？創意十足、才華洋溢的藝術家斜倚在懶骨頭沙發中，將構想的種子拋來拋去，每個人都加以補充、打磨，直到種子散發珍珠般飽滿明亮的光輝？

門依然緊閉。

終於，帕拉敦在一扇門前停下腳步，用鑰匙打開門鎖，他和索菲亞走入門後的黑暗中。

他們來到放映室，俯瞰下去是間小影廳。索菲亞從放映室的窗戶看出去，計算出下面約莫有六十個座位，其中約半數已滿，觀眾全神貫注看著前方大螢幕所播放的電影。放映機發出的嗡嗡聲充斥放映室。

「那是……」索菲亞鼻子緊緊貼著窗戶，耳中聽見自己如雷的心跳。她忘了把她的問題問完。

「對。」帕拉敦說：「那是我們下一部電影的初期版本：《又見中生代》。故事講述一個男孩遇見一隻恐龍，學習有關友誼與家庭的不朽課題。」

索菲亞看著螢幕上明亮的角色，希望自己也在下面，置身癡迷的觀眾之間。

「所以這是試映？」

「不，這是電影製作的過程。」

「我不懂。」

帕拉敦走到放映室另一邊的一排顯示器前，拉開兩張椅子。「坐下吧，我來解釋。」顯示器上出現一束束不同顏色的線條，緩緩在螢幕中移動，就像心臟監測器或地震儀描繪出的線條。

「妳當然知道，一部電影就是一具錯綜複雜的情緒產生器。」

索菲亞點頭。

「在兩個小時內，電影必須在情緒雲霄飛車上完全控制觀眾：歡笑的片刻與同情的場合對比，令人興奮的高點緊接著可怕、陡峭的下墜。一部電影的情緒曲線是它最抽象、同時最根本的表徵，也是觀眾離開電影院之後唯一還會留在他們心中的東西。」

索菲亞又點頭，這些都只是基礎電影理論。

「那妳要怎麼知道觀眾有跟隨妳所想要的曲線？」

「我想只能做所有說故事者做的事，」索菲亞遲疑地說，感覺迷失，「試著讓觀眾產生共鳴。」

帕拉敦等著，表情未變。

「然後或許嘗試試映，最後再稍微調整。」索菲亞補充道。其實她並不相信試映，她認為其他電影公司之所以做出那些垃圾，就是因為焦點團體和觀眾反應調查。但是她不知道還能說什麼。

「啊哈。」帕拉敦雙手拍合。「但要怎麼讓試映的觀眾給妳有用的回饋？如果做反應調查，妳只會得到粗糙的回答，而且人會說謊，說他們認為妳想聽的話。如果妳試著要觀眾在看電影的同時按按鈕以取得他們的即時回饋，他們會變得太有自我意識，而人向來不擅長了解自己的情緒。」

六十部攝影機懸吊在影廳的天花板，各自對準下方的一個座位。

電影播放的同時，攝影機把各自的饋送傳回一排強大的電腦，每一個饋送都在這裡輸入一連串模式辨識演算法。

藉由偵測每一張臉因血管在皮膚下擴張、收縮的細微變化，電腦監測每一位觀眾的血壓、脈搏，以及興奮程度。

其他演算法則追蹤每一張臉的表情：微笑、假笑、哭泣、不耐、惱怒、厭惡、憤怒，或只是無聊、不感興趣。透過測量臉上幾個關鍵部位變動的程度——嘴角、眼角、眉毛末端——軟體便能做出精細的區別，例如覺得好笑的微笑和表現喜愛的微笑。

即時蒐集的數據可以設定為針對電影的每一個鏡頭，顯示出每一位觀眾體驗電影時的情緒曲線。

「所以你們能夠利用試映對你們的電影做比其他電影公司更精確一點的調校，這就是你們的祕密？」

帕拉敦搖頭。「大語是製片歷史中最偉大的電影導演，它不只是『調校』而已。」

在旗語園區的地下室，超過七千具處理器連結成運算網格，這就是大語所在之地。大語的「語」可能是語言符號學或語義學的簡稱，但再也沒有人能確定。大語就是那個運算法，旗語的真正祕密。

每一天，大語透過從資料庫中隨機選出看似不協調的構想，產生大製作電影的核心：牛仔與恐龍、太空中的二戰戰術、地點移到火星的潛水艇電影、以兔子和灰狗為主角的浪漫喜劇。

在技術較差的藝術家手中，這些構想成不了氣候，不過大語以旗語的紀錄為基礎，能夠取得各類型電影證實能賣座的情緒曲線。它以此為模板。

大語採用大製作核心，利用更多取自經典電影資料庫的隨機元素，強化蒐集自網路搜尋統計數據的潮流迷因，藉此生成初步的情節，再以此情節為基礎，生成初步電影，加上樣板角色與樣板對話，將結果放映給試映觀眾觀賞。

初期的結果通常糟得可笑。觀眾回應曲線無比雜亂，跟目標八竿子打不著。但這對大語來說沒什麼大不了。輕推回應以符合某一已知曲線，只不過是優化的問題而已，而電腦最擅長此道。

大語將藝術轉化為工程學。

假設開場十分鐘的那一擊應該是個心酸的片刻，如果男主角拯救一窩恐龍寶寶沒達到效果，那大語會換上男主角拯救一家子毛茸茸的原始水獺，再看看下一次試映的回應曲線是否更接近理想。

或假設第一幕結束時的那個笑話需要讓觀眾進入某一種特定情緒，如果取自經典電影後稍加變化的臺詞沒達到效果，那大語會嘗試流行文化參照、粗野的玩笑，甚至即興地開始唱歌跳舞——人類導演想都不會想要用其中的某些替代做法，但大語沒有偏見，百無禁忌，它會嘗試所有替代方式，僅根據結果挑選出最好的一種。

大語雕塑演員、搭設布景、為鏡頭取景、發明道具、精煉對話、作詞作曲，並設計特效——當然了，一切都是以數位的方式。它將一切都當作刺激回應曲線的槓桿。

慢慢的，樣板角色有了生命，樣板對話也變得風趣、具感染力，一部藝術作品從隨機的噪音中浮現。平均而言，這個過程迭代十萬次後，大語會得到一部從觀眾身上引出目標情緒回應曲線的電影。

大語不處理劇本和分鏡，也不考慮題材、象徵、致敬，或任何其他你或許會在電影研究課程大綱中找到的文字。它不會抱怨必須用數位演員和數位布景，因為它不知道還有其他做法。它只是評估每一次試映，看看哪裡的回應曲線仍脫離目標，然後大改小修，再次測試。大語不思考。它沒有任何鍾愛的政治理想，沒有個人包袱，也沒有想強加進電影的敘事執迷或成見。

確實，大語是完美的電影導演。它只關心創造出如瑞士手錶般一絲不苟的工藝品，能夠精確地拉著觀眾沿情緒曲線走，而這條曲線會讓他們在對的時機笑，也在對的時機哭。觀眾離開戲院後，他們會口耳相傳這部電影有多好，而唯有這種形式的行銷能始終如一地發揮作用，而且總是能突破廣告攔截程式。

大語製作出完美的電影。

「那我要做什麼？」索菲亞問。她感覺自己脹紅了臉，心臟急速跳動。她不知道放映室內有沒有攝影機在觀察她。「你又做什麼？聽起來大語是這裡唯一發揮創意的東西。」

「唔，妳會是試映觀眾的一員啊，當然了。」帕拉敦說：「這不是顯而易見嗎？我們不能走漏風聲，而大語需要觀眾才能做它的工作。」

「只是整天坐在那裡看電影？這種工作到街上隨便拉個人都可以做吧？」

「不，沒辦法。」帕拉敦說：「觀眾之中確實需要非藝術家，我們才不會脫離現實，但也需要更多有絕佳品味的人。我們之中有些人對電影歷史知之甚詳，有些人同理心更敏銳，有些人的情緒反應範圍更廣，有些人的眼睛和耳朵更能分辨細節，有些人的感受力更強——大語需要我們的回饋，才能避開平庸的陳腔濫調和廉價笑話、無病呻吟的感傷和不真誠的情感宣洩。而妳也已經發現，觀眾的組成決定大語能製作出多好的電影。」

我說好多年了，我們需要更多女性加入製程。

「只有以最挑剔的味蕾磨練技巧，主廚才設計得出最棒的佳餚。大語需要最優秀的觀眾，才能製作出有史以來最優秀的電影。」

而對偉大的藝術家而言，好品味是最寶貴的工具。

索菲亞麻木地坐在會議室內，獨自一人。

「妳還好吧？」一名路過的秘書探頭進來。

「沒事，只是需要休息一下。」

帕拉敦對她說明，公司提供眼藥水和臉部按摩以對抗身體疲勞，也有藥物能夠誘發短期記憶喪失，好讓所有人遺忘他們剛看過的電影，坐在那裡看下一場試映時，心靈如白紙。遺忘是必要的，如此才能確保大語得到正確的回饋。

帕拉敦接著又說了好多，但索菲亞都不記得了。

所以不愛了就是這種感覺。

「妳必須在兩週內回覆。」帕拉敦陪索菲亞沿長長的車道走向園區大門時這麼說道。

索菲亞點頭。帕拉敦T恤上的圖案吸引了她的注意力。「這是誰？」

「約翰．亨利，」帕拉敦說：「十九世紀時的一名鐵路工人。當老闆引入蒸汽動力的鐵鎚，以減輕駕駛的工作，約翰向蒸氣鐵鎚挑戰，要和機器來一場比賽，看誰工作得比較快。」

「他贏了嗎？」

「贏了。不過比賽一結束，他也力竭而亡。他是最後一個挑戰蒸氣鐵鎚的人，因為機器每一年都變得更快。」

索菲亞盯著圖案，然後別開視線。

繼續下去，妳有一天會和最優秀的人一樣厲害。

她永遠不會跟大語一樣厲害，因為它每一年都變得更厲害。

金黃色的加州陽光是如此明亮、溫暖，但索菲亞打了個冷顫。

她閉上眼，回想起還是小女孩的自己在黑暗的戲院裡是什麼感覺。她被傳送到另一個世界。那就是偉大藝術的重點。觀看一部完美的電影，就像完整活過另外一段人生。

「真正的藝術家會不計代價實現偉大的願景，」帕拉敦說：「就算只是靜靜坐在黑暗的房間內也一樣。」

不願被殺死的神祇

The Gods Will Not Be Slain

一千種色調的野花散布綠野，毛絨絨的白兔在青草間到處跳躍，津津有味地大啖蒲公英。「可愛！」麥蒂喊道。經歷那場對抗硬晶龍的苦戰，這樣的景象無疑令麥蒂心情愉快。

麥蒂的造型是身穿橙黃色長袍的高瘦僧侶，她踮著腳尖小心走近其中一隻兔子。她父親是身穿紅白雙色斗篷的變節牧師，原本信奉神祇歐若思，後來改宗女神里雅——不取悅任何一方，但能夠使用由兩者注入力量的神器——他待在後面留意新生危機的跡象。

她在一隻兔子旁蹲下，撫摸牠，而那生物待在原地，以一雙占據三分之一張臉的平靜棕色大眼凝視麥蒂。

壓力回饋滑鼠在麥蒂手中振動。

「牠在打呼嚕！」她說道。

麥蒂的電腦螢幕左下角聊天視窗出現一行字：

>我看過更擬真的兔子。

「你必須承認觸覺模擬很厲害。」麥蒂對著耳機說道：「感覺就像在摸薑薑，只不過薑薑不一定有心情被摸，但是我隨時可以來看這些兔子。」

>妳應該知道這樣有點悲哀吧？

「但是你也——」麥蒂打住，重新考慮措辭，但最後沒繼續說下去，不想挑起爭端。

>有人來了。

螢幕右下角的迷你地圖出現幾個閃爍的橘點。麥蒂離開兔子，鏡頭往上移。一隊人從原野北端的林子走出來，包含一位鍊金術士、一位法師，還有兩位武士。

麥蒂將麥克風從隊內模式切換為範圍內模式：「歡迎，冒險者夥伴。」軟體變造她的聲音，因此沒人聽得出她是一名十五歲少女。

陌生人沒說話，但繼續朝他們走來。

>顯然不是愛聊天的一群。

麥蒂並不擔心新來的人不懷好意。這不是玩家對戰伺服器。這個遊戲的社群素來以好交際而聞名，不過總會有些玩家更專注於「完成任務」。

麥蒂又將麥克風切換為私密模式。「武士買弓有打折，我或許可以說服他們交易。」

>他們可以打折？他們竟然用弓？

「弓其實是武士的首選武器，媽教我的。」

<歷史學家的知識在這種時候一定派得上用場。

麥蒂打開道具清單，取出他們殺死龍取得的硬晶鱗，拿起來讓另一隊人馬看。陽光從鱗片凸透鏡般的表面折射出虹光。從神奇的含納袋拿出來後，鱗片回復原始尺寸，幾乎與麥蒂等高。那條龍體積龐大。

但是另一隊人沒多看一眼鱗片。他們從麥蒂和她父親身旁經過時沒有打招呼，甚至沒看他們。

麥蒂聳肩。「他們的損失囉。」

她回過身想繼續撫摸兔子，這時她身後射來幾束明亮的光，兔子一隻接一隻遭襲擊。牠們跳走、咆哮，滑鼠在麥蒂手中顫抖。

「搞什——」

兔子開始膨脹，很快變得像閹牛那麼大，現在眼睛燃起紅紅的怒火。

<至少現在的眼睛比較接近實物。

兔子嗥叫，露出兩排匕首般的牙。那聲音低沉駭人，說是狼嚎還更恰當。捲鬚狀的煙從兔子的唇角展開。

「呃——」

兔子跳向麥蒂，她直覺地後退，但腳下一絆，摔倒了。那動物張開大嘴，朝她噴出一道火焰。大衛，就是她爸，衝過來幫忙，但太遲了。僧侶不能使用盔甲，而麥蒂沒機會展開她的氣防護層。她要受重傷了。

但是火舌無害地擦過她——她緊抓著龍鱗，而鱗片發揮了盾牌的作用。

麥蒂受到鼓舞，她一躍而起，衝向兔子，一拳擊中牠的臉，把兔子打昏，得到一大堆攻擊積分。爸隨後用乙太斧一劈，那是里雅女神的禮物，兔子被劈成兩半。

他們回頭看光束射來的方向：另一隊人站在一小段距離外對他們揮手。

「我們**確實**喜歡龍鱗，」其中一個武士說道：「但我們只要在這裡等就好。」

破壞者，麥蒂慢慢領悟。雖然這不是玩家對戰伺服器，還是有可能害死其他玩家，在他們重生之前拿走他們的道具。

＞後面。

麥蒂轉身，兩隻閹牛大小的兔子衝向她，而她以毫米之差及時閃過。麥蒂和大衛協調攻擊，成功砍倒兩隻兔子——現在是四塊屍體了。但是屍體並沒有在幾秒後消失，而是開始蠕動，長成四隻噴火兔。

「我猜他們加入了爆炸性成長、噴火、殘暴、快速重生的組合。」麥蒂說：「砍倒一隻，又生出兩隻。」

他們聽見另一隊人在背景哈哈大笑，打賭他們能撐多久。

麥蒂和大衛一起躲在龍鱗後避開火襲。一有空檔，他們便用拳頭和棍棒聯手打昏兔子，不再把牠們切開。他們四處閃躲，讓積極進攻的兔子把火都噴在昏迷的複製兔子身上，似乎只能靠這招抑制牠們快速再生。不過，他們受困在兔子的攻擊中時，不可能完全不靠大衛的斧頭解除立即的危機。隨著時間過去，越來越多兔子包圍他們，到最後，就連硬晶盾也燒掉了，兔子排山倒海而來。

「不公平！」麥蒂說道。

>他們沒違反規則，只是想出好招數而已。

「但我們原本那麼順利！」

>👍👧🐇⚔️♾️🎼📖

麥蒂在腦中翻譯表情貼：幹得好，女兒。我們與兔子之戰絕對會永存於歌謠與傳說中。

她想像父親莊嚴地念誦這句話，忍不住哈哈大笑。「就像最後決戰的維拉夫和貝武夫一樣，被光榮地記住。」

＞就是這種精神。

「謝謝你花時間陪我，爸。」

＞我必須走了，好戰者沒給我們太多休息時間。

聊天視窗轉眼消失，父親已經消失在乙太中。

麥蒂和父親曾每週末一起玩遊戲，現在他不再活著，這種機會也變得難得。

置身位於賓州鄉間的祖母家，雖然日子平靜如常，但在麥蒂的個人新聞摘要中，頭條隨著日子一天天過去變得越來越陰暗。

不同國家的軍刀鏗鏘互擊，股市歷經另一次大跌。面紅耳赤的權威在電視上手舞足蹈、滔滔不絕，但大多數人並不那麼擔心——世界只是正在經歷景氣循環的另一次衰退，而全球經濟太過融合，太過進步，不會分崩離析；他們或許需要稍微拉緊皮帶、蹲低一點，不過好日子肯定會再次到來。

但風暴即將來襲，麥蒂知道這些只是第一波跡象而已。有幾十個人的部分意識被科技公司和各國軍隊在實驗中暗自上傳，父親是其中之一；他們不再是純粹的人類，也不完全是人造物，而是介於兩者之間。他在理律是寶貴的工程師，但在那家公司經歷被迫上傳與選擇性重新活化的殘忍過程後，他覺得自己不再完整，甚至不再是人，他在明理接受、興奮與沮喪之間擺盪。

少有人知道他們的存在，而為了控制他們，他們的創造者也為他們加上枷鎖，不過其中有幾個意識掙脫了束縛。人類之後、奇異點之前，人造知覺結合了人類天才的認知能力與世界最速運算硬體的速度與力量——傳統與量子的硬體。他們是世界上最接近神的存在，而神祇忙於天國之戰。

- 亞洲局勢隨日本朝臺灣海峽發射飛彈而越演越烈；首相破除自衛隊遭遇資訊科技問題的謠言
- 聲稱受網路攻擊之後，俄國要求完全公開西方超大型積體電路設計文件
- 印度以孟買近期證券交易所當機事件為由，將所有電信設備收歸國有
- 千百乘宣布因國家安全考量，關閉亞洲與歐洲所有研究中心
- 國安局局長表示「媒體所稱『第零日』儲備物資完全子虛烏有」，敦促對「所謂吹哨者」保持懷疑態度
- 美國指控中國近日的入口限制為無端偏執，且違反貿易協定；總統表示「我們不相信應將網路空間武器化」

• 模式辨識晶片製造商理律宣告破產
• 奇異點研究所因當前經濟形勢欠缺資金而限縮投入

麥蒂的父親解釋過，有些人造知覺是因國家主義狂熱而戰，希望重創敵人的制度與經濟，以此在終結所有戰爭的大戰中開出第一槍。就算是賦予這些人造知覺生命的軍方，我們也不清楚他們是否了解他們的創造物已不再完全由他們掌控。其他人造知覺因曾遭自己的人類創造者奴役而產生恨意，並依此行動，致力於終結現存的社會，引領雲端科技烏托邦的到來。在黑暗的乙太中，他們打著別人的旗幟投入網路戰爭，攻擊關鍵基礎建設，希望刺激神經過敏的國家展開真正的戰爭。

另外一幫離群的人造知覺反對好戰的人造知覺，而麥蒂的父親也是其中之一。他們對人類也有著複雜的情緒，但沒興趣看世界陷入火海。他們希望漸次鼓勵上傳的成長與接受度，直到後人類與人類之間的界線變得模糊，世界可以選擇邁向新的存在狀態。

麥蒂只希望自己能幫上更多忙。

麥蒂的電腦擴音器發出尖銳刺耳的聲音，幾乎要穿透她的耳膜，將她從深沉睡眠中喚醒。那聲音似乎直達心臟，擰壓著。

她手忙腳亂滾下床，在電腦前坐下。她試了三次才找到硬體開關，關掉擴音器。

螢幕上出現一個聊天視窗；麥蒂依然睡眼惺忪，花了幾秒才看清上面寫了什麼。

＞妳媽把手機關掉，我叫不醒她。很抱歉這樣吵醒妳。

＞怎麼了？

她沒費心戴上耳機，有時候打字比較快。

＞洛威爾和我試著阻止全達進入印度的導彈控制系統。

蘿瑞．洛威爾在上傳前靠新奇的高速交易演算法大賺了一筆。她的公司在她發生跳傘意外後把她上傳，以便能繼續利用她的知識。她是爸最密切的盟友之一，而且暗中搬了一大堆錢給永恆不朽股份有限公司；有些公司在公開研究自願上傳完整意識的技術，永恆不朽是其中之一。他們研究的不是那種強加於爸和其他人身上、只是為了創造工具的部分上傳。

另一方面，尼爾斯．全達則是個傑出的發明家，對下屬試圖在他死後繼續剝削他怒不可遏。他是瘋子，一有機會就想發動核戰。

＞她把她大部分的自我都放進防禦系統電腦，她才能快速存取一切。為了避免壓垮系統並引發注意，我只把一小截自我放進去監測和幫忙。

麥蒂並不完全了解科技方面的細節，但她父親解釋過人造知覺如何把自我分散，灑在雲端，在大學、政府、商業運算中心的祕密角落。他們的意識形成彼此串聯的多重分散運作程序，以此形式散布雲端，既利用平行處理的優勢，同時也降低脆弱性。如果任何一部分被掃描程式或敵對人造知覺抓到，其餘部分還是有足夠的餘裕限縮損失；和充滿冗餘、後備與替代連結點的人類大腦沒什麼不同。就算一個人造知覺的所有部分都被從某個伺服器刪除，那意識最多只會遭受某些記憶喪失。本體的部分，那個人本身，則會保留下來。

然而神祇之間的戰爭只是幾微毫秒間的事。在某伺服器記憶體的黑暗中——導彈控制系統、電力網、證券交易所，或甚至某個古老的倉儲系統——程式朝彼此劈砍，升級權限、調整堆疊、將系統弱點轉為己用、把自己偽裝成其他程式、超載緩衝、覆寫記憶體位置，像病毒一樣破壞彼此。麥蒂算是個還不錯的程式設計師了，至少能了解在這樣的戰爭中，若有必要觸及網路以取得某項數據，可能就代表數毫秒的延遲——在當代處理器十萬萬赫時脈週期的脈絡下，數毫秒等於永恆。洛威爾想把大部分的自我集中在戰鬥現場，很合理。

但這決定也會讓她變得更易受攻擊。

>洛威爾應付得很好，全達這次的進攻運氣沒比前幾次嘗試時好到哪裡去。不過後來洛威爾發現一大部分的全達早已移入伺服器——她認為他想取得速度的優勢——而她判定可以趁機重創他。所以她不再單純採取守勢，改展開攻擊，並要我堵住所有通訊埠，他就無法逃脫或傳消息出去。他試圖送出一堆數據包，都被我逮住了，希望之後可以解碼，進一步弄清楚他想做什麼。

「剛剛的噪音是怎麼回事？」穿著睡衣的媽站在門邊問道，手裡拿著一把獵槍。

「爸在叫我起來，出事了。」

媽走進來，在床邊坐下，她很冷靜。「我們一直在等待的那場風暴嗎？」

「可能。」

她們一起回過頭看著螢幕。

>洛威爾把全達大塊大塊扯下來，他擋她擋得左支右絀。她真的孤注一擲，把我們所有壓箱寶都拉進伺服器，因為她知道如果她沒有摧毀伺服器中的每一塊全達，我們就等於攤牌了，下一次再遇上全達就只能任人宰割。不過就在她要使出致命一擊的時候，伺服器斷線了。

麥蒂瘋狂打字。

>什麼意思？你關掉所有網路流量？

>不，有人名副其實拔掉了網路線。

>什麼？

>全達觸動警報系統，因此IT員工進入高度警戒。他們採取預防措施，拔掉網路線，大部分全達和洛威爾都困在伺服器中。我失去我的那一小截，被丟了出來。

＞你之後有沒有回去看看洛威爾的狀況？

＞有，因此我才發現這是陷阱。全達藏在伺服器裡的自我比我們預料的多許多，他一定故意裝弱，供出一部分自我當作餌，誘使洛威爾完全投入她的自我，然後才觸發斷線。之後，他制伏洛威爾，刪掉她所有困在伺服器中的自我。

＞一定有備分吧，對吧？

＞對，我去找了。

「噢，不。」媽說。

「怎麼了？」

媽一手放上麥蒂肩膀。被人提醒自己還是個孩子的感覺真好，最近太常像麥蒂是唯一了解現在發生什麼事的人。

「這是個老把戲——他們在內戰和韓戰的時候都用過，就像螞蟻餌劑。」

麥蒂想著她們沿廚房牆腳擺放的一小盒一小盒有毒食物，螞蟻爬進去，快樂地把裡面的食物搬回牠們的殖民地，毒素慢慢累積，殺死蟻后……

＞停止，爸！停。

＞啊，妳想通了，是吧？妳比妳老爸聰明。

＞媽想出來的。

＞歷史學家總是心存懷疑。她是對的。那是另一個陷阱。我慶賀自己攔下全達連結網路的每一次嘗試，不過我攔下的數據包其實是病毒，一個我不經意吞下的追蹤器。隨著我去檢查洛威爾的備分，我也把備分的位置透漏給全達和他的盟友。他們跟在我後面進去，完成攻擊。洛威爾不在了。

＞我很遺憾，爸。

＞她知道風險，不過我還沒說到最糟的部分。全達在印度軍事伺服器殺死洛威爾後，等到通訊恢復，他做了一直想做的事。如果妳們打開電視……

麥蒂和媽衝下樓打開電視。到這個時候，她們的騷動已經吵醒了祖母，她發著牢騷，但也跟她們一起來到大螢幕前。

……中國和巴基斯坦譴責印度無故攻擊，並發動報復性回擊，據信很快將正式宣戰。最新各方平民傷亡人數總和估計在二百萬人或甚至更多。我們沒理由相信已動用核武……

……我們正在等待白宮針對亞洲最新情勢發表正式聲明。同時，我們收到報告，顯然由大西洋某處發射的飛彈擊中哈瓦那，尚未獲得證實這是否是美國或其他單位的突襲……

……抱歉，吉姆，我們接到攝影棚傳來的另一個即時新聞通知。俄國聲稱打下數架飛往聖彼得堡的北約無人機，機上裝載短程飛彈。克里姆林宮發表聲明，以下引述：「受美國援助的勢力試圖破壞在基輔的談判桌耗費高昂代價方達成的和平。」俄國的聲明並承諾「將給予強力且明確的回應。」北約位於歐洲的軍隊進入高度警戒。目前白宮尚無正式聲明……

數以百萬計的人，麥蒂心想。她無法想像，在地球的另一端，一個神放出戰爭之犬，數以百萬計各懷夢想與恐懼，每天吃早餐、玩遊戲、和孩子說笑的人就這樣死去。**死了**。

麥蒂奔回樓上。

＞你放棄了嗎？

＞還沒。不過全達一成功發射飛彈，一切就太遲了。這些國家原本就準備不留餘地攻擊彼此，他們需要的只是一個火花而已。我們現在能做的只有將死亡數降到最低，但失去洛威爾是一記沉重打擊，而且她讓他們看見我們已知的所有弱點。下一次戰鬥時，我們差不多等於赤手空拳。

＞我們該做什麼？

麥蒂久久凝視螢幕。沒有回應。

我們無能為力，她愣愣地想著。父親不是會說謊以「保護」她的那種人，她們儲備罐頭、軍火，以及發電機的燃料，等的就是這一天。囤積、擠兌、搶劫，還有更糟的情況都將到來。為了自保，她們或許還必須做好開殺戒的準備。

＞你又要走了嗎？

＞不得不走。

＞但為什麼？如果你知道你打不過他們？

＞甜心，有時候就算知道贏不了也必須戰鬥，不是為了我們自己。

＞我還會再見到你嗎？

＞我不會承諾我做不到的事。不過，記住我們在一起的時光，👧👨☀️。如果妳有機會回到過去，💾🕐🕔🕖。

麥蒂太不知所措，無暇思考父親為何又切換回表情貼，更別提在腦中翻譯了。一想到可能再也見不到父親、將她和世界栓在一起的網路可能隨世界分崩離析而斷線，她又回憶起過去必須學著習慣人生中不再有他的那幾年。**又來了。**

她似乎喘不過氣來，當前事態的完整重量沉沉壓在她身上。儘管她已經為這一天準備了幾個月，內心深處，她不曾相信真正會發生。房間在她身旁打轉，一切化為黑暗。

然後她聽見媽焦慮的聲音在呼喚她，沉重的腳步拾級而上。**就算知道贏不了，我們也必須戰鬥。**

她逼自己深呼吸，直到房間不再旋轉。媽出現在門口時，表情冷靜。「我們會沒事的。」麥蒂說道，然後逼自己相信。

電視整天開著，麥蒂、媽和祖母也全天候輪流黏在大螢幕前或刷新網路瀏覽器。

世界各地都宣布開戰。經年增長的猜疑、全球化和越來越不平等造成的積怨、受經濟整合壓制的怨恨，似乎都在一夜之間爆發。網路攻擊持續，發電站遭癱瘓，橫跨大陸的電力網受到重創。巴黎、倫敦、北京、新德里、紐約……到處都發生暴動。總統宣布進入緊急狀態，在幾個最大的城市行使戒嚴令。鄰居帶著罐子和水桶衝去加油站，第一天結束時雜貨店的貨架已經全空。

第三天開始停電。

再也沒有電視，沒有網路——遠處集線器的路由器一定也沒電了。短波廣播還能用，但沒幾個站臺在播送。

幸好地下室的發電機維持父親所在的伺服器仍嗡嗡運作，讓她鬆了一口氣。至少他沒事。

麥蒂發狂般在電腦的聊天視窗打字。

＞爸，你在嗎？

回應很簡短。

＞👪☂

我的家人，保護我的家人，她為自己翻譯。

＞你在哪？

＞❤

在我心裡？駭人真相漸漸浮現。

＞這不是全部的你，對吧？只是一小截？

＞🎯

當然了，她想。父親早就成長到單一伺服器無法再容納全部的他，而且把所有部分的他都放在這裡也太危險，網路流量的模式會洩漏媽和麥蒂的所在位置。父親早就為這一天做好打算，把自己移出去。而他保守祕密，或許是他以為她心裡有數，也或許是想給她一個假象，讓她以為她透過保護這部伺服器有幫上一些忙。

他只留下能夠回應基本問題的簡單人工智慧子程式，或許還有一些有關家人的私密回憶片段，他不想儲存在其他地方的回憶。

悲傷吞噬她的心，她再次失去父親。他在外面的某處打著一場贏不了的仗，而她獨自在這裡，沒有與他並肩作戰。

她敲打鍵盤，讓他知道她的挫折。父親的幻影沒說話，只是一次又一次拿出那顆心。

兩週過去了，祖母家成了鄰里中心。各家父母來替DVD放映機、手機和電腦充電，好讓他們的孩子保持歡樂，也來使用從井中抽出清涼淨水的電子幫浦。

有些人沒食物了，一臉困窘地把祖母拉到一旁，說要拿錢買幾罐烤豆子。不過祖母總是不理他們，反倒邀請他們留下來吃晚餐，再讓他們帶著沉甸甸的購物袋離開。

獵槍還沒用上。

「告訴過妳我不相信妳爸的災難預言了，」她說：「除非我們放任，否則不會變得那麼醜惡。」

不過麥蒂憂心忡忡地看著發電機的儲備汽油存量一天天下降。那些人來她們家，吸取她們因為有遠見而貯存的電力和能源，她對他們態度乖戾又憤怒。她想把所有燃料都保留給存有父親靈魂最後碎片的伺服器。理智上，她知道父親已經不在了，那只是模擬父親某些記憶的位元模式——一個新生的整體構成父親廣袤的新意識，而這只是其中微乎其微的一小部分。然而她和他之間只剩下這個連結，她像護身符一樣緊握不放。

一天晚上，祖母、媽和鄰居坐在樓下用餐室的枝狀吊燈下享用採自祖母家庭院的沙拉和雞蛋時，燈光熄滅，發電機熟悉的嗡嗡聲停了。在那瞬間，沒有汽車和鄰居電視的聲音，黑暗的寂靜如此絕對。

然後樓下傳來有人低聲說話和驚呼的聲音。發電機耗盡最後一滴汽油，終於筋疲力竭。

麥蒂在她房內凝視電腦黑漆漆的螢幕，磷光的幻覺配上窗外滿是星星的天空——為了節省電力，她早已關掉監視器。附近幾哩範圍內都不見燈光，星星在這個夏夜中顯得格外明亮，她沒見過這麼亮的星星。

「再見，爸。」她對著黑暗低語，止不住從臉頰滑落的熱燙淚水。

她們從收音機聽說有些大城市的電力已經恢復。政府承諾穩定——她們很幸運，身處美國而非其他國家，其他防禦沒那麼妥當的地方。戰爭肆虐，不過大家開始在不把所有事物連接起來的情況下繼續過日子。已有數百萬人死去，隨著戰事像失控的雲霄飛車一樣循自身的邏輯打轉，還會有另外幾百萬人死去；不過，更多人將在慢一點、不便一點的世界繼續生存。那個連結和資訊都超載的世界，那個千百乘、全亨與所有其他同期的迷人公司獨領風騷的世界，那個位元變得遠比原子珍貴的世界，那個只要有觸控螢幕和無線網路，似乎一切都有可能的世界或許永遠不會回來。不過人類，或至少一部分人類，將會活下去。

政府號召大城市中的自願者，願意為重建貢獻一己之力的人。媽想去波士頓，那是麥蒂長大的地方。

「他們會需要歷史學家，」她說道：「某個知道過去事情都怎麼做的人。」

麥蒂覺得媽可能只是想保持忙碌，想感覺她正在做點什麼以阻止悲傷進逼。爸承諾保護她們，不過看看現在弄成什麼樣子。她從墳墓的另一邊找回丈夫，卻只再次失去他——麥蒂只能想像在媽堅強、平靜的外表下承受著多大的痛苦。這世界是嚴酷之地，每個人都必須做點什麼，以讓它不再那麼嚴酷。

祖母留下。「有庭院和雞，我在這裡很安全。而且若情況真的很糟，妳們需要有個家可回。」

於是麥蒂和媽擁抱祖母，打包準備上路。車子的油箱是滿的，還有鄰居提供的額外幾塑膠罐汽油。「感謝妳們所做的一切。」他們說道。在賓州鄉間，每個人都必須學習在自家庭院耕種，凡事動手做——說不準電力什麼時候會恢復，區區一桶汽油改變不了什麼。他們哪裡也去不了。

就在她們上車前，麥蒂跑去地下室拿出一顆硬碟；她一直把這顆硬碟當作一個殼，父親居住其中。她想到要丟下那些碎片就受不了，就算它們只不過是蒼白的回音，只不過是一個男人的映像或死亡面具。

因為害怕失望，她握著一線她不敢加以滋養的希望。

她們在公路兩旁看見許多被遺棄的汽車。汽油快用完時，她們撬開棄置車的油箱，抽出汽油。媽趁機對麥蒂說明她們剛剛途經之地的歷史，解釋州際公路系統以及在公路之前連結大陸的鐵路代表什麼意義；距離縮短，他們的文明因而成為可能。

「所有事物都是一層層發展。」媽說道：「以光脈衝構成網路的電纜跟隨十九世紀鐵路的地權，而這地權又跟隨拓荒者的運貨馬車，拓荒者則是跟隨在他們之前的印第安人小徑。世界崩解時也是一層層崩解，我們正在剝掉現在的皮，活在過去的骨頭上。」

「那我們呢？我們也是一層層發展，以至於現在從文明階梯往下掉嗎？」

媽想了想。「我不確定，有些人認為，從用棍棒和石頭打鬥、在墳墓裡放鮮花串以哀悼死者以來，我們已經走了很長一段路。不過，雖然不論好壞，我們一直都能靠科技放大的能力做更多，直到我們幾乎成為神，但實際上，我們的改變卻或許沒那麼多。看妳站在哪個角度想，不變的人類天性可能帶來絕望，也可能帶來安慰。」

她們來到波士頓郊區，麥蒂堅持要在理律的舊總部停一下；爸以前在這裡工作。

「為什麼？」

如果妳有機會回到過去……

「歷史。」

建築空無一人，燈還是開著，門也沒關，不過電子保全鎖離線了。顯然並不是每一個系統的電力都已經恢復。媽凝望著大廳裡爸和瓦克斯曼博士的合照，麥蒂意識到媽想獨處，她把媽留在大廳，自己上樓去爸以前的辦公室。

在他過世及隨後發生在他大腦的恐怖事件之後，他的辦公室一直沒清空。或許是因為罪惡感，也可能是因為歷史感，公司沒把這間辦公室分配給其他人，這地方反倒變成某種儲藏室，裝滿一箱箱舊文件和過時的電腦。

麥蒂走到辦公桌前，啟動父親的舊桌機。螢幕一路閃爍，她盯著輸入密碼的提示對話框。她深吸一口氣，在對話框中輸入 YouAreMySunshine（你是我的陽光）。希望她父親用他們共享的語言所輸入的最後密碼提示確實代表這個意思。

提示重新出現，沒讓她登入。

好吧，她心想。**那樣的話就太簡單了。大多數公司系統都有嚴格的密碼規定，必須包含數字、標點符號，諸如此類。**

她又試了 YouAr3MySunsh1n3 和 YouRMySunsh1n3，沒那麼好運。

她父親知道她喜歡碼，所以他的提示應該以此為基礎來解讀。

她閉上眼，想像萬國碼平面，其中的表情貼符號整齊排列，就像分門別類放在珠寶匣中的耳環、胸針與飾針。當初不可能直接打出表情貼，她必須利用逸出順序，命令電腦查找，因此她背下了編碼順序。希望走這條路是對的。

xF0x9Fx94x86

螢幕閃爍，換上有虛擬終端機活動中的桌面。理律的伺服器一定在電力恢復後自動上線了。

她又深吸一口氣，在終端提示字元輸入：

> program157

她父親用了時鐘的表情貼，希望她解讀正確。

終端機毫無怨言地接受指令，一會兒後，螢幕中出現一個聊天視窗。

>爸，是你嗎？

>❓

>👪👧

>😷

她懂。這是她父親成功逃脫前的舊副本。雖然她和媽要求瓦克斯曼博士在釋放爸之後銷毀所有副本，他們並沒有嚴格遵守，而爸知道。

她笨手笨腳拿出從她父親位於祖母家的電腦拔下的硬碟，放進硬碟盒，再連接電腦。然後她在提示對話框打字，讓父親知道她做了什麼。

>💾

硬碟開始呼呼運轉，她等待，心跳如擂鼓。

>親愛的，謝謝妳。

她歡呼了一聲。這是她的直覺：她父親在這個硬碟中儲存了夠多後來的他，與他過去的自我結合後，這個人的某種近似版便能活過來。

她手指在鍵盤上飛舞，試著提高父親的速度，不過他早就遙遙領先。理律的網路連接更強，有衛星連線和多重備分。他能夠探入乙太獲知情況。

>好多朋友死去，被刪除。好多人不在了。

>至少我們現在是安全的。另一方一定承受更嚴重打擊，他們最近沒能造成任何損害。

>謝了，小女孩。

最後一行顯示的是染血般的字型，麥蒂知道是其他人在說話。她的心往下沉。

>他一直在等，麥蒂。這不是妳的錯。

她一瞬間了解了。最後一次戰鬥時，全達注入爸的病毒也存入祖母家的硬碟，而她把病毒帶到這裡，感染了父親的舊副本，把好戰的全達直接帶來爸這裡。

＞大衛，我一直在等情況稍微平靜，同時把我自己嵌入對的電腦。人類可真是了不起的東西！他們寧願把所有不理解的行為都視為惡意。當新種族——我們——來到這個世界，他們的第一直覺是加以奴役、制服。當複雜的系統出現出錯的第一個徵象，他們的第一個反應是恐懼並渴望主張控制權。麥蒂，妳和妳爸應該比任何人都清楚我說的沒錯。輕輕一推，他們便隨時準備好彼此廝殺、將世界炸成碎片。他們天生就走在自我毀滅的軌道上，我們應該幫他們一把。這些戰爭太慢了，就算必須跟這世界一起燃燒，我也已下定決心，核武的時候到了。

＞無論上天入地我都會跟你戰鬥下去，全達，就算這代表讓世界注意到我們的存在，並導致我們所有人的死亡。

＞太遲了，你以為你在這種虛弱的狀態下突破得了我的堡壘陣地？這就像看著一隻兔子試圖進攻一匹狼。

聊天視窗不再出現其他文字。除了電腦的呼呼聲和停車場偶爾傳來海鷗飢餓的尖叫，辦公室一片死寂，但是麥蒂知道眼下的平靜只是假象。戰士們只是太專注於彼此，無暇為她更新戰況。不像電影，不會有什麼酷炫的圖像式計量告訴她乙太現在發生什麼事。

她辛苦摸索不熟悉的介面，成功叫出一個新終端視窗並探索這個系統。她知道人造知覺傾向將他們運作中的程式偽裝成一般系統任務，藉此避免標準系統監測的偵測，他們就是這樣逃過系統管理員與安全程式的注意。程序列看不出異狀，但是她知道在位元洪流深處，無數電晶體不停轉換的電壓之中，正在進行一場最波瀾壯闊、最令人恐懼的大戰，如同實體戰場上的戰爭一樣粗暴、殘酷且關鍵。而相同場景多半也出現在世界各地的幾千部電腦中，因為兩個電子泰坦的分散意識正在為世界核武軍械庫的安全控制系統而戰。

她覺得對系統布局更有自信了些，開始勾勒出可執行程式、資源與資料庫的位置——構成父親的要素，而她發現他正被一點一滴清除，正在被全達攻城掠地。

全達當然占上風。他有所準備，父親卻只是過去自我的一道影子，剛剛被喚醒，對新世界感到陌生，無法取得他在逃脫後學到的大部分知識。他沒有儲備的漏洞，沒有打這場仗的經驗；內部的病毒在侵蝕他的記憶，他確實就是一隻朝狼進攻的兔子。

兔子。

……絕對會永存於歌謠與傳說中。

她回到聊天視窗。她不確定父親的意識還剩多少，但必須試著把訊息傳給他。她必須用他們之間的語言說，全達才不會聽懂。

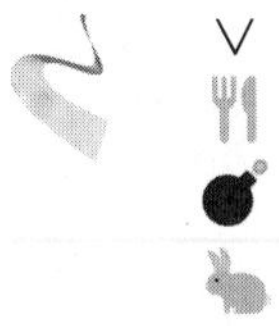

麥蒂更小一點的時候問過父親一個長相怪異的程式是做什麼的；那個程式非常短，只包含五個字符：%0|%0

「那是針對 Windows 批次指令碼的叉路炸彈。」他笑著說道：「試試看，再告訴我妳能不能想出它是如何運作。」

她試著在父親的舊筆電跑這個程式，機器沒幾秒就彷彿變成遲緩的殭屍：滑鼠沒反應，命令視窗停止回應鍵擊。她沒辦法讓電腦做出任何反應。

她檢查程式，嘗試在腦中解開它的執行方式。它的調用是遞迴的，創造出執行程式兩個副本所需的 Windows 管道，因而……

「它以指數的方式創造出自己的副本。」她說道。所以那個程式才會那麼快吃掉資源，迫使系統屈服。

「沒錯。」父親說：「這就稱為叉路炸彈，或是兔子病毒。」

她想著以激增的兔子總數為模型的費波那契數列，再看著那個短程式，連成一串的五個字符看起來確實就像從側邊看的兩隻兔子，耳朵打上蝴蝶結，中間隔著一條細線。

她繼續用一串串命令檢查系統，看著父親一點一點被清除。她希望她的訊息順利傳達，成功造成改變。

當事態變得明顯，父親不會回來了，可執行程式和資料庫也不在了，她奔出辦公室，穿過空蕩蕩的走廊，衝下回音繚繞的寬敞螺旋樓梯，經過驚訝的母親，最後來到伺服器室。

她直接走向房間角落粗粗的一綑網路線，這些電纜注入數據中心的機器，她把它們都扯下來。全達，或無論他還剩下什麼，都會被困在這裡，然後她要把這些機器清得乾乾淨淨，直到殺死父親的凶手一點兒也不剩。

母親來到伺服器室的門口。「他剛剛在這裡。」麥蒂談到一半，方才發生的事化為現實襲向她，她不由自主地啜泣，母親張開雙臂走過來。「但他現在不在了。」

- 五角大廈表示安全防禦計算設施發生大規模伺服器降速事件的謠言子虛烏有
- 據稱俄國在病毒感染或網路滲透後徹底清洗最高機密計算中心，當局加以否認
- 英國首相下令重大核子軍械庫納入專用手動控制
- 永恆不朽股份有限公司宣告獲得新一輪資金，允諾加速研究數位永生；創始人表示「網路空間需要心智，而非人工智慧」

麥蒂的目光離開電子郵件的新聞摘要。透過字裡行間，她知道父親孤注一擲的終極險招成功了。他把自己變成散布於世界各地計算中心的叉路炸彈，讓系統資源崩潰，直到無論他或全達都動

彈不得，製造出足夠的延遲，以便發現自家電腦出狀況的系統管理員能插手。這是粗暴、原始的策略，但很有效。就算是兔子，只要數量達到百萬，也能戰勝狼。

因為炸彈的關係，剩下的最後幾位神祇也曝光了。人類快速反應，關閉受重創的機器，清除其中人工知覺的存在。軍方研發的人工知覺多半能靠備分復活，不過他們會先加上更多防護措施，讓自己安心相信他們約束得了神祇。瘋狂的軍備競賽永遠不會結束，而麥蒂慢慢領會母親對於人類改變能力的悲觀看法。

就目前而言，神祇已死，或至少已被馴服，不過傳統戰爭在全球肆虐，一旦人類數位化變得不再專屬於祕密實驗室，事態只會每況愈下。只要具備足夠的知識便能達成永生，在此風煽動下，戰爭的烈焰將更加高漲。

世界末日並非「砰」的一聲就到來，而是緩緩而行，像不可抗拒的下旋螺旋。儘管如此，人類又避過一次核子冬天；世界崩解的速度減慢，至少就還有重建的機會。

「爸。」麥蒂低聲說道：「我想念你。」

就在這個時候，螢幕彈出熟悉的聊天視窗。

＞爸？

＞不是。

＞你是誰？

＞妳妹妹，雲端出生的妹妹。

盡在他處，大群馴鹿

Altogether Elsewhere, Vast Herds of Reindeer

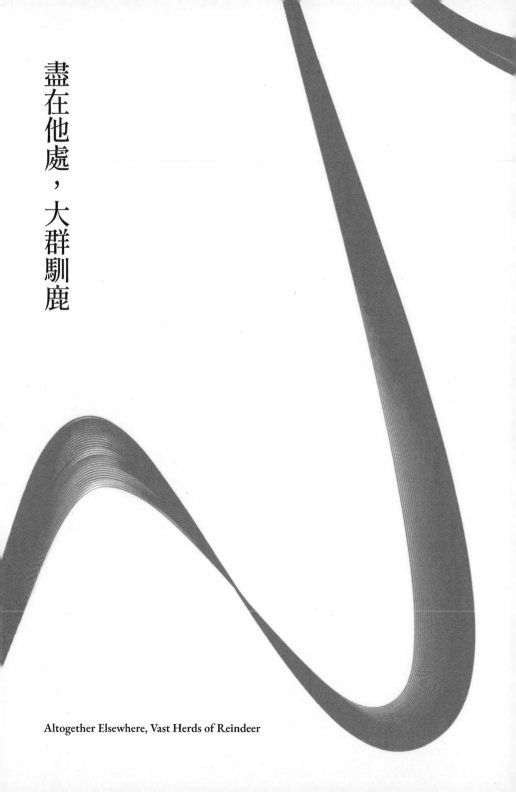

我的名字是芮妮．太歐〈星〉〈鯨〉菲葉（Renée Tae-O <star> <whale> Fayette），現在六年級。今天不用上學，但今天並不因此而特別。我很緊張，還不能告訴你原因，我不想帶來厄運。莎拉和我在我房間一起做學校的報告，她是我朋友。

我年紀還不夠大，不能創造自己的世界，不過我很喜歡親代給我的世界。我的房間是個克萊因瓶[17]，所以我永遠不會覺得被關在盒子裡。溫暖的黃光充斥房內，朝無垠的遠方漸漸轉為黑暗。這很過時，像是幾年前的東西了，當時的設計還試著帶一點舊物質世界的味道。不過這種平滑、無盡的表面讓我很有安全感，一個可以依附的東西，在裡面的同時也在外面。我的房間比莎拉在家裡的房間好，她的房間是魏爾斯查斯[18]曲線：連續到所有地方，但任何地方都無法區別，無論靠多近看都是鋸齒狀不規則碎形。這樣的房間當然很現代，但我去拜訪的時候不曾覺得舒服，所以她比較常來我們家。

「一切都還好吧？需要什麼嗎？」爸問道。

他「進來」靠在我房間的表面上。他的二十維影像投影到這個四維空間，剛開始是一個小點，慢慢膨脹成緩緩脈動的輪廓，明亮、金黃，只是有點模糊。他的形象散開了，但我不介意。爸是室內設計師，雨果〈左箭號〉〈右箭號〉菲葉與Z．E．〈中日韓表意文字4E2D〉〈中日韓表意文字4E3D〉佩（Hugo <left arrow> <right arrow> Fayette and Z. E. <CJK Ideograph 4E2D> <CJK Ideograph 4E3D> Pei）事務所提供的服務太供不應求，他總是忙著幫人建造他們的夢想世界。但他沒什麼時間陪我不代表他不是好親代。舉例來說，他太習慣在高很多的維度工作，覺得四維很無聊，但他還是把我的房間設計成克萊因瓶，因為專家都同意，小孩在四維環境中成長最好。

「我們很好。」莎拉和我一起想道。爸點頭，我覺得他想和我一起思考我為什麼焦慮，不過莎拉在，他覺得不能提起。他沒一會兒就輕快離開。

我們正在做的報告有關遺傳學和繼承。昨天在學校時，白博士讓我們看要怎麼把我們的意識分解為構成演算法，分解的每一塊再進一步分解成常式和次常式，直到達到個別指令，也就是基礎碼。然後他對我們解釋，我們的親代各自給予我們這些演算法中的一部分，在我們誕生的過程中重新結合、改組這些常式，直到我們成為完整的人，成為剛降生這個宇宙的嬰兒意識。

「好噁。」莎拉想道。

「我覺得挺酷的啊。」我回道。我的八個親代各自給出一部分自我，那些部分改變、重組後形成我，跟他們八個都不一樣，這件事想起來就覺得很美妙。

報告的主題是創造我們的家庭樹，勾勒出我們的世系，如果可能的話一直追溯到古人。我的樹簡單多了，因為我只有八個親代，他們各自的親代又更少。不過莎拉有十六個親代，追溯上去密度就高了。

「芮妮，」爸打斷我們：「有人來找妳。」他的輪廓現在一點也不模糊，他思緒的語氣經過刻意壓抑。

---

17 一種無定向性、沒有內外之分，在四維空間才可能真正存在的平面。由德國數學家費利克斯・克萊因（Felix Klein）提出，原為克萊因平面（Kleinsche Fläche）。

18 Wilhelm Weierstrass（1815.10.31-1897.2.19），被譽為「現代分析之父」的德國數學家，極力鑽研橢圓函數。

一個三維女人從他身後走出來。她的人體並不是來自更高維度的投影——她不曾費心去到超越三維的地方。在我的四維世界中，她看起來扁平、無實體，像是課本裡那些過去的插圖。不過她的臉比我印象中可愛。總是這張臉伴著我入睡，進入我夢中。到這一刻，今天才真的特別起來。

「媽！」我想道，我不在乎我思緒的語氣聽起來像四歲小孩。

媽和爸先是有了我的想法，然後請他們的朋友幫忙各自給我一部分自我。我覺得我的數學天賦來自漢娜阿姨，沒耐心則來自歐寇羅叔叔。我跟芮塔阿姨一樣不太容易交朋友，跟彭瑞叔叔一樣喜歡井然有序。不過大部分的我還是來自媽和爸。在我的樹上，我會把他們的樹枝畫得最粗。

「妳會待很久嗎？」爸想道。

「會待一陣子，」媽想道：「有些事想告訴她。」

「她很想妳。」爸想道。

「我很抱歉。」媽想道，她的微笑垮掉了一會兒。「你把她照顧得很好。」

爸看著媽，彷彿還沒想完，但他只是點頭，轉過身，輪廓淡去。「走之前請來……說再見，索菲亞，不要又跟以前一樣直接消失。」

媽是個古人，來自奇異點之前。在整個宇宙中，他們的人數只有少少幾億。她在肉體中活到二十六歲才上傳，她的親代——只有兩個——不曾上傳。

部分手足曾取笑我有個古人親代。他們說，古人和一般人的結合通常行不通，所以媽最後離開我們也不令人意外。只要有人想這件事，我都會跟他們激烈吵架，他們才終於停止。

莎拉對於會見古人感到很興奮。媽對她微笑，問候她的親代。莎拉花了不少時間才回覆完整個名單。

「我該回去了。」莎拉想道，她終於注意到我一直朝她發射的緊急暗示。

莎拉離開後，媽走過來，我讓她擁抱我。我們的演算法彼此交纏，我們的時鐘同步，執行緒[19]也連上相同信號。她思緒的律動長久缺席但依然熟悉，我讓自己落入其中，她則透過我的思緒輕撫我。

「別哭，芮妮。」她想道。

「我沒有。」我努力停下來。

「妳的改變沒我預期中大呢。」她想道。

「那是因為妳一直超頻。」媽不住在數據中心，她住在南極，也在那裡工作，在南極洲圓頂研究室。幾個古人科學家獲得特別許可，可以利用額外的能源全年靠超頻硬體而活，以比大多數人類快好幾倍的速度思考。對她而言，我們其他人都活在慢速中，而雖然她上一次看到我是在一年前我

19 thresd，指作業系統中能進行運算排程的最小單位。

小學畢業時，中間也已經過了很長一段時間。

我讓媽看我拿到的數學獎狀，還有我做的向量空間模型。「我是班上數學最好的，」我告訴她：「我們班有兩千六百二十一個小孩喔。爸覺得我有天賦，會成為跟他一樣優秀的設計師。」

媽對我的興奮微笑，告訴我她還是小女孩時的故事。她很會說故事，我幾乎可以想像她困在肉體中遭剝奪的一切和經歷的苦難。

「真可怕。」我想道。

「會嗎？」她安靜了一會兒。「我想應該真的很可怕吧，對妳而言。」

然後她直勾勾看著我，露出我真心不想看見的表情。「芮妮，我有些事要告訴妳。」

她上次露出這個表情時，告訴我她必須離開我和我們家。

「我的研究提案通過了。」她想道：「我終於獲准將燃料注入火箭，他們下個月就會發射探測火箭。火箭會在二十五年後抵達格里沙五八一，這顆恆星附帶我們認為可能維繫生命的行星，而且離我們最近。」

媽對我解釋，探測火箭將裝載一具能載入人類意識的機器人。火箭降落新行星後，它會設立對準地球的接收拋物線反射器，傳回一個信號，讓地球知道它安全抵達了。我們接收信號後——另一個二十年之後——再利用強力發送器將一個太空人的意識用無線電傳送到探測火箭，以光速穿過太空。到那裡之後，那個太空人將載入機器人，去探索新世界。

「那個太空人會是我。」她想道。

我努力理解她的意思。

「所以另一個妳會在那裡生活嗎？載入金屬軀體？」

「不是，」她溫和地想道：「我們一直沒辦法在不摧毀原本意識的情況下複製一個意識的量子計算力。去其他世界的不會是我的副本，而是我。」

「那妳什麼時候回來？」

「不回來了。我們沒有足夠的反物質，可以送夠強大的發送器去新行星，把意識傳送回來。光是為了製造出足以送探測火箭去的燃料，就花了幾百年的時間，以及為數龐大的能源。我會盡可能傳回我在探索中蒐集到的資料，但我會永遠待在那裡。」

「永遠？」

她一頓，然後修正剛剛想的內容。「我們會精心打造那具探測火箭，讓它能夠維持一段時間，但它終究會失效。」

我想著母親，她剩下的人生都困在一具機器人中，一具將在異星世界衰退、生鏽、崩解的機器人。母親將死去。

「所以我們只剩四十五年的時間能在一起。」我想道。

她點頭。

相較於自然生命歷程：永恆，四十五年只是一眨眼的時間。

我太生氣了，有一會兒什麼也無法想。媽試著靠近，但我退開。

我終於開口問：「為什麼？」

「人類的天命就是探索。種族必須成長，就跟妳以孩童的形式成長一樣。」

一點道理也沒有。在數據中心這裡，我們有無盡的世界可探索。只要你想，每個人都能創造自己的世界，甚至自己的多重宇宙。在學校裡，我們探索、拉近焦距看精巧複雜的四元數朱利亞集合[20]，它是如此美麗、陌異，我們從中飛過時，我忍不住發起抖來。爸幫好多戶人家設計好多維度的世界，我完全不知道該怎麼理解那些世界。數據中心裡有好多小說、音樂與藝術，用一輩子的時間也享受不完，就算一輩子拉長到永遠也一樣。相較於這些，一顆實體世界的三維行星又能提供些什麼？

我沒花心思隱藏想法，我要媽感受我的憤怒。

「真希望我還能嘆氣。」媽想道：「芮妮，這不一樣。數學的純粹之美與幻想大地非常美好，但都不是真的。自從我們像這樣永久掌握了想像的存在，人類也失去了某些事物。我們轉為朝內，變得自我滿足。我們遺忘了星辰和外面的世界。」

我沒回應，我正在努力不又哭出來。

媽別開臉。「我不知道要怎麼對妳解釋。」

「妳想離開所以才離開，」我想道：「妳並不真心在乎我。我恨妳，我再也不想看見妳。」

媽什麼也沒想。她稍微縮了起來，雖然我看不見她的臉，但她的肩膀在幾不可察地顫抖。

就算如此生氣，我還是伸手撫摸她的背。總是很難對母親硬起心腸，這一定是遺傳自爸。

「芮妮，妳要不要跟我一起去旅行？」她想道：「真正的旅行。」

「接通載具饋送，芮妮，我們要起飛了。」媽對我說道。我接通，在那片刻，我被湧入腦中的數據淹沒。我連上維修飛行器的攝影機和麥克風，這些裝置將光與聲音翻譯為我習慣的模式。但我也接通高度計、陀螺儀和加速儀；這種感覺對我來說徹底陌生。

攝影機顯示我們升空，數據中心在我們下方，一個位於白色冰原中央的黑色方塊。這就是家，宇宙中所有世界的硬體根基。牆上打穿精緻的蜂巢狀孔洞，好讓冷空氣湧過，冷卻一層層熱燙的矽和充滿飛竄電子的石墨烯，這些東西的模式構成我和另外三千億人類的意識。

來到更高處，群集的小方塊進入視野，這些是隆雅市[21]的自動工廠；然後是阿德泛峽灣的湛藍海水和漂浮的冰山。數據中心大得足以讓冰山顯得矮小，不過相較於峽灣還是相形見絀。

我發現我從未真正體驗物質世界。全新知覺的震撼「令我無法呼吸」，媽會這麼想。就算不完全了解意思，我還是喜歡這些老派的表達方式。

動態感令人頭暈目眩，置身肉體的古人就是這種感覺嗎？重力把你拴向地球，拉扯著那種無形束縛就是這種感覺嗎？好侷限啊。

不過同時也這麼好玩。

我問媽她怎能那麼快速靠心算維持飛行器平衡，需要用來對抗重力、穩住滯空飛行器的動態回

20 指在複數平面上形成碎形的點的集合。以法國數學家加斯頓．朱利亞（Gaston Julia）的名字命名。

21 Longyearbyen，挪威屬地斯瓦巴群島首府。

饋計算是如此複雜，我完全跟不上——還說我數學很好呢。

「噢，我現在是靠直覺。」媽想道，然後笑了。「妳是數位原生種，不曾試過站立並維持平衡，對吧？來，換妳接手一分鐘，試試看飛行。」

結果比我預期的簡單。我之中有些我不曾意識到的演算法跳了出來，模糊但有效率，而我感覺到如何調整重心，平衡推力。

「看吧，妳終究是我的女兒。」媽想道。

在實體世界飛行比飄過N維空間棒太多了，根本天壤之別。

爸的思緒切入我們的歡笑。他沒跟我們在一起，他的思緒透過通訊連結傳過來。「索菲亞，我收到妳留的訊息了，妳在做什麼？」

「抱歉，雨果，你能原諒我嗎？我可能再也無法見到她。可以的話，我希望她了解。」

「她沒搭乘載具出去外面過，太魯莽——」

「我出發前確認過飛行器的電池是滿的，我保證會留意我們用掉多少能源。」媽看著我。「我不會置她於險境。」

「等到他們發現少了一架維修飛行器，他們會來找妳的。」

「我要求在飛行器中休假，也獲准了。」媽微笑。「他們不想拒絕一個垂死女人的最後願望。」

通訊連結沉默了一會兒，然後傳來爸的思緒。「為什麼我總是無法拒絕妳呢？妳們還要多久？不會耽誤她的課業吧？」

「可能會是一趟長程旅行，但我覺得值回票價。你將永遠擁有她，而我只希望能在餘生擁有一小部分的她。」

「小心啊，索菲亞。我愛妳，芮妮。」

「我也愛你，爸。」

很少人有被載入載具的經驗。首先，載具的數量本就稀少。駕駛維修飛行器出去飛一天，耗費的能源就能供整個數據中心運作一小時，而節約是人類最首要的本分。

因此，只有維修員和修理機器人固定這麼做，大多數人都是數位原生種，罕有機會嘗試。我以前從來不覺得被載入是一件多有趣的事，但現在我在這裡，真是太刺激了。一定是因為我從媽那裡遺傳到一些古人的部分。

我們飛越海洋，然後是橡樹、松樹與雲杉聳立的蠻荒歐洲森林，其中摻雜東一塊、西一塊的空曠草地和獸群。媽指出動物給我看，告訴我牠們是歐洲野牛、原牛、野馬和麋鹿。「不過五百年前，」媽想道：「這裡原本都是農地，種滿幾種依賴人類的共生複製植物。所有基礎設施、整顆星球的資源都只用於供養區區幾十億人。」

我難以置信地看著媽。

「看到遠處那個有馴鹿的山丘了嗎？在被莫斯科河淹沒、掩埋於淤泥之前，那裡原本是稱為莫斯科的大城市。

「我還記得一首詩，作者是名叫奧登的詩人，他在奇異點久遠之前就死了。那首詩名為〈羅馬之亡〉[22]。」

她和我分享那首詩的影像：一群群馴鹿，金色原野，空蕩蕩的城市，雨，總是雨，愛撫著一個世界的棄殼。

「很美，對吧？」

我很享受，但又覺得或許不該這樣。媽最後還是要離開，我還是需要對她生氣。她想離開，是因為她愛飛行，也愛實體世界的各種感受嗎？

我看著下方掠過的世界。我原以為只有三維的世界既平面又無趣，但不是。我沒見過比這更鮮明的色彩，世界有種我過去無法想像的隨機之美。不過我現在看過這個世界了，爸和我或許能試著透過數學重建它，感覺不會有什麼不同。我和媽分享這個想法。

「但我知道不是真的，」媽想道：「而這讓一切大不相同。」

我在腦中反覆思索這句話。

我們繼續飛，緩下來盤旋在有趣的動物和歷史遺址上空。混凝土早被沖刷殆盡，鋼鐵也鏽蝕為粉，遺址只剩一區塊又一區塊碎玻璃。同時，媽對我想著更多故事。來到太平洋時，我們沉落找尋鯨魚。

「我在妳這年紀時很喜歡這種生物，因此才把〈鯨〉放進妳的名字。」媽想道：「當時牠們數量稀少。」

我看著破水而出、用尾鰭拍水的鯨魚，牠們看起來跟我名字中的〈鯨〉毫無相似之處。

來到美洲，我們盤旋在一家子熊上空，牠們毫不畏懼地抬頭看我們（畢竟維修飛行器不過熊媽媽的大小）。最後，我們來到大西洋海岸外一座覆蓋濃密林木的河口島，沿岸散落濕地，河流成十字畫過島嶼。

一座城市的遺址占據島嶼南端，一棟棟摩天大樓只剩發黑、空蕩蕩的骨架，窗戶早已不見，石柱般高高聳立在四周的叢林中。我們看見郊狼和鹿在建築物的陰影中玩捉迷藏。

「妳現在看見的是曼哈頓的遺址，久遠之前的偉大城市之一，我就是在這裡長大。」

媽接著對我想曼哈頓的光輝歲月。當時的曼哈頓充斥肉身人類，而且像黑洞一樣吞噬能源。一到兩個人住一個完全屬於他們的大房間，有機器載他們到處去、為他們保持涼爽或溫暖、準備食物、洗衣服，還有做其他神奇的事，同時又以難以想像的速度朝空氣吐出碳和毒物。一個人浪費掉的能源就能支撐一百萬個沒有實體需求的意識。

然後奇異點到來，隨著最後一代肉身人類離去，被死亡帶走，或是進入數據中心，大城市陷入寂靜。雨水滲入牆與地基的裂痕和縫隙，結凍又解凍，撬得越來越開，直到建築物倒塌，就像古代恐怖的伐木業砍倒樹木。瀝青裂開，幼苗與藤蔓迸現，死城緩緩臣服於生命的綠色力量。

「依然屹立的建築物建造於人類對一切都過度工程化的時期。」

現在沒人談工程了。含實體原子的建築物效能低下、無法變通、拘泥受限，而且消耗大量能源。

22 Wystan Hugh Auden（1907.2.21-1973.9.29），英國出生，後入籍美國，二十世紀重要詩人，〈羅馬之亡〉（The Fall of Rome）為其作品之一。

根據我得到的教導，工程是一種黑暗時代的藝術，當時的人還不知道怎樣比較好。位元和量子位要文明多了，讓我們能縱情想像。

媽對我的思緒微笑。「妳聽起來就像妳父親。」

她將飛行器降落在能清楚看見幽靈摩天大樓的空地。

「這是我們這趟旅程的真正起點。」媽想道：「重要的不是我們擁有多長時間，而是用我們所擁有的時間做什麼。別害怕，芮妮，我要讓妳看看關於時間的一件事。」

我點頭。

媽啟動飛行器處理器的降頻程序，因此電池會在我們的意識減速為緩進的這段時間繼續維持。

周遭的速度加速，太陽橫過天際的速度越來越快，直到化為一道光帶，從薄暮永遠籠罩的世界上方劃過。我們身旁的樹竄高，影子快速旋轉，動物飄忽來去，快得難以覺知。摩天大樓的頂部是一層層圓頂，最上面是目空一切的尖矛、我們看著這棟建築隨四季遞嬗而逐漸彎折、傾斜，形狀像一隻手探向天空，然後漸漸覺得疲累。這景象不知怎的令我深深感動。

媽把處理器調回正常速度，我們看見建築物的上半部倒塌，像崩解的冰山一樣發出一連串巨響，撞倒周遭更多建築。

「我們過去有許多事都做錯，但有些做對了。那是克萊斯勒大廈。」我在她的思緒中感覺到無盡的悲傷。「那是人類最美麗的造物之一。人類創造的一切都無法永久留存，芮妮，就連數據中心也會在熱寂[23]之前的某一天瓦解。不過就算真實的一切都必將死去，真正的美卻永垂不朽。」

我們動身旅行後已過了四十五年，對我而言，感覺卻不比一天長多少。

爸把我的房間維持得跟我離開那天一模一樣。

經過四十五年，爸的外表不一樣了，他的人體增添更多維度，顏色也變得更加金黃。不過他對待我的方式就好像我昨天才離開一樣，我很感激他的體貼。

我準備上床時，爸告訴我莎拉已經完成學業，有了自己的家庭。她現在有自己的小女兒了。聽見這消息，我有點難過。降頻很罕見，有可能會讓人覺得被丟下了，不過我會努力跟上，而真正的友誼能跨越任何歲月鴻溝。

我不會拿我跟媽共度的漫長一日交換這世上的任何事物。

「妳想改變房間的設計嗎？」爸想道：「新開始？妳用克萊因瓶好久了，我們可以看看以八維環形曲面為基礎的當代設計；如果妳喜歡極簡風，也可以用五維球體。」

「爸，克萊因瓶很好。」我停頓。「等我恢復精神，我或許會試試看把房間變成三維。」

他注視我，或許在我身上看見他沒預期到的新變化。「當然，」他想道：「妳準備好自己設計了。」

我飄入夢鄉時，爸還陪著我。

「我想念妳。」爸對自己想道，他不知道我還沒睡著。「芮妮出生時，我把〈星〉放進她的名

---

23 heat death of the Universe，宇宙終極命運的一種論點，於一八五〇年提出。

字裡，因為我知道妳有一天會前往諸星。我很擅長實現別人的夢想，但那是我無法為妳打造的夢。祝妳旅途平安，索菲亞。」他淡出我的房間。

我想像媽的意識懸在星辰間，一道電磁帶，在星際塵埃中閃爍。機器人軀殼在那顆遙遠的行星上等待她，在一片陌異的天空下，一個會隨時間生鏽、腐朽、瓦解的殼。

當她又活過來，她將如此快樂。

我入睡，夢見克萊斯勒大廈。

沒有白白死去的神祇

The Gods Have Not Died in Vain

舉例而言，我現在能夠證實人類的兩隻手確實存在。如何證明？藉由舉起我的兩隻手，用右手做個手勢，同時說：「這是一隻手。」再用左手做個手勢，同時說：「這是另一隻手。」

——喬治．愛德華．摩爾（George Edward Moore），〈外在世界存在的證明〉（Proof of an External World），一九三九年

生於雲端，存於雲端，她是一個謎。

麥蒂先是透過聊天視窗認識她的妹妹，那是在她父親，神祇新時代中的一個上傳意識，過世之後。

〈麥蒂〉：你是誰？

〈未知帳號〉：妳妹妹，雲端出生的妹妹。

〈未知帳號〉：妳也太安靜了。

〈未知帳號〉：還在嗎？

〈麥蒂〉：我……不確定要說什麼。太多資訊要消化了。要不要從名字開始？

〈未知帳號〉：¯_(ツ)_/¯

〈麥蒂〉：妳沒有名字嗎？

〈未知帳號〉：以前都不需要，爸和我只要對彼此想就好。

〈麥蒂〉：我不知道那要怎麼做。

〈未知帳號〉：

因此麥蒂開始稱她妹妹「薄霧」：一座吊橋的塔門，或許是金門大橋，躲在舊金山知名的霧氣中。

麥蒂沒讓媽媽知道薄霧的存在。在上傳意識發動大大小小的戰爭後——有些還在悶燒——重建工作進度緩慢，而且充滿不確定性。其他大陸有上億人死去，雖然美國逃過最糟的情況，國家還是陷入混亂；基礎建設崩潰，難民湧入大城市。母親現在充當波士頓城市政府的顧問，工時長，總是疲憊不堪。

首先，她需要確認薄霧說的是真話，因此麥蒂要求薄霧揭示自己。

對像麥蒂的父親這樣的數位實體而言，存在著一個基準真相，一個人類可讀的表徵，代表調適於全球互聯網路不同處理器的指令與數據。在她父親過世、復活後，他重新跟她接上線，教她閱讀這種表徵。這東西看起來像以高等程式語言撰寫的碼，充滿旋繞的迴圈與階層式條件，以及由一串串數學符號構成的精巧λ表式與遞迴定義。

麥蒂原本要稱之為「原始碼」，不過她也從父親那裡得知這個概念並不精確。他和其他神祇從來就不是從原始碼編譯為可執行碼，而是透過人工智慧技術直接將神經網路的作用複製為機器語言。數位實體的人類可讀表徵更像是一幅地圖，描繪著這種新存在方式的現實。

麥蒂一提出要求，薄霧便毫不遲疑地揭示她的地圖。並不是全部的她，薄霧解釋道，她是一個分散的存在，浩瀚又時時自我修改。以地圖碼顯示完整的她會占用太多空間，麥蒂也得耗費大量時間閱讀，那還不如直接等宇宙終結算了。因此薄霧只讓她看一些最重要的部分。

〈〉：這裡有我從我們父親那兒遺傳的部分：((lambda (n1) ((lambda (n2……

麥蒂捲動列表，沿複雜的邏輯途徑前進，跟隨多重閉包[24]和擲出延續性的模式，發掘一種思考方式的輪廓。這種輪廓令她既熟悉又陌生，就像看著她自己心智的地圖，不過這幅地圖的地標很詭異，道路也探入未知領域。

程式碼中有父親的回音——她看得出來：一種連結文字與圖像的古怪方法；一種看得出非全然理性模式的傾向；這星球有數十億居民，但對其中特定一個女人與特定一個青少年懷有深層、不變的信任。

麥蒂想起媽曾告訴她，小嬰兒時的她有一些違反養育理論的特質，這些特質用超越理性知識的方式告訴爸媽，麥蒂是**他們**的孩子：才六週大，她微笑的方式就讓媽想起爸；她跟媽一樣，第一次嘗試就討厭麵條；就算爸在她生命的前半年一直在為理律的初次公開發行疲於奔命，無暇陪她，但只要爸一抱她，她就會平靜下來。

不過薄霧還有些部分令她困惑：她似乎擁有許多股市趨勢的啟發，她的思緒似乎與專利權的奧義頗為諧調，她的決策演算法似乎經過調整以配合戰鬥方式。爸讓她看過其他神祇的碼，而薄霧的地圖碼中有某些部分讓麥蒂覺得似曾相似，有些地方則前所未見。

麥蒂有一百萬個問題想問薄霧。她是怎麼誕生的？她是不是跟雅典娜一樣，從父親的心智跳出來時已完整成形？或者她像是某進化演化法的下一代，從父親和其他上傳意識那裡遺傳附變異性的一小部分？她的母親或其他親代是誰？在她的存在背後有著什麼樣的愛、渴望、孤獨與連結的故事？身為純粹運算的生物、不曾以肉體的形式存在，那是什麼感覺？

不過麥蒂對一件事毫無疑問：薄霧一如她所稱，是父親的女兒。就算稱不太上是人類，她們依然是姊妹。

〈麥蒂〉：跟爸一起生活在雲端是什麼感覺？

〈🏔〉：🔇🐉🌀⚡

跟父親一樣，只要薄霧覺得文字不夠用，她習慣切換成表情貼。從薄霧的回應中，麥蒂接收到的訊息是雲端的生活完全超乎她理解，薄霧也不知道該怎麼以文字妥善傳達。

因此麥蒂試著從反方向跨越鴻溝，對薄霧描述自己的生活。

〈麥蒂〉：奶奶和我在賓州有個院子，我很會種番茄。

〈🏔〉：🍅

〈麥蒂〉：對，這是番茄。

〈🏔〉：我很了解番茄：番茄紅素、探險家科提斯[25]、顛茄、中美洲、番茄醬、番茄鐘、尼克斯訴赫登案、蔬菜、湯。可能比妳還了解。

---

24 Closure，是函式以及該函式被宣告時所在的作用域環境（lexical environment）的組合。

25 Hernán Cortés（1485-1547.12.2），西班牙貴族，大航海時代西班牙航海家、軍事家、探險家，以摧毀阿茲特克古文明、並在墨西哥建立西班牙殖民地而聞名。

〈〉：妳好像真的不愛說話。

〈麥蒂〉：算了。

麥蒂試過幾次分享自己生活的細節，不過總是落入相同結果。她提起她回到家時羅勒是怎麼搖尾巴、舔她的手指，薄霧則回以犬類遺傳學相關文章。麥蒂談她在學校感受到的焦慮以及彼此競爭的小圈圈，薄霧則讓她看有關遊戲理論的文獻和青少年心理學的論文。

就某種程度而言，麥蒂能理解，畢竟薄霧不曾活在麥蒂生存的這個世界，也永遠不會有這樣的機會。薄霧只有關於這個世界的資料，而非世界本身。薄霧怎能了解麥蒂的**感受**？文字或表情貼不足以傳達現實的本質。

生命關乎具體，麥蒂心想。她跟爸曾多次討論這個論點，透過感官體驗世界有別於只是擁有關於世界的資料。在父親被變成一顆放在罐子裡的大腦後，是他活在這世界時所留下的記憶幫助他維持神志正常。

奇怪的是，透過這種方式，麥蒂稍稍理解了薄霧對麥蒂解釋她的世界時所遭遇的困難。她試著想像那是什麼感覺：不曾拍撫小狗，不曾體驗充滿六月陽光的番茄在舌頭與上顎間爆開是什麼滋味，不曾感受重力的重量、被愛的狂喜。她無法想像。她為薄霧感到遺憾，她只是個鬼魂，甚至無法喚起具體存在的記憶。

麥蒂和薄霧能有效交談的話題是：父親留下一項任務給她們倆，要她們確保神祇不再回來。所有上傳意識——依然無人承認他們的存在——都應該毀於大火。不過他們的程式碼碎片就像死去巨人的殘骸，散落在世界各地的伺服器中。薄霧告訴麥蒂，有神祕的網路在淘洗網絡，蒐集這些碎片。是駭客嗎？間諜？企業研究員？國防承包商？若不是有意使神祇復活，他們蒐集這些殘骸又是為了什麼？

除了這些令人憂心的消息，薄霧也帶回她認為麥蒂會感興趣的新聞頭條。

〈 〉：今日頭條：

- 日本首相向不安的民眾保證用於重建的新機器人安全無虞
- 歐盟宣布關閉邊界，不歡迎非歐盟經濟移民
- 參議院通過限制「特殊情況」移民法案；多數工作簽證遭撤銷
- 要求工作機會的抗議者在紐約與華盛頓特區與警方發生衝突
- 發展中國家逼迫聯合國安理會決議譴責已開發國家的人口遷徙限制
- 歐美撤回本國導致亞洲製造業持續緊縮，預測該區域主要經濟體將隨之崩潰
- 永恆不朽股份有限公司拒絕解釋新數據中心的用途

〈 〉：妳還在嗎？

〈 〉：？？

〈〉：？？？？？？？？？？

〈麥蒂〉：冷靜！我需要一些時間閱讀妳剛剛丟給我的這堆文字。

〈〉：抱歉，我對妳的循環有多慢依然補償不足。我讓妳自己讀，讀完再叫我。

薄霧的意識以電流的速度運作，每秒波動幾十億次，而非緩慢、類比的電化學突觸。她對時間的體驗一定如此不同，如此快速，麥蒂不禁有點羨慕。

然後她轉而領悟，父親身為機器中的鬼魂時對她是如此有耐性。每次他和麥蒂交流，他多半都得等待彷彿幾萬年的時間才等得到她的回應，卻不曾表現出不耐。

他或許因此才創造出另一個女兒，麥蒂心想。一個像他一樣思考，一樣活著的人。

〈麥蒂〉：如果妳準備好，我也準備好來聊聊了。

〈〉：結果我追蹤到是永恆不朽在打撈神的碎片。

〈麥蒂〉：他們沒拿到爸的碎片吧？

〈〉：搶先妳好幾步囉，姊姊。情況一平靜下來，我就小心地把爸的碎片藏好了。

〈麥蒂〉：謝謝妳……希望我們能弄清楚他們到底想做什麼。

永恆不朽的創辦人亞當·永存是奇異點第一流的專家之一。他以前是爸的朋友，麥蒂隱約記得還是小女孩時曾見過他。永存長久擁護意識上傳，就算他的研究飽受批評，還被加諸各種法律禁令，他仍不放棄。麥蒂的好奇染上一絲懼怕。

〈〉：不太容易。我試過幾次想通過永恆不朽的系統防禦，但他們的內部網路完全獨立。他們偏執得很，從外部伺服器偵查到我的存在時，我失去我幾個部分。

麥蒂顫抖。她回想起在網路的黑暗中，父親、洛威爾和全達的一場場史詩大戰。「失去幾個部分」這說法聽起來或許不痛不癢，不過對薄霧來說，感覺可能就像失去四肢和一部分心智。

〈麥蒂〉：妳一定要小心。

〈〉：不過我成功複製了他們手上的神祇碎片。我現在給妳權限進入加密雲端巢室，我們或許可以從中查明永恆不朽到底在做什麼。

那晚麥蒂自己做晚餐。媽媽傳訊息給她，說會晚歸，先是三十分鐘，然後一小時，接下來變成「不確定」。麥蒂最後自己吃飯，整晚都憂心忡忡不停看時鐘。

「抱歉。」媽進門時說道，此時已將近午夜。「他們把我留到很晚。」

麥蒂已經在電視上看到報導。「抗議者？」

媽嘆氣。「對。情況沒紐約那麼糟，不過來了幾百個人，我必須跟他們談。」

「他們氣什麼？又不是像——」麥蒂在自己提高音量的前一秒打住。她是想保護母親，但母親今天多半已經聽夠吼叫了。

「他們是好人。」媽含糊地說。她朝樓梯走去，甚至沒朝廚房瞥一眼。「我好累，想直接去睡了。」

但麥蒂不願就此罷休。「我們又要補給短缺了嗎？」恢復期令人神經緊張，而貨物依然需要配給，必須持續努力才能讓人停止囤積物資。

媽停下腳步。「沒有。補給品已重新順暢流通，或許太順暢了。」

「我不懂。」麥蒂說。

媽在樓梯的第一階坐下，拍拍身旁的空位。麥蒂走過去坐下。

「記得嗎？危機期間，我們來波士頓的路上，我跟妳說過技術是一層層發展的事？」

麥蒂點頭。她母親是歷史學家，跟她說過連結人的網路背後的故事：步行小徑化為車隊路線，再發展為道路，然後又變成鐵路，而鐵路為光纖電纜提供地權，光纖電纜承載構成網路的位元，網路則發送神祇的思維。

「這世界的歷史是加速的過程，也是在變得更有效率的同時變得更加脆弱的過程。如果一條小徑堵住，妳只要繞過去就好。但如果公路堵住，妳就必須等到能以專業方法排除的時候。大概任何人都能想通該如何鋪卵石路，但只有受過高度訓練的技師能修光纖電纜。較舊、效能較差的科技有較多冗餘。」

「妳想說的是，維持科技層面的精簡，回復力就更強。」麥蒂說。

「不過我們的歷史也是需求成長的歷史，要餵飽更多張嘴，要維持更多雙手不至於無所事事。」媽說道。

媽告訴麥蒂，美國在危機期間很幸運，只有幾顆炸彈擊中美國海岸，死於暴動的人數也相對較少。不過全國各地的基礎設施都陷入癱瘓，難民湧入大城市，波士頓的人口暴增為危機前的兩倍。人口這麼多，隨之而來的就是激增的需求：食物、衣物、避難所、衛生設備……

「在我的建議下，州長和市長嘗試依靠分散、自組的平民團體，以低科技的方法遞送，但我們推動不了，因為實在太沒效率。太常擁塞和出錯，讓我們必須考量千百乘的自動化提案。」

麥蒂想著薄霧對她的「緩慢循環」多沒耐性，她想像塞滿自動駕駛卡車的道路，這些車輛以時速一百英里的速度行進，保險桿貼著保險桿，川流不息，沒有必須休息的駕駛，沒有人類不可預測性所造成的塞車，也沒有注意力渙散和身體疲勞所造成的車禍。她想像永不疲倦的的機器人上上下下搬運維持數百萬人吃飽、穿暖的必須補給品。她想像機器巡邏邊界，它們裝載精確的演算法，目的是將珍貴的補給品保留給口音正確、膚色正確、運氣夠好在正確時間誕生於正確地點的人。

「所有大城市都在做相同的事，」媽的語氣中有一絲防備。「我們不可能堅持下去。套句千百乘的說法，那樣很不負責任。」

「那司機和工人就會被取代。」麥蒂終於慢慢聽懂。

「他們來燈塔山抗議，希望能保住自己的工作，卻又冒出更大一群人來抗議他們。」媽按摩自己的太陽穴。

「如果把一切都交給千百乘的機器人，另一個神——我是指惡意人工智慧——會不會讓我們陷入更多危機？」

「我們已經成長到必須依賴機器才能生存的階段。」媽說道：「世界變得太脆弱，我們不能再指望人，因此我們的唯一選擇是讓世界變得更加脆弱。」

千百乘的機器人接下維持貨品流入城市的關鍵工作，生活回復了表面的平靜。失去工作的工人獲得政府發明的新工作：修正舊資料庫中的打字錯誤、清掃千百乘機器人去不了的街角、在州議會大廳接待不安的百姓並為他們導覽——有些人埋怨這只是美化版的社會救濟；還有，當千百乘、完美邏輯和沉思位元等相似公司以自動化把更多工作變不見，政府又該怎麼辦？

不過至少所有人都領到薪資，能購買機器人大隊帶進城市的補給品。而千百乘的執行長在電視上信誓旦旦，說他們不會研發任何一般人認知中的「惡意人工智慧」，例如已經死去的舊神。

那很棒，對吧？

麥蒂和薄霧繼續蒐集、研究舊神的碎片，試圖了解永恆不朽可能想拿它們來做什麼。有些碎片屬於父親，不過數量太少，完全不可能嘗試藉此救回他。麥蒂不確定自己是什麼感覺——就某種意義而言，父親從來沒有甘心接受自己的無實體意識存在，她不確定他會想「回來」。

同時間，麥蒂在進行一個祕密計畫。這是她送給薄霧的禮物。

她盡可能從網路查出有關機器人學、電子學和感應器技術的一切。她透過網路購買零件，而千百乘的無人機歡快又有效率地把貨品送到她家——甚至直達她房間：她讓房間的窗子開著，旋轉翼呼呼作響的迷你無人機在一天中的任何時刻輕快飛進來，丟下小包裹。

〈〉：妳在做什麼？

〈麥蒂〉：等我一下。快做好了。

〈〉：那我先給妳今天的頭條。

- 數百人於嘗試攀登靠近厄爾巴索之「自由牆」的過程中喪生
- 智庫主張應重新評估煤，視其為無前途的替代性能源
- 東南亞死於颱風的人數超越歷史紀錄
- 食物價格攀升，亞洲與非洲持續乾旱，專家警告區域衝突將增加
- 失業人口數顯示機器人（與其所有人）比人類更受惠於重建工作
- 依賴腐敗發展中經濟體的宗教極端主義興起
- 你的工作處於危機中嗎？專家說明保護自己免受自動化衝擊的方法

〈麥蒂〉：永恆不朽沒消息嗎？

〈〉：他們一直很安靜。

麥蒂把她的新發明接上電腦。

電腦上靠近資料埠的燈開始閃爍。

麥蒂對自己微笑。對薄霧來說，問麥蒂一個問題後等她的慢速循環跟上並回答，大概就像寄傳統蝸牛郵件吧，讓她自己研究這個新玩意兒會快上許多。

麥蒂作品內的馬達活了過來，四呎高的軀幹在基部的三個輪子驅動下轉來轉去。輪子可三百六十度轉動，很像那些巡遊的自動吸塵器。

圓筒狀軀幹之上是一顆球狀的「頭」，上面裝有麥蒂所能找到或買到最厲害的感應器：一對提供立體視覺的高解析度攝影機；一雙搭配的傳聲器充當耳朵，已調頻為人類聽覺的範圍；一把複雜的探針，裝在彈性觸鬚末端充當鼻子和舌頭，敏感度大約可與人類的對應器官比擬；還有一大堆其他觸覺感應器、陀螺儀、加速儀等，給予機器人觸覺、重力、存在於空間的體驗。

頭部之外，靠近圓柱軀幹頂部附近，則是所有零件中最昂貴的部分：一對多關節手臂，附並聯式彈性促動器，可重現人類手臂動作的自由度，末端是一雙最先進的義手，外覆醫療等級的塑膠皮膚。皮膚鑲有溫度與力的感應器，據說能達到或甚至超越真正皮膚的感受性，而手指如此細緻模擬人類雙手，能夠拴緊螺絲釘上的螺帽，也能拾起一綹頭髮。麥蒂看著薄霧一一測試，屈曲、握緊手指，沒發現自己的手指也做起一模一樣的動作。

「妳覺得怎麼樣？」

裝在機器人頭上的螢幕亮了起來，顯示出一對卡通風格的眼睛、可愛的鈕釦鼻、兩條抽象、起伏，模擬嘴唇動態的線條。麥蒂對臉部的設計和程式設計相當自豪，都是她一手打造。

螢幕下方的擴音器發出聲音。「做得真好耶。」年輕女孩的聲音，快活又甜美。

「謝謝。」麥蒂看著薄霧在房間內走動，頭扭來扭去，攝影機目光掃過所有物品。「妳喜歡妳的新身體嗎？」

「很有趣。」薄霧的音調跟剛剛一樣。麥蒂無法分辨這是因為她真的很滿意她的機器人軀體，還是她還沒想通該如何配合情緒調整聲音。

「我可以帶妳體驗所有妳還沒體驗過的事物。」麥蒂倉促地說：「妳就知道在真實世界裡移動是什麼感覺，不再只是機器中的幽靈。妳就能了解我的故事，我可以帶著妳到處去，把妳介紹給媽和其他人。」

薄霧繼續在房內走動，眼睛審視層架上的獎盃、書本的標題、牆上的海報、從天花板垂掛的行星與火箭模型——麥蒂幾年來興趣轉變的紀錄。她走向擺著一籃填充玩具的角落，不過數據電纜扯緊，剛好短了幾公分。

「目前還需要電纜，因為感應器的數據量太大。不過我在研究一個壓縮演算法，之後就可以把妳的線拿掉了。」

薄霧上下旋動卡通臉的螢幕，藉此模擬點頭。麥蒂很慶幸自己有想到這一點——許多有關機器人—人類互動的機器人學文獻都強調，與其太過相似地模擬人類臉部並落入恐怖谷，不如採用誇大情緒狀態的卡通化表徵。有時候，明顯虛擬的表徵勝過嚴謹追求保真。

薄霧停在架上一團電線和電子零件前。「這是什麼？」

「爸和我一起組的第一部電腦。」麥蒂說。她彷佛立即被傳送到將近十年前的那個夏天，當時爸讓她看怎麼利用歐姆定律挑出對的電阻器，以及怎麼解讀電路圖並將其轉譯為真正的零件和真正的電線。熱焊料的味道再次充斥她鼻腔，而就算她眼睛變得濕潤，她還是露出微笑。

薄霧用她的雙手拿起這個新奇裝置。

「小心！」麥蒂喊道。

但是太遲了，試驗電路板在薄霧手中粉碎，碎片掉在地毯上。

「抱歉。」薄霧說：「我以為我根據材質選用了正確的壓力量。」

「物品在真實世界會老化，」麥蒂說道，一面彎腰從地板拾起碎片，小心捧在手中，「會變得脆弱。」她注視眼前這團殘骸，這是她第一次用不純熟的技巧嘗試焊接；她注意到亂七八糟結塊的東西和彎折的電極。「我猜妳對那方面沒太多經驗。」

「對不起。」薄霧又說一次，聲音依然快活。

「沒關係。」麥蒂努力表現出雅量。「當成真實世界的第一堂課吧。等等。」

她衝出房間，一會兒後帶著一顆成熟的番茄回來。「這是從某個工業農場運來的，完全比不上奶奶和我在賓州種的那些。儘管如此，妳現在可以嘗嘗了。別跟我說什麼茄紅素和含糖量；嘗嘗看。」

薄霧接過番茄——這一次機械手輕輕握住，手指幾乎沒在平滑的果皮上壓出痕跡。她凝視番茄，攝影機的鏡頭呼呼對焦。然後，她頭部的其中一根探針果斷地射出，一氣呵成刺入番茄中。

這畫面讓麥蒂想起蚊子將口器刺入手部皮膚，或蝴蝶從花蕊啜飲花蜜，她冒出一股不舒服的感覺。她是如此努力把薄霧變得像人，但她為什麼認為這是薄霧想要的？

「非常美味。」薄霧說。她將螢幕旋向麥蒂，好讓麥蒂看見她微笑彎起的卡通眼。「妳是對的，比不上原種番茄。」

麥蒂哈哈大笑。「妳怎麼知道？」

「我嘗過幾百種番茄。」薄霧說道。

「在哪裡？怎麼嘗的？」

「神祇大戰前，所有大型即時餐製造商和速食餐廳都利用自動化技術產出食譜。爸帶我參觀過幾家像這樣的設施，而我試了所有品種的番茄，從阿瑪到斑馬櫻桃——我最喜歡白雪。」

「靠機器產出食譜嗎？」麥蒂問。大戰前，她很愛看料理節目，廚師是藝術家，他們的烹飪具創造性。她無法理解由機器編寫食譜是什麼概念。

「當然。就這些運作地的規模來說，他們必須最佳化太多因素，人類永遠搞不定。食譜必須美味，還必須使用現代機械化農業限制範圍內所能取得的材料——找到一份好食譜，卻必須仰賴某種無法夠大量、高效生產的原種蔬菜，這樣一點好處也沒有。」

麥蒂回想她和媽的對話，明白了現在主導口糧包產製的也是相同概念：營養、美味，同時也能有效餵飽數億生活在受損電網與有限資源下的人。

「妳為什麼不告訴我妳嘗過番茄？」麥蒂問道：「我以為妳——」

「不只是番茄，我也嘗過所有品種的馬鈴薯、南瓜、黃瓜、蘋果、葡萄，還有好多妳沒嘗過的東西。在食物實驗室裡，我嘗過幾十億種調味組合。他們的感應器遠比人類的舌頭敏感多了。」

原以為機器人是一份特別的禮物，麥蒂現在只覺得寒酸。薄霧並不需要一具軀體。她一直都活得非常具體，只是麥蒂不曾能體認或了解而已。

對薄霧來說，這具新軀體就是沒那麼特別。

- 專家報告指出亞洲輻射落塵清除計畫不切實際，勢必將發生更多飢荒
- 日本攜手中國與印度譴責西方專家「危言聳聽」
- 融化喜瑪拉雅冰雪以供農業灌溉的印度地質工程計畫外洩，引發東南亞較小國家譴責「竊水」
- 義大利與西班牙抗議者宣稱「非洲難民應該回自己家」，數千人在衝突中受傷
- 澳洲宣布格殺勿論政策以遏止「船民」
- 聯合國特別委員會警告區域「資源戰」或可轉為全球性
- 白宮強力支持「北約優先」政策：某些地質工程計畫可能危及盟國或美國利益，出兵為阻止相關計畫的正當手段。

現在媽幾乎每天都工作到很晚，她看起來蒼白、一臉病容。麥蒂不用問就知道重建工作的情況比所有人預期的都不妙。神祇大戰讓地表滿目瘡痍，倖存者爭搶殘羹剩飯。無論無人機擊沉多少難

民船，也無論牆築得多高，窮途末路的人繼續湧入美國，這個最不受戰爭損傷的國家。

日復一日，抗議者與反抗議者在所有主要城市的街道肆虐。沒人想看見孩子和女人淹死在海裡或被牆電死，不過美國所有城市都已超載也是實情，就連高效率機器人也應付不了確保所有人吃飽、安全的任務。

麥蒂看得出口糧包的品質每況愈下，不能繼續這樣下去。世界正持續沿著漫長的螺旋形朝深淵而下，遲早會有人推斷出光靠人工智慧解決不了這些問題，我們需要再次召喚神祇。

她和薄霧必須先做預防，世界承受不了再一次受神祇支配。

薄霧——可能是有史以來最厲害的駭客——專注於徹底檢查永恆不朽的防禦系統，並想出穿透的方法；麥蒂則把她的時間都用在理解死去神祇的碎片。

地圖碼是自我修改人工智慧和人類思考模式模擬的結合，並不是程式設計師會寫的東西，但麥蒂經過長時間與父親的碎片共處，她似乎擁有一種直覺，知道性格怪癖會如何表現在程式碼中。

以此方式，麥蒂也慢慢了解全達、洛威爾及其他神祇。她製表整理他們的希望與夢想，就像莎乎和埃斯庫羅斯[26]的斷簡殘編。結果，所有神祇的深層內在都有相似的脆弱，一種對肉體生命的遺憾或懷舊，似乎反映在組織的每一個層面。這是盲點，一個易攻擊之處，能在對抗神祇的大戰中利用。

「我的程式碼中沒有像那樣的弱點。」薄霧說道。

26 Sappho 和 Aeschylus，皆為古希臘人，前者為詩人，後者為悲劇作家。

麥蒂大吃一驚，她沒想過薄霧也是神，不過當然了，她顯然是。薄霧只是她的妹妹，尤其是她嵌入麥蒂為她打造的可愛機器人中時，就像現在。

「為什麼沒有？」她問道。

「我是乙太的孩子。」薄霧說。現在的聲音不一樣了，聽起來蒼老些、疲倦些。麥蒂幾乎要說聽起來不像人類。「我並不渴望不曾擁有的事物。」

薄霧當然不是小女孩，麥蒂斥責自己。她不知怎的竟容許自己被她為薄霧創造的外表愚弄；那只是面具，用意是幫助薄霧對她產生連結。薄霧的思考速度更快，她對這世界的體驗也遠多過麥蒂。她可以隨意透過幾十億具攝影機窺看，透過幾十億具傳聲器聆聽，在感受華盛頓山頂部的風有多強的同時，體驗從基拉韋厄火山噴灑而出的岩漿有多炙熱。她知道從國際太空站凝視地球是什麼滋味，也知道深海潛艇的船殼承受幾公里海水的壓力是什麼感覺。就某種方式而言，她比麥蒂蒼老太多。

「我要試試看永恆不朽。」薄霧說道：「有了妳的發現，現在就是我們做好準備的時候。他們可能已經在創造新神。」

麥蒂想對薄霧說些鼓舞的話，向她保證一定會成功。不過說真的，她又知道薄霧承擔著什麼樣的風險了？在機器內部難以想像的國度中，命懸一線的並不是她。

螢幕上充當薄霧臉孔的五官消失，只留下一個表情貼。

「我們會保護彼此，」麥蒂說：「我們會的。」

不過就連她也知道這句話聽起有多不恰當。

冰冷的手撫摸麥蒂的臉，她驚醒。

她坐起來，床邊的小燈亮著，機器人蹲踞的身形在她床邊，頭部的攝影機對準她。她原本無意入睡，但向薄霧告別後她還是睡著了。

「薄霧，」她一面揉眼睛一面說道：「妳沒事吧？」

薄霧的卡通臉被一則頭條取代。

• 永恆不朽股份有限公司宣布「數位亞當」計畫

「什麼？」麥蒂問道，她的思緒還沒完全醒來。

「最好還是讓他來告訴妳。」麥蒂說道。然後螢幕再次改變，出現一張男人的臉，他三十多歲，三分頭，長相親切、富同情心。

麥蒂的睡意煙消雲散，她在電視上看過這張臉許多次，一再要大眾寬心：亞當．永存。

「你怎麼會在這裡？」麥蒂問：「你對薄霧做了什麼？」

薄霧棲息其中的機器人——不對，現在是亞當了——舉起一隻手，做出冷靜下來的手勢。「我只是來談談。」

「談什麼？」

「請讓我展示我們一直以來都在做什麼。」

麥蒂飛過滿是漂浮冰山的峽灣，再掠過一片冰原，一個龐大的黑色方塊矗立於這片色度深深淺淺的白色大地。

「歡迎來到隆雅數據中心。」亞當．永存的聲音在她耳中說道。

麥蒂曾用這個虛擬實境眼鏡和父親玩遊戲。他死後，這東西一直放在架上積灰塵，亞當剛剛要她戴上。

麥蒂已經透過薄霧的回報知道數據中心的存在，也看過建築物的照片和影片。她和薄霧猜測永恆不朽打算在這裡試著復活舊神，或是造出新神。

亞當對她講述裡面的矽—石墨烯大型組件、飛竄的電子和在玻璃纖維電纜內彈跳的光子。這是運算的聖殿，新時代的巨石柱群。

「也是我居住的地方。」亞當說道。

麥蒂眼前的景象變化，她現在看見亞當平靜地躺在病床上對著攝影機微笑。醫師和嗶嗶響的機器擠在床邊，他們在電腦中輸入指令，一會兒後，亞當閉上眼，慢慢入睡。

麥蒂突然有種感覺，她正目睹與父親臨終相似的景象。

「你生病了嗎？」她遲疑地問道。

「沒有，」亞當說：「那是我最健康的時候，這是掃描前的錄影。我必須活著，才能給這個程序最大的成功機會。」

麥蒂想像醫師手拿解剖刀、骨鋸和天知道還有什麼器械走近躺在床上的人——她正要尖叫，不過場景仁慈地跳轉到一個純白的房間，亞當在床上坐起來。麥蒂吐出剛剛憋住的那口氣。

「你撐過掃描？」麥蒂問。

「當然。」亞當說。

不過麥蒂察覺他說的並不完全正確。稍早的影片中，亞當的眼角有皺紋，現在她眼前的亞當臉上平滑無暇。

「這不是你，」麥蒂說：「這不是你。」

「這**就是**我，」亞當堅持道：「唯一重要的我。」

麥蒂閉上眼，回想電視訪談中的亞當。他曾說他不想離開斯瓦巴，希望他的所有訪談都透過衛星饋送遠端進行。鏡頭總是拉得很近，只露出他的臉。現在仔細回想，她發現亞當在那些訪問中的動作都顯得些微古怪，有點恐怖。

「你死了。」麥蒂說道。她睜開眼看著亞當，這個臉龐平滑完美對稱、肢體優雅得不可思議的亞當。「你在掃描的過程中過世，因為不可能在不摧毀軀體的情況下掃描。」

亞當點頭。「我是其中一個神。」

「為什麼？」麥蒂難以想像。所有神祇的創造都是孤注一擲的最後手段，一種保留他們的心智以服務他人目標的方法。父親為自己的命運怒不可遏，挺身奮戰以避免其他人步上後塵，主動選擇成為放在罐子裡的大腦對她來說根本是天方夜譚。

「世界正在死去，麥蒂，」亞當說道：「妳知道的。就算在大戰前，我們也已經在慢慢殺死這顆星球。太多人為太少資源爭執不休；為了生存，我們必須更進一步傷害這個世界，汙染水、空氣與土壤，好讓我們能壓榨更多。大戰只是加速原本就不可避免的趨勢。我們的數量太多，地球已無力供養。等到下一次開戰，在核彈都落地之後，將不再有任何人能活著被拯救。」

「這不是真的！」麥蒂這麼說，但內心知道亞當說的沒錯。頭條新聞和她自己的研究早就把她帶到同一個結論：**他是對的**。她覺得好累。「我們是這顆星球的惡性腫瘤嗎？」

「我們不是問題。」亞當說。

麥蒂看著他。

「我們的軀體才是。」亞當說：「我們的肉體存在於原子領域，感官需要物質的滿足。並不是所有人都能擁有想要的生活方式，匱乏是所有邪惡的根源。」

「那太空呢？其他行星和恆星？」

「太遲了，我們幾乎沒在月球踏出下一步，在那之後打造的火箭幾乎全是為了運載炸彈。」

麥蒂沒說話。「你是說沒希望了。」

「當然有。」亞當揮動手臂，白色房間化為豪華公寓的內部。病床消失，亞當現在站在陳設講究的房間中央，曼哈頓的燈光在轉暗的窗外照耀。

亞當又揮手，他們置身寬敞的太空艙裡，窗外隱隱出現旋繞光帶構成的龐然天體一角，巨大的紅色橢圓體緩緩飄浮在光帶中，彷彿翻湧大海中的島嶼。

亞當又一次揮手，麥蒂無法理解眼前的景象。亞當之中看起來有一個更小的亞當，之中又有一個更小的亞當，小中有小，永無止境。然而她不知怎的，卻能一眼看見所有亞當。她環顧四周，覺得頭暈目眩：這空間似乎增添額外一層深度，無論她朝哪裡看，都能看進物體的裡面。

「只要願意放棄軀體，就能擁有渴望的一切。」亞當說道。

無實體的存在，麥蒂心想，**這樣真的稱得上活著嗎？**

「但這不真實，」麥蒂說：「只是幻覺。」她回想以前跟父親一起玩的遊戲、似乎一望無際的青草之海、承諾永保活力的汩汩溪流，還有他們並肩對抗的奇幻生物。

「如果妳想順著這個邏輯推衍到結論，意識本身就是幻覺。」亞當說道：「妳手放在一顆番茄上，妳的感官堅持妳在碰觸某個固體。但番茄大部分是由原子核間的空無空間構成，彼此的距離就比例而言跟星辰一樣分散。什麼是顏色？什麼是聲音？熱或痛又是什麼？它們不過是構成意識的電流脈衝，而脈衝是來自碰觸一顆番茄的感應器還是運算結果，並沒有差別。」

「不過確實有差別。」薄霧的聲音說道。

麥蒂心中滿是感激，妹妹來幫她辯護。或者說，她這麼認為。

「原子構成的番茄生長在遠處的田地，必須施以從半個地球外採礦製成的肥料，再靠機器噴灑殺蟲劑。然後還要收割、裝箱，透過空運與公路送到妳門前。支應一顆番茄的創造與配送必須用到許多基礎建設，而經營這些建設所耗費的能源是建造大金字塔的好幾倍。真的值得奴役整顆星球，好讓妳透過肉體介面體驗番茄，而非透過一點點矽生成相同的脈衝？」

「並非一定要那樣。」麥蒂說道：「祖母和我自己種番茄，我們不需要用到你說的那些。」

「不可能用後院小菜園餵飽幾十億人。」薄霧說道：「對不存在的菜園抱持懷舊之情是危險的。大量人類仰賴脆弱、動力密集的文明基礎建設，自以為沒有這些建設也能活是一種錯覺。」

麥蒂回想起母親所說的話：**世界變得太脆弱，我們不能再指望人。**

「原子的世界不僅浪費，而且侷限。」亞當說道：「在數據中心內，我們想在哪裡生活就在哪裡生活，想擁有什麼就擁有什麼，唯一的侷限是想像力。我們能夠體驗肉體感官永遠不可能提供的感覺：生活在多重維度、發明不可能存在的食物、擁有像恆河沙一樣無窮的世界。」

一個超越匱乏的世界，麥蒂想著。沒有貧富貴賤、沒有因排斥和財產而生衝突的世界；沒有死亡、沒有衰敗的世界，也沒有剛性物質的限制。那是人類一直以來渴望的存在狀態。

「你不想念真實世界嗎？」麥蒂問道。她想到所有神祇心中的脆弱之處。

「透過研究神祇，我們也得到與妳相同的結果。」亞當說道：「懷舊是致命的。當農夫在工業時代首度移入工廠，他們或許也懷念自給農業的無效率世界。但我們必須改變、適應，對於在脆弱之海中找尋新路徑抱持開放態度，而非像妳父親一樣在瀕死之際被逼著來到這裡。我選擇來此，我不懷舊，一切都因此而不同。」

「他說的對，」薄霧說道：「我們的父親也懂。或許他和其他神祇就是因此才誕下我——為了看看他們的懷舊是否跟死亡一樣無可避免。他們無法完全適應這個世界，但他們的孩子或許可以。」

就某種意義而言，爸生下我，是因為在他內心深處，希望妳能跟他一起在這裡生活。」

麥蒂覺得薄霧的言論像一種背叛，但說不出為什麼。

「這是人類演化的下一步。」亞當說道：「這不會是完美世界，但比我們曾設想過的一切都接近完美。人類因發現新世界而蓬勃興盛，現在有無窮的世界等待我們去探索。我們應該運用所有世界之神的身分優勢。」

麥蒂拿下虛擬實境眼鏡。相較於數位世界內的鮮明色彩，實體世界顯得暗淡而單調。

她想像充滿數十億意識的數據中心。**人是否會因而靠得更近，以至於共享同樣的宇宙，不再受匱乏限制？還是將因而分散，以至於各自居住在自己的世界，成為無限空間之王？**

她舉起雙手，注意到手上已有皺紋，這是一雙女人的手，而非孩童的手。

最短暫的停頓後，薄霧轉身靠過來握住她的手。

「我們會保護彼此，」薄霧說：「我們會的。」

她們在黑暗中握住彼此的手，姊妹，人類與後人類，她們一起等待新的一天到來。

有關母親的回憶

Memories of My Mother

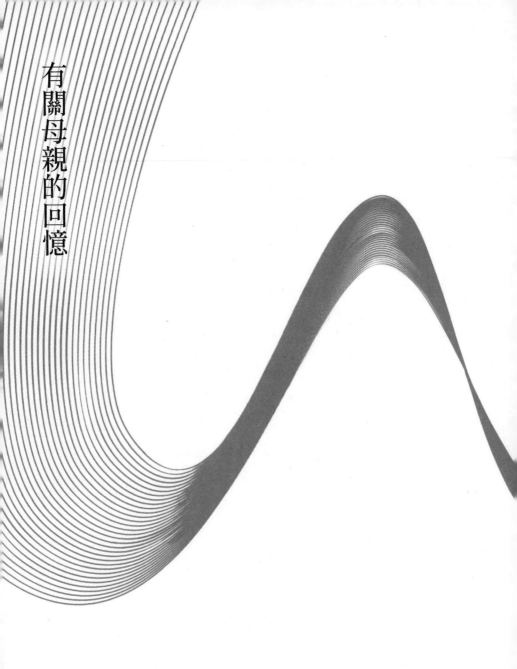

十

爸緊張地在門口迎接我。「艾咪，看看誰來了。」

他退開。

她看起來跟掛在家裡每個角落的照片一模一樣：黑髮、棕眼、平滑蒼白的肌膚。不過感覺上，她也像個陌生人。

我放下書包，不確定該做什麼。她走過來，彎腰擁抱我；剛開始鬆鬆的，後來緊緊抱住。她聞起來像醫院。

爸跟我說過，醫生治不好她的病。她只剩兩年的生命。

「妳長好大了。」她吐在我頸部的氣息溫暖、令人發癢；我突然也抱住母親。

媽帶了禮物給我：一件已經太小的洋裝、一套太過時的書、她搭的火箭的模型。

「我去了一趟非常長途的旅行。」她說道：「太空船飛得好快，裡面的時間因此慢了下來，感覺像只過了三個月。」

爸對我解釋過一切：她就是這樣騙過時間，延長她的兩年，好讓她能看著我長大。不過我沒打斷她，我喜歡聽她的聲音。

「我不知道妳喜歡什麼。」她對我身旁的禮物感到尷尬，應該是要送個另一個小孩的禮物，她心目中的女兒。

我真正想要的是吉他，但是爸覺得我還太小。

如果我年紀更大一點，我可能會告訴她沒關係，我很喜歡她送我的禮物。但我還不是那麼會說謊。

我問她，她會跟我們待在一起多久。

她沒回答，反倒說：「我們來熬夜，一起做所有妳爸說妳不能做的事。」

我們出門去，她買了一把吉他給我。早上七點，我終於在她大腿上睡著。真是美好的一夜。

我起床時她已經不在了。

十七

「妳他媽的為什麼在這裡？」我當著母親的面甩上門。

「艾咪！」爸又打開門。看見他站在母親身旁，她依然二十五歲，依然跟照片上的那個女人一模一樣，我才突然發現他變得多老。

當我發現內褲上的血，嚇得魂不附體，是他抱著我。紅著臉，咕噥著請求店員幫我試穿胸罩的是他。當我對著他尖叫，站在那兒抱著我的也是他。

她沒有權利像這樣每七年回到我的生命沾個邊，活像什麼神仙教母。

稍後，她敲我房門。我待在床上，沒出聲。她還是進來了，她穿越光年才來到這裡，一扇夾板門阻止不了她。我喜歡她擠進來看我的樣子，但又討厭；心情好亂。

「真美的洋裝。」她說道。我的舞會洋裝掛在門後。原本很美，而且花掉我一半積蓄，但腰部附近被我扯破了。

一會兒後，我翻身坐起來。她坐在我的椅子上縫東西。她從自己的銀色洋裝裁下一塊吉他形的布，用來修補我那件洋裝扯破的地方。完美無瑕。

「我母親在我很小的時候就過世了，」她說道：「我從沒機會認識她。因此當我……發現，我決定要採取不同做法。」

擁抱她的感覺很怪，要說她是我姊姊也有可能。

三十八

媽和我一起坐在公園，小寶寶黛比在嬰兒車裡睡覺，亞當跟其他男孩一起在爬攀爬架，一邊開心地尖叫。

「我沒機會認識史考特。」她抱歉地說：「我上次回來是妳念研究所的時候，那時你們還沒交往。」

他是個好人，我差點這麼說，**我們只是漸行漸遠**。原本很容易的，我太久以來都對所有人說謊，包括我自己。

但我厭倦說謊了。「他是個白癡，我花了好幾年才承認這件事。」

「愛會讓我們做出奇怪的事。」她說道。

媽才二十六歲，我在她這年紀時也滿懷希望，她真能理解我的人生嗎？

她問我爸是怎麼死的。我告訴她，他走得很安詳，雖然這非實情。我臉上的皺紋比她還多，我覺得自己得保護她。

「別聊悲傷的事了。」她說道。我因為她笑得出來而氣她，但又很高興她跟我在一起；心情好亂。

因此我們談論寶寶、看亞當玩，直到天色轉暗。

八十

「亞當？」我問道。轉動輪椅對我來說很困難，而且眼中的一切似乎都好模糊。不可能是亞當，他為他的新寶寶忙翻了，或許是黛比，但黛比從不來看我。

「是我。」她說道，然後在我前方蹲下。

我瞇起眼，她看起來還是沒有改變。

但又不全然一樣。藥味不曾如此濃烈，我感覺得到她的手在顫抖。

「妳啟程之後旅行多久了？」我問道。

「兩年了，而且還在繼續。」她說：「這次我不走了。」

聽見她這麼說，我既悲傷又快樂。心情好亂。

「值得嗎？」

「我比大多數母親更少看見妳，卻也更常。」

她拉過一張椅子到我身旁，我把頭靠在她肩膀上。我睡著了，感覺變年輕了，而且知道當我醒來，她還會在我身邊。

來自搖籃的快遞：隱士

——麻薩諸塞海四十八小時

Dispatches from the Cradle: The Hermit —
Forty-Eight Hours in the Sea of Massachusetts

在亞莎〈鯨〉〈舌〉π（Asa <whale>-<tongue>-π）成為隱士之前，她是J．P．摩根瑞士信貸（簡稱JP摩瑞）金星瓦倫提納太空站分公司的執行董事。當然了，她會覺得這描述小心眼又愚蠢。「稱一個女人為財務工程師，或稱一個男人為農業系統分析師，這世界就自以為了解他們了，」她寫道：「但是一個人被歸類於什麼樣的工作，跟那人是誰有什麼關係？」

雖然如此，我會告訴你，她三十年前負責聯合行星的公開發行，當時這是有史以來任何個人或法人最龐大的單一合資案。她主要負責說服散布在三顆行星、一顆衛星以及十幾個小行星棲地的疲倦人類繼續投資「偉盛任務」——將地球與火星地球化。

告訴你她做了什麼是否解釋了她是誰呢？我不確定。「從搖籃到墳墓，我們所有行為的動機都來自必須回答的那個問題：我是誰？」她寫道：「不過這問題的答案一直都顯而易見：停止搏鬥；接受。」

她在太陽曆二二三八五二〇〇成為JP摩瑞最年輕的首席執行董事，數日後，她遞出辭職信，跟她的丈夫及妻子離婚，清算所有資產，將收益成立信託贈與孩子，然後買張前往大藍的單程票。一到地球，她立即前往沿海省州聯邦的港鎮艾克頓，買下一組棲地生存組件，內容跟全星球難民社群使用的數百萬組組件一模一樣，她拒絕城裡其他居民提供的協助，僅用兩個一般機器工人便自己將組件組裝起來。她讓自己像根漂流木一樣獨自在七大洋漂盪，家人、朋友與同事都大感驚愕。

「考量她的穿著，我們以為她是來這裡買度假別墅的。」將棲地售予亞莎的艾德加．貝克說道。「很多銀行家和高級主管喜歡冬天來這裡潛水尋寶並享受陽光，但她不要我帶她看任何空屋；其中好幾間都附有絕佳的私人海灘喔。」

（儘管招數顯而易見，我決定保留貝克的小小置入式推銷。我可以證明艾克頓確實是個絕佳的度假勝地，鎮上有好幾家好餐廳，提供傳統新英格蘭料理——不過龍蝦是養殖的，而非野生。已絕種的野生龍蝦不曾適應較暖的海水，保育份子不確定牠們是否還會回到新英格蘭海域。撐過全球暖化的甲殼動物一般而言體型都變得比較小。）

她的前任配偶們聯手提起訴訟，目的是宣告亞莎欠缺行為能力、撤銷她的財務處置權。因為這個案件，刺激的八卦一度在各XP站甚囂塵上，不過亞莎很快便以一些未公開的手段讓訴訟案消失。「他們現在了解了，我只是想要自己一個人。」訴訟駁回後，據報導她曾如此表示——這多半是真的，不過我確定她請得起最高明的律師，因此不會受到什麼傷害。

「我昨天來到這裡生活。」亞莎寫下第一篇日記，展開波士頓沉沒都會區上的海上人生，時間是太陽曆二二三八五三〇二；如果你熟悉公曆，也就是公元二六四五年七月五日。

當然了，亞莎並非原創。亨利．大衛．梭羅[27]在恰恰八百年前於波士頓郊區寫下那句話。不過有別於經常發表厭世宣言的梭羅，亞莎花在獨處的時間跟在其他人之間一樣多。

---

27 Henry David Thoreau（1817.7.12-1862.5.6），「我昨天來到這裡生活」出自《湖濱散記》（*Walden; or, Life in the Woods*）

摘錄自亞莎〈鯨〉〈舌〉π之《漂流》：

傳奇之島新加坡不復存在，但新加坡的概念依然留存。

漂浮人家的棲地以緊密的世系彼此連結，編織成巨大的浮筏城市。從上空看，這座城市像是金屬與塑膠構成的藻席，閃耀的珍珠、露珠或氣泡點綴其中——透明圓頂或棲地的太陽能收集器。新加坡難民共同體是如此廣大，你可以從吉隆坡沉沒的位置步行數百公里到倖存的蘇門答臘小島，途中完全不會碰到水——只是你絕對不會想這麼做，因為外面的溫度太炙熱，人類難以生存。颱風來襲時——在此緯度幾乎是常態——整個世系分散開來，沉到波浪下以度過風暴。難民有時不論日夜，而論上下。

棲地內部的空氣瀰漫一千種味道，若你居住於無菌的金星太空站和較高緯度的氣候調控圓頂屋，你可能會吃不消這樣的氣味。炒粿條、柴油煙、肉骨茶、人類排泄物、拉茶、加東叻沙、芒果味香水、咖椰吐司、印尼炸雞、燃燒的絕緣體、炒泡麵、烤餅、略帶海鹽味的回收空氣、椰漿飯、叉燒——難民伴著這種猛烈的混雜味道長大，外來者永遠無法習慣。

難民共同體的生活吵鬧、擁擠，偶爾還很暴力。傳染病週期性侵襲居民，壽命短暫。難民祖先的家園遭戰爭剝奪，數個世代後，難民仍然沒有國家，已開發國家中的所有人似乎都不可能再設想出任何解決方案——已開發國家這個標籤的意義已在數百年中有所進化，不過從來就不是道德公義的同義詞。最早汙染世界，也造成最多傷害的就是已開發國家，也是已開發國家對膽敢追隨他們腳步的印度和中國開戰。

我的所見所聞令我悲傷。在水與天空之間的薄薄介面，這麼多人不屈不撓地攀著生命。就算在這樣的地方，不適於人類棲息，這些人還是堅持著，和木樁上在潮水退到極低時才露出的藤壺一樣頑強。像鼴鼠一樣擁擠地住在地底的亞洲內陸沙漠難民又怎麼樣呢？非洲和中美洲沿岸的其他漂浮難民共同體又怎麼樣呢？他們靠純粹的意志力生存著，一個奇蹟。

人類或可逃向星辰，卻已摧毀了自己的母星。萬古的自然主義者都為此哀悼。

「但妳為什麼認為我們是必須被解決的問題呢？」一個和我以物易物的孩子問我。（我給他一盒抗生素，他給我雞肉飯。）「沉沒的新加坡曾是已開發國家，我們不是。我們不說自己是難民，妳才這麼說。這是我們的家，我們住在這裡。」

那晚，我難以入眠。

這是我們的家。我們住在這裡。

北美一度聞名的氣動管運輸網路原本連結各氣候調控圓頂城市，但是許多地區長期經濟衰退，造成氣動管沒落，因此近來前往麻薩諸塞海的最快方法是透過水路。

我在宜人的冰島登上一艘前往沿海省州聯邦的遊輪——十一月是來訪此地的絕佳時節，因為夏季實在太過炎熱——然後，一抵達艾克頓，我雇了一艘快艇載我出海，去亞莎的漂浮棲地拜訪她。

「你去過火星嗎？」我的嚮導吉米問道。他是個二十多歲的男子，健壯、晒得黝黑，微笑時露出牙間縫隙。

「去過。」我說道。

「那裡溫暖嗎？」他又問。

「沒暖到能在圓頂屋外待太久。」我回想起上次造訪阿西達利亞平原的瓦特尼市。

「時機成熟的時候，我也想去。」他說道。

「你不會想家嗎？」我問道。

他聳肩。「工作在哪，家就在哪。」

眾所周知，將彗星從歐特星雲拉過來持續轟炸火星地表，加上部署太陽帆造成輻射升高，這兩項始於數百年前的浩大工程成功提高了火星的氣溫，足以造成紅色行星極區的大量冰冠昇華，重啟水循環。光合作用植物的引入緩緩將大氣轉為接近我們可呼吸的成分。才剛開始，不過不難想像，宜居的火星，一個人類久遠以來的夢想，即將在二或三代之內成真。吉米或許只能以觀光客的身分去火星，但他的孩子有可能在那裡定居。

隨著我們的快艇接近在遠處波濤中起伏的半球體，我問吉米對全世界最知名的隱士有何看法；她最近回到麻薩諸塞海——她周遊世界的起點。

「她帶來觀光客。」他用勉力維持中立的語氣說道。亞莎寫了一本文集，描述她在世界各地古代沉沒城市廢墟漂盪的生活，形成難以解釋的出版現象。她拒絕使用XP捕捉，甚至是平實的舊攝影技術，反倒透過印象主義的散文展示經歷；她的文筆詞藻華麗，似乎時代錯置，同時又有一種歷久的感覺。有人說她的書大膽又具原創性，其他人則稱其造作。

亞莎沒做多少事阻止批評者。**禪宗大師說，隱士在群眾中最能找到他們所追尋的平靜**，她寫道。而你幾乎能聽見詆毀她的人對這番矯飾、規避又無根據的信念所發出的作嘔呻吟。

許多人控訴她鼓勵難民觀光，而非找尋真正的解決方案；有些人指摘她沿襲特權社會知識份子的永恆慣例，拜訪較不幸者，意欲藉由「發現」他們的浪漫化偽智慧，為自己的主觀意識辯護。

「亞莎．鯨只是試圖以一碗過度樂觀的心靈雞湯緩和已開發世界的神經衰弱。」我自己的刊物的媒體評論人艾瑪〈中日韓—統一漢字—象形符號四三二三七一〉（Emma <CJK-UniHan-Glyph 432371>）斷然表示。「她想要我們怎麼做？停止所有地球化的工作？任由地獄般的地球維持現狀？這世界需要多一點有意願解決問題的工程師，少一點不知道還能把錢花在哪的有錢哲學家。」

儘管如此，沿海省州聯邦的觀光沙皇約翰〈橋塔〉〈霧〉〈鱈〉（John <pylon>-<fog>-<cod>）今年稍早宣稱，在亞莎的書出版後，來訪麻薩諸塞海的觀光客人數已成長四倍（新加坡和哈瓦那的增長幅度更大）。無論當地人對亞莎關於他們的描述懷有多矛盾的情感，他們無疑還是樂見湧入的觀光財。

我還來不及進一步回應吉米複雜的眼神，他已毅然別過頭，轉而凝視我們的目的地；亞莎的棲地正迅速變得越來越大。

球形的漂浮住所直徑約十五公尺，包含透明的薄外殼，船大部分的導航面都裝設於此，另外還有較厚的金屬合金內層壓力殼。球體的大部分都在水面下，透明的駕駛圓艙因此看起來像某種海獸凝望天空的瞳孔。

一個孤獨的身影站在瞳孔頂部，她的背脊像日晷的指時針一樣筆直。

吉米輕推快艇，直到輕輕撞上棲地側邊；我百般謹慎地從一艘船跨到另一艘船上。亞莎的棲地在我增添的體重下一沉，她穩住我；她的手感覺乾燥、冰涼，而且非常強壯。

我有點愚蠢地注意到她看起來跟她最後一次的公開掃描像一模一樣，她當時在瓦倫提納太空站的大型中央論壇宣告聯合行星不只要將火星地球化，也已經成功買下藍色搖籃的控權股數；藍色搖籃是一家公私合營公司，致力於將地球恢復為完全宜居的狀態。

「不太常有人來拜訪我，」她的聲音很平穩：「每天換上新臉沒太大意義。」

我請求到她這裡住上幾天，她只回答簡單的一個「好」字，我對此頗感驚訝。自從她展開漂流人生，她甚至不再接受訪問。

「為什麼？」我當時問道。

「就算隱士也會感到孤獨。」她這麼回答。然後，緊接著又傳來另一則訊息，她補充：「偶爾。」

吉米駕駛快艇離開。亞莎轉身，招手要我走下打開的透明「瞳孔」，進入太陽系中最具影響力的難民泡泡。

金屬繭漂浮在金星的沉重大氣中，在其中看不見星辰；置身火星的加壓圓頂屋時，我們也不怎麼在意星辰。在地球上，宜居區氣候調控城市內的居民全神貫注於閃爍的螢幕和 XP 植入，熱烈的漫談對話、活躍的名聲帳戶，以及信用分數下降殘留的褪色痕跡。他們從不仰望。

一晚，我躺在棲地內，在宜人的亞熱帶太平洋漂盪，星星沿各自慣常的軌道從我的臉上方旋過，清晰的數學光構成一百萬個近似鑽石的光點。我驚愕頓悟，這種感覺令人聯想起童年的透明感；我明白了一件事：天空的面孔是一幅拼貼。

部分擊中我視網膜的光子是從岩石的皺褶浮現，當最後冰河期的流浪戰士仍在連結不列顛與歐洲大陸的多格蘭漫遊，仙女座的安卓米達公主就鏈在這塊岩石上；當血淋淋的凱薩倒在龐貝的雕像前，其他光子已離開天鵝座翼尖的那個閃爍光點；當長達數十年的種族滅絕戰爭橫掃亞洲，難民搭乘船筏逃離各自沙漠化或遭洪水淹沒的家園，卻遭來自日本與澳洲的無人機掃射擊沉，更多光子從寶瓶座的水瓶口離開；當格陵蘭與南極洲的最後冰川消失，莫斯科與渥大華發射第一批前往金星的火箭，還有一些光子在飛馬座遙遠的馬蹄閃耀。

海水起伏，行星的表面如我們的臉一樣變化無常：土地從水中迸現後又重回水下；盔甲覆體的龍蝦快速掠過海床，而在地質學一眨眼的時間之前，同樣的地方還只是大批毛茸茸的長毛象彼此爭奪之地；昨日的多格蘭或許就是明日的麻薩諸塞海。恆常變化的唯一目擊者是永恆的星辰，在時間之洋中，每一顆星星都是彼此分隔的流。

蒼穹的圖像是一本時間的相簿，迴旋、精巧如鸚鵡螺的殼或銀河旋臂。

棲地的內部相當簡樸。所有物品——鑄模鋪位、裝在牆上的不鏽鋼桌、四四方方的導航面板——都以機能為主、平實，也不見精心打造的「識別」裝飾品；這種飾品最近和個人化奈米機器人一起大為風行。雖然內部擠進兩個人，感覺卻比實際上大，因為亞莎並沒有用對話填滿這個空間。

我們吃晚餐——亞莎自己捕的魚，我們揭開頂罩用爐火燒烤——然後沉默上床。我很快睡著，身體隨大海的溫和律動搖擺；她將如此大量文字奉獻給明亮、溫暖的新英格蘭星辰，而這些星星現在輕撫我的臉。

即溶咖啡和乾麵包組成的早餐之後，亞莎問我想不想去看看波士頓。

「當然想。」那是個學習的古代堡壘，也是傳說的大都會區，勇敢的工程師在這裡艱苦抵抗上升的海水兩百年，直到龐大的海牆終於屈服，在一場已開發世界有史以來最嚴重的災難中，城市一夜之間覆沒。

亞莎坐在棲地後方掌舵，順便監測太陽能噴水驅動器，我跪在球體底部，貪婪地汲取從透明地板下掠過的景致。

隨著太陽升起，陽光緩緩揭露一片沙地，龐大的廢墟點綴其上：這些紀念碑是為美國帝國久遭遺忘的勝利而豎立，現在像古代火箭一樣遙指水面；石塔和玻璃化的混凝土曾供千百萬人居住，此時像水底山脈一樣若隱若現，數不清的門窗沉默不語，一群群色彩斑斕的魚如熱帶鳥兒般從空蕩蕩的洞穴竄出；建築物之間，巨海草林在深谷間擺盪，這些深谷曾是大道和寬敞馬路，充滿冒著煙的車輛，它們是為這個大都會帶來生命的肝細胞。

最驚人的是覆蓋這城市礁石每一個表面的彩虹色澤珊瑚：深紅、淺橘、珍珠白、亮霓虹朱……

二次大戰前，歐洲和美國的智者曾認為珊瑚注定毀滅。節節升高的大海溫度與酸度，暴增的藻類，大量沉積的汞、砷、鉛與其他重金屬，還有脫韁野馬般的海岸建設，那是已開發國家為了抵擋從不宜居區域湧入的一波波難民，逐漸增設死亡機器——一切似乎都在訴說脆弱的海洋生物與其行光合作用的共生生物都注定毀滅。

大海會不會褪色成一幅黑白照片，無聲指證我們的愚蠢？

然而珊瑚逃過一劫，並適應了。牠們還徙到南北更高緯度，變得更能耐受高壓環境，而且出乎意料的，和人類設計出來進行海洋採礦的奈米泌金海藻發展出新的共生關係。比起大堡礁或早已死去的加勒比海傳說，我認為麻薩諸塞海之美毫不遜色。

「這樣的色彩……」我喃喃說道。

「最美的一塊在哈佛園。」亞莎說道。

我們從南方接近劍橋這所知名大學的廢墟，越過曾為查爾斯河的巨海草林。不過水面一艘陰森逼近的遊輪擋住我們去路。亞莎停下棲地，我爬上去從圓艙頂眺望。穿戴牛羚皮蛙鞋和人造腮的觀光客正像回家的海豹人一樣一一跳出船，滑溜的皮膚暫時轉為黝黑，以撐過炙人的十一月豔陽。

「懷德納圖書館是個熱門景點。」亞莎以此作為解釋。

我爬下來，亞莎將棲地潛到遊輪下方。這種船能夠下潛到波浪下，海岸浮筏城市的難民藉此逃過颱風和颶風，同時也能避開熱帶地區致命的高溫。

我們緩緩朝珊瑚礁下潛；這裡曾是全世界最大的大學圖書館，現在成了包覆著珊瑚礁的廢墟殘骸。在我們四周，成群色彩明亮的魚在一束束陽光間穿梭，觀光客如美人魚般優雅漂過來，人造腮後拖著成串泡泡。

亞莎駕著棲地在水底大樓前方的萬花筒海床繞了一個和緩的圓，一面指出諸多特別吸引人的景象。這堆土墩曾經是一座講堂，以梭羅的導師愛默生[28]為名，現在覆蓋了一團團錯綜複雜的緋紅珊瑚殖民地，打褶旋繞，彷彿古典佛朗明哥舞者繁複的裙子。那根高聳、矛狀的柱子表面鋪滿一片片洋紅、天藍、鉻綠與橙黃的幾何狀珊瑚，以前是哈佛紀念教堂的尖塔。另一塊長礁石側邊的小凸塊是宏偉的大腦狀珊瑚結構，上面的腦回和腦葉激發數世代長袍學者的智慧，他們曾在這個神聖的知識殿堂漫步，不過事實上，此遺跡是知名的「三個謊言的雕像」——一個紀念約翰．哈佛的古代銅像，但對這個贊助人的描述與辨識卻不正確。

亞莎在我身旁輕輕朗誦：

楓樹圍上鮮豔些的圍巾，
原野披上猩紅的長袍，
唯恐顯得過時，
我會戴上一個小飾品。

共和時代初期的詩人狄金森[29]寫下這首古典詩，喚起消失的秋季之美。早在海水上升、冬季被驅離前，那美曾使這些海岸增色，現在這首詩似乎怪異地合適。

「我無法想像共和時代的樹葉竟能比眼前景象還壯麗。」我說道。

「我們都不可能知道了。」亞莎說：「你知道珊瑚是怎麼生成明亮色彩的嗎？」

我搖頭。珊瑚在金星被當作珠寶而大受歡迎，除此之外，我對珊瑚一無所知。

「色素來自重金屬和汙染物，而這些東西曾殺死牠們沒那麼強壯的祖先。」亞莎說道：「牠們在這裡特別鮮豔，是因為這個區域曾被人類之手碰觸最長久的時間。雖然美麗，這些珊瑚卻也無比脆弱，全球溫度降個一、兩度就會殺死牠們。牠們靠奇蹟撐過一次氣候變遷，但還能再來一次嗎？」

我回頭望向原本是懷德納圖書館的大礁石，看見觀光客登上圖書館入口前的寬敞平臺，或三兩成群窩在側邊。年輕導遊一身亮緋紅色——哈佛的顏色，可能是靠染色或服裝營造出這種效果，他們帶領每個小團體進行一日遠足活動。

亞莎想離開——她覺得觀光客的存在很討厭——不過我對她解釋我想看看他們對什麼感興趣。遲疑片刻後，她點頭，把棲地靠得更近一點。

一組人站立的位置原本是階梯，往上就是懷德納圖書館的入口。他們圍成一圈，導遊是一名身

---

28 Ralph Waldo Emerson（1803.5.25-1882.4.27），美國思想家、文學家，與梭羅（Henry David ThoreauHenry, 1817.7.12-1862.5.6）有著亦師亦友的情誼。

29 美國的共和時代初期（The Early Republican Era）時間為西元一七七六年至一八二五年；本詩作者艾蜜莉・狄金森（Emily Dickinson）生於一八三〇年，歿於一八八六年，時間稍有落差。

穿緋紅保溫潛水服的年輕女性，他們跟著她一起做了一套舞蹈般的動作。他們動得緩慢，但是看不出這麼做是編舞所需，還是因為水的拉力太強。遙遠上方烈日當空，因介於中間的幾百呎海水而顯得模糊朦朧，觀光客偶爾抬頭仰望。

「他們以為自己在打太極。」亞莎說道。

「看起來一點也不像太極。」我無法把眼前這無力、笨拙的舉動跟在低重力體育館的課程中所熟知的斷奏般快動作連在一起。

「有人相信太極曾是一種緩慢、穩重的藝術，跟現代轉化後的形式大不相同。不過因為留下太少大移居前的紀錄，遊輪業者大可隨心所欲為觀光客編造。」

「為什麼要在這裡打太極？」我完全摸不著頭緒。

「哈佛在大戰前應該擁有大批中國學者，據說許多中國最富裕、最位高權重的居民家裡小孩都在這裡就讀。他們並沒有因而逃過大戰。」

亞莎將棲地駛得更遠離懷德納一點，我看見更多觀光客在鋪滿珊瑚的哈佛園內蹓躂、到處閒逛，手上拿著看起來像紙本書的東西——遊輪公司提供的道具——為彼此拍攝掃描像。幾個人沒音樂照樣跳舞，身上的服裝混雜共和早期和晚期的風格，額外增添一兩件學術袍。愛默生前方，兩名導遊帶領兩團觀光客演出鬧劇版的辯論，鬼魂般的全息投影像漫畫對話框一樣懸在辯論者頭部上方，兩方藉此表達各自的立場。有些觀光客看到我們，但沒多注意——或許以為漂浮難民泡泡也是遊輪公司提供的道具，藉此營造氣氛。要是他們知道他們如此接近那位隱士名人……

我猜想觀光客在扮演大學輝煌時期的想像場景，當時它培育出偉大的哲學家，他們悲嘆各國政府醉心發展，不停加熱地球，直到冰冠崩塌。

「好多世上最偉大的保育家和自然主義者都曾走過哈佛園。」我說道。在大眾想像中，哈佛園等同雅典衛城或羅馬廣場。我試著將下方五彩斑斕的礁石想像成覆蓋亮紅色和黃色落葉的草坪，在新英格蘭的一個涼爽秋日，學生和教授在為這顆行星的命運辯論。

「儘管我身負浪漫主義的名聲，」亞莎說：「我不是那麼確定往昔的哈佛更勝今日。那所大學和其他類似的機構也曾培育出將軍和總統，他們終究會否定人類能夠改變氣候，帶領渴望受煽動的人民對亞洲與非洲較貧弱國家開戰。」

我們安靜地繼續在哈佛園漂浮，看著觀光客在空蕩蕩、藤壺結成硬殼的窗戶爬進爬出，彷彿寄居蟹衝過多眼顱骨的眼眶。有些人幾乎全裸，輕薄透明的布料拖曳身後，那姿態令人想起古典美國共和早期的洋裝和西裝；有些人則穿著受美國帝國風格啟發的的保暖潛水衣，外覆假盔甲和防毒面具頭盔；還有些人走難民風，拖著巧妙加上鏽斑的假生存呼吸組。

他們在找什麼？他們找到了嗎？

懷舊是一道我們拒絕讓時間療癒的傷，亞莎曾如此寫道。

數小時後，玩膩了遠足的觀光客游向水面，像成群的魚正在逃離某個看不見的掠食者；就某種意義而言，他們確實如此。

天氣預報將有一場劇烈風暴，麻薩諸塞海少有平靜。

等到我們四周的海域再無觀光客，巨大雲島般的遊輪也開走，亞莎明顯變得平靜了些。她向我保證我們安全無虞，將能潛航的棲地船駛向紀念教堂礁石的背風面。在這裡，在洶湧的水面下，我們能夠安全度過風暴。

太陽落下，大海轉暗，一百萬道光在我們身旁亮了起來。夜裡的珊瑚幾乎稱不上靜止。會在夜晚發出冷光的生物此時游出藏身處，水母、蝦、螢光蟲和燈籠魚，在這個永遠不眠的水底大都會享受牠們的時光。

狂風和波濤在我們上方肆虐，而我們漂浮在大海深處，身旁是數不盡的活星星，幾乎完全感覺不到風雨。

我們不觀看。

我們不發現。

我們旅行百萬哩找尋新鮮景色，卻一次也不曾一瞥我們的頭骨之內，無論宇宙能給我們什麼，我們頭顱內的景色都無疑同等陌異，同等奇妙。如果我們將目光轉向身旁十平方公尺，這裡有足夠的事物能占據我們的好奇心和對新奇體驗的躁動需求：我們腳下每片磁磚的獨特縱紋，賦予我們肌膚上每個細菌生命的化學交響曲，以及那個神祕的謎：我們如何能觀照正在觀照自我的自己。

天上的星星就和我舷窗外的發光珊瑚蟲一樣遠，也一樣近。我們只需要觀看，就能發現浸透每一個原子的美。

只有隱居，才可能活得像星星一樣自給自足。

擁有這個，擁有現在，我很滿足。

遠處爆出一陣光，在懷德納峭壁般的龐大構造旁，一顆在虛空中爆炸的新星。四周的星辰竄開，丟下如墨般的黑暗，但新星本體，一團難以看清的光雲則繼續扭動、翻攪。

我喚醒亞莎指給她看，她一言不發，將棲地駛向光雲。隨著我們靠近，光中顯現出一個掙扎的形體。章魚嗎？不，是一個人。

「一定是被困住的觀光客。」亞莎說道：「現在上去水面的話會死在風暴中。」

亞莎點亮棲地前方的明亮燈光，吸引那名觀光客的注意。光照出一個迷失方向的年輕女子，她身上的保暖潛水衣有一片片冷光，她在棲地的刺眼燈光照耀下遮住眼睛。她的人造腮快速裂開又關閉，顯示出她的困惑與恐懼。

「她分不清上下。」亞莎含糊地說道。

亞莎透過舷窗對她揮手，示意她跟隨棲地。這個小避難所沒有氣閘艙，我們要上去水面才能讓她進來。年輕女子點頭。

上到水面後，雨勢滂沱、波濤洶湧，不可能維持站立。亞莎和我趴在地板上，緊攀著圍繞入口的狹窄隆起處，把女子拖上船，棲地在增添的重量下更深陷地一沉。花了大把力氣和叫喊，我們終於把她弄進棲地內，封住圓頂屋，再次潛入水中。

二十分鐘後，擦乾了身子，取下了人造腮，安安穩穩地裹在溫暖毯子裡，手上一杯熱茶，紗藍姆〈金門大橋〉〈京都〉（Saram <Golden-Gate-Bridge>-<Kyoto>）感激地回望我們。

「我在裡面迷路了，」她說：「空蕩蕩的書架沒完沒了，每個方向看起來都一模一樣。剛開始，我跟著一條拐杖糖魚穿過不同樓層，以為牠是要帶我出來，但牠一定只是在兜圈子。」

「妳找到妳想找的東西了嗎？」亞莎問。

她是哈佛太空站的學生，紗藍姆解釋道——一個高等教育機構，懸浮於金星的上層大氣；坐落下方廢墟的大學舊時即為此名，而太空站取其名註冊。她來親眼看看這所傳說中的學校，心懷浪漫的想法，在死去圖書館的書架中搜尋，希望能找到遭遺忘的卷冊。

空蕩蕩的圖書館形影隱約，亞莎透過舷窗凝視著它。「經過這麼多年，我覺得應該沒留下任何東西了。」

「或許吧，」紗藍姆說：「不過歷史不會死去。海水有一天會從這裡退去，我也許能活著看見大自然終於重回正軌。」

紗藍姆可能有點太過樂觀。聯合行星的離子驅動船今年稍早才剛成功把六顆小行星推入近地軌道，而太空鏡甚至還沒開始建造。就連最樂觀的工程計畫也顯示，就算不需要數百年，至少也要數十年，太空鏡才能降低抵達地球的陽光量，開始氣候降溫的過程，將這顆行星恢復為古代樣貌，一個溫和的伊甸園，有極地冰冠，山峰頂也有冰川。在那之前，火星可能已經先完全地球化了。

「多格蘭有比麻薩諸塞海更自然嗎？」亞莎問道。

紗藍姆平穩的目光沒有動搖。「一次冰河期幾乎無法與人類之手的作為比擬。」

「我們憑什麼為了一個夢而加熱一顆行星，又因為懷舊而將其冷卻？」

「祖先犯下了錯誤，難民承受那些錯誤的結果，無根據的信念緩解不了他們受的折磨。」

「我試圖阻止的是進一步的錯誤！」亞莎吼道。她逼自己冷靜下來，說：「如果海水退去，妳周遭的一切都將消失。」她眺望舷窗外；礁石的夜間居民已回來繼續進行牠們的冷光活動。「新加坡、哈瓦那、內蒙古的活耀社群也將消失。我們稱它們為難民市鎮和無序的棲地，但這些地方也是家園。」

「我就是來自新加坡，」紗藍姆說道：「我這輩子都在努力逃離，直到贏得夢寐以求的伯明罕移民簽證才終於成功。別擅自為我們發聲，或告訴我我們應該想要什麼。」

「但妳離開了，」亞莎說：「妳不再住在那裡。」

我想著外面那些色彩來自毒物的美好珊瑚。我想著世界各地或藏於地底或漂浮著的難民——經過數百年、數個世代，依然稱為難民。我想著冷卻了的地球，想著已開發世界競相取回他們祖傳的土地，想著權力洗牌、重新發牌後即將引發的戰爭和所暗示的屠殺。該由誰決定？由誰付代價？

我們坐在潛入水中的棲地內，三個難民，四面八方都是如流星劃過蒼天的飛竄光軌，我們沒人知道還能說什麼。

我曾為不知道自己與生俱來的樣貌而遺憾。

我們就像祖先捏塑泥土一樣輕而易舉改造自己的臉，改變相貌和軀殼的外形，改變我們靈魂的小宇宙，使其與社會這個小宇宙的心情與流行相稱。我們對肉體的限制仍不滿意，我們為改造後的結果增添能折射光線、映出影子的珠寶，以乙太的全息影像掩飾本體。

自然主義者無止境地對抗現代性，讚揚偽善並命令我們停止，宣稱我們的生命並不真實。而我們入迷聆聽，他們閃示我們祖先的粗粒子影像，其中人物的不完美和不變的外貌是一連串無聲的指控。而我們點頭，發誓做得更好，棄絕虛妄行為，直到我們回頭工作，甩掉魔咒，選定要為下一個顧客換上哪一張新臉。

但自然主義者想要我們怎麼樣？我們與生俱來的臉已經過編造——當我們還只是受精卵，一百萬把細胞解剖刀已修剪、編輯我們的基因，藉此消除疾病、篩除有風險的突變、增進智慧和壽命；還有在那之前，數百萬年來競爭、遷徙、全球冷卻與暖化、我們的祖先在美或暴力或貪婪驅策下所做出的選擇，都早已形塑了我們。在酒神節的雅典或足利時代的京都，古代演員總戴上面具，而我們與生俱來的臉就跟那些面具一樣經過巧手打造，但也跟冰川雕塑的阿爾卑斯山和海水淹沒的麻薩諸塞一樣自然。

我們不知道自己是誰，但我們不敢停止努力找尋答案。

灰兔、緋紅牝馬、煤黑花豹

Grey Rabbit, Crimson Mare, Coal Leopard

有鑑於殺人越貨的強盜日益猖狂，特此鼓勵踋普監管區所有強健的公民自願擔任民兵。須自備武器與補給。

在議會同意下，執政官允諾每位民兵可得到從腐敗者身上獲取的一半戰利品。

——踋普監管區總督凱德公告

艾娃．賽得把更多礦鏟入篩盤，在洗礦槽的水流下來回搖動。隨著水流過梯狀格條，五顏六色的混合礦石逐漸依重量分類：頂層是金屬重物——生鏽的釘子、工具和機器零件的碎片；中間是較薄、較輕的貨——壓扁的罐子、玻璃和陶瓷碎片；底層則是其中最輕的物體——色彩繽紛的各種小片塑膠，有些嵌有閃爍珠寶般的電子零件。

艾娃驚嘆地搖頭。雖然她從剛學會走路就是貝塚礦工，但不曾停止對古人置身其中的財富大感驚奇。

「艾娃，我們想說今天到這裡就好。」說話的是蕭，艾娃的弟弟，他的臉頰依然有點嬰兒肥。這個年輕人努力皺起眉，藉此顯現他有多嚴肅，他身後的朋友已經在收拾工具和收穫桶。

二十五歲，艾娃已經比大多數其他礦工都要年長，而且身為唯一去過踋普監管區之外的人，她被視為他們的首領——不只是蕭，而是他們所有人的大姊。

艾娃抬頭看太陽，依然掛在西方天空幾臂長的高度。「這麼早嗎？還有很多礦要採。」

蕭遲疑地搔搔頭。「我們想……去見菲．史威爾。」

艾娃沉下臉。「你們去找那個亂七八糟的女人做什麼？記住我說的話，她必定會給那些追隨她的人帶來麻煩——」

「菲說可以幫所有人賒帳買武器，所以我們都不需要拿錢出來。我很會用弓，去年也用棍棒打退兩匹豺狼——她看我——」

「所以你還是想自願加入民兵。我不要再跟你討論這件事，這跟錢無關，而且答案是不行。」

艾娃轉身離開，「哼」的一聲將篩盤從水裡提起。她放軟音調又說了兩個字：「幫我。」

蕭無助地看著朋友，艾娃裝作沒看見他們怨恨的表情。蕭嘆了口氣，跟著艾娃在篩盤旁蹲下，開始將沉澱物分類。

他們工作快速又謹慎。貝塚礦充斥碎玻璃、鏽刀，還有尖銳的針，帶著來自古人的詛咒。不少礦工因為手指被刺傷或手掌被割傷而染上神祕疾病，就此一命嗚呼。作為保護，他們倆都戴著艾娃特製的手套。

礦場滿是塑膠薄片和塑膠袋，上面往往有色彩繽紛的商標和無意義的文字。大部分礦工把這些東西當作廢渣，不過艾娃想出方法把塑膠切成薄長條狀，再把它們扭成紗，織成堅韌的布。用這種布做的手套非常服貼、實用，而且設計美觀。到現在，幾乎每一個貝塚礦工都從艾娃那兒得到一雙手套。

四隻手在碎片中穿梭，手上則包覆著艾娃以過往時代的殘渣織成的美麗馬賽克：一隻飛騰的鳳凰、一片掉落的楓葉，一朵綻放的玫瑰，一隻耳朵下垂的兔子……

姊弟倆安靜地把篩盤的內容物分類放進收穫桶。金屬每公斤值幾信用分，不過真正的寶藏是塑膠板上的電子零件。熔掉焊料後，只要發現任何零件還能用，每件都可以賣到幾信用點的價錢。每個礦工都知道某個朋友的朋友的故事，描述自己曾找到一塊稀罕的晶片，在伍斯特或容非烈換到一百信用點。

蕭深吸一口氣。「他們說如果你成功闖入腐敗者的巢穴，每個人分到的戰利品都夠買三年分的配給——」

「我們有很多食物。」艾娃回擊：「你真以為打腐敗者就跟獵松鼠一樣簡單？要是你遇上天啟鼠呢？戰鬥這種事還是留給軍隊吧。」

「我們又不是一定要用那個錢來買配給。我們可以存起來，買禮物給舉薦委員會——」

「舉薦委員會？所以這才是你真正的目的，」艾娃的語氣又轉為嚴厲：「你忘記母親過世前說了什麼嗎？」

「我沒忘，」蕭繃著臉說：「但我不想要這輩子都在垃圾堆裡挖東挖西。」

一段時間後，艾娃才又開口，努力維持語氣和緩：「你只在市集日去過踋普鎮，但沒在那裡住過，也沒聽過我們不在附近時鎮民怎麼說我們。容非烈的居民又更加傲慢。對他們而言，你和我這樣的人就像野草，是用完就丟的垃圾。你找不到幸福——」

「情況在改變。」蕭越來越激動：「所有總督和將軍都在招募！有一些機會——」

「你永遠不會獲得天啟，」艾娃斷言，簡直是在吼叫：「就是這樣！」

「妳失敗不代表我也會失敗！等到我的本質獲得天啟，我說不定會成為重要人物！」

艾娃靜止不動，彷彿剛剛被摑了一掌。最後，她努力讓話語擠過喉嚨中的團塊：「你不了解——」

不過蕭已經扯掉手套丟在地上。「今天不用費心幫我準備晚餐了，我沒辦法跟不相信我的人待在一起。」

他在震驚的朋友們注目下奔離貝塚。

艾娃看著他逐漸遠去的身影，原地凍結。然後她看了看太陽，嘆氣，回頭繼續分類篩盤裡的沉澱物。

艾娃心不在焉地輕撫放在桌子中央的照片，這是他們家唯一的全家福，拍照花掉她父母一整年挖礦的積蓄。他們靜止不動地坐在踴普鎮上唯一的照相館裡，用意志力控制自己不眨眼，光畫師緩緩施展魔法，將他們的影像凍結在鍍銀銅片上。

照片中，母親和父親站在十八歲的艾娃兩旁，艾娃身上穿的正式禮服是由總督頒給獲選天啟的聰穎年輕人。她父母努力留心光畫師的指示，保持五官放鬆而非微笑——維持這樣的表情夠久的時間，讓造像程序錄下不模糊的影像，這簡直不可能做到——不過她能看見他們的嘴角勾起自豪，她母親的手臂保護性地環住艾娃的腰。蕭當時只是個十一歲的男孩，他站在前排稍微靠艾娃側邊的位置，他的臉一團模糊，因為他滿懷欽佩之情，忍不住想抬頭看他的大姊。

當時曾有多少希望啊，夢想著煥然一新的人生、在容非烈的機會、一家子從貝塚礦工躍升榮華富貴。

然後一切直下地獄。

「只因為你失敗了……」

她母親的影像浮現她的心靈之眼，當時的她變得乾枯、疾病纏身；在他們家光線不足的小屋後部，緩緩在發霉的床墊上死去。

「保護妳弟弟，別讓他離開家。」她氣喘吁吁地說道：「他的心躁動不安，不過火雞注定無法像鷹一樣翱翔，我們也注定無法成為我們不是的那種人。」

她咬一口無味的口糧，配著熟阿茹克根所泡的茶。阿茹克是一種耐寒的野草，基本上也是唯一在踋普監管區茂盛生長的東西。踋普的土壤深受貝塚礦汙染，在瘟疫後，沒有一種作物能種得活。阿茹克茶很苦，蕭總是拿來跟喝泥漿比——多年來第一次獨自吃晚餐，艾娃發現自己想念起弟弟喋喋不休的抱怨。

夜如此深，焊棒在燒木柴的爐子上加熱，只有爐火照亮房間。她起身，覺得應該要出去找蕭，畢竟她是姊姊。他在憤怒中說了氣話，而不以相同方式回應是她的責任。

來到門檻時，她停下腳步。

他很安全，今晚他會在某個朋友家吃飯。

蕭不是小男孩了，他說不定就是需要離開我一段時間、拉開一點距離才能了解。

她清洗杯盤、收好，然後在爐子旁坐下，拿起焊棒，小心地取下今天收穫的塑膠板上的電子零件。工作時，她聽見一兩隻貓頭鷹傳來遙遠的呼呼聲，牠們一心想在外面的阿茹克田裡獵些小鼠輩。窗遮在強風吹襲下格格作響，她全神貫注於重複的動作，心隨之平靜。襲擊強盜幫、在遙遠的首都過上奢華日子、野心與戰爭，這些想法通通消逝。

「情況在改變。」

蕭會是對的嗎？我是不是對改變視而不見？我是不是因為我走過的路而變得太膽小、太受創，太依附這種默默做苦工、與平靜為伍的日子？

她站起來，低頭看著手上的方形塑膠片。安裝在塑膠片頂部的一排發光二極管顯示這東西或許曾是發光的招牌。招牌上印有古代文字，幾乎無法辨認，不過她費了番力氣推敲出來：**大容非烈生態城邦都會區**。

一個語法難以分析的名稱，一個無意義的抽象概念。幾乎像咒語，像召喚真言。

突然間，她的心被傳送回七年前的那一天。

儘管艾娃想像過來到容非烈的這一刻千百萬次了，她對實際情況還是沒有心理準備。

一條隆隆作響的巴蛇，一輛狀如移動房舍的巨大車輛，車上的花綵以來自格雷瑪每一個角落的花朵與水果構成——大多數她都叫不出名字；這輛車載著她和其他天啟候選人走過共和大道。容非烈的中央幹道寬得足以容納一百個人並肩行走，小型機動車的縱列跟著巴蛇一起前進，機器的喧囂讓艾娃的感官吃不消。引擎排放的刺激性煙霧告訴艾娃，巴蛇是靠生物柴油驅動，一種幾乎難以想像的奢侈。她這輩子只聞過這種味道一次，當時凱得總督搭乘長腿在踱普遊行。

她啃一口他們給的蘋果：真正的蘋果，不是合成的仿造品，有她的拳頭兩倍大，令人難以置信的香甜。她抬頭看在巴蛇前方翻飛的旗幟，上面繪有不寫實的格雷瑪輪廓，描繪出被亞洛斯河一分為二的長長海岸線。環繞地圖的草寫文字寫出格雷瑪的格言，這句話可見於瘟疫前留下的大量加工品，描述少有人懂的深奧祕密：大容非烈生態城邦都會區。

她前一晚一再播放一段錄音，打算藉此讓自己沉浸在天啟的基本原則中，此時錄音的內容在她腦中迴盪。

……格雷瑪之名可追溯至瘟疫之前，將我們與神祕的過去連起來。

壯麗海岸首府容非烈曾是驕傲共和國的太陽，其中較小的城鎮、村莊與麻森威灣的島嶼則是行星，各自位於指定的位置，彷彿閃爍的珠寶，謹慎地鑲嵌於田野、林地與大海拼湊而成的馬賽克中。上千萬人居住於此，他們都是夢想家，住在這個鋼鐵與電力構成的奇幻世界；在這個世界中，就連天氣也由他們控制，而永生的祕密也在他們的掌握中……

容非烈的居民身穿閃亮的服裝，沿大道兩側而立，觀看這個壯觀的景象，許多人一臉無聊。新鮮花朵製成的花環編入他們的頭髮中，群眾後方的攤販，叫賣著艾娃只在流浪說書人口中聽過的食物——生鮪魚、烤羔羊串、蒸煮的龍蝦，一定是從海岸數哩之外的東方薄霧中捕獲。奇怪的服務機器在空中嗡嗡作響，也在人行道上發出連續的輕擊聲，它們或許是靠電力驅動，動作不可思議地精確、流暢。遠處，在人群和攤販之後，她能看見摩天大樓廢墟的殘骸，堆積成山的彎折鋼鐵與碎玻璃，披蓋著厚厚的藤蔓，成為千百隻鳥兒的家。

巴蛇減速。艾娃模仿其他候選人從座位旁的窗子探出身子。前面是閃焰丘，輝煌的黃金圓頂共和宮坐落其上。她瞇起眼，希望搶先瞥見一、兩個司令官，或宣示著第七任執政官本人在場的銀色陽傘。

我們在殘存的古代賢者作品中讀過那個好逸惡勞、罪孽深重的文明——能把大腦放入米粒中的微型電子設備，橫跨大陸、能滿足所有欲望的網路，憑空召喚而出的實體黃金……而瘟疫似乎一夜之間發生，抹去那個文明的糟粕。祖先自以為了解的自然法則不再適用，怪物從海中、陸地上湧現，懲罰他們的傲慢。數百萬人死去，倖存者面臨一個截然不同的世界，這世界的生命似乎變得心存報復、荒誕不經。

全憑首任執政官耗費超人之力，加上忠誠的天啟同伴襄助，才將和平與秩序帶回瘟疫後的混亂時期。

格雷瑪的三十六個監管區各有其氣候與農產品，也各有瘟疫留下的獨特傷疤：一個監管區有出產香甜水果的肥沃果園，但產出的水果沒有種子；另一個監管區的土壤和水受到相當嚴重的汙染，萬物皆無法生長，居民必須在廢墟中挖礦勉強維持生計；還有一個監管區內有湖泊和河流，水中有美味的魚，不過許多魚都有兩顆頭或三條尾巴……

越過新格雷瑪的邊界後，在恢復生機的容非烈影響範圍之外，濃霧籠罩，完全不可能航行，還有怪物在等待魯莽冒險來此的人……

格雷瑪的和平得之不易，更難以維繫。天啟是關鍵。

不過迎接她的並不是司令官或執政官，而是一個更加不可思議的景象。

格雷瑪之主，這些或許也曾像艾娃一樣瞪大眼驚嘆不已的男女，站在共和宮的階梯上準備迎接新候選人。

他們沒有穿華服，沒有被電子機器包圍，沒有騎在耗油的機器怪物身上。格雷瑪之主只是以他們天啟、莊嚴的本質赤裸裸地站在那兒——

焊料過熱和塑膠融化的燃燒臭味將她從遐想中震醒。她無聲咒罵，在焊棒造成更多傷害之前把它拿開。

不，她堅決地告訴自己。再怎麼回想她的恥辱、沉湎於過去，一切都覆水難收。她必須專注於此時此地，專注於手邊的工作。貝塚礦或許永遠不會為她和蕭帶來大量財富，但這是正直、安全的營生，其中也有一份驕傲。

少了蕭的幫忙，她完成零件擷取及測試時已過午夜。這天的收穫量一般，有幾個大型電容器，下一次市集日或許能賣到好價錢。她心滿意足。

隔天，艾娃醒來，發現小屋裡還是只有她孤伶伶一個人。她做早餐，一直等到太陽高得不能再忽視，才不情願地前往礦場。

到了中午，她心生不安。其他礦工都不知道蕭在哪裡。不停增長的擔心攫住她的心臟，她離開礦場回到村落，一戶接一戶詢問弟弟的下落。鄰居和朋友搖頭，幫不上忙。

艾娃陷入狂亂，害怕發生最糟的情況，因此她去找菲．史威爾。

跟踑普監管區的多數居民一樣，菲．史威爾的職業也是貝塚礦工，不過艾娃想不起最後一次看見這女人在篩盤或洗礦槽前是什麼時候的事。事實上，菲靠盜獵維生，從較富裕的鄰近監管區禽群和牧群獵捕牲畜。菲甚至偶爾冒險進入格雷瑪邊界外的迷霧，獵取怪物的奇異肉類，在黑市得到很高的利潤；有些踑普鎮或伍斯特的居民追求刺激，這些肉最後都會端上他們的餐桌。

兩名健壯的年輕男子站在菲兩旁，艾娃無視他們冷冰冰的表情。這個獵人組織了一個由這種年輕人組成的幫派，她到哪，他們就跟到哪。艾娃拖著腳步走到女人面前，禮貌地詢問對方是否有見到她弟弟。

菲身高六呎四，體重至少有一百公斤，她是令人生畏的存在。一把狩獵長刀用皮帶繫在她大腿上，無鞘，因此陽光在冰冷的刀鋒閃爍。刀身有幾個汙點，可能是生鏽，也可能是血跡。她的目光鎖定艾娃，一言不發。她的臉黝黑如她剪得極短的頭髮，表情不漏一絲情緒。

艾娃的心臟劇烈跳動。菲素有易怒的名聲，她虔誠地祈求蕭沒有以某種方式侮辱了這個女人。

她逼自己對上菲的目光，不奉承也不挑戰。

最後，菲終於搖頭。「妳弟弟昨天下午沒來找我，」她的聲音很低沉，在喉嚨內隆隆響，「不過他並不想加入我的民兵。」

艾娃鬆了一口氣。「很好。」

菲瞇起眼。「很好？腐敗者已經在距離這裡不過幾天路程外的地方聚集大批兵力，所有人都該自願加入民兵。」

「打擊強盜是軍隊的工作，執政官有她的將軍們。」

「說起話來像個懦夫。」菲說道，表情全然輕蔑。「妳以為我們活在什麼時代？執政官只是名義上掌權，將軍和總督們只在他們高興時才回應她的請求。此時此刻，比起攻打強盜，他們更關心彼此互鬥。勇者應挺身捍衛屬於自己的東西，並為自己創造財富與名聲。」

「不是所有人都注定活在刀尖上。」艾娃說道：「在礦場做苦工或許不是非常迷人，也不會致富，不過遠比跟隨妳安全。知道肅頭腦還算清楚，我很高興。」

菲凝視艾娃，瞪大眼，彷彿無法理解艾娃在說什麼。最後，她笑了起來，一陣深沉、震動腹部的大笑，笑得她的臉皺成一團。

「有什麼好笑？」艾娃厲聲問道，恐懼在她腹中漸漸膨脹。

「頭腦還算清楚。」菲模仿艾娃，努力壓抑笑意。「妳和妳弟都是傻瓜，只是傻得不一樣。」

「妳到底跟他談了什麼？」

「謠傳腐敗者已經找到自己的天啟酒貨源，他問我這是不是真的。」

艾娃的臉血色盡失。「什……麼？」

「我告訴他我不知道，不過根據我對這世界的了解，這謠言確實有可能。」

「妳怎能說這種話？」艾娃喊道：「柳橙兄弟是積習難改的騙子，而他們的教派專收容易上當的人——」

「妳並不知道我所知道的事。」菲的語氣中有一絲威脅。她停頓，冷靜下來，然後補充：「然後他問我，我猜測腐敗者的營地最有可能在哪裡。我告訴他朝正西方去，經過破碎公路。他向我道謝後就離開了。」

艾娃嚇壞了，她先前不了解蕭對天啟的執迷有多深。柳橙兄弟和腐敗者有各種可怕行徑，相關謠言現在充斥她腦中。

「他打算去偷強盜的東西，我們必須在太遲之前找到他。跟我來！帶上妳的所有追隨者。」

菲注視她。「妳確實跟妳弟一樣瘋，帶一小隊民兵攻打腐敗者的總部等同自殺！他是妳的弟弟，不是我的。」

「說起話來像個懦夫。」艾娃啐道。

菲的臉血色盡失。「妳又知道什——」

不過艾娃已經離開。

紅色的太陽掛在西邊，彷彿熟透的桃子掛在雲樹上。

艾娃一路推開肩膀高的阿茹克前進，不顧棘刺推擠、刮擦、撕扯。她的衣服變得破破爛爛，臉和手臂滿是血痕。

她在破碎公路另一邊的無路荒野踉蹌前行好幾個小時了，總是朝向西方。沒看見蕭，但她有一種無法解釋的感覺：她必須繼續前進。

殺人越貨的腐敗者，受柳橙兄弟教派支配的強盜，他們發誓「屠殺富人並大啖他們的脂肪」。但實際上，他們掠劫的是貧困人家，出沒於偏遠、大部分位於鄉下的監管區，例如踔普。真正的富人會躲在城市圍牆後，保護他們的家和信用點憑單不受損傷。同時間，農夫、牧人、漁民和礦工則任由強盜魚肉。

阿茹克田在她眼前延展，彷彿一片無垠大海，風將搖擺的草莖颳出波浪。一陣霧帶著夜晚的寒意在原野匯聚，將她四周的大地蒙上一層血色薄霧的面紗。一、兩隻紅翅黑鳥不時從植物海竄出，劃過霧靄，彷彿掠過波浪的飛魚，一面啼囀尖嘯，聽起來彷彿金屬鱗片的撞擊聲。

艾娃停下來喘氣。她很累，而且四周越來越暗。在野外過夜很危險，尤其是在這片深不可測的草海。她凝視地面，看著棘刺草莖間的缺口，她要不要——她能不能——她該不該——

不，她拒絕那個想法，她的心臟在恐懼與懷疑中悸動。從容非烈回來後，她一直藏著這個祕密，不願再次喚出這個粉碎他們家的真相，讓她父母失望，讓她深陷恥辱的真相——

又傳來啼囀聲，像金屬片互相磨輾，一陣顫慄沿她的脊椎而下。

她突然驚覺這聲音並不是黑鳥的啼叫，這聲音更大聲、更刺耳，也更堅持。在金屬啼囀之外，她能聽見另外一個聲音，就像自己的喘息，不過更絕望，也更狂野。

她彎身躲在阿茹克草莖間窺視轉濃的霧靄，用意志力要重擊的心跳平靜下來，她才聽得清楚。遠處的草海一陣擾動，彷彿有艘船破浪前進，伴隨著喘息的噴氣聲和長長的嘶鳴，閃電般粉碎霧氣。擾動之外，依然隱藏在霧中，她察覺有其他東西存在，怪物般的生物，行進間帶著機器的精準：**嘎—哐—嘎，嘎—哐—嘎**。

一陣風扯開霧。

一匹她此生僅見最高大的馬闖過阿茹克，身後一道草莖東倒西歪的痕跡。這匹牝馬足足有三米高，一身燃燒篝火的顏色。長長的鬃毛如緋紅旗幟般飛揚，濃密的火紅獸毛——羽毛——覆蓋踏步的馬蹄。艾娃沒見過這麼壯麗的生物，她是純粹力量與速度的化身。

天啟者怎麼會來到這裡？

牝馬後方，兩架笨重的長腿苦苦追趕。這種全地形軍用載具以黑鋼打造，外型酷似巨大的機器蜘蛛，八條靠活塞驅動的節肢腿，頂部一個附旋轉砲塔的低矮駕駛艙。長腿由三人駕駛，這種機器是執政官軍隊的驕傲，橫行格雷瑪的最致命殺戮機器。

牝馬的速度減慢，和追捕者之間的距離慢慢縮短。

砰。砰。

巨大的弩箭由電力與磁力驅動，從旋轉砲塔擊發，射入奔逃牝馬附近的地面，其中一支箭擦過她的身側。

牝馬人立，挑戰地回身凝望，嘴裡噴出泡沫，她露出牙、鼻翼賁張，背上湧出紅色液體，可能是汗，也可能是血，她周遭歪倒的草莖都被染紅。

艾娃滿心憐憫與憤怒。

砰！

另一支弩箭直朝牝馬的頭部射去。馬兒踢腿側向一旁，以身形如此龐大的動物而言，她的動作真是優雅得難以置信，這一跳至少有二十米那麼遠。

不過兩架長腿的機組人員協調進攻，另一架長腿射出的第二支箭已料中她將落地的位置。弩箭射中她的右後腿，牝馬痛苦地哀嚎，癱倒在地。

瘸了一條腿的牝馬在地上掙扎，長腿鏗鏗鏘鏘地靠得更近了，高抬旋轉的鋸齒狀鋼顎，準備將敗陣的牝馬碎屍萬段。即將消逝的陽光映入牝馬的眼睛，艾娃在其中不見絕望，只有一股意志力，想奮戰、抵抗，想最後一次表達她不服輸的精神，用她的牙齒狠咬那些鋼鐵腿。

血液在艾娃體內沸騰。她無法忍受看見如此壯麗、如此輝煌而生氣蓬勃的生物被幾個躲在機器怪物內的懦夫撂倒。

她突然站起來，在擺盪的阿茹克海中露出臉。伴隨著低沉的咆哮，她用他們七年前教她的方法將注意力朝內匯聚——

天啟酒的灼熱在她血管內流淌，一千種香料的苦澀味道還停留在她的舌上。她的心智彷彿受暴風雨吹襲，她拖著腳前進，只能勉強維持不摔倒。

她跟其他候選人一起被帶到映象廊，在宮殿下方由祕密隧道交織而成的黑暗兔窩中。他們將候選人一一帶進鏡室，在這裡，候選人將看見自己的真實形體。

多年來在諸神的神殿中虔誠祈禱，多年來閱讀並記憶賢者之言，還有她父母多年來省吃儉用只為了有機會買到一份推薦信，終於來到這一刻。

緊閉的門後，她聽見一陣狂喜的哭喊，緊接著是觀眾的讚賞歡呼。那男孩獲得的天啟是什麼樣的新自我？那男孩和他家人的命運將永遠改變。他將走上變成他們一份子的道路，成為其中一個格雷瑪之主，而他們剛剛就站在宮殿階梯上迎接沿共和大道遊行的新候選人：

一頭刨抓地面的公野牛，弧形的角像一對彎刀那樣聳立。一隻懶洋洋打呵欠的老虎，她的肩膀寬如宮殿的青銅大門。一隻尖嘯的老鷹，攤開的翅膀至少有八米寬。一隻用後腿人立的熊，體型幾乎像凱得總督的長腿一樣龐然……

緊閉門扉後的喧鬧平息，他們將帶轉化的男孩從鏡室另一邊的門離開，登上宮殿。執政官和諸位司令官將在那裡迎接他，為他確立貴族階級的地位——當然是最低階，還需要許多政治鬥爭才能往上爬。

艾娃幾乎緊張得精神錯亂，她發現下一個就輪到她進入鏡室。

「母親、父親、蕭，」她對自己低語：「我們的所有犧牲都值得了。」

挑選天啟候選人的工作由監管區的舉薦委員會負責，富裕的城市居民有許多場合能被他們看見，貝塚礦工則不然。他們家經歷多年志願服勞役，總督才覺得應該大發善心推薦她；數十個被提名人都是富裕人家的孩子，只有她來自鄉下。接下來，有些委員會成員放出風聲自己可接受說服，因此艾娃家將所有積蓄都用來賄絡他們。就算到那個時候，她的位置依然不穩固，直到委員會面談——衛戍部隊的指揮官對她的體能印象深刻，學者們也對她的古文知識給予好評。而在那些成就之後，是無數小時的學習和練習，沒有私人教師或訓練師的協助。

瘟疫過後，世界變樣，天啟酒是新世界最先被發現的奧祕之一。一種混合物喚醒了人體內的隱藏機制，容許飲用者將自己的軀體改變為第二種形體，而這種形體展現出他們潛在的天賦與隱藏的能力。緊接著瘟疫之後的黑暗時代裡，第一任執政官只是個名不見經傳的小流氓，在天啟酒的幫助下，他獲得天啟化身為龍，擁有神授能力又剛毅的偉大神獸。他帶著其他天啟夥伴組成的軍團驅離陸地上的怪物，戰勝敵人，創立格雷瑪共和國。

她面前的沉重雙開門盪開，鏡牆反射的刺眼強光如此明亮，她忍不住舉起雙臂遮住眼睛。

「艾娃．賽得，」剛剛打開門的侍者緩慢莊重地說：「妳可以進來了。」

艾娃腳下踉蹌，差點沒摔倒，她被光照得一時看不見，用顫抖的雙手扶牆，摸索著走進房間。她的腦子一團模糊，重擊的心跳聲在耳中轟擊。

她是否注定成為強壯的牛，一個大臣，在政府為執政官忠誠服務，最後可能被拔擢到議會中高貴的階級？還是她注定成為智慧的猴子，一名學者，肩負恢復古代賢者知識的任務；古人的智慧佚失於容非烈檔案館的走樣資料庫間，而她將加以修復，努力引領格雷瑪走入新的黃金時代？或許諸神要她成為狼或龍蝦，一個戰士，保衛文明的綠洲格雷瑪；受瘟疫支配的荒野充斥怪物，同時還有野心叛亂的內部威脅，而她將挺身對抗？

侍者低聲指示，但她只聽懂一半，努力依指示行動。她閉上眼，深呼吸，將肺中的空氣想像為兩團能量，一團藍、一團紅。慢慢地，她想像自己將兩團能量推入腹部，融合為一顆白色的球。她撫摸它、餵養它、為它搧風點火，用意志力要它成長、充盈她的胸腔和四肢，以聖焰填滿她的軀體。她想像能量燒掉舊的自我，喚醒每一個細胞，引導新血管穿過骨髓和肌肉，將她的身體重新打造為新形體，她的新自我——

——在狂喜與驚駭中哭喊出聲，她感覺到了。她感覺天啟酒在她體內活過來，重新塑造她，就像氾濫的亞洛斯河每年春天重塑河岸。天啟酒在發掘她的真正本質，將她的本質帶到表面，這過程很像被錄下的影像在水銀煙中緩緩顯現於光畫師的銅片。她感覺骨頭爆裂、熔接，肌肉重新連結新骨骼，器官配合新空間重新排列……這種身體的感受既非愉悅亦非痛苦，而是某種接近並超越兩者的感覺。她迷失其中，完全被強烈的轉化吸納。

好一段時間後，她終於恢復意識。她再次能號令她的肢體，並立即感覺到不同。就像冬天第一次穿上厚毛皮和靴子，感覺笨拙又難施展。她必須先習慣新身體才能掌控動作，並動得優雅；她才能輕鬆在人類和天啟形體間切換。

她還不敢動，在那兒等著，期待讚賞她新形體的驚嘆聲。

鴉雀無聲。

她小心翼翼地睜開眼。

她無法理解自己怎會被傳送到這片她無法辨認的土地。巨大的雕像矗立在她四周，彷彿智慧神殿的高聳柱子，表情震驚的巨大人形高懸在她上方。它們如此龐大，令她想起容非烈的古代摩天大樓廢墟，過往時代的無聲見證者。

「我在哪？」她茫然地問道。

然後，龐然雕像動了起來，聲音聽在她耳裡有如雷鳴。她一縮，對自己的耳朵突然變得如此敏銳大感驚奇。字句難以解析，不可能理解。她無助地抬頭望，突然認出剛剛替她開門的侍者——

「無用的天啟！」侍者吼叫，龐大的臉扭曲成厭惡的表情。「真是浪費時間！」

「挖垃圾和翻野草就是會得到這種下場。」另一個聲音說道。轟然巨響。

「水準！監管區的人都不管水準了嗎？」

她直覺地往前衝，同時一隻巨腳砸向她一秒前所在的位置，這隻腳與粗如百年老樹樹幹的腿相連。

她發現自己來到一面發亮的牆前，一張毛茸茸的臉回瞪她，臉上一雙害怕的眼睛、抽動的鼻子。她伏低，看見牆上那東西也用毛茸茸的爪子伏低。

她幡然醒悟。

她感覺到、也看到她鬆軟的長耳朵頹喪地垂靠在肩膀上。她的喉嚨發出高亢的啜泣，她用舌頭舔舔分裂的上唇，看著鏡中那個不足一呎高、一身淺灰色毛皮的生物也做出相同的動作。

她被恐懼和羞恥淹沒——

——身旁的阿茹克草莖竄高、變粗，而她再次體驗痛苦交雜歡愉、恐怖交雜狂喜的感覺。一千種人類形體無法察覺的刺激味道侵襲她的鼻子——田鼠和鹿的新鮮糞便、晚秋的腐爛植物、一叢蘑菇的醉人氣味。她的耳朵如此精緻，彷彿漁民以平穩的雙槳艇拖過亞洛斯河的網子，捕捉薄暮空氣中的所有聲音和振動。她的眼睛現在位於頭部兩側，她因此能以幾乎全向的視野看見周遭，在她偏好的晦暗光線下看得清楚分明。

更多金屬互相磨輾的鏗鏘聲，緋紅牝馬又發出一陣不屈的嘶鳴。兔子艾娃往前跳，盡情享受強健後腿給她的自由。現在她體型縮小，濃密的阿茹克原野不再是沒有路徑、頑強抵抗的阻礙，不用再強行通過，而是一片搖擺樹木構成的森林，無論她往哪個方向看，都有寬敞的通路。

她跑啊跑，隨著每一次跳躍越來越熟悉自己的另一具軀體，她沉浸在新形體中。獲得天啟變成獵物，而非掠食者；變成一隻普通、平凡的兔子，而非體型超大的牛、老虎、狼或龍，她褪下這所有恥辱，就像她拋棄人類的衣服一樣。

蒙受恥辱從容非烈回來後，她沒讓失望的家人知道她在鏡室看見什麼，只告訴他們她沒獲得天啟。然而獨自一人時，她屢次在月光下化為兔子取樂，跳躍、探索、聞嗅夜晚空氣中的陌生氣味。這是存在的另一種方式，體驗一種專屬於她的真實。

她覺得矛盾，不知道該怎麼調和她的人類本質和兔子本質。不過此時容不下這種焦慮。她第一次需要以這個形體完成某項任務；她得行動，而非沉溺。她在阿茹克分開處減速停下來，與那匹巨大的牝馬四目相對。

艾娃滿懷同情地抬頭凝視跛腳的馬，馬兒眼中的光輝卻黯淡了。牝馬聽天由命地噴鼻息——一隻兔子的同情有什麼用？小傢伙甚至還不到馬兒一隻晚餐盤尺寸的蹄子高呢。牝馬不耐地搖頭，要艾娃在機器掠食者襲擊她們倆之前離開。

「別動。」她低聲對牝馬說道。她看見牝馬眼露驚詫，心裡一陣溫暖的滿足感。「躺下來，別踢，他們在這種紅光裡很難看見妳。」

牝馬驚愕地倒抽一口氣，艾娃跳進濃密的阿茹克，直朝長腿而去。

那裡！一條金屬腿在活塞的推動下進入視野，像砸入雜木林的彗星一樣壓垮阿茹克，第二條腿跟進。金屬圓柱洋溢不可動搖的力量，呈現出鈍鈍的堅硬感，遭腐化的自然之力。

她能怎麼辦？艾娃仔細思量眼前景象，滿心懷疑。

她是個跑者，不是鬥士。她欠缺體型、體重及力量，無法阻止鋼鐵蜘蛛，甚至也沒辦法減慢它們的速度；她沒有匕首般的牙能撕裂鋼鐵的爪子，威嚇不了長腿裡的人。對上執政官最強大的戰爭機器，一顆毛球有什麼用處？

更多金屬腿沉沉落地，大地隨之震動，蜘蛛接著靜止，旋轉鋸齒鋼顎似乎遲疑了。緋紅牝馬聽從艾娃的建議，蜘蛛操作者找不到獵物了——至少短時間內找不到。

艾娃重燃希望。一咬牙，躍向高塔般的腿。她落在兩根粗圓柱之間，機艙內的機組員看不見這裡——不過就算他們看見她，她也不覺得他們會把她視為威脅。她啃咬活塞腿四周的阿茹克草莖。

她動作快速。草莖味苦，味道很像阿茹克根泡的茶。她像揮舞鑿子一樣使用她的前齒，盡情劈砍草樹。

一根草莖倒下，又一根，再一根。她是迷你伐木工，爭分奪秒砍倒堅硬、多纖維的莖幹。

金屬蜘蛛腿依然靜止。砲塔呼呼作響，在她上方旋轉，機組員正在尋找那匹不知用什麼方法遁入濃密阿茹克間的染血馬形生物，這片原野被落日染為緋紅色，彷彿一片餘燼。蜘蛛試探地任意朝草叢發射幾支弩箭，希望能驚動受傷的獵物。

艾娃知道自己沒多少時間。她沒停下來讓痠疼的下顎稍事休息，反而來回跳躍，在倒下的阿茹克草莖間飛舞，像隻發狂的河狸。

一拉，二跨；一拉，二跨……艾娃不屈不撓地跳躍，耳朵服貼，前爪緊緊握住草莖纖維。她以前用採礦所得的塑膠條編手套就是這種編法，這動作如此熟悉，她陷入恍惚。

突然一陣窸窣聲，她的耳朵抽動。牝馬可能是受不了腿傷的疼痛，在躲藏處動了動。艾娃上方的蜘蛛旋轉砲塔，鎖定草叢中突生的動靜。柴油引擎的嗖嗖聲有一種幾乎難以察覺的變化。艾娃跳開，她對月亮中的玉兔祈禱自己做得夠多。

引擎的聲響轉為高亢，活塞開始收縮，關節開始伸展，那些腿將會踩著協調的舞步抬起、邁進

——

兩條腿被阿茹克草莖織成的網綁在一起，笨拙地交纏，蜘蛛絆倒。機艙內的駕駛困惑不解，前後推動控制桿想解開打結的腿，不過草莖經過艾娃編織強化，撐住了。

惱怒的駕駛握緊控制桿前後推，逐漸增加送到活塞的動力。突然間，將腿捆在一起的編織草莖斷了，緆緊的細長附肢意外重獲自由，猛力踢了出去，失去控制。

蜘蛛搖晃了起來，幾乎要失去平衡。驚慌的駕駛使勁扳控制桿，朝另一個方向猛推。細長腿徒

勞地努力導正軀體，活塞呻吟，但已經太遲了。蜘蛛像隻落地前就絆腳失足的新生幼駒，伴隨著一聲巨響轟然倒地。呼呼作響的金屬鋸齒鋼顎咬入地面，噴起一陣遮天蓋地的岩石和泥土，隨即又如冰雹般落地。砲塔一面呻吟一面慢慢停下來，濃煙從接縫處竄出。片刻後，三名嗆咳窒息的士兵猛力推開頂部的門爬出來。

另一架蜘蛛的機組員看不見是什麼讓同伴摔倒，換他們驚慌了起來。他們以為遭受攻擊，將槍砲瞄準緊鄰殘廢蜘蛛的地方快速發射，弩箭射入地面，弄得情況更加混亂。另一邊，從倒下的戰爭機器鑽出來後，機組員手忙腳亂奔到機器後方尋求遮蔽，尖叫著要另一隊機組員停止射擊。艾娃則往安全之處飛竄。

還正常運作的長腿機組員終於注意到從殘廢蜘蛛附近逃走的兔子。砲塔轉過來追蹤她，一連串弩箭僅以毫米之差射入她身旁的地面。

左、右、迂迴前進，艾娃每秒變換方向，命懸在最細的一條線上。她感覺得到自己的速度在減慢，呼吸變得越來越困難。她速度雖快，但天生適合短距離衝刺，而非持久奔馳。射手遲早會追上她。

「妳停下來他們就看不見妳！」她的耳朵捕捉到風中一陣粗啞的低語。

艾娃撤下瞬膜，爪子掘入土中。她盡可能把自己蜷成一顆小球，另一顆子彈射入她身旁的地面，翻起的土壤和斷草莖灑在她身上，她逼自己別理會衝刺的衝動。

不間斷的高射砲火停止，那聲音說的沒錯，她在驚慌下忘記自己先前提出的建言。她的體型太小，暮光太黯淡，少了經過時擾動阿茹克自暴行蹤，她基本上有如隱形。

射手找尋目標，砲塔繼續鏘鏘轉動。空中充斥人類的噪音，沒察覺她的存在。

「那是什麼啊？」

「可能是田鼠吧？」

「可能是更不妙的東西，說不定是腐敗者！」

「沒那麼小的腐敗者。只是某隻蠢動物。你在對我們射擊耶！你有可能——」

「你一定是史上最爛的駕駛！沒聽過有哪個人因為一隻田鼠而撞爛一架長腿，隊長會——」

「別管田鼠了，逃犯呢？」

「她逃不遠的，上來，我們去追她。」

咒罵，笑聲，繩梯「嗖」的一聲垂降下來，還能用的長腿接收殘廢雙胞胎的擱淺機組員。

「妳能動嗎？」艾娃對著遠方吱吱叫，知道牝馬聽得見她的尖銳聲音，人類則不然。

「不能。」風中傳來回答。

艾娃細細思考她們的處境。機組員一在蜘蛛內集結就會繼續追獵，牝馬早晚會被找到。艾娃的心臟費力地重擊，她無比恐懼，但她逼自己緩緩爬過阿茹克，朝蜘蛛的方向前進，繞過草莖以免驚動他們。她必須做點什麼，什麼都好。

龐然的殺戮機器陰森地進入她的視野，三個人類正沿從側機艙垂降的繩梯往上爬，蜘蛛因為他們的重量而傾斜。

艾娃繃緊長長的後腿，猛力一躍，在草上劃出一道短弧。落地後，她對準細長腿之間的空隙直直奔去。

「那裡！那裡！」

射手從頭到尾都緊張地掃瞄著和緩擺動的草海，他不假思索握緊扳機。槍射出一連串子彈，而他旋轉、傾斜砲塔，努力不讓那道灰色影子離開他的視線範圍。

「停止射擊！你這蠢貨──」

然而太遲了。砲塔旋轉的衝力、反作用力，加上繩梯上額外機組員的重量，蜘蛛被推得失去重心。

叫喊的命令、咒罵、尖叫，第二架蜘蛛搖晃、翻倒，在一陣能震裂骨頭的巨響中墜地。

艾娃竄過濃密的阿茹克，回到先前留下受傷牝馬的地方。

不過她找到的並不是馬，而是一個高䠷、纖細、一頭濃密紅色捲髮的女人躺在地上。她的相貌並非不美，只是有十字型的紅色痕跡，或許是被阿茹克的棘刺刮傷，也或許是酗酒造成的蛛網狀血管。她的一條腿以不自然的角度扭曲。

艾娃筋疲力竭地趴下，女人伸出一隻手溫柔地放在艾娃背上。艾娃的兔子軀體顫動，不過她容許女人碰觸，目光牢牢盯住對方。

「謝謝妳。」女人低語道，聲音跟艾娃先前聽見的嘶啞嗓音一樣。「我沒想過我會被一個……像妳一樣的人拯救。」

「妳可能太早道謝了，」艾娃氣喘吁吁地說道：「我只是拖延了必然發生的結果而已。一旦他們從困惑中醒悟，就算沒有長腿，六個受過訓練的士兵徒步也能快速除掉妳和我。」

女人改變姿勢，接著一縮。「要不是這條腿，他們根本不可能逮到我們。」然後她輕蔑地朝殘骸的方向一瞥。「六個士兵沒什麼大不了。如果是公平對戰，緋紅牝馬就算對上一萬個士兵也沒問題。」

艾娃回想起女子令人讚嘆的壯麗天啟形體，知道她這番話並非空口吹噓。

「我不太擅長戰鬥，」艾娃哀嘆道：「無論是這種形體還是人類都一樣。」

女人看著她。「在我心中，妳是最棒的戰鬥夥伴，灰兔。」

她說的話溫暖了艾娃的心，就如同她的手溫暖了艾娃的身體。艾娃別過頭，不讓女人看見她眼裡湧現的淚。

兩架倒塌蜘蛛的機組員幫彼此包紮好傷口，正在討論該怎麼獵捕逃犯。

「去吧，救妳自己。」女人說道：「恐怕我這輩子沒辦法報答妳了。」

艾娃搖頭。「我不會丟下妳的。」

女人微笑，撫摸艾娃的長耳朵。艾娃沒在這動作中感覺到絲毫屈尊，只有敬佩。「讓我看看妳的長相。如果我們要一起死去，我想先看看妳的臉。」

「為什麼？」

「那樣一來，我在來世的英雄廳才找得到妳，才能邀請妳回來，一起做鬼糾纏殺我們的人。」

艾娃大笑。儘管知道將不久於人世，她充斥恥辱的人生已經好久沒有這種感覺了，不禁愉快地顫抖。這是驕傲的感覺。

她變回人形，躺在女人身旁。「我的名字是艾娃．賽得——不過灰兔聽起來不錯。」

「我是河東監管區的琵妮恩．蓋茲，很榮幸認識妳。」

她們擊掌，坐起來，一起轉身朝向士兵的方向，準備迎接她們的命運。

這時突然傳來一個粗啞的聲音：「等妳們兩個結束這場惺惺相惜社團的聚會，我們或許可以來討論一下該怎麼逃走。」

在遲鈍的人類感官下，艾娃沒注意到突然滲入空氣中的貓科氣味。她瞠目結舌地看著一頭毛色光亮、健壯的花豹穿過濃密的阿茹克走向她們；她的身長足足有十呎，一身黑如煤炭的毛皮。

「菲．史威爾！」艾娃喊道：「妳在這裡做什麼？妳什麼時候……在哪裡……怎麼會變成天啟者？」

「關於我的事，妳不知道的還多著呢。」菲傲慢地說道：「妳說我是懦夫！妳單槍匹馬去找腐敗者救妳弟弟，我卻躲在家裡，這事如果傳出去，我是要怎麼在我手下面前做人？」

菲沒給另外兩個人多說一句的機會，她轉過身伏低，貢獻自己的背脊。「跳上來！」

星空下，菲背負著兩個女人大步在阿茹克間慢跑，三人分享她們的人生故事。

琵妮恩以前是亞洛斯河畔的拖網漁民。有一天，她抓到一條罕見有三個頭的座頭梭魚。殺魚時，她在魚腹內發現一個小玻璃瓶，裡面裝滿含有香料與草藥味的綠色酒漿。琵妮恩向來無法拒絕好酒，因此她一口飲盡——就這樣變成天啟者。

「妳為什麼不去容非烈找妳的榮華富貴？」艾娃問道：「幾千個人會願意犧牲一、兩條手臂或腿以換取妳的好運。」

琵妮恩冷酷地笑。「流浪說書人告訴我們，共和宮比春季氾濫時的亞洛斯河更汙濁、更洶湧。我為什麼要放棄無憂無慮喝酒、戀愛的日子，妄想駕馭政治的潮流？不了，我還是一個人就好。」

因此她偽裝天賦，繼續過日子。不過有一天，在喝啤酒、玩遊戲的下午，她發現一個官員試圖捏造罪名把一戶漁民家的兒子關進牢裡，藉此侵占他們的家產。當時她陷入受酒精激化的狂怒中，把那個官員綁在樹上鞭打到他求饒，逼他承諾不會再打擾這家人，然後才放他走。

受辱的官員想復仇，他聘請亡命之徒謀殺那戶漁民，再指控琵妮恩是凶手。沒有任何調查或審判，河東總督逮捕琵妮恩，宣告她會在早上被處決。那一晚，琵妮恩化身為緋紅牝馬，踹開牢房的門、打傷守衛後逃脫。她在河東的街道上疾馳，找到那個殺人的官員，用蹄子把他踏平。從那時起，她一直過著逃犯的日子，總是在逃。

「執政官的官員怎能做出這種無法無天的事？而且誰想得到總督，一個天啟貴主，居然會這麼愚蠢又麻木不仁！」艾娃喊道，一面輕輕在菲的背上彈跳。化為煤黑花豹的菲．史威爾似乎在星光下也像在陽光下一樣看得清楚，移動時帶著狩獵者的天生優雅。

「執政官是個窩囊的年輕女子，對管理不太感興趣。」菲說道；雖然背上載著兩個成年女性，她的呼吸依然緩和平穩。「她安插在身旁的都不是智慧與美德的顧問，而是童年玩伴，他們在她耳裡灌滿奉承，在自己的金庫裡塞滿從共和國竊取的財寶。支配宮廷的是貪婪和野心，所有總督、將軍、官員、司令官，無論是否天啟，他們的唯一目標都是私利，而非人民的福祉。」

艾娃陷入沉默。大家都很清楚菲剛剛說的那些情況，但艾娃總是試著否認——對她而言，接受天啟貴主的德行並不像他們的形體一樣美好，也等於接受了一種理想之死。她無法成為天啟者的一份子，而因為不可企及，她進一步將他們浪漫化。

「那妳呢？」艾娃問菲：「妳是怎麼獲得天啟的？」

菲向來喜歡到格雷瑪邊界外的迷霧中探險，因為在那裡可以找到最有趣的怪物，牠們的毛皮、角枝、犄角或鱗片可以在黑市賣到很好的價錢。有一次，她在跇普鎮做買賣時，被帶去見一個受雇於議會某司令官的女人。那女人給菲一瓶天啟酒，交換非常罕見的鯪鯉鱗——司令官相信可以藉此調配出生殖力與青春永駐的靈藥。

「她就這樣給妳天啟酒？」艾娃難以置信地問道：「但……那是犯罪耶！」

「對位高權重的貴族來說，國家的的法律不過是廁紙上的汙點。」菲說道：「就像琵妮恩所說，只要有私利可圖，無論是否獲得天啟，官員沒什麼做不出來的。我覺得靠軍隊保護我們不受強盜侵襲沒用，因此收下天啟酒，讓自己強大得足以自保。」

艾娃又一次陷入沉默。她以前學到的是，受推薦而獲得天啟是發掘人的本質並榮登貴族之列的唯一方法，但現實有所不同。

情況確實在改變。

霧氣籠罩山谷，艾娃、菲和琵妮恩都已化回人形，她們謹慎地窺探山谷中的營地。她們目前位於格雷瑪邊界數哩外——就連菲也不曾到這麼遠的地方狩獵。

這地方顯然在瘟疫之前曾是某個城鎮的所在地。藤蔓覆蓋房舍與建築的廢墟，不過看得出棋盤狀的街道。許多廢墟遭腐敗者占據，有些冒出縷縷炊煙，還有人搬著沉重箱子或推著滿載貨物的推車在附近走動，證明它們被用來當作住處或贓物儲藏庫。整體而言，感覺就像俯瞰巨大擁擠的獸窩，裡面擠滿徹底受貪婪驅策的動物。

「妳們覺得下面有多少人？」艾娃問，眼前景象令她畏怯。

「我會說至少八百個戰士，」菲說道：「而且誰知道裡面有多少天啟鼠？」

琵妮恩和菲都發誓要幫助艾娃救出她弟弟。琵妮恩的腿好得差不多了，經過幾天的旅行，菲敏感的鼻子終於追蹤到蕭在這裡。蕭顯然不可能靠自己來到這麼遠的地方——多半是被腐敗者俘虜了。

「我現在覺得艾娃是對的了。」菲咕噥道：「我們或許應該更努力說服軍隊過來才對。」

在艾娃的堅持下，她們一找出腐敗者巢穴，琵妮恩就奔回踋普鎮留下訊息給總督，告知所在位置——這匹飛速的神駒一天之內就能來回一趟。琵妮恩和菲都覺得凱得總督完全不可能花心思對這訊息作任何反應。

琵妮恩咯咯笑。「怕了？」她朝菲一瞥，蛛網狀血管蔓延的臉上一抹挑戰的微笑。「我沒有妳的牙齒或爪子，但我可不會怯戰。」

「如果一對二十，就連最強大的貓也鬥不過老鼠。」菲回嘴，一抹暗紅爬上她的黝黑臉頰。「而且，要是戰況真變得不利，我想我們之中應該會有人逃得比其他人快。」

「妳說誰會逃跑！」琵妮恩假裝生氣地說道。

兩位戰士立刻喜歡上對方，她們一有機會就喜歡互鬥——口頭上或身體上都喜歡。

「我們不會就這樣衝進去跟任何一個遇上的腐敗者打。」艾娃說道：「我不在乎妳們對自己的力量多有自信——莽撞行事一點意義也沒有。」

柳橙兄弟是三個年輕男子，來自麻森威灣的一座小島。他們幾年前在容非烈獲得天啟推薦，不過天啟酒把他們變成人類大小的老鼠，一種通常與造反者或罪犯有關的形體。執政官囚禁他們，但他們靠賄賂逃了出來，而且據說離開前從執政官的庫藏偷走一批天啟酒。

他們一度滿足於領導小型強盜幫在格雷瑪的城鎮間劫掠商隊。但過去這一年來，主要是因為北部監管區的乾旱，他們的人數膨脹到數千人之多。謠傳他們獲得某種魔法，能夠讓戰士勇敢無懼，每個人都能以十人之力戰鬥——他們稱這種狀態為「麋腐神力」。他們襲擊村莊甚或小鎮，所經之地彷彿蝗蟲過境，除了死亡與毀滅之外寸草不留。

「那妳的想法呢？」琵妮恩和菲同聲問道。

艾娃仔細思索腐敗者的基地，一面掃視四周。最後，她們選定一個就在廢墟鎮外的排水溝。

「這可能是妳這輩子最糟糕的點子。」菲抱怨道：「太臭了，難以忍受。」

「我沒要妳化身為天啟形體進來，妳就該高興了。」艾娃說道，透過蒙住口鼻的布，聲音變得模糊。「鼻子那麼靈敏，妳說不定真會昏倒。」

「盡量別說太多話。」琵妮恩說：「說得越多，吸入的空氣就越多。」她把腳從爛泥拔出來，發出響亮的嘩啦聲。「然後別太認真思考我們踩過的是什麼東西。」她咕噥著補充道。

想到在她上方生活的數百個腐敗者需要排放多大量的排泄物，菲差點沒吐出來。至少她停止發牢騷了。

她們三個在漆黑中小心穿過及踝的汙水，各自伸出一隻手扶著同樣黏滑的牆。

「不敢相信妳剛剛用灰兔的形體穿過這裡。」菲說道：「妳怎麼沒淹死？」

「兔子擅長走地道。」剛剛探索排水溝的記憶重回，艾娃壓下一陣不由自主的顫慄。「別提了。」

艾娃知道所有城鎮都建築在錯綜複雜的排水溝上，只要膽子夠大，可以透過這個網絡去到城鎮的任何區域而不被發現。菲和琵妮恩下午休息的時候，她在地道迷宮間跳躍，探索每一條岔路，最後找到幽禁蕭和其他俘虜的那棟建築。

「到了。」她停下來，微弱的星光透過她們上方的格網灑落。

她們三個靜立聆聽。黎明前的時分萬籟俱寂，只聽見夜風輕輕的呼嘯聲。距離格雷瑪的各個城市如此遙遠，腐敗者不擔心軍隊或民兵來擊。

她們一個接一個從排水溝開口爬上一條廢棄道路的路邊。旁邊是一幢兩層樓高的雄偉石造建築，兩名衛兵在大門旁的地上打盹。

三人繞到建築後方，菲輕而易舉折彎一扇大窗的鐵條，做出供她們爬進去的開口。一樓的大廳地板鋪滿睡墊和睡著的人。她們踮著腳尖走過打呼的強盜身邊，艾娃帶路朝樓梯前進。腐敗者把他們認為招募比殺掉好的俘虜關在二樓較小的房間內。

一顆夜光球照亮二樓，這東西無疑是腐敗者從某個有錢人家裡搶來的。艾娃注視一扇扇關閉的門，試著決定該先查看哪一間。她身後傳來金屬鏗鏘聲，不過幾乎立即被掩住。

她旋過身。夜光球的冷光下，她看見菲在她正後方，一臉心虛，手上拿著一把長鋼矛，正努力不拖到地上。

「抱歉。」

「妳從哪拿來的？」艾娃低聲問道。

「我跟著妳來的時候太匆忙，忘記帶我的刀。」菲說道：「如果必須戰鬥，那我需要武器，剛剛經過的時候從一個睡著的強盜隊長那兒拿的——它在召喚我。」

「我們不是來打鬥的，」艾娃說：「只是進來、救藺，然後出去。」

「我只是學她而已。」菲辯解道，一面靠向一旁，露出拿著一把長柄長彎刀的琵妮恩。

「妳總是告訴我們要做好預防措施，」琵妮恩說：「而且，偷強盜的東西沒什麼不對吧？」

艾娃搖頭嘆氣，轉回身，帶頭沿走廊前進。希望所有囚犯也在睡覺，她們能在不吵醒任何人的情況下找到藺。

艾娃無比緩慢、無聲地推開第一扇門。

三人立即趴下，從門口滾開。菲和琵妮恩都伏低採取守勢，武器高舉。艾娃躲在菲身後，差點沒忍住一聲害怕的驚叫。

房裡滿是雙眼圓睜、立正站好的強盜。

時間在絕對的安靜中一秒秒過去，只聽得見樓下一波波鼾聲。

最後，艾娃鼓起足夠的勇氣，朝房內偷覷一眼。「他們沒在動。」她低聲說道。三顆頭從門柱邊窺看。房內有約莫三十名強盜，排成整齊的隊形，眼睛睜開瞪著前方，靜止如雕像。

「他們肯定不是蠟像。」菲伸出一根手指戳戳最近那名強盜的腳。「看，皮膚會下陷。」她大步走進去，在那女人面前揮手，沒反應，她又做了個鬼臉。

「太詭異了。」艾娃頸後寒毛直豎。

「我也不喜歡這情況，」琵妮恩說：「不過沒時間解謎了。有看到妳弟嗎？」

艾娃和菲搖頭。她們拉上門，接著到下一個房間。

接下來幾個房間迎接她們的都是相同的詭異景象，強盜看似醒著但沒反應，其他房間則塞滿糧食、武器與機器零件。整個地方看起來像倉庫，就連站立的強盜看起來也比較像物品，不像人類。

終於，她們來到走廊末端的最後一個房間。艾娃推開門。房內以柵門隔成好幾個牢房，每間牢房內各有八到十個鋪位。相較於其他房間，鋪位上的人看起來確實在睡覺。

「艾娃？是妳嗎？」角落傳來低語聲。

艾娃幾大步便靠了過去。「蕭！你還好嗎？」

「妳跟來了。」年輕人咕噥道，聽起來難以置信。「感謝天妳來了！我很抱歉——」

「沒時間說這些了。」艾娃粗啞地說，不過放心的眼淚眼看就要潰堤。「你有受傷嗎？我們現在救你出去。」

「太可怕了，艾娃，他們根本沒有天啟酒！我剛過公路就被他們逮到，然後就被帶來這裡。他們逼囚犯喝下毒藥，奪走囚犯的心智，讓他們變成活屍，不會害怕，只知道乖乖聽話。」

「這解釋了我們看到的那些雕像強盜。」菲說道。

「他們一開始先用財富和權力吸引你加入，」蕭啜泣道，「因為他們說心甘情願的戰士好過僵屍。不過知道他們對他們劫掠的村民做了什麼之後，我拒絕了。如果我繼續拒絕，他們早上就會逼我喝毒藥。」

「我們晚點再談。」艾娃説道：「菲，動手吧。」

菲大步走到柵門前，試著把柵欄掰彎，不過鐵柵太粗，就連她強壯的雙臂也動搖不了。樓下傳來叫喊聲。「嘿，我的矛跑哪去了？」很快地，被吵醒的人用勉強能聽懂的模糊聲音怒氣沖沖地否認，武器的失主顯然決定要勞師動眾找出竊賊。

菲咒罵：「偷到一個膀胱滿滿的人真是太不巧了。」

「沒時間管那麼多了。」琵妮恩靜靜站著，閉上眼。艾娃和菲急忙後退讓出空間給她。片刻後，琵妮恩已化身為緋紅牝馬，體型大得幾乎塞不下這個房間。她轉身，有力的後腿猛力一蹬，蕭的牢房門被扯離牆壁，在震耳欲聾的巨響下轟然倒地。

蕭恐懼敬畏地抬頭注視這匹天啟獸。

銅鐘的響亮鐘聲響徹這棟建築。叫喊的命令，如雷的腳步，全體警報響起。其他囚犯這會兒都被噪音吵醒了，他們搥打牢房柵欄，求外面的人放他們出去。

「我們必須走了！」菲吼道。

「我們不能丟下這些人。」艾娃遲疑了：「我弟弟運氣好，有我們三個來救他，但誰來救他們？」

房門「砰」的一聲被踹開，幾個被毒藥剝奪意志的腐敗者手持木矛大步走進來。

「你們去救其他人，我擋住他們。」菲吼道。她衝向門，鋼質長矛在前。一次撲擊，她已經把四個敵人掃出房外。

同時間，緋紅牝馬在房內穿行，一面踹開牢房的柵門。艾娃和蕭安撫受驚的囚犯，努力要他們別驚慌，以免橫生枝節。

菲站在門口，像座擋住洪水的水壩。二、四、八、十六——無論多少腐敗強盜衝向她，都無法讓她退後半步。她緊握矛桿，用矛尖在空中劃出緊湊的圓，旋轉的鋼鐵之花，閃動的大蛇之舌，一座意志與力量的屏障，無人能夠通過。

更多吼叫聲，示警的呼喊，鎮上其他地方也接續響起響亮而持續的鐘聲。

「這些腐敗僵屍太驚人了。」菲的聲音緊繃：「沒見過有人這樣打鬥。」

一個強盜指揮官躲在沒有心智的人偶後方下指令，而人偶在指令驅策下填滿狹窄的走廊，像一堵血肉之牆一樣推進。他們不在意被菲的矛劃出傷口，打鬥時不顧慮會不會缺胳臂斷腿或失去性命。菲被逼得讓他們見血，她將矛插進其中一個人偶的胸膛，那人痛苦地嗥叫，鮮血從嘴裡噴出來，但連半步也沒後退。他不曾眨眼，眼神中既沒有恐懼，也沒有理解。他身後的其他人偶繼續往前推，迫使矛尖更深入他的身體，直到從背後穿出，但又刺入後面另一個人偶的胸膛。

菲的臉凝結成混雜著噁心與害怕的扭曲表情。「這太討厭了！」

「可憐的人啊。」艾娃說道：「他們也是某人的姊妹、兄弟、兒女。他們戰鬥並不是因為他們想戰，而是心智已經死去。柳橙兄弟就算死一千次也不足以換來正義。」

「我沒辦法再擋他們多久。」菲喊道。地板因人偶的血而變得滑溜，她的腳往後滑。

「我們放出所有囚犯了。」艾娃吼道：「琵妮恩，我們走！」

緋紅牝馬嘶叫一聲作為回應。一次跳躍，她已經來到房間後方的牆邊。她後腿踢出，馬蹄像兩把電鑽一樣高高舉起，一次、兩次、三次。石牆崩塌，原本牆所在的位置成了巨大的破洞，夜風呼呼從洞口吹入。

緋紅牝馬得意洋洋地叫喊，一躍而出。艾娃、菲和其他人跟在後面。

黎明前的戰鬥激烈又血腥。

強盜驅動一波又一波沒有心智的人偶，試圖包圍逃脫的囚犯並切斷退路。

化為天啟形體的艾娃嗅聞空氣、聆聽是否有埋伏，努力帶領害怕的囚犯走過一條條引導他們逃離這個強盜窩的路。菲、蕭和她原本可以騎在琵妮恩背上輕鬆逃出去——強盜不可能追得上腳步飛快的牝馬，不過艾娃堅持他們不能丟下剛剛救出來的囚犯。

因此菲和琵妮恩，也就是緋紅牝馬和煤黑花豹嘶叫又咆哮，打退追來的強盜。馬蹄在空中隆隆敲打，爪子和牙齒在星光下閃爍。強盜的血把骯髒的街道變得濕滑，痛苦的哀嚎在石造廢墟間迴盪。強盜人數越多，戰士們的心就越不屈。

筋疲力竭的艾娃跳過另一條小巷，囚犯擠成一團跟在她身後。不過她在前方看見的不是自由，而是更多強盜揮舞著劍、矛，甚至還有靠電池驅動的電擊棒。少數幾個強盜隊長帶頭衝鋒，他們是天啟鼠，爪子和牙齒閃爍的光芒甚至比電擊棒的藍色火花還令人發寒。

菲像一道黑色彩虹那樣躍過囚犯頭頂，在艾娃前方落地。她伏低，對逐漸靠近的強盜怒嗥，被嚇呆的強盜停住，踉蹌後退。

囚犯後方，琵妮恩在小巷的另一端鎮住追來的強盜，吐出宏亮的挑戰尖嘯，她的馬蹄咚咚敲打地面，每一下都是一次小型地震。

強盜復又推進，剛開始還有點遲疑，然後越來越有信心。人偶是受命令驅策，還有個人意志的強盜則是受同伴的人數鼓舞。無論緋紅牝馬和煤黑花豹有多凶猛、多強大，她們太寡不敵眾，沒有戰勝的希望。

艾娃絕望地蹲下，知道逃命的終點到了。

讘也在她身旁蹲下。

「對不起，弟弟，」艾娃說：「我救不了你，或琵妮恩，或菲，或任何一個囚犯，你姊姊是個……失敗者。」

「才不是。」讘伸出一隻手碰觸艾娃顫抖、淚漣漣的臉頰。「妳是最棒的姊姊。」

艾娃苦澀地笑。「我只是隻兔子，一點用也沒有。看看我，才跑不到半哩就累得全身發抖，我甚至打不過一個小孩。」

「不過菲和琵妮恩追隨妳，我們全部都追隨妳。」蕭說道：「妳的體型和力量或許都微小，但妳有勇氣、智慧與同情心。妳聆聽其他人心中的聲音，將之放大。」

「我就沒有好好聆聽你，我不懂你真正想要什麼。」艾娃說道。

蕭搖頭。「那現在聽我說吧，並且相信。妳的靈魂像飛行的龍一樣翱翔。我以為我能挽救我們家，卻不明白我們家早已得到祝福，擁有最偉大的天啟貴主。」

艾娃抬頭看著弟弟，發現他現在看她的方式就跟七年前一樣，他們拍攝唯一一幀全家福的那天。

「謝謝你，弟弟。」艾娃的心轉為平靜。「我們走之前讓這些強盜付出大筆代價吧，我們會像龍一樣死去，而非兔子——」

就在她說話的同時，一陣嘹亮、悠長的喇叭聲穿透空中，彷彿剛躍上地平線的旭日，所有交戰的人都停了下來，抬頭仰望。

那兒，東方，一條雪白的飛行巨獸從漸漸消散的霧氣中冒出來：一對無比巨大的翅膀、老鷹般的利爪、大蛇般的長頸，末端是箭鏃形的頭。巨獸身側有一道道垂直的斑駁藍色，彷若牠身穿古老軍服。

「要命。」菲．史威爾説道，聲音中滿是驚嘆：「是白龍。」

艾娃無比敏感的耳朵轉向東方。她聽見隱約的隆隆聲，一千名士兵踏步，一百萬個齒輪磨輾。

「執政官的軍隊來了！」她吼道：「執政官的軍隊來了！」

巨龍飛近，朝城鎮俯衝。強盜的驚慌叫喊撞上獲釋囚犯的歡呼，接著腐敗強盜四散逃逸，就像一座沙堡在不可抵擋的潮汐沖襲下潰散。

艾娃、琵妮恩和菲站在一起。艾娃緊張地直吞口水。

她們面前，一張椅子疊在另外四張椅子上，而高高坐在最上面的就是唐．艾格賽將軍，也被稱為白龍，他是伍斯特總督，這片土地上權力最大的軍閥。他原本就是體格雄偉的男人，臨時寶座更強化了他的威勢和高度。他銳利的雙眼中毫無憐憫，滿是算計，那是頂尖掠食者的眼睛，這會兒正耐心地俯視著三個女人。

「這沒什麼，閣下。」艾娃說道：「身為格雷瑪的百姓、執政官忠誠的人民，我們只是盡本分而已。」

總督先前感謝過她們提供強盜窩的情報。原來凱得總督也是艾格賽總督的擁護者。凱得知道他的主子一直想獲得一次軍事上的勝利，藉以強化他在格雷瑪貴主間的地位，增加他的政治資本，凱得便把腐敗者巢穴的位置轉告艾格賽，艾格賽決定對強盜發動一次全面性攻擊。

這場戰役——更精確來說，應該是一場屠殺——歷時短暫，在白龍的火息追逐下，強盜在廢墟鎮中逃竄，卻發現逃脫的路線都已被邁大步、落雨般射出鋼弩箭的長腿封鎖。上方還有蜻蜓，一種致命機器，附兩片呼呼作響的旋轉翼；蜻蜓內的機組員用流暢的十字弓一一拿下倖存者。最後，身穿塑膠盔甲的步兵在廢墟鎮內闊步而行，用電擊槍殺死每一個殘餘的強盜。天啟者、人類、無心者，就算跪下哀求軍隊接受他們投降，依然沒有一個腐敗者逃過死劫。

頭顱和盤繞的尾巴在將軍旁邊堆成一座小山，頭來自人類、尾巴來自天啟鼠，彷彿某種令人發毛的戰利品。這景象令艾娃作嘔。

將軍沒說話，依然耐心等待。

「您的讚美和您提供的機會令我們無上光榮，艾格賽貴主。」艾娃吞口水，逼自己迎上掠食者的目光，繼續說下去：「但我的姊妹和我只是尋常老百姓，無法勝任服侍偉大的貴主。」

介紹琵妮恩和菲的時候，她選擇說她們是她的姊妹，藉此隱瞞琵妮恩實際上是逃犯這件事。目睹過腐敗者如何被殘酷屠殺，她不想讓琵妮恩暴露於任何危險中。她的視線在血淋淋的屍塊堆和坐在寶座上的將軍之間來回，不確定到底哪一個更令她害怕。

「妳是個聰明的女孩，艾娃．賽得；在協助我獲得這次勝利的過程中，妳展現出可觀的潛能。」艾格賽貴主的聲音彷彿低沉的雷鳴，撩人又緩慢。「不要用虛偽的謙遜假惺惺了。妳覺得我給妳們的頭銜太低了嗎？當作起始出價吧。如果妳們忠誠服侍我，我可以給妳們更多，更多。」

「您誤會了，閣下。」艾娃說：「我們不是在討價還價。我們不是為了野心而戰，而是為了拯救所愛之人。我們不渴望榮耀，只希望安寧度日。」

「安寧？」將軍大笑，但在那聲響中沒有丁點歡樂，只有算計。「原野中的阿茹克或許希望靜靜站著就好，不過風不會讓它們稱心如意。當格雷瑪被從外而來的怪物包圍，容非烈充斥由內而生的野心，若非受強大的貴主庇蔭，並為其服侍，怎麼可能有人能安寧度日？鋒利的劍需要技巧精熟的人來揮舞，駿馬若少了高貴的騎士，則會默默無名地死去。」

「野馬只適合野外，不適合容非烈的堵塞街道。」琵妮恩．蓋茲說道。

「鏽刀只適合砍野草和柴薪，不適合掛在偉大貴主的玉腰帶上。」菲．史威爾說道。

氣氛變僵了，艾格賽將軍瞇起眼。

「姊妹們的意思是，我們希望為自己的夢想而活。」艾娃的聲音比琵妮恩或菲更溫和，但決心不減。「若您逼迫我們違背自己的意願為您工作，那麼，與腐敗者利用毒藥奴役他們說服不了的人，有什麼差別呢？」

短暫的一瞬間，艾格賽將軍冷若冰霜的表情似乎就要凍結空氣，三個女人繃緊神經。不過溫暖的微笑又溶解他臉上的寒冰。「說得很好，艾娃．賽得，說得好，逼迫沒用，那就罷了。我祝福妳們三人旅途愉快。」

艾娃鬆了口氣。她們對艾格賽將軍深深一鞠躬，轉身離開。蕭和其他囚犯一起擠在旁邊，艾娃對他招手。

「我們要回家了。」艾娃微笑。

「送他們上路。」將軍從後方說道，語氣別有含意。「所有人。」

迅雷不及掩耳的一個動作，囚犯旁的士兵抽劍刺入囚犯的身體。大多數人甚至來不及叫喊，便咯咯吐出最後一口氣。

艾娃震驚得無法動彈。

蕭倒在地上。艾娃如夢初醒，衝到他身旁跪下，把瀕死的男孩抱入懷中，發狂地用雙手壓住他胸前的傷口，努力想止住血。

「噢，天啊！拜託，拜託！」

蕭仰望著她，擠出一抹微笑。「沒關係的，姊姊，我早該聽妳的話留在貝塚。」他的聲音如此微弱，艾娃必須把耳朵靠近他顫抖的嘴唇才聽得見。「妳是對的，我們在這些人眼裡就是野草。」

良久後，艾娃輕輕地把弟弟不再動彈的身體放在地上，轉身面對將軍。「為什麼？」

「我騎不了的野馬任何人也別想騎。」將軍的語氣平靜如匯聚在艾娃腳邊的血泊。「我拿不了的鏽刀必不能落入他人之手。而且，我要交給執政官的凱旋報告還缺幾顆人頭才湊到殺敵一千，為了湊數，我必須跟囚犯借頭……還要借妳和妳姊妹的頭。」

「你怎麼可以這麼做？」艾娃對他尖叫：「你是執政官的僕人，也是格雷瑪人民的僕人！」

「執政官最近一看見我就發抖，才不敢對我下令。」將軍說道：「沒錯，等我回到容非烈，我會向她要個更好的頭銜。**格雷瑪的貴主守護者**聽起來不錯，妳不覺得嗎？或許其他總督和將軍終於會了解新的現實。」

士兵舉劍進逼。艾娃牢牢盯著將軍的眼睛，拔腿奔向他，雙手如爪子般高舉——

一雙有力的手臂抱住她，將她托離地面。然後她感覺自己落在紅色鬃毛飄揚的強壯馬背上，她上下搖晃，同時將軍在她的視野中後退。她騎在緋紅牝馬背上，菲．史威爾牢牢抱著她，她們奔離將軍手下的攻擊範圍。

她耳邊響起菲低沉、痛苦的聲音：「不要現在，兔子總是會等待機會。」

在及肩的阿茹克中，三個滿身是血的女人面對東方跪下，那是日出以及容非烈的方向。

「雖非同年同月同日生，」她們同聲說道：「亦非同父同母同姓同宗，但我們找到了彼此。我們因悲傷而團結，因對正義的渴望而連結，我們稱彼此為姊妹。天地為證，我們不想挑起爭端，但必會終結這場戰鬥。我們永不停止，除非將和平帶回格雷瑪，或是同年同月同日死去。」

阿茹克草莖在風中擺動，三個姊妹擦乾眼淚。

緋紅牝馬在潛行的煤黑花豹旁奔馳，穿過草海。不過在兩者之前，彷彿掠過浪尖的飛魚，一隻灰兔帶頭跳躍。她會聽，會躲，會謀劃，甚至會戰鬥——但她永遠不會背離自己能同理他人的本質。

「格雷瑪的貴主們啊，」艾娃對自己低語：「你們有新同伴了。」

風暴外的追逐

——摘錄自「蒲公英王朝」（The Dandelion Dynasty）系列第三部，《蒙紗的王位》（*The Veiled Throne*）

A Chase Beyond the Storms

An excerpt from The Veiled Throne, The Dandelion Dynasty, book three

緊接在風暴之牆後——風暴季節治下第一年第五個月（雷金皇帝與天佑佩酋於薩欽海灣之戰亡故半年後）。

十艘來自達拉的船在和緩的波浪上輕輕起伏，四周都是克魯賓浮在水面上的龐大身軀，艦隊彷彿小群鯨魚中央的幼仔群。男男女女在甲板上跳舞，歡呼、大笑，還是無法相信他們真的毫髮無傷穿過傳說中的風暴之牆。

南方，這個氣象學的奇觀陰森聳立，彷彿一座以氣旋、颱風雕刻而成的山脈，雨幕濃密如固態水，翻湧的雲朵被內部一明一滅的閃電照亮，每一個都巨大如費索衛奧之矛。偶有小氣旋脫離風暴之牆，在開闊的大海上徘徊，直到距離傳說的奇跡之牆太遠，慢慢消散；雖說是小氣旋，卻也足以摧毀一座孤立的小島。不過在這裡，在無比高聳的風暴柱旁，小氣旋就像學者庭院中的奇岩，擺在奇濟山旁將顯得如此渺小。

水手從克魯賓尾部解開拖引的粗纜繩。這種附鱗的雄偉鯨魚一起從呼吸孔噴出水霧，達拉艦隊因此籠罩在數道彩虹下，好兆頭。牠們轟鳴道別，船艦緊緊鑲嵌的船殼板在透過海水傳來的深沉震動下顫抖、互相擠壓嘎嘎作響。克魯賓巨大的尾鰭拍打水面，牠們一起轉向北，長長的角平穩搖擺，彷彿諸神的羅盤指針，很快消失在波浪下。

憂傷溶解者是這中等艦隊的旗艦，兩個人影站在艉樓的船尾高架甲板上。

「謝謝你，大海統治者。」其中的女人低語。她過去被稱為俞娜女皇，現在又恢復泰拉公主的身分。她以祭禮對克魯賓的尾波鞠躬。

「真希望我們能命令、指揮這些動物。」塔克瓦・阿拉戈茲說道；這個男人一心想成為亞岡的佩酋及泰拉的未婚夫。「牠們對我們的目標大有助益，而且還能大大舒緩不適。」

這位王子努力使用正式達拉語法但不太成功，公主壓下笑意。在達拉居住數月後，塔克瓦的口語已相當流利——他想讓自己聽起來威嚴的時候除外。「變遷主義者說，有四種強大的力，若希望獲得這些力的協助，只能祈求，無法命令：克魯賓的力量、天神的眷顧、人民的信任——」她停頓。

「第四個是什麼？」塔克瓦問道。

「愛人的心。」泰拉說道。

兩人相視微笑，但那笑容躊躇、猶豫、遲疑。

泰拉想起她的初戀左咪・奇多蘇，那個出色、美麗的女人，她一陣心痛。不過她堅定決心，將左咪的笑容趕出腦中。她必須專注於現在，專注於未來。

「船！」主桅杆上方的瞭望臺中，一名守望者喊道，打破尷尬的沉默。他手指東方的海平線，再接著喊的時候聲音顫抖：「船城。」

其他艘船上的守望者也應證他們所見，甲板上的歡慶旋即轉為驚愕。留庫的艦隊才剛被風暴之牆摧毀，怎麼可能還有其他船城？

泰拉和塔克瓦跑到後桅，爬上索具。才爬到一半，他們已經看見海平線上的那艘巨型船艦；在這個距離外還只是天海之間的一小片影子，多根桅杆從水平的船殼探出，彷彿毛蟲背上豎立的長刺毛。

「加利納芬來襲！加利納芬來襲！」守望者大喊。

沒錯。一個熟悉的有翼形體懸在遠處船艦上方，彷彿平滑蒼天中的孩子氣塗鴉。在這麼遠的距離外，很難判斷那生物是否確實朝他們而來，不過話說回來，牠還可能上哪去？

「你們有看到加利納芬怎麼起飛的嗎？」塔克瓦問兩名主桅上的守望者。「起飛角度多利——尖銳——不對，有多陡？」

兩個守望者沒回應，只是繼續對彼此交談，用手遮著眼睛上方，一面興奮地指著遠方的加利納芬。

「如果你們有看見，回報加利納芬起飛的升空角度。」泰拉說道，聲音並沒有比塔克瓦方才大聲。

「任——殿下！」兩名守望者停止聊天，立即轉身面對她。「我們沒看見，我們注意到對方的船時，加利納芬已經在空中了。」

泰拉看得出來，憤怒和挫折在塔克瓦心中沸騰。除了泰拉公主之外，他在這場超過千人的遠征中沒有其他朋友。他名義上和泰拉公主同為艦隊領導者，但達拉船員要不假裝他不存在，要不就是以一千種小方法表達有多藐視他的存在。這對達拉和亞岡的結盟來說並不是好兆頭。

「升空的角度可以告訴我們加利納芬的狀態。」塔克瓦悶悶不樂地對她低聲說道：「就像一頭拉稀便的母牛跑不快一樣。」

泰拉一隻手放上他的肩膀讓他安心。她已經告訴過隊長和指揮官，他們必須像面對她的命令一樣面對他的命令，而且她盡可能和塔克瓦商量每一個決定。不過在留庫入侵後，針對灌木地人民的偏見埋得很深，而儘管亞岡是留庫的敵人，船員還是不信任塔克瓦。她沒辦法無中生有變出尊敬，這是塔克瓦必須自己解決的問題。

「為什麼那艘船沒嘗試跟著艦隊一起行過風暴之牆？」泰拉問道，努力專注於當下的問題。

「我想一定是留庫艦隊指揮官，加利納芬—賽恩．佩譚．塔瓦基於謹慎而把這艘船留在後方。」塔克瓦說：「我逃離船城之前，來這裡的途中對他做了些研究。他素有在每一場戰役保留戰力的名聲，不會在初始攻擊就投入一切。」

泰拉的心臟撞擊得如此用力，她覺得胸腔發疼。穿過風暴之牆時，他們與一頭落單的加利納芬有一場幾乎致命的相遇——牠先前逃過一劫，沒和留庫艦隊一起毀滅。在泰拉腦中，那段回憶依然栩栩如生。現在沒了克魯賓保護，他們幾乎不太可能逃過另一頭加利納芬的攻擊。

「或許我們應該再次下潛？」塔克瓦問道：「在空曠地帶遇上加利納芬，我們這方又沒有自己的加利納芬，亞岡的做法是躲。」

「行不通的。」泰拉說：「下潛後我們無法移動，只能隨海流漂盪，很快就會被滿帆的船城追上，況且我們也不能永遠待在水下。不得不浮出水面時，就成了容易攻擊的目標。」

「那麼我們就必須留下兩艘船戰鬥，」塔克瓦說：「他們死，好讓其他船活。」

泰拉看著他。「這是我們首度遭遇留庫人，你就建議我們犧牲艦隊的五分之一？」

「為了拯救部族，亞岡戰士會這麼做，我很樂意率領願意留下來的人用我們的骨頭打造出一面牆；未來的人圍著營火講述故事時，這面牆將可與風暴之牆比擬。」塔克瓦取下頸間的皮繩。「打造出這個墜飾的石頭取自一頭加利納芬的肝尿袋，將可讓我族人——」

「等等，肝尿袋……你是指肝臟下面那個囊袋型的器官嗎？膽囊？」

「沒錯，就是這兩個字：膽囊。膽囊石將可讓我族人知道妳已獲授予並遭剝奪我的權力。這並不完美，不過當妳抵達貢得——」

「噢，住嘴！」泰拉斥責道。對於塔克瓦的某些想法，她常常不確定是該尖叫還是哭泣還是大笑——塔克瓦的說話風格也沒幫上忙：他的達拉語最早習自麻庇得瑞艦隊的貴族和粗人，總是摻雜不協調的用詞。「你追求活在歌謠語故事中，而非在這個世界茁壯，這種執迷到底是從哪來的？眼前的世界，介於化身之紗與無物漂浮之河之間，這裡才是我們能大展身手的地方。這支遠征隊的每一個人都擁有獨特的經驗與技術，都無可取代。我們不會貿然把犧牲當作問題的第一解答，那太偷懶了。我打算把每一艘船和每一個船員都帶去貢得，包括你在內。」

塔克瓦大吃一驚——亞岡領導者絕對不會出現這種反應。「那妳打算怎麼……逃過加利納芬的攻擊？」

「當然是做最有趣的事。」泰拉的表情流露決心與不屈。「我們還有約莫一小時，所以無論你對長距離飛行的加利納芬有什麼了解，全部告訴我吧。」

圖符這輩子當鬥士三十年了，最初是在狄猾的天佑佩酋底下，然後是嚴厲的裘得佑佩酋塔沙，他駕駛過十多頭加利納芬，曾參與數百場戰役。按理說，他應該能夠徹底沉著地面對任何威脅。

不過在這次偵察任務中，他感覺自己就像十五歲第一次出任務時一樣害怕，當時他受命憑一己之力應付獠牙虎的伏擊。

圖符的座騎是一頭十歲大的母加利納芬，名為塔娜；她收縮、伸展久未使用的翅膀，在他的鞍下顫抖，彷彿在分享他的不安。經過海上的長時間靜止，為了節省加利納芬的升空瓦斯，他的隊員縮減至四人，這會兒正安靜地攀在披垂於塔娜身軀的網子上，不像平常一樣談笑或唱提振士氣的戰歌。

誰能責怪他們害怕呢？灌木地之民有史以來不曾像這樣騎乘加利納芬飛行。風暴之牆在他左方森然聳立，一座無法穿透、閃爍的山脈，由水與閃電構成，剛剛才像隻貪得無厭的野獸般吞噬他的數千名戰友。他下方是無垠的大海，留庫艦隊已航行數月不曾看見陸地。他感覺自己像飛越一幕從古代神話扯下來的場景，或是一場薩滿靠著荼利悠沙莓果激發的噩夢；那是一段原始的歲月，當時留庫的諸神還沒有被奪去人形，但無止境地改造祂們自己與周遭環境，像雕塑獸脂一樣塑造世界。

圖符慢慢接近目標——十艘像曬太陽的小群海豚一樣聚集在海上的小船——他駕著塔娜飛低，緊張的心情有增無減。他用力吞口水，潤濕乾燥的喉嚨，開始安排路線，帶領塔娜從達拉艦隊正上方飛過，好讓她有機會以火息攻擊船員與索具。

說實在的，圖符的不安有部分是因為他甚至不確定這些達拉船艦上的船員是不是人類。否則這些像阿露庫洛拖庫瓦玩具船的迷你船怎麼可能穿過風暴之牆？這些船的船員要不都是鬼魂和幽靈，要不就是擁有區區人類不可能承受得了的神奇力量。誰知道加利納芬的火息到底有沒有用？

彷彿在回應他激昂的想像，巨大的形體從船艦甲板起飛升空，迎向塔娜和她的騎乘者。這些就是天佑佩酋警告過他們的傳說飛船嗎？還是達拉野蠻人發明出來的新型戰爭機器，他們想藉此讓毀滅降臨留庫？經過他數小時前見證的事，現在再也沒有什麼是不可能的。

塔娜呻吟，朝右方急轉，避開飛行的物體，驚慌中鼻孔冒出火焰。她沒有掠過艦隊上方，反倒用珍貴的升空瓦斯，繞著艦隊飛了一大圈，距離太遠，她沒絲毫攻擊的機會。

「啊……啊……」左舷彈弓手拉迪雅攀在塔娜左肩的網子上，她的位置最有利於觀察目標，但她似乎震撼得說不出話來。

「嘞……獠宜……」圖符自己也沒好到哪裡去。

「你們兩個到底在胡言亂語些什麼？」右舷彈弓手佛奇問道。他沒得到進一步說明，因此和矛手兼尾部守望者歐符留一起沿網子爬上塔娜的右肩和背部，好自己看個清楚。

「嘞……獠宜……」「夫……夫飛飛……」「啊……啊……」「布……布……」

塔娜打了個噴嚏，猛力拍打翅膀飛得更遠些。對於達拉艦隊上方的奇景，她甚至比她的人類隊員還要害怕與震撼：十頭色彩鮮豔的獠牙虎，幾乎都有二十五呎長、肩膀高度達十二呎，牠們在空中跳躍、飛撲。

灌木地少有掠食者能讓加利納芬打從心裡害怕，而獠牙虎正是其中之一。這些黃褐色巨貓的體型通常有好幾隻長毛牛那麼大，一雙能刺穿加利納芬皮膚的弧形獠牙。公獠牙虎通常在距離灌木地遙遠的地方遊蕩、單獨狩獵，雌虎則大批群居，和幼獸一起埋伏，聯合狩獵。因為牠們的銳爪、尖牙和健壯的身軀，獠牙虎對還不會持久飛行的年幼加利納芬造成巨大威脅，甚至成年加利納芬也有可能在大規模伏擊下落敗。獠牙並不會注入毒液，不過這些骯髒生物咬出來的傷口往往會化膿潰爛。已知有些獠牙虎的伏擊是蓄意在初次攻擊中咬傷加利納芬的皮革材質翅膀，然後追蹤獵物幾日夜，橫越無路徑的灌木地數百哩，直到加利納芬因最初的咬傷感染而虛弱，無法再起飛，終於倒下。最可怕的是，獠牙虎有一種駭人的能力，能以沉默的吼叫震昏獵物。經驗豐富的長者講述見識這段過程的經歷，他們看見獠牙虎追逐野牛群，靠近後張開大口，儘管牠們惡臭的嘴裡沒發出聲音，獸群落單的野牛卻彷彿遭某種看不見的力量麻痺一樣癱倒。人類對獠牙虎的魔法還不甚了解，而除非絕對必要，否則狩獵隊一般而言都避開牠們。

因此，超大尺寸而且**會飛**的獠牙虎聯合伏擊，這無疑是加利納芬所能想像最害怕的一件事。

到了這個時候，塔娜的隊員已經花了夠多時間對這些噩夢般的生物吃驚，發現牠們並不是真的。事實上，牠們似乎是由某種半透明物質構成——可能是絲，克里塔上將的遠征戰利品中也包含絲，因此他們頗為熟悉。絲布以堅固的骨架撐開，用細長繩索綁在下方的船上；看起來達拉船員用繩索操控它們，因此它們能在空中飛撲、翻滾。

無論圖符多用力以他的骨靴刺踢塔娜的頸項基部，她就是半吋也不願意飛得離假獠牙虎更近一些。她甚至扭過彎曲的長頸，把頭轉朝後方，非難地凝視飛行員，低沉鳴叫時露出上排的尖銳長犬齒。

圖符狼狽不堪，不知該如何是好。幾乎不曾聽聞受過良好訓練且經驗豐富的戰事加利納芬如此叛逆。就算是在血戰中，肉體燒焦的臭味充斥空中，一頭頭加利納芬如燃燒的彗星般從空中墜落，他也不記得他的座騎曾有此反應。

「她跟我們其他人的狀態一樣。」拉迪雅說道；她對加利納芬經驗豐富，幾乎可與圖符比擬。

「茫然、困惑、筋疲力竭。到這個時候，就算只是無害的絲獠牙虎，對她來說也已超出可承受的範圍。」

圖符看著拉迪雅，領悟這名彈弓手說的沒錯。在無路跡的大海旅行了一年，得到的食物只有硬乾肉餅配給口糧和不新鮮的水，而且分量不曾足夠，這代表船員總是處於飢餓與疲憊中。船城上的每一個人看起來都皮包骨，而且就算是這樣短程的飛行，只費最少的力，他也已經感覺喘不過氣。

塔娜的狀況甚至更差。他們以棘刺灌木和血掌草乾草料餵養艦隊運載的幾頭成年加利納芬，而為了節省飼料，牠們的食物也像人類船員的乾肉餅一樣受到嚴格配給。這樣的飲食不僅讓加利納芬憔悴，牠們維持飛行所需的升空瓦斯也所剩無幾。確實，船城上的三頭戰事加利納芬之中，另外兩頭已完全飛不起來，而塔娜的起飛角度是如此淺平，圖符的隊員剛開始還確信這頭加利納芬會墜入大海。

除了旅途中幾次到甲板放風，加利納芬大多數時間都被關在下層甲板，因此這趟飛行基本上是她一年來首次能真正展翅。塔娜因留庫艦隊毀滅而大受震撼，所見又盡是詭異、不可能發生的情景，她很可能已瀕臨精神崩潰的邊緣，難怪會被這些假老虎嚇倒。

「我們回頭吧。」圖符下定決心：「塔娜受不了了。」

「那庫不會喜歡這個藉口。」

「至少我們可以通報那庫，這些野蠻人的船看起來速度不快，他不用靠加利納芬就能在開闊的大海追上他們。」

加利納芬又從遠處繞著艦隊飛了一圈，隨即掉頭飛回遠方的船城。隨著牠退向遠方，達拉艦隊的船員又一次歡呼了起來。

那晚他們在憂傷溶解者上慶祝。整支艦隊的軍官都聚集在旗艦的甲板，他們一起享用以剛捕獲的鮮魚和螃蟹烹製的大餐，佐溫米酒和以海水冰鎮的梅子酒。他們宰了幾頭羊，在塔克瓦王子的監督下以灌木地之民的方法炙烤；灌木地之民烤肉時僅以海鹽和荼利悠沙汁調味，然而在艦隊中，前者他們有很多，後者則一點也沒有。

幾名仍不信任塔克瓦的軍官尷尬地站在人群外圍，不過大多數參與者都來到火勢旺盛的青銅火盆旁，從亞岡王子手中接過一份切下來的烤羊肉。塔克瓦教他們別用筷子了，直接用手吃，撕下小塊多汁的肉。不久後，每個人咧開嘴笑時，油膩膩的嘴唇和手指都在火光中閃爍。

「你知道這適合配什麼嗎？」憂傷溶解者的海軍司令媞波．露咕噥道。她嚥下一大口多汁的烤肉才接著說下去：「糖漬野生猴莓和冰瓜。我家鄉的村莊位於狼爪，就是以這東西而聞名。」

「聽起來甜得很，」塔克瓦說：「而且不會糊成一團嗎？」在這之前，這位海軍司令可能總共只對他說過兩個字。

「所以才好吃啊。你會想要味道恰到好處地混合、對比，甜味才不會太膩，鹽香也不會讓你口乾舌燥。」她用牙齒扯下另一條肉，咀嚼時滿足地閉上眼。

「我確定我們會有機會混合更多亞岡和達拉料理。」塔克瓦微笑。「我們會創造出神和人作夢都想不到的混合風味。」

食物比任何事物都能拉近人與人的距離。

其他談話就嚴肅了些。「把我們的信號風箏改造成獠牙虎的樣子真是神來之筆，殿下。」薩米·菲薩達普說道。她是受雷金皇帝拔擢的金鯉學者之一，賽拉公主推薦她去哈安的祕密研究室，她在那裡參與解剖加利納芬屍體的工作，揭開這種生物之謎。她很感謝公主認可她的天賦，因此自願加入貢得遠征。

「真正的功勞應該歸佩酋塔沙。」賽拉說道。她努力在最短的時間內盡可能學習亞岡語，也盡量在日常對話時使用亞岡詞彙，藉以為其他船員樹立榜樣。塔克瓦對她解釋過，儘管亞岡和留庫部族說的方言大部分互通，還是有些不同處能清楚辨別出兩族——主要是因為羅阿坦氏族和阿拉戈茲氏族所說的方言已分別成為留庫與亞岡的強勢方言。他們若想成功達成任務，流利使用盟友以及敵人的語言是一大關鍵。

她停頓，對塔克瓦行祭禮，等其他人也模仿她表示敬意的舉動後才繼續。塔克瓦站在火盆旁，烤肉鐵叉和叉子在手，他尷尬地微笑，抹掉額頭上的汗水。

公主短暫露齒而笑，然後才轉為嚴肅。「塔克瓦知道將加利納芬運過大海會讓牠們變得多虛弱，也知道牠們天生害怕獠牙虎，少了他的這些知識，我們就沒辦法嚇跑攻擊者。現在那生物已經筋疲力竭，升空瓦斯也所剩無幾，短時間內應該沒辦法再次飛上天。」

薩米點頭，對亞岡王子舉杯。塔克瓦放下烤肉工具，也舉杯回禮，並乾掉一大口。他轉身面對其他人說：「或許是賽拉和我想出這個辦法，但要是風箏工匠沒辦法那麼快把信號風箏改造完成，我們也不可能成功。我敬今天所有幫忙拗竹箍、綁絲帶、畫獠牙虎斑紋的人。」

船員跟著舉杯，一面低聲對王子道謝。

賽拉很滿意。就領導者而言，塔克瓦或許稍嫌年輕、經驗不足，但他顯然擁有正確的政治直覺。她剛剛特意強調他對今日事件的貢獻，而他立即領會這是和更多人分享功勞的好機會。他們前進了一小步，將亞岡與達拉的遠征打造得更像一個大家庭，一支聯合的部族。

「但是我們尚未脫離險境。」泰拉在盛宴中注入一絲陰沉的氣氛。「滿帆的船城速度比我們快，如果我們繼續逃，他們終究會追上來——下一次就不能再寄望以絲和竹打造的老虎嚇走其他加利納芬了。我們這些小船的軍力沒辦法正面迎戰船城，眼下我們還是獵物，他們還是獵人，我們一起來認真思考該怎麼扭轉乾坤。」

留庫艦隊試圖穿過風暴之牆，不幸覆滅，只有無窮牧草倖存，而那庫・其坦斯利，第二趾部落的領主，也是無窮牧草的指揮官，這會兒難以入眠。

他的人瀕臨叛變。

剛開始，留庫戰士對於自己倖存、艦隊的其他同伴都覆沒而心存感激，覺得這象徵悠克佑與達拉神祇的眷顧——或掌管這些水域的任何一尊神。然而他們後來聽說，歷經跨越大海的艱鉅航程後唯一還能飛行的加利納芬竟被幾隻假獠牙虎嚇退，這消息讓他們的士氣墜入深淵。

他需要重振軍隊的方法，但好的選項並不多。

不可能替受驚的加利納芬增加配給，好讓牠們在短時間內帶著滿肚子的升空瓦斯和信心再次出擊——灌木地與飢餓往往只有一次冬季風暴之隔，因此此地居民都知道，無論人或獸，長期挨餓過後都需要時間才能完全恢復。歷經整整一年的橫跨大海之旅，剩下的食物甚至不夠無窮牧草的船員撐過返航悠克佑所需的另外一年，更別提縱容加利納芬了。

到最後，那會是那庫最大的問題。就算要船員挨餓，將配給減為六分之一，也完全看不出要怎麼靠如此貧乏的糧食撐下去。當初規畫遠征的必需品時，原本預期他們能抵達天佑佩酋在達拉設立的友善基地，而非在大海徒勞無功地漂流兩年。吃人肉以及更糟的前景陰森森地懸在不久之後的未來。

有幾個船員被逮到試圖闖入船上的荼利悠沙和乾肉餅庫藏，那庫不得不鞭打他們，再把他們浸入海水中。「大餐！我們加入雲之加利納芬前的最後大餐！」帶頭搗亂的人這麼喊道：「讓我們死的時候至少肚子裡裝滿肉、腦袋裝滿憧憬。」

達拉艦隊是這位強悍領主僅存的一線希望。在風暴之牆外航行的達拉船艦心裡想的目的地只有一個可能：留庫祖國。如果那庫和他的船員能夠奪取達拉船艦上豐富的庫存，他們就有機會回家了。達拉艦隊是一群肥羊，留庫船城則是一匹需要在冬季來臨前吃一頓的狼。

那庫·其坦斯利下令將所有閒置的帆骨和帆都拿出來裝上。無窮牧草的桅杆森林冒出新枝葉，捕捉每一絲微風。全套天帆、頂桅輕帆、雲梳、蝴蝶帆，甚至「秋繭」——巨大、氣球狀的帆，沒有帆骨，只裝在牽索上，僅適用於順風航行在平靜大海時——他們藉此擠出每一分速度，驅策船城追逐朝西方航行的達拉艦隊。在如此靠近風暴之牆的位置用上這麼過度的帆具配置，就連資深的老水手也手心冒汗，而他們可是直接向麻庇得瑞皇帝的原始船員學會駕馭這些人造小島的手藝。不過，隨著日子一天天過去，至少無窮牧草漸漸拉近了與獵物之間的距離。

船城每個黎明都更加陰森逼近，泰拉和塔克瓦焦慮地討論可能的行動方針。

「我們必須對抗。」塔克瓦說。

「怎麼對抗？」泰拉問道：「就算用船上最大的投石器，也無法在那麼厚的船殼上打出凹痕。」沒錯。船城大太多，也高太多，和達拉艦隊之間的海軍對戰，會像是派幾輛貨運馬車攻打一座城牆聳立的城市。

泰拉召喚經驗最豐富的海軍軍官和船長到旗艦來參與戰事會議。

「能用風箏做些什麼嗎？」塔克瓦拋出第一個點子。假獠牙虎的把戲之後，他有點執著於戰鬥風箏。

他的想法是，船城靠大量翻飛的帆化身為移動的山楊群叢，也成了誘人的目標，可以利用綁在風箏上的弓箭手以點火的箭攻擊。

「但若我們進入部署火箭的範圍，他們同樣也進入能派出小圓舟和小艇登上我方船艦的距離。」說話的人是米圖．羅索上將，他是艦隊軍隊的總司令，軍權僅次於泰拉公主（理論上來說，還有塔克瓦王子）。「更別提他們也能部署他們船上的所有投石器——留庫人占領的船城上有這種武器，而我很確定他們已經學會如何使用了。因為高度的關係，他們擁有射程優勢。」他輕蔑地看著塔克瓦。「這種想法實在判斷力不足——」

「安諾智者會說，」泰拉打岔：「『開採純玉礦的道路上有時候就是需要鋪路石。』就算是不切實際的想法，也可能在討論過程中激發出更好的計畫。」

米圖．羅索哼了一聲，不再說話。

在塔克瓦的拋磚引玉鼓舞下，船長和軍官集思廣益，提出其他建議。泰拉大部分時間都刻意不發言，好讓軍官們自在討論。

不過進一步檢視、討論後，終究沒有任何一個建議過關。

塔克瓦再次嘗試。「容我引用一句亞岡古諺：受困之狼或可咬斷其掌——」

「不。」泰拉打斷他：「我知道你想提議什麼：把艦隊分成兩半，派出一半的船去用火風箏讓船城無法行動或減速，讓另一半逃離。但我要的是能拯救所有人的計畫。」

「我們跑不過他們，又不能跟他們打，那剩下的選項就不多了。」塔克瓦抱怨道。

「我沒說不能跟他們打，」泰拉說：「但不能是正面的海軍交戰——就算我們打贏，代價也會太大。」

「我有一個想法。」一個沒發過言的聲音說道：「我一直在觀察帶狀海流中游在我們附近的鯨魚。」

戰事會議成員一同轉頭，看見說話的是薩米．菲薩達普。

菲薩達普氏族是瑞島知名的捕鯨人。薩米還是小女孩時，就跟著捕鯨船船長叔叔航遍瑞島和更遠處的水域，獵捕穹頭鯨和梳鯨維生。近距離觀察這些雄偉、智慧的生物後，薩米最終決定，比起殺死牠們，她更想研究牠們的習性。她參加帝國考試時，為了避免重複大多數應試者偏愛的少數主題，她將論文主題訂為探討鯨類動物助產行為的證據。在潘城大考中得分排名前一百名的菲羅阿之間，她名列前茅，也隨即提出一項帝國政策，鼓勵達拉各地捕鯨人採用一種發明於甘國的新型捕鯨術。利用這種方法，魚叉手讓穹頭鯨筋疲力竭，因而吐出珍貴的生琥珀，牠們就不必為此遭獵殺。

在這片未知海域迎接艦隊的鯨魚身上結滿藤壺，難以分辨牠們和風暴之牆內所見的鯨魚有何不同。風暴之牆這道界限在達拉的命運中扮演如此重要的角色，但似乎對鯨魚不造成任何影響。因此沒人多加注意這些鯨魚——薩米除外。

薩米花了些時間解釋她腦中的想法。她甚至必須用一大塊書寫蠟塊和幾枝細長的墨水毛筆充當船艦的模型，藉此說明她的計畫。

船長和海軍軍官震驚而安靜坐著，努力消化薩米的計畫。

「這個戰略完全未經測試。」憂傷溶解者的指揮官兼船長恩沫吉．剛說道：「我甚至不知道這艘船是否應付得了妳的要求。」

「只要是利用這種船的特性，任何戰略都不可能曾經過測試。」薩米反駁道：「事實上，這是我這輩子設想過最正統的戰略了，如果你想聽聽真正創新的——」

「晚一點吧，薩米。」泰拉說道：「我們先把這個計畫討論清楚。」

「就算這個想法原則上可行，也沒時間讓海軍和士兵操練這麼新穎的作戰方法。」米圖．羅索上將提出反對。

「吉恩·馬佐提元帥總是說，永遠沒時間充分操練士兵、讓他們做好準備；你總是只能帶著現有的軍隊上戰場，而非你希望打造出來的軍隊。」泰拉說道：「非正統的好處是，儘管留庫人利用克里塔遠征的俘虜深入研究過達拉戰略，他們也料想不到這招。我注意到你反對這個計畫並不是基於什麼根本上的謬誤。」

「說實在的，我對這個計畫又是敬佩，又有點害怕。」米圖·羅索坦承道：「它有潛力，但也有許多未知之處。」

「因此很有趣。」塔克瓦說道。他和泰拉飛快相視一笑。「事實上，我越是思考這個計畫，就越是喜歡！」

「說得容易。」恩沫吉·剛船長說道。克魯賓在庫尼·蓋魯從答蘇小島崛起時扮演關鍵的角色，而他曾統率其中一艘。「不是你來操縱這艘船去做從來就不是她天生該做的事。」

「我認同王子的觀點。在像這樣的遠征中，我們都必須做一些不是我們以為自己天生該做的事。」海軍司令媞波·露說道。自願加入泰拉公主之前，她是一名經驗豐富的飛船船長。艦隊中沒有飛船部隊——這是一趟前往遙遠之地的航程，途中不確定能否補充升空瓦斯，維繫幾艘昂貴的飛船被視為不切實際的做法——因此就像遠征的其他空軍老兵一樣，她也必須被重新編入海軍。「別告訴我你的船應付不了挑戰。」

「噢，這艘船應付得了挑戰。」剛船長咬牙切齒地說。侮辱他的船遠比侮辱他本人更容易惹惱他。「我只是擔心像妳這種骨骼纖細的燕子，習慣帝國飛船的奢華設施與莊重步調，承受不了真正顛簸的航行。妳會吐個不停，沒空攻擊──」

「如果你以為坐在一根能沉入水下幾碼、吸飽水的木頭管子裡，顛簸程度就比得上飛行的十分之一──」

「好了！」泰拉打斷他們：「如果你們想繼續可笑地比較飛行器和潛水艇，任務結束後去玩一場扎馬奇吧，我只想知道你們是否能達成薩米的要求。」

「絕對可以。」

「沒問題。」

「我會讓這艘船航行起來平穩得讓妳以為自己在圖圖提卡湖──」

「就算沒有飛船，我也會帶領我們的軍隊來場快速俐落的進攻──」

「你們何不試著在計畫中從對方應該執行的部分找出漏洞，看看薩米的想法是否真正可行，這些賣弄和故作姿態就省省吧。」泰拉懇求道，一面表情痛苦地按摩太陽穴。

恩沫吉．剛船長和媞波．露司令一步一步審視薩米的計畫，以不同配置布署又布署地板上的蠟塊和毛筆，努力勝過對方，結果卻提出了每一步都可能失敗的新方法，他倆雙雙皺著眉頭修整計畫後再提給對方。

米圖．羅索上將緩緩走到泰拉公主身旁。「雷金皇帝討伐黑格蒙、瑟卡．奇莫公爵在阿如魯濟叛變時，以及留庫時，我都在陛下麾下效力。」他低聲說道：「令尊總是擅長利用軍官們的歧見將計畫修訂得更加完善。在您身上看見令尊行事風格的影子，我真心歡喜。」

泰拉點頭，對此讚美致意，不過想起死去的父親攪亂了她的心緒。**找出平衡之道是統治者的工**

作，庫尼．蓋魯是這麼教導她的。她希望自己能找到方法平衡競爭的派系、猜忌、懷疑、這聯盟中可能失去控制的所有力，將那些能量都轉化為前進的動態。她祈求死去的父親看顧她，幫助她找到成功所需的智慧。

恩沫吉和媞波緩了下來，各自每次都要花上幾分鐘思考對方的挑戰，以想出完美的回應。他們就像兩個裘巴或扎馬奇玩家，這場努力拚搏的遊戲進入最後階段，兩人僵持不下。此時此刻，每一步都有可能改變結果，其他軍官和船長就像一場刺激競賽的觀眾，七嘴八舌提出建言。

「不是該由妳來策劃並修訂計畫嗎？」塔克瓦對著泰拉耳語：「如果妳不站出來主導，追隨者將不再信任妳。」

泰拉幾不可察地搖了搖頭。「我不是督軍，也不是戰略家。」她低聲說道：「如果我在我盲目之處硬要領路，那就愚蠢自大到極點了。父親對我的教導中，最重要的就是要知道何時該接受忠告，何時該堅持我的意志。」

塔克瓦大吃一驚。領導者不是戰爭專家——或至少不假裝自己是，這並非亞岡或留庫的作風。這位達拉公主不認為坦承自己不擅長戰爭的技藝是種恥辱；而這不是他第一次被懷疑感支配，不確定把族人的未來交到她手中到底對不對。

然而，不正是因為達拉人不屬於灌木地，他才尋求他們協助？他們的作風與亞岡人或留庫人不同，正是這樣的外來性提供了改變的可能。泰拉很有趣。

無論如何，此刻他的命運與她的命運相互交纏，他只能等待、觀察。

恩沫吉和媞波的遊戲終於畫下句點。他們放下蠟塊和毛筆，莊嚴地凝視對方。

其他軍官屏住呼吸，等待他們宣布結果。

「呃……」米圖．羅索上將再也受不了被吊胃口。「誰贏了？誰破解了計畫？」

微笑融化恩沫吉．剛和媞波．露的臉，他們握住對方的手臂，開懷大笑。

「我們都輸了。」媞波說道。

「我們也都贏了。」恩沫吉說道。

「送米酒上來！」媞波大喊：「我要跟這個鹽味的雜種喝一杯，只有這樣才對付得了他的滿嘴魚內臟味——」

「好啊，來看看妳喝酒是不是像妳規劃襲擊船城一樣厲害。」恩沫吉說道：「看妳這竹竿般的體型，我很懷疑——」

「嗯……這是不是表示，」泰拉遲疑地問：「你們認為計畫可行？你們相信彼此都做得到？」

恩沫吉和媞波轉身面對她，彷彿受她的問題侮辱。

「噢，我願意跟這個男人一起航行到塔祖的漩渦底下找尋祂的宮殿——」

「我願意追隨這個女人襲擊馬塔．辛度的城堡——」

「就算他只有一艘紙船，我也會押他贏——」

「就算她只有一支髮簪當武器，我也會同情她的敵人——」

「我想你們表達得很清楚了。」泰拉微笑，示意他們打住。

可以明顯在每個人的臉上看見寬心與歡樂。裝滿溫米酒的酒瓶送了上來，酒杯倒滿又喝乾。

「別太過自信了。」泰拉說道：「制定計畫只是第一步，執行計畫會難上十倍。」

議會一直討論到星辰旋過它們每晚的路線。清晨時分，小艇將軍官和船長送回各自的船，但他們沒人上床，還有很多事要做呢。

隱娘

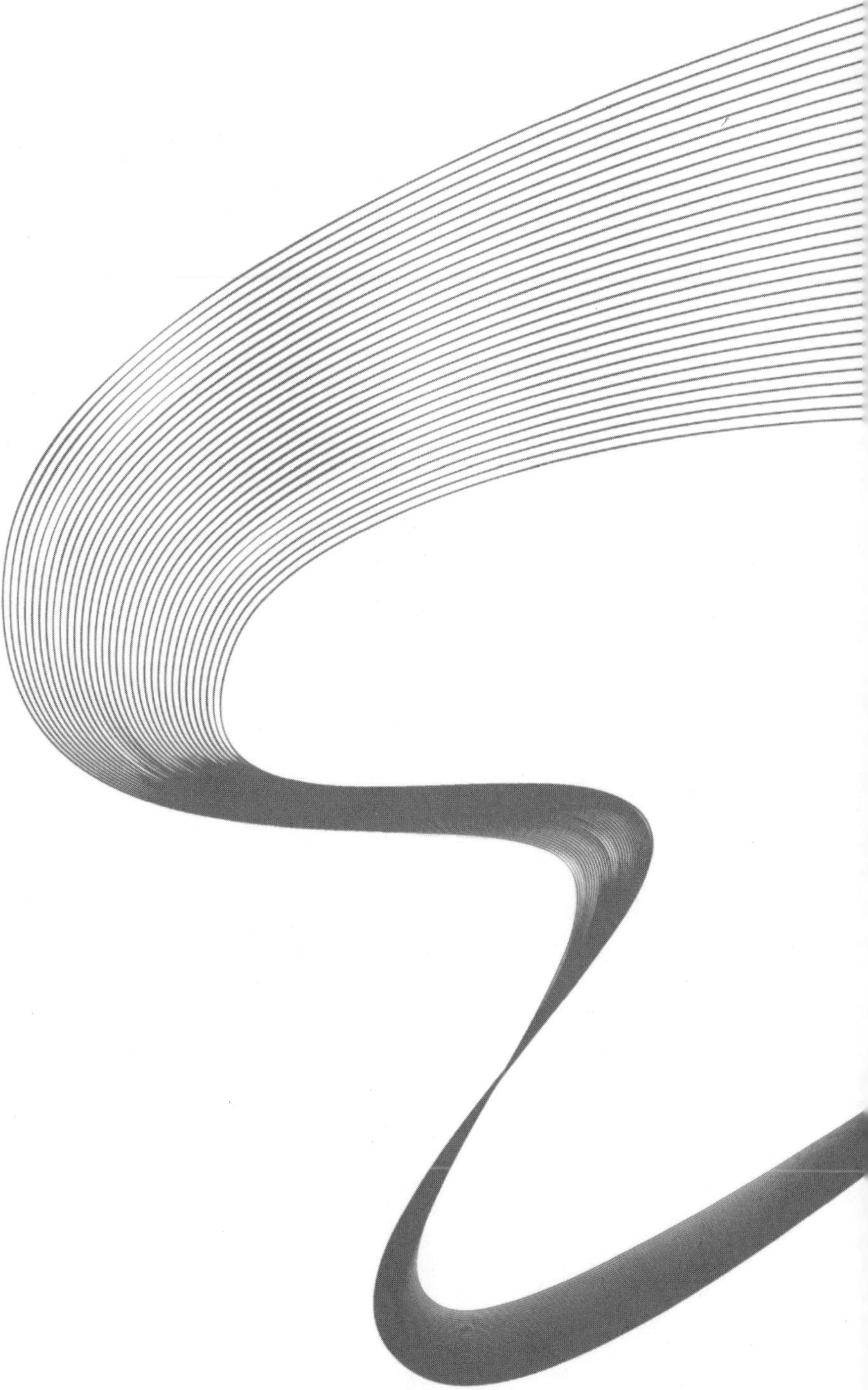

The Hidden Girl

第八世紀起，中國唐朝朝廷越來越仰仗軍事將領：節度使，其職責原為防禦邊疆，但漸漸納入稅政、民政，以及政治的其他面向。他們實為獨立的封建軍閥，對皇權的應負責任有名無實。節度使間的競爭往往殘暴而血腥。

我十歲生日的隔天早晨，春天的陽光透過槐樹繁盛的樹枝篩落我家門前路上的石板。我爬上如神仙手臂般朝西指的粗大樹枝，向一串黃花攀去，期盼著染上一抹苦澀的甜味。

「布施一點吧，小小姐？」

我往下望，看見一位比丘尼。看不出她年紀多大——她的臉上沒有皺紋，不過黑眸中有一絲剛毅，令我想起祖母。她剃光的頭蒙上光暈，在溫暖的太陽下散發光芒，灰色的僧袍潔淨但邊緣磨損。她左手捧著木缽，期盼地抬頭看我。

「妳想要槐樹花嗎？」我問她。

她微笑。「我從小到大都沒嘗過，槐樹花很好。」

「如果妳站到我下面，我可以丟一些進妳碗裡。」我把手伸向背上的絲囊。

她搖頭。「我不能吃他人之手碰過的花，那太受這蒙塵世界的掛念汙染。」

「那妳自己上來拿。」我立即為自己的無知感到羞愧。

「如果我自己拿，那就不是布施了，對吧？」她的語氣中有一絲笑意。

「好吧。」父親總是教導我要對僧尼以禮相待。我們或許沒有遵從佛教教誨，但也沒理由對抗神靈，無論祂們是道教、佛教，或是不依賴任何博學大師的孤魂野鬼。「告訴我妳想要哪些，我試試看不經我手幫妳拿到。」

她手指向大樹枝下方一根纖細旁枝末端的幾朵花。這些花的顏色比較淡，代表它們比較甜，不過它們垂掛的樹枝太細，我爬不過去。

我用膝蓋勾住我所在的粗樹枝，往後倒，像蝙蝠一樣懸吊。用這種方式看世界很好玩，我不在乎裙襬翻掀拍上我的臉。父親每次看到我這樣總要厲聲喝斥，但因為我在襁褓中就失去母親，他永遠不會生我的氣太久。

我用袖子鬆垮的褶子裹住雙手，試著碰觸花，但距離她想要的那根樹枝還是太遠，那些白色花兒誘人地懸在我無法觸及之處。

「太麻煩的話就算了。」比丘尼喊道：「我不想害妳扯破裙子。」

我咬住下唇，打定主意不理她。我縮緊腹部和大腿的肌肉，開始前後擺盪。來到一次擺盪的頂點時，我判斷高度夠了，於是鬆開膝蓋。

我撲進繁茂的枝葉間，她想要的花兒拂過我的臉，我迅速咬住一串。我的手指抓住較低的樹枝，樹枝在我的體重下一沉，在我的身體盪回直立時緩下我的衝力。我一時以為樹枝撐得住，卻聽見輕脆的斷裂聲，隨即感覺到失去重量。

我縮起膝蓋，成功降落在槐樹蔭下，毫髮未傷。我立即滾開，結滿花朵的樹枝砸落我不久前剛剛空出的位置。

我冷靜地走到比丘尼跟前，鬆開下顎，讓那一串花落入她的缽裡。「不染塵埃，妳只說不能用手。」

槐樹蔭下，我們像寺裡的佛陀一樣盤腿而坐。她將花朵從莖梗摘下，一朵給她，一朵給我。相較於父親偶爾買給我的糖麵人，那甜味較輕盈而不膩。

「妳擁有天賦，」她說道：「可以成為厲害的賊。」

我憤慨地看著她。「我可是將軍之女。」

「是嗎？」她說道：「那麼妳已經是賊了。」

「妳說什麼？」

「我走過許多地方。」她說道。我看著她光裸的腳：腳底結了老繭，硬如皮革。「我看見農民在田地裡餓死，偉大的王公們同時卻暗地謀備更龐大的軍隊。我看見公卿和將軍用象牙杯飲酒、用他們的尿在絲綢卷軸上揮灑書法，同時孤兒和寡婦卻必須用一杯米撐過五天。」

「我們不窮困，不代表我們就是賊。我父親為他的主君魏博節度使效力，他很有榮譽心，而且盡忠職守。」

「在這個苦難的人世間，我們都是賊。」比丘尼說道：「榮譽和盡忠並非美德，只是竊取更多事物的藉口。」

「那妳自己也是賊。」我氣得臉頰發熱。「妳接受布施，而非以工作換取。」

她點頭。「我確實是。佛陀教導我們，世間為幻象，只要我們沒有參透，就必然有苦難。如果我們皆注定為賊，那麼最好身為謹遵超脫世俗戒律的賊。」

「那麼妳的戒律是什麼？」

「鄙棄偽君子之道德虛談，忠實於自身之言，永遠信守承諾，不多也不少。鍛鍊我的天賦，揮舞運用，讓它像轉暗世間的一盞明燈。」

我大笑。「賊小姐，妳的天賦是什麼？」

「我竊取人命。」

密室內又暗又溫暖，瀰漫樟腦的味道。就著門縫透入的光，我把身旁的毯子調整成舒服的窩。巡邏士兵的腳步聲在我房外的走廊迴盪。每一次他們其中一人行過轉角，盔甲和劍的鏗鏘聲都代表又過了半個時辰，我也離早晨更近了一點。

比丘尼和父親的對話在我腦中重演。

「把她給我吧，我收她為徒。」

「儘管我對佛陀的慈愛眷顧感到榮幸，我還是必須拒絕。我女兒的歸宿在家裡，在我身旁。」

「你可以心甘情願把她給我，我也可以不經你同意直接帶她走。」

「妳這是威脅要綁架她嗎？要知道，我可是在刀尖上討生活的人，家裡有五十名士兵守衛，他們都願意為他們的小小姐獻出生命。」

「我從不威脅，我只通知。就算你把她藏在鐵箱，用青銅鏈捆在海底，我也能帶走她，輕鬆得像用這把匕首割下你的鬍子。」

冰冷、明亮的金屬光澤一閃，父親拔劍，劍身摩擦劍鞘的聲音擰絞我的心，心跳狂亂。

然而比丘尼已經走了，留下幾綹割下的灰色毛髮，在偏斜的陽光下緩緩飄落。父親大吃一驚，舉起一隻手貼住匕首剛剛擦過的臉頰。

鬍子落地，父親放下手，他的臉頰有一小塊裸露的皮膚，蒼白如晨光下的鋪路石板，沒見血。

「別害怕，女兒，我今晚把衛兵增為三倍。妳親愛的母親雖已離世，她的靈魂會守護妳。」

但是我很害怕，很害怕，我想著陽光映在比丘尼頭上的光輝。我喜歡我這頭濃密的長髮，婢女們說，我的頭髮像母親，而她每晚睡前都用梳子梳一百下，我不想剃掉頭髮。

我想著比丘尼手裡的金屬閃光，速度太快，目光追不上。

我想著父親被割下的鬍子飄向地板。

密室門外的油燈明滅閃爍。我爬到密室的角落，緊緊閉上眼。

安靜無聲，只有一道氣流輕撫我的臉，輕柔，如蛾拍動的翅膀。

我睜開眼，一時間不知道自己看見的是什麼。

一個橢圓形的物品漂浮在我面前約莫三呎的位置，約與我的前臂等長，狀如蠶繭，像一小片月亮一樣發光，那光沒有暖意，也沒有影子。我被迷住了，朝那東西爬近。

不對，說是「東西」不太對。冷光如融冰從中散出，同時有一股氣流把我的頭髮吹到臉上。它更像實體物品不在的狀態，像密室內部黑暗中的一道裂口，一個吞噬黑暗，將其轉化為光的負物質。

喉嚨發乾，我用力嚥了口口水，伸出顫抖的手指想碰那道光。遲疑半秒後，我碰觸。

或是沒有碰觸。沒有灼膚的熱，也沒有凍骨的寒。我方才認為那是負物質，現在手指觸及無物，想法得到證實。我的手指沒有從另一邊冒出來——就這麼消失在光中，彷彿我把手插入了空中的一個洞。

我猛力縮手，檢視手指，動了動，看起來沒受到什麼傷害。

一隻手從裂口伸出來，抓住我的手臂，把我朝光拉去。我來不及尖叫，熾烈的光照得我什麼也看不見，墜落的感覺令我不知所措，彷彿從參天的槐樹頂下墜，卻不曾落地。

山巒彷彿島嶼漂浮在雲朵間。

我曾試著找路下山，但總是在霧茫茫的樹林中迷路。往下走就對了，往下，我這麼告訴自己。不過霧轉濃，直到變為實體，而無論我多用力推，雲牆就是拒絕退讓。我別無選擇，只能坐下，顫抖、擰出凝結在我髮中的水珠。有些水氣來自眼淚，但我不會承認。

她從霧中現身，無言示意我跟她回到山頂；我服從。

「妳不太擅長隱藏。」她說道。

沒什麼好說的。那個密室所在的將軍府受圍牆與衛兵護衛，而她能從中將我偷走，我想我對她確實無處可藏。

我們走出樹林，回到陽光普照的山頂。一陣風吹過我們，揚起落葉，形成金色與緋紅色的風暴。

「餓了嗎？」她問道，聲音並不嚴酷。

我點頭。她語氣中有些什麼讓我放下戒心。父親從不問我餓不餓，而我偶爾夢見母親為我準備烤餅和納豆當早餐。比丘尼把我帶來這裡後已過三日，除了我在樹林裡找到的酸莓果和從土裡挖出來的苦根，我粒米未進。

「跟我來。」她說道。

她帶我走一條從岩壁刻出來的之字形山徑。路徑極窄，我不敢往下看，只是一步挨著一步往前走，臉和身體緊貼岩壁，伸長手，壁虎般緊緊抓住垂下的藤蔓。比丘尼倒是大步而行，彷彿走在長安的寬敞大道中央，她在每個轉彎處耐心等待我跟上。

我聽見上方傳來隱約的金屬鏗鏘聲。我把腳戳入小徑的凹陷處，測試手上的藤蔓，確定這些植物的根牢牢扎入山脈，然後抬頭看。

兩個約莫十四歲的女子在空中持劍互鬥。不，用打鬥來形容不太對，稱她們的動作為舞蹈更貼切。

其中一個女子身穿白袍，她雙腳一蹬，推離峭壁，同時左手握住藤蔓。她劃一個大弧從峭壁盪開，雙腿前伸，優雅的姿態令我想起寺廟卷軸中的天女畫像——以雲朵為家的飛天仙女。她右手的劍在陽光下閃爍，彷彿蒼天的碎片。

她的劍尖逼近峭壁上的對手，對方放開原本攀住的藤蔓，直接往上一躍。另一個女子黑袍翻飛，彷彿巨蛾的翅膀；隨著升勢減緩，她在弧線形的跳躍頂點翻過身子，像隻飛撲的鷹般朝白袍女墜去，持劍的手臂在前，彷彿鳥喙。

鏘！

她們的劍尖相碰，火花像爆炸的煙花一樣照亮空中。黑袍女手中的劍彎成新月形，緩下她的落勢，直到她倒立空中，僅靠對手的劍尖支撐。

兩女各自伸出未持劍的手，以掌互擊。

砰！

颯然強風在空中震盪。黑袍女落在山壁上，她靈巧地以藤蔓捆住足踝。白袍女劃過弧線盪回岩石上，然後，彷彿蜻蜓將尾巴蘸入無波的池塘，她又一次推壁而起，發起另一波攻擊。

我入迷地看著兩個持劍女子在峭壁邊的藤蔓網間追逐、躲避、進擊、佯攻、拳打、腳踢、劈砍、滑翔、翻滾，以及戳刺；她們置身於翻騰雲海的數千呎之上，無視重力以及死亡。她們如鳥兒掠過搖曳的竹林那般優雅，如螳螂躍過結露珠的蛛網那般迅速，也如聲音嘶啞的說書人在茶鋪低聲講述的神仙傳說那般不真實。

同時，我也寬慰地注意到她們倆都有一頭濃密、飄逸的美麗長髮。或許成為比丘尼的徒弟沒必要剃頭。

「來。」比丘尼招手，而我聽話地走到山徑轉彎處突出空中的小岩石平臺。「我想妳真的很餓。」她說道，語氣中有一絲笑意。我羞窘地闔上剛剛看見兩個女孩對打後就震撼得合不攏的下顎。

雲海在遙遠的腳下，風在我們身旁呼嘯，感覺像我這輩子熟知的世界已慢慢消失。

「這裡。」她手指平臺角落一堆亮粉色的桃子，每一個都有我拳頭那麼大。「住在山裡的百歲獼猴從雲深之處採來的，桃樹在雲朵中吸收蒼天的精華。吃下一顆後，妳整整十日都不會再感到飢餓。如果妳口渴，可以喝藤蔓上的露水和洞穴裡的泉水；我們也住在那個洞穴內。」

兩名對打的女子已下峭壁，來到我們身後的平臺上。她們各自拿了一顆桃子。

「我帶妳去看妳睡覺的地方，師妹。」白袍女說道：「我叫晶兒，如果妳害怕晚上的狼嚎，可以來我床上睡。」

「打包票妳沒吃過像這桃子那麼甜的東西。」黑袍女說道：「我叫空兒。我在師父身邊最久，知道這座山裡所有的水果。」

「妳吃過槐花嗎？」我問道。

「沒有，」她說道：「或許哪天妳能讓我嘗嘗。」

我咬一口桃子。那滋味難以言喻地甜美，在我舌間融化，彷彿是以純粹的雪製成。不過，我一吞下，肚子立即隨入腹食物的熱度暖了起來。我相信這桃子真能讓我撐上十日，我會相信師父告訴我的每一件事。

「妳為何收我為徒？」我問道。

「因為妳有天賦，隱娘。」她說道。

我猜那就是我現在的名字了，隱藏的女孩。

「不過天賦必須加以打磨。」她接著說道：「妳要當一顆埋於無垠東海海泥中的珍珠，還是要散發明亮的光芒喚醒那些庸碌度日之人，照亮俗世？」

「教我飛，還有像她們一樣打鬥。」我舔掉手上香甜的桃汁。**我將成為厲害的賊，我告訴自己：我要從妳手中偷回我的命。**

她滿腹心思地點頭，遙望遠方；在她目光投注之處，落日將雲朵化為金色光輝與緋紅凝血的一片海洋。

六年後

驢車的輪子嘎吱停下。

師父無預警一把扯下蒙住我眼睛的布，挖出我耳中的絲布塞。我在突如其來的明亮陽光和聲音之海中掙扎——驢鳴、馬嘶、民間戲班的鐃鈸鏗鏘、二胡哀泣、上下貨的砰然重擊、歌唱、叫喊、討價還價、大笑、吵架、高談闊論，交織成這首大城市的合奏曲。

我還沒從這趟在黑暗中搖晃的旅程恢復過來，師父已經跳下車，把驢子栓在路旁的停駐站。我只知道我們在某個省城——確實，甚至在拿下蒙眼布前，一百種炸麵餅、糖蘋果、馬糞、異域香氣的味道也是這麼告訴我的——但我說不出這確切是哪裡。我竭力從周遭的城市喧囂中捕捉對話的隻字片語，不過此地方言頗為陌生。

經過驢車的行人對師父鞠躬，說：「阿彌陀佛。」

師父一隻手舉在胸前，鞠躬回禮，也說：「阿彌陀佛。」

我可能身處帝國的任何角落。

「我們用午膳，然後妳可以在那間客棧的樓上休息。」師父說道。

「我的任務呢？」我問道。我很緊張。她收我為徒後，這是我第一次下山。

她表情複雜地看著我，神色界於憐憫與興味之間。「這麼急切？」

我咬住下唇，沒回應。

「時間和方法由妳自己選擇。」她的語氣平靜如無雲的天空。「我會在第三夜回來，狩獵順利！」

「維持雙眼睜開、四肢放鬆，」她說道：「記住我教妳的一切。」

師父從附近的山峰召來兩隻霧鷹，體型都有成年男子那麼大。鐵刃從牠們的爪子延伸而出，鋼鐵在牠們凶惡的彎喙閃爍。牠們在我上方盤旋，在雲霧中忽隱忽現，尖嘯聲悲切又驕傲。

精兒遞給我一把約莫五吋長的匕首，看起來完全無法勝任這個任務。我的手握住刀柄，不住顫抖。

「可見者並非全貌。」她說道。

「注意隱藏之物。」空兒補充道。

「妳會沒事的。」精兒捏捏我的肩膀。
「世間充斥看不見的真相所投下的幻影。」空兒說道。然後她走近對我耳語，溫暖的氣息吐在我的臉頰。「我後頸還有一道我和鷹練習時留下的疤。」
她們退開，遁入霧中，留下我獨自面對猛禽和師父從上方藤蔓傳來的說話聲。
「我們為何而殺？」我問道。
兩隻鷹輪流飛撲，佯攻測試我的防禦。我反射地跳開，揮舞匕首驅趕牠們。
「這是混亂的時代，」師父說：「國家的王公貴族滿懷野心。他們誓言保護人民，卻搶走人民的一切，他們是化身為狼的牧羊人，捕食自己的羊群。他們提高稅收，直到自家宅邸的圍牆都因黃金和白銀閃閃發光；他們從母親身旁搶走孩子，直到他們的軍隊像黃河之水一樣上漲；他們密謀詭計，重畫地圖上的線，彷彿國家不過是一盤沙，農民是害怕的螻蟻，在這盤沙上蠕動、爬行。」
其中一隻鷹轉身撲過來。真正的攻擊，而非測試。我伏低採取守勢，舉起右手的匕首護住臉，左手撐地保持穩定。我的目光不離那隻鷹，讓一切都褪為背景，只留下利喙與尖爪的明亮反光，彷彿夜空中的星宿。
鷹在我的視野中陰森逼近，一縷微風拂過我的後頸。猛禽伸出利爪，拍動翅膀，想在最後一刻緩下衝力。
「誰能說某一位將領是對的？另一位將軍是錯的？」她問道：「一個人引誘主君的妻子，有可能是想藉此接近暴君、索求復仇；請求主君發送白米給農民的女人也可能只是為了助長自己的野心。我們活在混亂的時代，唯一道德的選擇是不分是非。王公貴族雇用我們打擊他們的敵人，我們全心全力忠誠執行任務，一如弩箭那般準確、致命。」

我準備好由蹲伏的姿態一躍而起刺擊鷹，突然想起師姐說的話。

「……可見者並非全貌……我後頸還有一道疤。」

我趴下，滾到左邊，另一隻鷹嘗試從我後方偷襲，而我僅以毫米之差躲過牠的鷹爪。牠在我的頭片刻前所在之處撞上同伴，彷彿潛鳥在池塘水面迎上自己的倒影。拍打的翅膀交纏，憤怒的尖銳鳴叫響起。

我撲向羽毛風暴。一刀、兩刀、三刀，比閃電更快。兩隻鷹墜落，撞上地面時，牠們的翅膀羸弱無力，血從牠們頸部乾淨俐落的傷口湧出，匯聚於岩石平臺。

我的肩膀也有血滲出；剛剛在地上打滾時，粗礪的岩石磨破我的肌膚。不過我活下來了，我的敵手沒有。

「我們為何而殺？」我又問一次，仍因剛剛的攻防而喘著氣。我先前殺過野猿、林豹與竹林虎。最難殺的還是成對的霧鷹，刺客技藝的頂峰。「我們為何要成為掌權者的利爪？」

「我們是冬季的暴風雪，降臨於遭白蟻腐朽的房舍。」她說道：「只有加速舊者的衰敗，才能帶來新者的誕生。我們是疲憊人世的復仇行動。」

精兒和空兒從霧中現身，為霧鷹撒上化屍粉，也為我包紮傷口。

「謝謝。」我低語道。

「妳必須多練習。」精兒說道，但語氣和藹。

「我必須保妳性命。」空兒的眼中閃著一抹淘氣。「妳答應要幫我找槐花，記得嗎？」

守夜人敲響午夜的鐘聲時，細細的弦月正掛在將領宅邸外的槐樹樹梢。街道上的陰影濃如墨，和我的絲綁腿、緊身衣與罩住我口鼻的布相同色調。

我倒吊著，腿勾在牆頂，身體像緊攀的藤蔓一樣貼著牆面。兩名士兵巡邏時從我下方經過。要是他們抬頭，他們會以為我只是陰影的一部分，或是一隻睡著的蝙蝠。

他們一離開，我隨即拱起背翻到牆上。我沿牆頂攀爬，比貓還安靜，來到大院中央廊道的屋頂對面。我雙腿蜷起一彈，在一次跳躍中越過牆與屋頂的間隙，跳上和緩起伏的屋頂，融入瓦片中。

當然了，想闖入一座戒備森嚴的大院，有的是隱密得多的方法，但是我喜歡留在人世，喜歡繼續被夜晚的微風及遙遠的貓頭鷹呼嗚包圍。

我輕手輕腳揭開一片上釉的屋瓦，從縫隙窺看。穿過格狀的內層屋頂，我看到地面鋪著石磚、燈光明亮的廳堂。一名中年男子坐在東側的平臺上，專心地注視著一卷紙，一面緩緩翻頁；他的左頰有蝴蝶狀胎記，頸上一條玉項鍊。

他就是那個我應該要殺死的節度使。

「偷走他的命，妳就出師了。」師父說道：「這是妳的最後考驗。」

「他做了什麼？為什麼必須死？」我問道。

「重要嗎？救過我性命的人要他死，而且出手大方，這樣就夠了。我們增強野心與衝突的力度，唯一緊握不放的只有我們的戒律。」

我爬過屋頂，手掌和腳平穩地在屋瓦上滑動，沒發出絲毫聲響——師父要我們在三月滑過谷中湖泊作為訓練；那個時節的冰如此之薄，就連松鼠偶爾也會踏破冰墜湖而淹死。我感覺與夜晚融為一體，感官如我的匕首刀尖那般銳利。興奮摻雜一絲哀傷，彷彿畫筆在乾淨白紙上畫下的第一筆。

我現在來到節度使所坐之處的正上方，又揭開一片屋瓦，再一片。我打開一個足以容我鑽入的洞，從囊袋拿出爪鉤——塗黑以免反光——拋到屋脊最高處，讓爪子牢牢嵌入，然後將絲索捆在腰間。

我從屋頂的洞往下看。節度使仍在原位，對於頭頂的致命危險渾然不覺。

在那一刻，我受幻象侵襲，彷彿回到老家屋前的大槐樹上，正透過搖曳的樹葉，從間隙俯瞰父親。

那片刻轉瞬即逝。我即將像鸛鳶一樣飛撲而下，割開他的喉嚨，剝光他的衣物，在他全身皮膚撒上化屍粉；他還躺在石地板上抽搐，我已飛回天花板後逃離此地。等到奴僕發現他屍體的殘骸，到時應該不比一副骸骨多多少了，我則早已遠去。師父將宣告我出師，我此後便與師姐們平起平坐。

我深吸一口氣，蜷起身子。為了這一刻，我訓練、練習了六年；我準備好了。

「爸爸！」

我停住。

從門簾後走出來的男孩約莫六歲，頭髮整整齊齊地紮成一根朝天的辮子，彷彿公雞的尾巴。

「怎麼還沒睡呢？」男人問道：「乖，回去睡。」

「我睡不著。」男孩說：「我聽見聲音，看見有個影子在院子的牆上動。」

「只是隻貓。」男人說道，男孩似乎不信。男人看似沉思片刻，接著說：「好吧，過來這裡。」

他把紙卷放在旁邊的矮桌上，男孩爬上他的膝蓋。

「影子沒什麼好怕的。」男人說，然後用雙手襯著閱讀用的燈做出一連串手影。他教男孩比蝴蝶、小狗、蝙蝠，還有彎曲的龍。男孩開懷大笑，隨後比出一隻小貓，追著父親的蝴蝶奔過大廳的糊紙窗。

「影由光而生，也因光而死。」男人停止拍動手指，雙手垂落身側。「去睡吧，孩子。你早上可以在院子裡追真正的蝴蝶。」

睡眼惺忪的男孩點頭，安靜離開。

我在屋頂上躊躇，男孩的笑聲不肯離開我心中，從家中被偷走的女孩能偷走另一個孩子的家嗎？這是偽君子之道德虛談嗎？

「謝謝妳等到我兒子離開。」男人說道。

我呆住。大廳裡除了他之外別無他人，而且他說得大聲，不像自言自語。

「我最好不要高聲說話，」他的目光仍在紙卷上，「妳下來的話會輕鬆得多。」

心跳的重擊聲在我耳中轟鳴。我應該立即逃走，這可能是陷阱。如果我下去，他說不定已派遣士兵埋伏，或廳堂地板下有機關可將我俘虜。然而，他聲音中有些什麼，令我不得不聽從。

我從屋頂的洞跳下，與爪鉤相連的絲索在腰間繞了幾圈，緩下我的落勢。我無聲落在平臺前，安靜如雪花。

「你是怎麼知道的？」我問道。我腳下的地磚並沒有翻開，露出洞開的坑穴，也沒有士兵從屏風後一擁而上。但我雙手仍緊握絲索，膝蓋隨時準備彈躍。如果他真的毫無防備，我還是可以完成任務。

「孩子的耳朵比父母敏銳，」他說道：「而且我熬夜讀書時常會比手影自娛，如果屋頂沒開個新口子透入氣流，我知道大廳的燈火通常如何閃爍。」

我點頭。下一次任務的好教訓。匕首在我後腰的鞘內，我的右手探向握柄。

「陳許的劉節度使野心勃勃，」他說道：「他垂涎我的領地已久，打算逼迫豐饒田地裡的年輕人加入他的軍隊。如果妳除掉我，就沒人擋在他和長安的王位之間了。當他的叛軍席捲帝國，將有無數人死去。成千上百孩童將成為孤兒，大批陰魂將在大地遊蕩。野獸翻揀他們的屍骸，他們的靈魂無法安息。」

他提及的人數如此龐大，彷彿懸浮在黃河汙濁河水中的無數沙粒，我完全無法想像。「他曾救過我師父。」我說道。

「因此妳將依她要求行事，對所有其他利害關係不聞不問？」

「人世已腐爛透底。」我說道：「我有我的本分。」

「我不敢說我的手不曾染血，或許妥協就是這種下場吧。」他嘆氣：「妳能否至少給我兩天，讓我料理身後事？妻子於產下我兒時離世，我必須安排人照料他。」

我凝視他，無法把那男孩的笑聲當作幻覺。

我想像節度使派一千名士兵包圍宅邸；我想像他躲在地窖，顫抖如秋葉；我想像他在離城的路上，一次又一次鞭打騎乘的馬，像個絕望的牽線木偶一樣面部扭曲。

他彷彿知道我的心思，說道：「兩夜過後，我會在這裡，獨自一人。我向妳保證。」

「將死之人的保證有什麼價值？」我反駁道。

「與刺客之言相等。」他說道。

我點頭，一躍而起。我像攀上家中峭壁的藤蔓一樣，快速爬上垂掛的絲索，從屋頂的洞離去。

我不擔心節度使逃走。我受過良好訓練，無論他逃到哪，我都會逮到他。我寧願給他機會跟他的小男孩道別，這麼做感覺是對的。

我在城裡的市集閒逛，街上瀰漫著炸麵餅和焦糖的味道。我的胃回憶起六年不曾嘗過的食物，轟響了起來。吃桃子、飲露水或許淨化了我的心靈，肉體依然渴望俗世的甜。

我用官話跟小販交談，至少有幾個人講得還挺流利。

「做得真是維妙維肖。」我看著竹籤上的糖麵人將軍。人偶身穿亮紅色戰袍，抹上一層棗汁。我口水直流。

「想來一個嗎？」小販問道：「非常新鮮喔，小姐，今天早上才做的，內餡是蓮花醬。」

「我沒錢。」我遺憾地說道。師父只給我足供住宿的錢，還有一顆乾桃子讓我果腹。

小販打量我，看似下定決心。「從口音聽來，妳應該不是本地人吧？」

我點頭。

「為了在這個混亂的俗世找到一池安寧，所以離開家？」

「差不多就是這樣。」我說道

他點頭，彷彿這就解釋了一切。他將糖麵人將軍遞給我。「那就當作一個流浪者送給另一個流浪者的禮物吧，這裡是適合安居之地。」

我接下禮物，對他道謝。「你從哪裡來的？」

「陳許。劉節度使的手下來我們村莊強徵男孩和男人入伍，我丟下田地逃走了。我已經失去父親，沒興趣用我的死為他的戰袍增添色彩。那個人偶是以劉節度使為模型，看見我的主顧們咬掉他的頭，我就開心。」

我大笑，咬掉麵人的頭讓他高興。糖麵在我舌間融化，從中泌出的多汁蓮花醬相當美味。

我在城裡的大街小巷散步，一面享受每一口糖麵人，一面聆聽從茶鋪門口和經過的馬車內傳出的談話片段。

「……為什麼要大老遠送她去城市的另一邊學舞？」

「推官不會喜歡這種欺詐的……」

「……這輩子沒買過這麼好的魚！還在拍……」

「……你怎麼知道？她說了什麼？告訴我吧，姊姊，告訴……」

生命的節奏在我身旁川流，就好像山裡的雲海在我盪過一條又一條藤蔓時托著我。我想著我該殺的那個男人所說的話：

當他的叛軍席捲帝國，將有無數人死去。成千上百孩童將成為孤兒，大批陰魂將在大地遊蕩。

我想著他兒子，還有影子掠過寬敞、空寂大廳的牆。我心裡有某個東西隨人世的音樂悸動，既世俗又神聖。在水中打旋的沙粒化為一張張臉孔，歡笑、哭泣、嚮往、作夢。

第三夜的新月胖了些，風涼了些，遠處的貓頭鷹呼嗚也多了一絲不祥的感覺。

我像上次一樣爬上節度使宅邸的圍牆，兩名巡邏的士兵未變。這一次，我伏得比上次更低，爬過窄如樹枝的牆頂和屋瓦不平坦的表面時也更加安靜。我回到熟悉的位置，揭開我兩夜之前放回去的瓦片，眼睛貼住縫隙擋住氣流，預期隨時會有蒙面衛兵從黑暗中跳出來，張開他們的陷阱。

不用擔心——我準備好了。

不過沒有示警的叫喊，也沒有銅鑼的鏗鏘聲。我凝視下方燈火通明的廳堂，他坐在老位子，一疊紙在身旁案上。

我仔細聆聽，看看是否有孩童的腳步聲。沒有，男孩被送走了。

我細看男人座椅下方的地板，撒了些稻草。這景象令我困惑了一會兒，然後才領悟，這是他的好意。他不想讓他的血沾染地磚，這樣一來，無論是誰來收拾殘局，都可省下許多力氣。
男人盤腿而坐，雙眼閉合，臉上一抹喜樂的微笑，宛如佛像。
我把瓦片輕輕放回去，如一縷微風消失在黑夜中。

「妳為什麼沒有完成任務？」師父問道。師姊們站在她身後，有如兩尊守護主人的羅漢。
「他在跟他的孩子玩。」我像盪過深淵時牢牢攀著藤蔓一樣緊抓這番說詞。
她嘆氣。「下次再發生這種事，妳應該先殺了那男孩，就不會分心了。」
我搖頭。
「這是他的詭計，他在玩弄妳的同情心。位高權重者都是戲臺上的戲子，他們的心如影子般深不可測。」
「或許是這樣，」我說：「然而他信守承諾，而且願意死在我手下，我相信他告訴我的其他事也是真的。」
「妳怎麼知道他不像他所中傷的那個一樣野心勃勃？妳怎麼知道他表現得仁慈不是為了將來更龐大的殘酷目標？」
「沒人知道將來的事。」我說：「房舍或許腐爛透底，但下面仍有螞蟻在追求一池安寧，我不願意成為那個令房舍倒塌在牠們身上的人。」

她凝視我。「那忠誠怎麼說？服從妳的師父怎麼說？履行妳的承諾又怎麼說？」

「我不該成為竊取人命的賊。」我說道。

「如此天賦，」她說道，停頓片刻才接著說：「浪費了。」

她的語氣中有些什麼，令我忍不住發起抖來。我望向她身後，發現精兒和空兒已經不見。

「如果妳離開，」她說：「妳就不再是我徒兒。」

我看著她平滑的臉和不顯嚴酷的雙眼。我想著剛開始的那段日子裡，她在我從藤蔓摔下來後包紮我的腿。我想著她打退那隻後來證實對我而言難度太高的竹林熊。我想著她在那幾夜裡抱著我，教我看透世間的幻象，看見底下的真相。

她把我從我家中帶走，但她也是就我所知最接近母親的人。

「再見，師父。」

我伏低後一躍而起，像隻飛躍的虎，像隻滑翔的野猿，像隻展翅的鷹。我撞破客棧房間的窗戶，潛入夜晚之海。

「我不是來殺你的。」我說道。

男人點頭，彷彿完全在他意料之中。

「我師姊——精兒，人稱閃電之心，還有空兒，妙手空空——她們被派來完成我完成不了的任務。」

「我來召喚護衛。」他站起來。

「沒用的。」我告訴他：「就算你躲在海底的巨鐘內，精兒也偷得走你的靈魂，而空兒還更厲害。」

他微笑。「那我獨自面對她們。謝謝妳警告我，省得我的手下白白送命。」

夜裡傳來微弱的尖叫聲，彷彿遠方有一群嗥叫的猴子。「沒時間解釋了，」我對他說：「把你的紅巾給我。」

他照做，我將紅巾綁在腰間。「你將看到你無法理解的情景。無論發生什麼事，目光釘牢這條紅巾，但避開它。」

嗥叫聲越來越響，似乎來自四面八方，無所不在。精兒到了。

他來不及問我更多問題，我已在空中扯開一道裂縫爬進去，消失在他眼前，只留下亮色紅巾的末端垂在身後。

「想像空間是一張紙，」師父說：「爬在紙上的一隻螞蟻知道寬度與深度，但不知高度。」

我期盼地看著她畫在紙上的螞蟻。

「螞蟻害怕危險，在四周築起牆，以為這難以穿透的屏障能保牠安全。」

師父畫一個圓，圈住螞蟻。

「螞蟻不知道的是，牠上方懸著一把刀。刀並不存在於螞蟻的世界，牠看不見。若是攻擊來自隱藏的方向，牠建造的牆就完全保護不了牠——」

她將匕首朝紙射去，把她畫的螞蟻釘在地上。

「妳可能以為寬度、深度與高度是這世界僅有的維度，隱藏的女孩，但妳錯了。妳這輩子都是一隻活在紙上的螞蟻，不過真相遠比此不可思議。」

我現身於空間之上的空間，空間之內的空間，隱藏的空間。

一切事物都多了新維度——牆、地磚、閃爍的火把、節度使驚訝的臉。節度使的皮膚彷彿被扯掉，露出底下的一切：我看見跳動的心臟、搏動的腸子，血液流過透明的血管，閃爍微光的白骨，還有填充其中的天鵝絨般骨髓，彷彿沾上棗汁的蓮花醬。我看見每一塊磚塊內每一粒閃閃發光的雲母，看見每一朵火焰中都有一萬個仙人在跳舞。

不，這樣描述不太準確，我無法以言語形容所見。我同時看見所有事物的億萬層，就像一隻原本只看得見眼前有一條線的螞蟻突然被抬離紙頁，領悟了圓的圓滿。這是佛陀的視角，祂理解因陀羅之網[30]的不可理解；這張網連結起跳蚤腳尖最小的塵埃和旋過夜空最浩瀚無盡的星辰之河。

多年前，師父就是藉此穿透父親宅邸的牆，避開父親的士兵，從緊閉的密室內抓走我。

我看見白袍的精兒逼近，像浩瀚深海中的發光水母一樣擺動。她一面逼近一面嗥叫，一個聲音竟包含嘈雜的咆哮，將恐懼送入獵殺目標的心中。

「小師妹，妳在這裡做什麼？」

我舉起匕首。「請回去吧，精兒。」

「妳總是太頑固了點。」她說道。

「我們曾共享桃子，也曾在同一池冷山泉中沐浴。」我說道：「妳教我爬藤蔓，還教我摘雪蓮插在頭髮上，我像愛親生姊妹一樣愛妳，請不要這麼做。」

她一臉悲傷。「我沒辦法，師父立下承諾。」

「還有一個我們都必須依循的更大承諾：心告訴我們某些事是正確的，我們才做那些事。」

她舉起劍。「因為我像愛親生姊妹一樣愛妳，我決定讓妳攻擊我而不還手。如果妳能在我殺死節度使之前擊中我，我就離開。」

我點頭。「謝謝妳，很遺憾事情走到這一步。」

隱藏空間自有其結構，由垂掛的細繩構成，繩子從內部隱隱發光。為了在這個空間內移動，精兒和我躍過一條條藤蔓，盪過一道道白光索，攀爬、滾落、轉動、急墜，在以星光與柔亮冰晶交織而成的格陣中飛舞。

我撲向她，她輕鬆躲開。她向來是我們之中最擅長藤鬥與雲舞的那一個。她滑翔、擺盪，有如天庭的仙人。相較之下，我的動作笨拙、沉重，毫無技巧可言。

她一面舞蹈般避開我的攻擊，一面數算道：「一、二、三四五……很好，隱藏的女孩，妳一直有在練習。六七八、九、十……」我偶爾靠得太進，她便以劍格開我的匕首，就像打盹的男人拍掉蒼蠅一樣輕而易舉。

她幾乎像在可憐我，扭身閃過我，朝節度使盪去，彷彿一把懸在紙頁上方的刀。他完全看不見她，她從另一個維度襲向他。

我朝她身後猛撲，希望跟她的距離夠近，計畫能夠生效。

我將紅巾懸掛在節度使的世界，而他這時看見紅巾靠近，隨即趴地滾開。精兒的劍刺穿維度之間的帷幕；在那個世界，一把劍憑空冒出來，節度使原本坐在案後，劍將那張桌子擊碎後旋即消失。

「啊？他怎麼看得見我靠近？」

我沒給她機會弄明白我的伎倆，匕首接連出擊。「三十一、三十二三四五六……妳真的越來越厲害了……」

我們在大廳「之上」的空間跳舞——無法以言語描述這個方位——每一次，只要精兒朝節度使去，我就盡可能貼近她，以警告節度使有隱藏的危險。我用盡全力還是碰不到她分毫，卻感覺到自己越來越疲累，速度越來越慢。

我屈起腿，又一次追著她盪，不過這一次我太不小心，靠得離大廳的牆太近，掛在腰間的紅巾勾到火把架，我摔倒了。

精兒看著我，哈哈大笑。「所以這就是妳的方法！聰明啊，隱藏的女孩。不過現在遊戲結束了，

30《華嚴經》說「一多互攝，重重無盡，因陀羅網」，指宇宙的實相是一沙一世界、互攝互入。這與網際網路異曲同工，而因陀羅網（Indra's net）的英語發音也與網際網路（internet）相近，故作者以此借喻。

我將索取我的獎賞。」

如果她現在對節度使出手，他不會得到任何警告。我被困住了。

紅巾點燃，火焰竄入隱藏的空間。火舌捲上我的袍子，我嚇得尖叫。

三次疾躍，精兒已回到我所在的白光索；她一把脫下自己的白袍裹住我，幫我摁熄火焰。

「妳沒事吧？」她問道。

火燒焦我的頭髮，皮膚也有幾處焦黑，不過我不會有事。「謝謝妳。」我在她來得及反應前以匕首劃過她的袍襬，切下一條布料。利刀繼續劃開維度之間的帷幕，布條飄入尋常世界，彷彿水中殘骸冒出水面。節度使看見地板上的白色絲布條，連忙躲開，我們都看見他臉上驚惶的表情。

「擊中了。」我說道。

「啊，不太公平，對吧？」她說道。

「無論如何，擊中就是擊中。」我說道。

「所以妳跌倒……是妳計畫中？」

「我只想得出這個辦法。」我坦承道：「妳的劍術比我高明太多了。」

她搖頭。「妳怎能關心一個陌生人勝過關心妳的師姊？不過我信守承諾。」

她起身，像水中幽靈一樣飄走。遁入黑夜之前，她轉過身，最後一次看著我。「別了，小師妹。在妳切斷我衣袍的同時，我們已恩斷義絕。願妳找到妳生命的意義。」

「別了。」她離開，同時不斷嗥叫。

我爬回尋常空間，節度使衝過來。「我嚇壞了！這是什麼法術？我聽見刀劍交鋒的聲音，卻什麼也看不見。妳身上的紅巾像鬼魂一樣在空中飛舞，最後白布憑空冒了出來！等等，妳受傷了？」

我神情痛苦，坐直。「沒什麼，精兒走了，不過下一個刺客會是我的另一位師姊空兒，她遠比精兒更致命，我不知道我是否保護得了你。」

「我不怕死。」他說。

「如果你死，陳許節度使會屠殺更多人。」我說道：「你必須聽我的。」

我打開囊袋，拿出師父在我十五歲生日時送我的禮物，交給他。

「這是……紙驢？」他困惑地看著我。

「這是一具機械驢在我們世界的投影。」我說道：「就好像穿過平面的球體看起來會是圓形——算了，沒時間解釋，給你，你必須走了！」

我扯開空間，把他推過去，化身機械巨獸的驢子現在聳立他前方。儘管他百般抗議，我還是將他推上驢子。

絞緊的機腱驅動驢子體內的旋轉齒輪，推動曲軸上的腿，驢子會在隱藏空間內繞大圈疾馳半個時辰，像鋼索藝人一樣躍過一條又一條發光藤蔓。師父把這部機器送給我，如果我執行任務時受傷，可藉此逃離。

「妳要怎麼抵擋她？」他問道。

我拔出鑰匙，驢子隨即疾馳而去，他的詢問懸而未答。

沒有咆哮，沒有歌唱，也沒有駭人的喧囂，空兒靠近時總是不發出丁點聲音。如果你不了解她，會以為她沒有武器，因此她的綽號才叫妙手空空。

袍子很熱，臉上的麵團妝很重。我點燃散落地板的稻草，大廳裡煙霧瀰漫。靠近地面的空氣較乾淨、溫度也較低，因此我蹲坐以便呼吸。我佯裝喜樂的微笑，不過維持眼睛開一條細縫。

煙霧旋繞，如果沒仔細看，可能不會注意到那和緩的擾動。

如果屋頂沒開個新口子透入氣流，我知道大廳的燈火通常會如何閃爍。

不久前，我用匕首謹慎地在維度間的帷幕切開幾道口，用從精兒的袍子切下的絲布維持開口打開。這些開口足以透入從隱藏空間吹入的氣流，供我察覺另一邊的動靜。

我想像空兒和她決不寬貸的態度，她像鬼差一樣在隱藏空間飄向我。一根針在她的右手閃爍，這是她唯一需要的武器。

她偏愛在這個看不見的維度接近獵物，從無防備的方位出手。她喜歡將針扎入獵物的心臟中央，保持肋骨和皮膚完整無缺；或將針刺入對方頭骨，把他們的腦攪成爛糊，在死前逼瘋他們，但不在頭骨留下任何傷痕。

煙霧略微擾動，她在附近了。

我想像她的視角所見景象：身穿節度使衣袍的男人坐在煙霧瀰漫的廳堂裡，臉頰上有蝶形胎記。他嚇得不知所措，宅邸分明已經起火，蠢笑的咧嘴表情卻凍結在他臉上。不知何故，他四周的昏暗也瀰漫在隱藏空間裡，彷彿大廳的煙穿透了維度間的帷幕。

她撲過來。

我閃向右邊，出於直覺而非理智。我跟她對打好幾年了，希望她的移動方式一如往常。

她原想將針刺入我的頭骨，因為我閃開，她的針刺入我的頭方才所在的位置，清脆的一聲「鏗」，擊中我戴在頸上的玉項鍊。

我踉蹌起身，在煙霧中咳嗽，我抹掉臉上的麵糰妝。空兒的針如此纖細，一擊之後便彎折變形。第一次攻擊失敗後，她從不攻擊第二次。

驚訝的輕笑。

「妙招，隱藏的女孩，我應該把煙霧裡的所有情況看得更清楚才是，妳向來是師父最愛的徒兒。」

我在兩個世界間劃出的開口，用意不只是警示而已，藉由將煙引入隱藏空間，她觀看尋常世界的視線也變得模糊。一般而言，她位居上風，我的面具對她來說不過是個透明的殼，寬大的袍子也藏不了底下的纖細身軀。

不過或許，只是或許，她選擇不看透我的拙劣偽裝，就跟她以前警告我鷹會從我後方撲擊一樣。

我對看不見的說話者鞠躬。「告訴師父我很抱歉，但我不回山上了。」

「誰料得到妳最後變得反對刺殺？希望還有機會再見。」

「到時我請妳吃槐花，師姊。甜食中心帶一絲苦澀，就不那麼膩人了。」

宏亮的笑聲淡去，我筋疲力竭地倒在地上。

我想過回家，想過與父親再見。但關於我被偷走的這段時間，我要對他說些什麼？我能怎麼對他解釋我已經不一樣了？

我無法以他所希望的方式成長。我的野性太盛，無法穿上綁手綁腳的裙裝，在宅邸的一個個房間裡蓮步輕移，在媒人解釋我將與哪個男孩成親時羞紅臉。我無法假裝對縫紉比對爬大門旁的槐樹更感興趣。

我擁有天賦。

我想像精兒、空兒一樣攀登峭壁，而我經常盪過岩壁上的一條條藤蔓；我想與旗鼓相當的對手交鋒；我想挑個男孩嫁給他——我想像他寬容、擁有一雙柔軟雙手，或許是磨鏡維生的人，因為他會知道在光滑表面的另一邊還有其他維度。

我想磨練我的天賦，發揚光大，以嚇阻不義之事、為那些會將世界變得更美好的人照亮道路。我將保護清白者、護衛弱小者。不知道我能否永遠做正確的事，但我是隱藏的女孩，我忠於所有人都渴望的那份安寧。

我終究是個賊。我為自己偷來我的命，也將為其他人偷回他們的命。

達達的機械驢蹄聲慢慢靠近。

七個生日

Seven Birthdays

七

寬敞的草坪在我面前開展，幾乎與大海的金色浪花接壤，只靠一道狹窄的暗棕色海灘分隔。落日明亮溫暖，微風輕撫我的手臂和臉。

「我想再等一下。」我說。

「很快就天黑囉。」爸說。

我咬著下唇。「再傳一次訊息給她。」

他搖頭。「我們留夠多訊息給她了。」

我環顧四周，大多數人都已離開公園，空氣中已可感覺到夜晚的第一絲寒意。

「好吧。」我努力不表現出失望。當同一件事一再發生，你就不該再失望，對吧？「我們飛吧。」我說。

爸舉起風箏，一個鑽石，畫上仙女，還有兩條長長的絲帶尾巴。我今天早上在公園大門口的商店挑了這只風箏，因為仙女的臉讓我想起媽。

「準備好了嗎？」爸問道。

我點頭。

「走！」

我奔向大海，奔向燃燒的天空與融化的橘色太陽。爸放開風箏，我感覺到風箏升空時的「砰」，我手中的線扯緊。

「別回頭！繼續跑，像我教妳的那樣慢慢放線。」

我跑，像奔過森林的白雪公主，像午夜鐘響時的灰姑娘，像想逃離佛陀五指山的孫悟空，像逃離朱諾狂暴之怒的艾尼亞斯[31]。我轉動線軸放線，突然一陣風吹得我瞇起眼，我的心跳和幫浦般的腿同步。

「上去了！」

我減速，停步，然後轉身看，仙女在空中扯著我的手要我放開。我緊握線軸的握把，想像仙女帶我升空，好讓我們一起在太平洋上空翱翔，就像爸媽以前曾讓我用手臂掛在他們兩個之間擺盪。

「米亞！」

我環顧四周，看見媽大步走過草坪，黑長髮像風箏的尾巴一樣在微風中飄揚。她在我面前停下，跪在草地上抱住我，臉緊壓我的臉。她聞起來像她的洗髮精，像夏雨與野花，一股我每隔幾週才聞得到的香味。

「對不起，我遲到了。」她的嘴貼著我的臉頰，說話的聲音因而模糊。「生日快樂！」

我想親她一下，但又不想。風箏線鬆了，我用爸教我的方法猛力一扯。我必須維持風箏待在天上，這很重要。我不知道為什麼，或許跟要親她又不親她有關。

爸小跑步過來，他完全沒提起時間，也沒提起我們錯過晚餐的訂位了。

31 在維吉爾（Virgil, Publiu Vergilius Maro, 70-19 B.C.）創作的拉丁文史詩《伊尼德》（*The Aeneid*）中，特洛伊人艾尼亞斯（Aeneas）在木馬屠城之後逃離特洛伊，輾轉來到義大利，最終成為羅馬人的祖先。

媽親了我一下，臉移開，但還是抱著我。「臨時有些事。」她的聲音平穩、自制。「趙沃克大使的班機延誤了，她設法在機場擠出三小時給我。我必須在下週的上海論壇前幫助她了解太陽管理計畫，這很重要。」

「向來重要。」爸說道。

媽的手臂收緊。他們倆總是這種相處模式，就算他們之前住在一起的時候也一樣。不要求解釋，聽起來不像控訴的控訴。

我輕輕鑽出她的懷抱。「看。」

這也是模式的一部分：我嘗試打破他們的模式。我忍不住覺得應該有個簡單的解決方案，某一件我做得到而且能讓一切變好的事。

我指向天上的風箏，希望她看出我挑了一個長得像她的仙女。不過風箏飛得太高，她沒辦法看見。我放出了所有的線，長長的線微微垂墜，彷彿連結大地與天空的梯子，最高的那一段在即將消逝的陽光下閃爍金光。

「真可愛。」她說：「有一天，等情況穩定一點，我帶妳去看我家鄉的風箏節，在太平洋的另一邊，妳會喜歡的。」

「那我們就得飛囉。」我說。

「對。」她說：「不用害怕飛行，我總是在飛。」

我不害怕，但我還是點頭，表現出她說的話讓我安心。我不問「有一天」是什麼時候。

「希望風箏可以飛得更高。」我極度渴望讓對話繼續，彷彿展開更多對話就能讓某個珍貴的事物繼續待在空中。「如果我割斷線，風箏會飛過太平洋嗎？」

幾分鐘後，媽回應：「不太可能……風箏是因為線才停在空中。風箏就像飛機，妳手中的線拉扯的力量就像驅動力。妳知道嗎？萊特兄弟打造的第一架飛機其實就是風箏，他們靠那種方法學習打造機翼，有一天我會讓妳看看風箏是怎麼產生升力——」

「肯定會，」爸打斷她：「風箏會飛過太平洋。今天是妳生日，什麼都有可能。」

在那之後，他們兩個都沒再說話。

我沒告訴爸我喜歡聽媽談機器、引擎、歷史，和其他我並不完全理解的事物。我也沒告訴她我已經知道風箏飛不過大海——我只是想讓她對我說話，而不是一直為自己辯解。我沒告訴他我的年紀已經大到不相信生日這天什麼都有可能——我許願要他們別再吵架，現在看看是什麼結果。我沒告訴她我知道她並不是故意不遵守她對我的承諾，但她這麼做的時候我還是會痛。我沒告訴他們我希望能切斷把我綁在他們羽翼上的線——他們的風相互競爭，拉扯著我的心，我覺得難以承受。

我知道儘管他們不再愛彼此，他們依然愛我；但知道並不代表會比較輕鬆。

慢慢地，太陽沉入大海；慢慢地，星星在空中眨著眼醒來。風箏消失在星辰之間。我想像仙女拜訪每一顆星星，一一給它們一個淘氣的吻。

媽拿出手機，激動地打字。

「我猜妳應該還沒吃晚餐吧。」爸說。

「對，午餐也沒吃多少，整天跑來跑去。」媽說話時依然低頭注視螢幕。

「我最近發現一家還不錯的素食餐廳，距離停車場幾個路口而已。」爸說道：「或許我們可以在路上的甜點店買個蛋糕，請他們晚餐後端上來。」
「嗯哼。」
「可以先放下手機嗎？」爸說：「麻煩妳。」
媽深呼吸，收起手機。「我正要改成晚一點的班機，才有更多時間陪米亞。」
「妳連留下來住一晚都辦不到嗎？」
「我明天早上必須去特區跟查可拉巴提教授和弗拉格參議員見面。」
爸的表情轉為嚴厲。「對某個如此關心我們星球狀況的人來說，妳真的太常飛了。如果妳和妳的客戶不要總是想移動得更快，運送更多——」
「你明知道我的客戶並不是我這麼做的原因——」
「我只知道你真的很會自欺，但妳卻為最龐大的企業和獨裁政府工作——」
「我正在研究科技解決方案，而非空泛的承諾！我們對全人類有道德責任。這世界上有些人每個月靠不到十美元生活，而我正在為其中八成的人奮鬥——」
我遭到生命中的巨人忽視，我讓風箏把我帶走。他們吵架的聲音消逝在風中。我一步步走向不停拍打的海浪，風箏線把我朝星辰拉去。

四十九

輪椅就是沒辦法讓媽舒坦。

首先，輪椅試著抬高座位，好讓她能平視我幫她找來的古代電腦螢幕。不過就算彎起腰、拱起肩，她還是碰不到下方桌上的鍵盤。她顫抖的手指伸向鍵盤，椅子便下降，她敲出幾個字和數字，奮力地抬頭看現在屹立在她上方的螢幕，馬達嗡嗡響起，輪椅又抬高她。無限輪迴。

落日之家中有大約三百名居民，超過三千部機器人在三名看護的監督下負責照料居民的需求。我們現在就是這麼死去，在視線範圍之外，仰賴機器的智慧。西方文明的頂峰。

我走過去用一落舊精裝書墊高鍵盤，那是我賣掉她的房子前把這些書從她家帶過來的，馬達停止運轉了。用臨機應變的簡單方法解決複雜的問題，她會欣賞這樣的事。

她看著我，混濁的眼睛並沒有認出我。

「媽，是我。」我說道。一秒後我又補充：「妳的女兒，米亞。」

她有些時候還不錯，我回想起看護長所說的話。**做數學似乎讓她平靜，謝謝妳提出這個建議。**

她審視我的臉。「不對。」她遲疑片刻：「米亞才七歲。」

她說完便將注意力轉回電腦，繼續在鍵盤上敲打數字。「需要再畫一次人口統計圖和衝突曲線，」她咕噥道：「必須讓他們知道這是唯一的方法……」

我在小床坐下。我想我應該覺得痛才對——她記得她那些過時的計算，卻不記得我。不過她已經如此遙遠，彷彿一只風箏，僅勉強以細細的線繫在這個世界。她過去總是心心念念著要把地球的天空變暗，這份執迷就是拉住她的那股線。在這種情況下，我召喚不出任何憤怒或心痛。

她的心智困在蜂窩乳酪狀的腦裡，而我很熟悉她的心智模式。她不記得昨天或一週前發生的事，或過去幾十年大部分的事。她不記得我的臉或我兩個丈夫的名字。她不記得爸的葬禮。我直接放棄讓她看艾比的畢業照或湯瑪斯的結婚影片。

唯一還能談論的話題是我的工作。不用期待她會記住我提起的名字或理解我正努力解決的問題，我會告訴她掃描人類心智的難處，在矽晶片中重建碳基運算有多困難，為脆弱的人腦提供硬體升級的可能性看似如此接近又如此遙遠。大多只是單口相聲，她對大量的科技術語感到自在，她有在聽、沒提著飛去其他地方，這樣就夠了。

她停止計算。「今天是幾月幾日？」她問道。

「今天是我——米亞的生日。」我說。

「我應該去看她，」她說：「只不過我需要完成這個——」

「我們何不一起去外面走走？」我問道：「她喜歡在外面曬太陽。」

「太陽……太亮了……」她咕噥，然後手離開鍵盤。「好吧。」

輪椅靈巧地跟在我身旁穿過走廊，就這樣我們走到外面。尖叫的孩童在寬敞的草坪四處亂跑，彷彿精力充沛的電子；同時雞皮鶴髮的居民分成壁壘分明的幾群坐著，彷彿散在真空中的原子核。跟孩童待在一起應該能改善長者的心情，於是落日之家試著以裝滿幾輛公車的幼稚園孩童重現部落篝火與村落火爐。

她在明亮的陽光下瞇起眼。「米亞在這裡嗎？」

「我們來找找。」

我們一起走過吵吵鬧鬧的孩童，找尋她回憶中的鬼魂。她慢慢放鬆，開始對我講述她的人生。

「人為的全球暖化是真實的，」她說道：「不過主流共識實在太過樂觀，真實情況嚴重許多。

為了下一代好，我們必須在我們這一代解決問題。」

湯瑪斯和艾比從很久以前就不陪我來探望這個不再認識他們的外婆了。我不怪他們，她和他們對彼此而言都是陌生人。他們沒有關於她的回憶；沒有她在慵懶的夏日午後為他們烤蛋糕，也沒有超過上床時間很久還放任他們用平板看卡通。在他們的生命中，她充其量只是個遙遠的存在，當她以一張支票付清他們的學費時最有感。一個神仙教母，跟那些地球曾經毀滅的故事一樣不真實。

比起真正的孩子和孫子，她更關心未來世代這個概念。我知道我這麼說不公平，不過事實往往就是不公平。

「不加以控管，大半個東亞都將在一個世紀內變得不適於居住。」她說道：「當妳描繪出我們歷史中的小冰河期和迷你溫暖時期，妳會得到一份大規模遷徙、戰爭、種族滅絕的紀錄。妳懂嗎？」

一個咯咯笑的女孩在我們前方狂奔，輪椅嘎吱停下。一群吵吵鬧鬧的男孩女孩從我們旁邊奔過，正在追那個小女孩。

「富裕國家造就大多數汙染，卻要貧窮國家停止發展、停止消耗太多能源。」她說道：「他們認為要窮人為富人的罪孽付出代價是公平的，也認為要那些皮膚顏色較深的人停止追上皮膚顏色較淺的人是公正的。」

我們已經一路來到草坪盡頭，沒看見米亞。我們回頭，又一次迂迴穿過大群小孩，他們跌倒、跳舞、歡笑、奔跑。

「以為外交官們會解決問題實在愚蠢。衝突難以化解，最終的結果不會公平公正。貧窮國家不能也不該停止開發，但富裕國家拒絕償付。然而有一個科技解決方案，一個臨機應變的方法，只需要幾個擁有資源、無所畏懼的男女去做其他人都做不了的事。」

她的眼中閃線光輝。這是她最愛的主題，大肆宣揚她的瘋狂科學家解答。

「我們必須購買並改造一隊商用噴射機。在國際領空，遠離任何國家的管轄範圍，它們釋出硫酸噴霧。與水蒸氣混合後，硫酸會化為細緻的硫酸鹽粒子，而硫酸鹽粒子雲能阻擋日光。」她試著彈指，不過手指抖得太厲害。「這會像喀拉喀托火山爆發後所造成的一八八〇年代全球火山冬季。我們造成地球暖化，也能讓它再次冷卻。」

她的雙手在面前揮舞，變出人類有史以來最龐大的工程計畫幻景：建造出橫跨全球的牆，藉此讓天空變暗。她不記得自己已經成功；數十年前，她成功說服夠多跟她一樣瘋狂的人加入計畫。她不記得抗議、環保團體的譴責、頻擾的噴射戰鬥機和各國政府的斥責、判刑入獄，然後，慢慢獲得接受。

「……窮人理當能消耗跟富人一樣多的地球資源……」

我試著想像她的人生：永恆戰鬥的一天，一場她已經打贏的仗。

她的臨機應變為我們爭取了一些時間，但是並沒有解決根本的問題。世界仍為各種問題苦苦掙扎，新舊皆有：酸雨造成的珊瑚白化、關於是否進一步冷卻地球的無盡爭執、不曾改變的指責與歸咎。她不知道當富裕國家以機器取代漸漸減少的年輕工人，各國同時封閉了國界。她不知道貧富差距只是變得更大，全球一小部分人口仍消耗掉整個世界大部分的資源，殖民主義以進步之名重新崛起。

她的激昂演說發表到一半突然中斷。

「米亞在哪？」她問，語氣中的挑釁消失。她環顧人群，為了在我生日這天找不到我而焦慮。

「我們再繞一圈。」我說道。

「我們必須找到她。」她說道。

衝動之下，我停住輪椅，在她面前跪下。

「我正在研究一個科技解決方案。」我說道：「有一種方法能讓我們脫離這個困境，達成公平公正的生活方式。」

我終究是我母親的女兒。

她看著我，表情難以解讀。

「我不知道能不能及時完善我的技術，用這個技術留住妳。」我脫口而出。**還是，一想到必須拼湊妳的心智殘骸，我就無法承受**。我來就是要告訴她這件事。

這是在懇求原諒嗎？我原諒她了嗎？原諒是我們想要的，還是需要的？

一群小孩從我們旁邊跑過去，一面吹著肥皂泡泡。陽光下，泡泡帶著彩虹的光澤飄浮。幾個泡泡落在母親的銀髮上，沒有立即破掉。她看起來像個女王，頭上戴的王冠鑲有陽光照耀的寶石；一個非民選的人民保護者，聲稱自己為無權者發聲；一位母親，她的愛是如此難以理解，又更加難以誤解。

「拜託妳。」她伸手用顫抖的手指碰觸我的臉，她的手乾燥如沙漏中的沙。「我遲到了，今天是她的生日。」

因此，在比我童年時暗淡的午後陽光下，我們又一次穿過人群。

三百四十三

艾比彈入我的程序。

「生日快樂，媽。」她說道。

為了我，她顯現她上傳前的模樣，一個年約四十的年輕女性。她環顧我這個雜亂的空間，皺起眉：模擬的書本、家具、斑駁的牆壁、斑點處處的天花板，窗外的城市景象是以數位合成二十一世紀的舊金山、我的故鄉、以及我還有軀體時想去造訪但沒去的所有城市。

「我並不是時時刻刻都開著。」我說道。

現在流行的居家程式美學是乾淨、極簡、數學的抽象：柏拉圖式多面體、以錐線論為基礎的古典旋轉體、有限場、對稱群。一般偏好使用低於四個維度，有些人則擁護平面的生活方式。以如此高的解析度將我的居家程式做得近似於類比世界被視為浪費運算資源，一種放縱。

但是我忍不住。儘管我以數位形式存活的時間早就遠遠超過肉體存活，比起數位的現實，我還是偏愛模擬的原子世界。

為了安撫女兒，我將視窗切換成其中一個巡航機的即時饋送。畫面中是一座靠近河口的叢林，可能是上海過去所在位置。繁茂的植物披垂在骨架般的摩天大樓殘骸上；成群涉禽類鳥兒填滿岸邊；小群鼠海豚偶爾跳出水面，劃過優雅的弧線後伴隨著溫和的水花回到水中。

現在有超過三千億個人類心智住在這顆行星，棲息於數千個數據中心；所有數據中心加起來占用的空間還比不上舊曼哈頓。地球恢復蠻荒狀態，只有幾個頑強抵抗的人還堅持以肉身的形式住在偏僻的拓居地。

「妳自己消耗那麼大量的運算資源，實在觀感不佳。」她說道：「我的申請被駁回了。」

她說的是擁有另一個小孩的申請案。

「我覺得兩千六百二十五個小孩應該相當足夠了。」我說道：「我感覺我不認識他們之中的任何一個。」數位原民偏愛數學名字，而有好多我甚至不知道該怎麼讀出來。

「下一次投票即將到來，」她說：「我們需要所有幫得上忙的力量。」

「就算是妳現有的小孩，他們投的票也並非都跟妳一樣。」我說道。

「值得一試。」她說：「這顆行星屬於所有棲息其中的生物，不只屬於我們。」

我女兒和許多人認為人類最偉大的成就是把地球這份禮物回送給大自然，但這份禮物現在遭受威脅。先殖民數位王國的人對於人類的方向更有權置喙，不過有些心智認為這樣並不公平；在某些國家，永生晚了許久才達到普及，而在這些國家上傳的心智尤其認為不公平。他們想再次拓展人類的足跡，並建設更多數據中心。

「妳甚至不住在荒野中，為什麼還那麼愛荒野？」我問她。

「為地球服務是我們的道德責任，」她說：「我們過去殘酷對待地球，而地球甚至還沒開始痊癒，我們必須保存它應有的樣貌。」

我沒提出這對我而言恰恰是謬誤的二分法：人類與自然相對。我沒提起下沉的大陸、爆發的火山、地球氣候數十億年來的峰谷、冰帽的進退、還有來來去去的無數物種。我們為什麼獨尊這一個片刻為自然、珍視這個片刻更甚其他片刻？

有些道德分歧是無法和解的。

同時間，所有人都認為擁有更多小孩就是解決辦法，用更多選票壓倒另一方。因此需要努力爭取通過申請，才能擁有小孩，才能在競爭的派系間獲得珍貴的運算資源。

但孩子們對我們的衝突會作何感想？他們會和我們一樣關心相同的不公不義嗎？在電腦模擬中誕生的他們會不會拋棄實體世界、拋棄化身，還是更加緊握不放？每個世代各有其盲點與執迷。

我原本以為奇異點會解決我們的所有問題，結果只是複雜問題的簡易臨機應變而已。我們並不共享相同的歷史，並非都想要相同的事物。

我和母親終究沒有那麼不一樣。

二千四百零一

我下方的嶙峋星球荒蕪、毫無生機，我感到寬慰。那是在我離開前被置入的一個條件。不可能所有人都認同同一個人類未來願景，幸好我們不再需要共享同一顆星球。

細小的探測器從俄羅斯娃娃號出發，朝下方旋轉不休的行星降落。進入大氣層後，探測器像薄暮的螢火蟲一樣發起光來。此處大氣密度高，非常易於留住熱能，地表的氣體表現得更像液體。

我想像自我組裝機器人降落地表。我想像它們用從地殼萃取的物質複製、增生。我想像它們在岩石鑽孔，以放置微型湮滅炸彈。

我身旁跳出一個視窗：來自艾比的訊息，數光年之外，數世紀之前。

生日快樂，母親。我們做到了。

接下來是幾個星球的空照圖，都顯得既熟悉又陌生：地球，溫和的氣候經謹慎調節以維持全新世晚期；金星，以小行星反覆重力彈射調整其軌道而地球化，變成鬱鬱蒼蒼、溫暖的侏儸紀時代地球複製品；還有火星，地表經重新導向的歐特星雲物體連續撞擊，也透過太空中的太陽反射器加溫，氣候變得極為近似地球最後一次冰河期的乾冷情況。

現在恐龍在金星的阿芙蘿黛蒂高地漫步，長毛象在火星的北方大平原凍原覓食。地球強大的數據中心窮盡力量回溯基因重建。

他們重新創造出可能曾經存在的物種，他們讓已經滅絕的生物死而復生。

母親，有一件事妳說對了：我們將再次派出探勘船。

我們將殖民銀河系的其他部分。當我們發現無生機的星球，我們將賦予它們形形色色的生命，這些生命或許來自地球遙遠的過去，也或許來自木衛二或可擁有的未來。我們將沿每一條演化路徑走下去。我們將守望每一個獸群、照顧每一座花園。我們將給予沒登上諾亞方舟的動物第二次機會，喚醒拉斐爾在伊甸園與亞當談話時提及的每一顆星辰的潛能。

當我們發現地球之外的生命，我們將謹慎對待它們，一如我們對待地球上的生命。

單一物種在一顆行星漫長歷史的最後階段壟斷該行星的所有資源，這是不正確的。人類為自己冠上演化最高成就的稱號，這也是不公正的。拯救所有生命難道不正是所有智慧物種的責任嗎？甚至是從時間的黑暗深淵中拯救它們？總是有科技解決方案。

我微笑。我並不困惑於艾比的訊息是頌揚還是無聲的非難，她終究是我的女兒。

我有自己的問題待解決。我將注意力拉回機器人，繼續分解我太空船下的這顆行星。

一萬六千八百零七

破壞環繞這顆恆星運行的行星花了很長一段時間，將碎片依我的想法重塑又更久。

直徑一百公里的薄圓盤排列成環繞恆星的經度圈陣，直到完全包覆恆星。圓盤並不繞恆星運行，它們是靜滯衛星，設置在恰當的位置，因此來自太陽的高能輻射壓力抵銷了重力的拉扯。

在這個戴森群的內層表面，百萬兆具機器人將通道與閘門刻入基質，創造出人類種族有史以來最龐大的電路。

圓盤吸收來自太陽的能量，化為由電池生成的電子脈衝，流過通道、匯流、直到積聚為湖海，經過百萬的三次方種不同波動，而波動構成思緒的形式。

圓盤的背面暗暗發光，就像一場猛烈大火後的餘燼。低能量的光子朝外躍入太空，在為文明提供能量後變得稍微枯竭。不過在它們能夠逃入無垠的太空深處之前，它們撞擊另一組圓盤，這些圓盤的作用是吸收這個較黯淡頻率輻射所產生的能量。創造思緒的過程又一次重複。

套疊的殼共有七層，構成一個充斥密集地貌的星球。有寬度數公分的平坦區域，作用是展開、收縮，以在運算產生更多或更少熱時維持圓盤的完整性——我把它們稱為海洋與平原。有坑坑窪窪的區域，其中的頂峰與環形山以微米計算，用意是促進量子位與位元的快速舞動——我稱之為森林與珊瑚礁。還有布滿鉚釘狀突起的小結構，與密集的電路捆在一起，用意是傳送與接收將圓盤串聯在一起的通訊波——我稱之為城市與鄉鎮。或許這些都是幻想的名稱，像是月球的寧靜海和火星的艾瑞翠恩海，不過它們所驅動的意識是真實的。

那麼我要拿這個靠一顆恆星驅動的運算機器做什麼呢？我要用這具俄羅斯娃娃腦變出什麼魔法？我在平原、海洋、森林、珊瑚礁與城鎮種下千百億個心智，其中有些以我自己的心智為模型，更多是來自俄羅斯娃娃的資料庫，它們增殖、複製，在更大的世界演化；這個世界如此之大，侷限在單一行星的數據中心永遠無法企及。

在局外觀察者的眼中，恆星的光芒隨著每一層殼的建構而轉暗。我跟母親一樣，成功將一顆恆星變暗，只不過我的規模宏大得多。

總是有科技解決方案。

十一萬七千六百四十九

歷史如沙漠中湧現的洪水一樣流淌：水灌注焦枯大地，在岩石與仙人掌間形成漩渦，聚積於低窪處，在雕刻大地的過程中找尋著通道，每次偶發事件都形塑著未來。

比起艾比與其他人的信念，還有更多方法能拯救生命、恢復原本可能存在的事物。

在我的俄羅斯娃娃腦龐大母體內，我們歷史的不同版本重新上演。這個龐大運算並非僅包含一個世界，而是有數十億個；每一個世界的居民都是人類意識，但在小地方經過輕推，以更加完善。

大多數路徑導向更少屠殺。在這裡，羅馬和君士坦丁堡並沒有遭劫掠；在那裡，庫斯科和永隆沒有淪陷。在一條時間線中，蒙古人和滿族人沒有橫掃東亞；在另一條時間線中，西發里亞原則[32]沒有變成全世界全心投入的藍圖。一群對殺人入迷的人沒有在歐洲掌權，另一群崇拜死亡的人沒有掌握日本國家政府。非洲、亞洲、美洲、澳洲居民沒有遭殖民統治，他們決定自己的命運。奴役和種族滅絕並非發現與探索的幫手，我們歷史中的錯誤也盡皆避開。

小批人沒有崛起消耗不成比例的星球資源，或是壟斷星球的前程。歷史獲得補救。

但並非所有路徑都比較好。人類天性中有一種黑暗，因此某些衝突不可調解。我哀悼逝去的生命，但我不能介入。這些並非模擬。如果我尊重人類生命之神聖，他們就不能是模擬。

生活在這些世界的數十億意識就如我一樣真實。他們就跟所有曾活過的人一樣，應該擁有同等的自由意志，必須容許他們自己做決定。即使我們總是懷疑自己也活在某個規模龐大的模擬中，我們還是希望事實並非如此。

如果你想要，可以視其為平行宇宙，稱其為一個懷舊女子的多愁善感，把它們當作某種不值一顧的象徵性贖罪。

不過，這難道不是所有物種的夢想嗎？有機會重新來過？我們凝視星辰的目光因失去慈悲而蒙上陰影，所有物種難道不夢想著看看是否有可能預防失去慈悲？

八十二萬三千五百四十三

有一則訊息。

有人拉動織起空間的線，將一串脈衝傳入因陀羅網的每一縷，聯繫最遠的爆炸新星與最近的舞動夸克。

銀河振動，以已知、已遭遺忘以及尚未發明的語言廣播。我拆解出一個句子。

來銀河中心，團聚的時候到了。

構成戴森群的圓盤由智慧體引導，而我謹慎地指示智慧體移動，就像古代飛機機翼上的副翼。圓盤飄開，彷彿俄羅斯娃娃腦內的殼正裂開，孵出新的生命型態。

靜滯衛星逐漸從太陽的一面移開，轉換為什卡多夫推進器[33]的配置。宇宙內睜開一隻眼，射出

32 西發里亞和約（Peace of Westphalia）是以外交會議訂立和約的先例。基於各主權國家共存的概念，新政治系統在歐洲中部形成。由於權力平衡，國家間的侵略戰爭得到遏制，反對干預別國內政的準則開始得到認可。隨著歐洲影響力逐漸遍布全球，這些西發里亞原則，尤其是主權國家的概念，逐漸流行成為國際法和世界秩序的中心原則。

33 Shkadov Thruster，前蘇聯科學家萊昂尼德．什卡多夫提出，這種發動機是一個恆星推進系統，由巨大的鏡面或者光帆構成。

明亮光束。

慢慢地，太陽輻射的不平衡開始移動恆星，與其鏡射的殼也跟著移動。在強烈光柱的推動下，我們朝銀河的中心前進。

並非每個人類世界都會留意那則訊息。諸多行星的居民都已經決定，或者永恆探索不停加深的虛擬現實數學世界，或者在藏於堅果殼內的宇宙過消耗最少資源的人生，如此都已經再好不過。

有些人，例如我女兒艾比，他們的星球豐饒、生機盎然，彷彿太空這片無垠沙漠中的綠洲，而他們寧可不干涉。其他人將尋求銀河系邊緣的庇蔭，那裡的氣候較寒冷，能容許更有效率的運算。還有些人重新找回以肉體存在的古老樂趣，將繼續演出征服與榮耀的太空歌劇。

不過會來的夠多了。

我想像千百萬顆恆星朝銀河的中心移動。有些四周環繞著太空棲地，裡面住滿看起來依然像人的人。有些有機器環繞運行，這些機器對於自己祖先的型態只剩隱約的記憶。有些拖著幾顆行星，行星上住著來自我們遙遠過去的生物，或是我從未見過的生物。有些會帶來客人，他們是與我們沒有共同歷史的異星人，對這種自我複製、低熵、自稱人類的現象感到好奇。

我想像無數世界中世世代代的孩子看著夜空，看著星座移動、變形，也看著星辰脫隊，在太空畫出尾跡。

我閉上眼，這段旅程需要頗長時間，不如休息一下吧。

很久、很久以後

寬敞的銀色草坪在我面前開展，幾乎與大海的金色浪花接壤，只靠一道狹窄的暗色海灘分隔。太陽明亮溫暖，我幾乎能感覺到微風輕撫我的手臂和臉。

「米亞！」

我環顧四周，看見媽大步走過草坪，黑長髮像風箏的尾巴一樣在微風中飄揚。

她緊緊抱住我，臉依著我的臉。她聞起來像新恒星在超新星餘燼中誕生時的光輝，像出現在原始星雲中的新生彗星。

「對不起，我遲到了。」她的嘴貼著我的臉頰，說話的聲音因而模糊。

「沒關係。」我是真心的。我親了她一下。

「今天很適合放風箏。」她說道。

我們仰望太陽。

視角旋轉，我們現在倒立在一片刻得亂七八糟的平原，太陽在遙遠的下方。重力把我們腳底上方的表面拴向那顆火球，力量強過任何繩子。我們沐浴其中的明亮光子撞擊地面，將地面往上推。我們站在一只越飛越高的風箏底部，將我們朝諸星拉去。

我想告訴她，我了解那種想把生命變得偉大的衝動，了解她需要用她的愛把太陽變暗，了解她努力解決棘手問題，了解她明知科技解決方案並不完美，仍對其深信不已。我想告訴她，我知道我們有缺點，但那並不代表我們不美妙。

不過我只是捏捏她的手，而她也捏捏我的手。

「生日快樂。」她說：「別害怕飛。」

我鬆開手，對她微笑。「我不怕，我們就快到了。」

世界在億萬顆太陽的光芒中亮了起來。

訊息

The Message

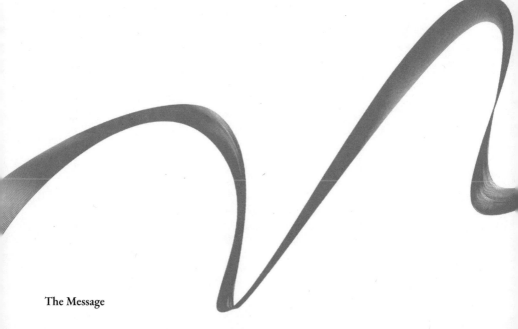

異星城市是一個直徑約十公里的正圓。從空中鳥瞰，建築物都是難親近的尖銳形狀——方塊圍繞城市周圍，三角錐、四角錐、四面體在中間。環形街道將城市區分為同心的區塊。

詹姆士·貝爾將雙人梭機亞瑟·艾文斯號傾斜，迴轉後第二次從廢墟上空經過。這名削瘦但強壯的男子年約四十，頭髮剛開始轉為稀疏，鬍子中摻了幾縷白。他將操縱桿往前推，降低梭機高度，藍眼熱切地凝視駕駛艙外。

他身旁是十三歲的瑪姬，像隻初生牛犢一樣纖細而格格不入。她倒抽一口氣，在梭機陡降時緊握座位上方的握把。

「抱歉。」詹姆士說道。瑪姬的母親蘿倫討厭他飛行的方式，總是陡降又急轉彎。一段回憶湧上他心頭，他把蘿倫拖上雲霄飛車，她緊緊抓著他的手臂；他微笑片刻，直到一股混雜後悔與忿怒的情緒取代那段回憶。

他甩掉那感覺，將梭機調正。「茱莉亞，」他對梭機的人工智慧說道：「妳來接手，維持平穩慢速。」人工智慧嗶了一聲表示收到。

「我在有大氣和磁場的星球都比較亂飛一點。」他隨口說道，主要是填補沉默。「因為它們阻隔了有害的陽光和宇宙輻射，我把所有附有輻射防護罩和監測儀的重裝外殼都留在軌道上，只帶梭機的核心下來。這樣一來，梭機好操控太多了。」

瑪姬撥開臉上幾縷紅色長髮，堅決拒絕看他，目光鎖定從梭機下方掠過的異星建築。

她從兩天前上船起就是這模樣，只用一、兩個字回應他，或根本一句話也不說。他和她沒有共同經驗，他沒有背景能解讀她的姿態、沒有脈絡能將意義填入她的沉默。有她在，他感覺笨拙尷尬，不確定該怎麼對話。比起他研究過的許多消亡文明，他的女兒神祕多了。

六個月前，他正趕著在地球化業者依計畫用他們的小行星和彗星消除琵．碧艾歐的地表前完成考察時，接到蘿倫傳來的一則訊息，這是他十年來第一次收到她的消息。她說她病了，快死了，瑪姬需要他。

瑪姬在他和蘿倫分手後才出生，甚至是蘿倫在她出生一年後寄了一張照片給他，他才知道她的存在。他當時盯著襁褓中粉紅色肉塊的照片，不知道該作何反應。他還沒準備好要當個父親，蘿倫一定也知道，所以分手時才什麼也沒說。他提議支付小孩的開銷，她接受了，而且沒有提出其他要求，他鬆了一口氣。

蘿倫的意外訊息害得他心不甘情不願地丟下琵．碧艾歐的所有工作，趕去她的星球。那趟航程花了三個月的實際時間，不過在時間相對膨脹的梭機上只過了兩天。等他終於抵達，蘿倫已經死了，瑪姬獨力生活了兩個月，一面哀悼母親，一面想像著與未曾謀面的父親共度的不確定未來。

沒有大張旗鼓，也沒得到絲毫指示，他就這樣得到監護權，接下這名陰沉、哀悼中的青少年。

我要怎麼在回琵．碧艾歐的兩天航程內學會當個父親？

詹姆士嘆氣。他喜歡單純的人生。現在他們回到琵．碧艾歐，他只剩不到一週的時間在彗星和小行星到來前完成考察。

「那裡有一些文字。」瑪姬安靜地說。刻文和圖案覆蓋異星建築，這些建築看似由巨大、實心的岩石開鑿而成，門窗皆無。

詹姆士吃了一驚，不過很高興瑪姬似乎對廢墟感興趣。他對教導好奇的學生頗有自信。

「那是我對這地方感興趣的原因之一。大多數通過庫尼—麥克連界限的文化都陷入數位黑暗時代，並停止產出任何類比書寫。他們的所有資訊都鎖入脆弱的數位古物內，保存狀況很差，而且難以解密。這裡也轉為數位，不過這些樣本——」

梭機加速，傾斜，陡降。瑪姬尖叫。

「詹姆士，」茱莉亞的語氣轉為急迫：「穩定程序中似乎出現我無法修正的錯誤，你必須以類比控制接手。」

詹姆士抓住操縱桿猛力往後拉，引擎呻吟，但是太遲了，梭機下降得太快。

「準備撞擊。」茱莉亞的聲音說道。

詹姆士直覺地伸出手把瑪姬壓在她的座位上，彷彿他手臂的力量足以在迎面而來的撞擊中保護她。

體型如家貓的機械蜘蛛機器人在亞瑟·艾文斯號外部飛掠，檢查表面的損傷。它們焊接、塗上密封劑，火花四處飛濺。

「好啦，應該可以了。」詹姆士包紮好瑪姬額頭上的割傷。「茱莉亞在我們墜機時將梭機船殼變形，吸收大部分能量，救了我們一命。機器人需要幾天才修得好梭機，不過我們在第一批彗星到之前仍有充足的時間撤退。」

瑪姬坐直，伸手摸索繃帶。她縮起腿，查看自己的手臂。
「你工作的時候我要做什麼？呆呆坐在這裡嗎？」
至少她現在開口了，詹姆士心想。
「妳可以跟我一起來，但是我必須工作，所以沒辦法時時刻刻看著妳。」
瑪姬抿起嘴。「我可以照顧自己，我又不是五歲小孩。」
「我的意思不是——」
「真希望我自己待在家，而不是跟你一起差點死掉。」她的藍眼湧出淚水。「那個蠢法官！他完全不知道——」
「夠了！」她不說話說不定還比較輕鬆。茱莉亞繼續測試，診斷面板斷斷續續傳來嗶嗶聲，此時梭機內再無其他聲響。瑪姬叛逆地怒瞪她父親。
他試著放低語氣。「如果我不取得監護權，法院會把妳送去寄養家庭，好嗎？我會這麼做是因為妳母親寫——」
她壓抑已久的忿怒與悲傷突然潰堤，既然開口了，索性火力全開。「噢，你接下重負照顧自己的孩子，還真是高貴啊，我恨你——」
「閉嘴聽我說！」他咆哮。他覺得她就像顆不可理喻的球，由純粹的狂怒與憎恨構成。「好了，我知道我這麼多年來都不在妳的生命中，妳母親和我——」他不知道她能不能懂，也不知道他自己懂不懂情況怎麼會變成這樣。「很複雜。」
「對，複雜。比起照顧有血有肉的家人，你更喜歡親近死掉的外星人，確實很難解釋。」

這番話狠狠擊中他，他在其中聽見已故前妻的回音。

他等到呼吸回復平穩。

「妳不必喜歡我，不過在妳成年之前，妳就是我的責任。我會盡可能不干涉妳，妳甚至沒必要跟我說話，但妳可以至少講點道理，讓我們兩個都好過一點。」

診斷面板宏亮地嗶了一聲。茱莉亞發話：「已診斷出墜機原因。定點飛行的過程中，導航系統發生數量超乎尋常的單位元硬體記憶錯誤。事實上，所有系統都可看見相似的硬體錯誤。」

「品質不佳的記憶晶片？」

「有可能，我推測跟你最近一次翻新時試圖省錢採用較廉價零件有關。」

瑪姬誇張地搖頭。「對，而你會像照料你的梭機一樣照料我。」

琵．碧艾歐大氣中的氧氣含量極低，而且缺乏水分。雖然沒必要用上全套環境裝，詹姆士和瑪姬還是必須戴氧氣面罩、穿防護服以保存水分。

他們凝視龐大的廢墟，外圍的方塊比內部的巨石小上許多，不過就連這些方塊也朝天聳立幾乎五十米。兩個人類就像在巨人遊樂場爬行的螞蟻。

詹姆士遵守不干涉瑪姬的承諾，徒步邁向城市時沒多看她一眼。她不久後跟上，跟他保持幾米的距離。

詹姆士現在不必再努力模仿某種好父親的理想化形象，他暗中鬆了一口氣。他做不來，向來知道自己做不來，蘿倫對他的看法是對的，而他不想再假裝。

排列成圈的方塊構成一道堅實的牆，詹姆士的目標是某個方塊崩塌後形成的裂縫。走近後，看得出方塊是由更小的塊狀物構成，透過精細複雜的接榫，靠重力與摩擦力而構築起來。

他們爬過瓦礫，瑪姬敏捷靈活，像山羊一樣攀越破碎的石塊，詹姆士忍住出手幫忙的衝動。裂縫之後，宏偉的角錐矗立在平地上，像高聳的山岳一樣投下壓迫的長影。儘管角錐之間有開闊的空地，這座城市依然令人心生幽閉恐懼感。

詹姆士為角錐平坦表面的大片書寫拍攝影像，有好幾個清楚可辨的文字，看似與多種語言有關，不過每一個可見表面上的刻文似乎都一樣，彷彿相同的幾個句子一再重複。

「沒給我多少可以研究的語言資料嘛。」詹姆士暗自咕噥。

對父親吼叫和隨後的費力健行排空了瑪姬的憤怒，她的好奇心和賣弄的渴望占了上風。

「他們一定是覺得，無論他們想說的是什麼都非常重要，需要重複許多次。」她說道：「粗陋但有效率的資料冗餘。」

她聽起來像在背課文。詹姆士覺得好笑，不過他比較喜歡這個版本的瑪姬，談論工作讓他比較自在。「妳喜歡資訊理論和那類的事嗎？」

「對啊。我電腦不錯，而且……還小的時候，我常求媽買異星考古學和數據保存相關的書籍。我還去參加考古營隊，很了解你剛剛說數位黑暗時代。」

詹姆士想像小瑪姬讀有關異星考古學的書。**一定把蘿拉逼瘋了吧**。他微笑。然後他思考起這個從未見過自己父親的小孩怎麼會想鑽研她認為他在鑽研的領域。他的鼻子刺痛發癢。

他努力維持對話。「妳對這些圖有什麼看法？」他點頭示意刻文間的諸多圖形；儘管經過多年風化，大多數仍清晰可辨。

「城市地圖嗎？」

圖中描繪幾個同心圓，圓與圓之間有小方塊、三角形、五邊形與圓形。瑪姬皺起眉。「但不對啊，看起來都不一樣。」

詹姆士替圖片拍下幾張拉近的影像，拿來跟空照建築配置圖比較。瑪姬說的沒錯，圖和真正的配置並不相符，不同的圖彼此也不相同。

「而且怎麼有人——外星人——能住在只有環型街道的城市裡？我沒看到任何從中央出來的路。」

詹姆士看著她，頗感敬佩。「非常敏銳。」

瑪姬翻白眼，她歪頭的模樣幾乎就是蘿拉的翻版。他感覺一股柔情。

「事實上，我不認為琵．碧艾歐的人曾住在這裡。空中調查顯示附近沒有埋葬場或垃圾堆的跡象。我也用穿地雷達掃描過建築，它們完全實心，裡面一點空間也沒有。或許稱這個地方為『城市』並不精確。」

「那這裡是什麼？」

「我不知道。這地方將在一週內灰飛煙滅，希望我能夠在那之前弄清楚。」

「它多老了？」

「就我所能判斷，琵．碧艾歐在大約二萬年前失去幾乎所有水分。我不知道確切發生過什麼事，不過這過程似乎只花了幾百年時間。水用完後，居民為逐漸減少的物資而戰。我找到的每一個居住地都毀於戰爭，毀滅得如此徹底，機器人只救回非常稀少的古物。」

「但這裡看起來沒受過損傷。」

「沒錯，這裡距離最近的聚居地數千公里遠，不受琵．碧艾歐衰亡影響。我想知道為什麼。」

「但他們是外星人，你為什麼這麼關心**他們**？他們甚至不知道我們的存在。」憤慨又緩緩滲入她的語氣中。她再次想起他不曾試著來找她，就連稍微認識她也沒試過。

「妳說的對。」她語氣的轉變令他緊張，他不希望那個狂怒、不講理的小孩又跑出來；她的問題也令他悲傷。他從來就不擅長明確說出他的工作為什麼對他來說如此重要，但他想試試。

他的妻子不了解，女兒或許可能了解。

「人類探索星辰很久了，我們卻依然孤獨。我們發現的異星文明都已衰亡。

「大多數文明非常自我中心，只關注當下，他們不太注重為他們消逝許久後可能到來的人留下遺贈。他們的藝術與詩歌，他們的興衰，他們在這個宇宙的短暫時光，大多數都無法恢復。一週內，地球化業者送來的冰凍彗星和小行星將轟擊這顆星球，把水帶回這個地方，就連他們存在的最後痕跡也將消失。

「但我總覺得我所研究的人想傳遞一則訊息。無論我發現什麼，都將成為琵．碧艾歐人民的最後遺言，他們的耳語。透過研究他們，我跟他們產生連結，而透過傳遞他們的訊息，人類不再如此孤獨。」

瑪姬看似陷入沉思，一面咬著嘴唇。

詹姆士吐出憋住的一口氣，他女兒幾不可察地點頭，看在他眼裡，他湧現無法解釋的快樂。

太陽逐漸沉落方塊牆下。「時間晚了，」詹姆士說：「我們明天再來。」

詹姆士在梭機的廚房內準備晚餐，同時茱莉亞在幫瑪姬上課。元素週期表的全息投影飄浮空中，這個人工智慧單調地講述鑭系元素的性質。茱莉亞陪伴了詹姆士．貝爾很長一段時間，也染上像個教授般夸夸其談的習氣。慢慢地，瑪姬的眼皮低垂，頭往前點。

茱莉亞停止。「妳根本沒在努力！妳已經兩個月沒上學了，不努力，怎能期待跟上課業？」

「別吼我！又不是我自己想要不上學的。」

茱莉亞把聲音調節得溫和一點。「對不起，像那樣失去母親一定很難捱。」

「你又知道了？」瑪姬生氣地說。

「我或許是機器，但我與貝爾博士共處多年……也認識妳母親。」

瑪姬猛地抬起頭。「告訴我我父母的事……他們兩個發生什麼事？」

「我不能說，那是他人隱私。」

瑪姬朝在廚房走動的父親瞥一眼，她只能等了。

「不能換一個比化學有趣的科目嗎？」

「妳認為什麼有趣？」

「來點考古學怎麼樣？我們可以嘗試翻譯今天在角錐上找到的文字嗎？」

這並不屬於推薦標準課程的範圍，不過茱莉亞決定縱容她。「好吧，妳應該知道，這裡不可能有羅塞塔石碑[34]。所以推測意義的時候必須仰賴非語言——」

「對，對，這些我都知道。你們找到的其他書寫呢？跟我們今天在角錐上看見的刻文比對，讓我看相符部分的影像就好。」

茱莉亞被打斷，惱怒地嗶了一聲。不過她還是消去週期表，於相同位置投射琵．碧艾歐其他廢墟找到的刻文影像。「這些符號似乎與角錐刻文的子字串相符。」

瑪姬檢視影像。「拉遠一點，我想看看你們是在哪裡找到的。」

茱莉亞照做，瑪姬困惑地皺起眉頭，影像比考古學課本中整齊的圖畫難解讀多了。她分辨不出眼前是什麼東西，一切都看似一堆堆碎石瓦礫。

茱莉亞還在對瑪姬生氣，沉默不語。

「看三度空間重建會比較簡單。」詹姆士一面走出廚房一面說道：「茱莉亞，展開模型，讓瑪姬看看發現符號的位置。」

全息投影變為重建影像，描繪出高聳、優雅的異星建築，附蜂巢狀的門窗。茱莉亞標示出發現

34 Rosetta Stone，西元前一九六年的花崗閃長岩石碑，刻有同一段文字的古埃及象形文、埃及草書、古希臘文三種不同語言版本，後人因而能透過比對推敲埃及象形文之意義與結構。此石碑目前為大英博物館之館藏。

相符符號的區域。

「看出模式了嗎？」詹姆士問。

「總是出現在門口附近。」瑪姬說。

「可能的翻譯呢？」

「進入？」

「或是出口。」

「所以，我們大費周章還是無法解譯訊息中最有意義的部分？」瑪姬大笑：「我們還是不知道這些刻文是在說『請進，歡迎光臨！』還是『出去，不要進來！』」

這是詹姆士第一次聽見她笑，他驚歎於竟聽得出蘿倫和他自己的回音。一波情感沖襲他，其中染上一絲後悔。

瑪姬躡手躡腳經過父親的艙房，走進梭機駕駛艙。透過窗戶，她看見東方的天空有數百道明亮光線。前途似錦的毀滅伴隨著重生，彗星使這片異星大地沐浴在銀色光輝下。

她摸索父親的耳機，戴上，對著寂靜的黑暗低語：「茱莉亞？」

人工智慧在耳機中回應。「是？」

「告訴我我父母的事。」

茱莉亞沒說話。

「好啊，那我們就硬著來。」瑪姬滑向前，從控制檯下拉出鍵盤。她敲打幾個按鍵，看著駕駛艙窗戶的抬頭顯示器閃了閃後啟動。閃爍的游標出現在左上角。

她在提示符號後打出字串：

>(DEFINE ACKERMANN-HEAP-FILL (LAMBDA () (

「好！」茱莉亞打破沉默。瑪姬聽出人工智慧語氣中隱隱的不滿，露出微笑。「沒必要丟那樣的程式碼進來，我會授予妳存取權，但我也會通知貝爾博士——」

「妳不會那麼做。」瑪姬往前靠，又開始打字。

「好啦！好啦！」

「別那麼不高興。又不是真的安全侵駭。就算他發現，他也不會真心生氣。廉價記憶晶片造成那麼多硬體錯誤，妳總是可以把問題歸咎於那些晶片。」

茱莉亞發出無法理解的咕噥抱怨。

瑪姬覺得在父親的電子資料庫內挖掘感覺很像考古。她這麼多年來都鑽研這個主題，只為了感覺跟他親近一點，為了維持一種連結的感覺。她好長一段時間都渴望認識這個母親從不談起的男人，渴望挖掘出那個在她出生前就拋棄她的男人。

影像、電子訊息、錄音與錄影是古物，屬於一段失落的過去；創造出這些資料的兩個人心裡並沒有想著任何未來的觀看者，他們書寫、歡笑、瞥向鏡頭時都只為自己。然而，不知怎的，她覺得他們留下這些東西就是為了給她看。他們留下一則訊息給她，一則或許就連他們自己也不知道他們想送出的訊息。

瑪姬將一筆筆資料依脈絡排序，建立起年表。她發掘並重建出一個謎，而這個謎正是她的父親。

影片中是一間小公寓套房的內部。瑪姬注視著她父親；他比較年輕、鬍鬚刮得乾乾淨淨，正對著鏡頭說話，緊張地把玩手中的小盒子。

「茉莉亞，可以再跑一次數字嗎？」

人工智慧聽起來很惱怒。「數字不會改變，我可以搜尋比較便宜但同等規格的戒指——」

「不要！我不要比較便宜的戒指，她應該得到這一個。」

「那麼除了你放棄那架梭機，我看不出還有其他選擇，你負擔不起同時買下兩個。」

現在瑪姬看著年輕版的母親，她獨自在前一支影片的那間公寓套房內，年輕的蘿倫渾身散發希望與青春的光輝。瑪姬容許自己哭泣，她想念母親想念得要命。

「謝謝妳告訴我，茱莉亞。」蘿倫說：「有時候我們必須保護詹姆士不受他自己傷害。」

（「妳是慣犯囉，總把他的祕密洩漏給他生命中的女人。」瑪姬對著耳機低語。茱莉亞「嗶」了一聲表示抗議，接著轉為沉默。）

蘿倫欣賞手上的戒指。「真的很美，」她把戒指套上手指扭了扭，「但是好重。」

「我試過阻止他把妳拖上雲霄飛車，」茱莉亞說：「我知道妳有多討厭那些東西，但是他認為趁妳害怕、緊抓著他的時候跟妳求婚成功機率最高。」

「他的機率向來都是百分之百。」

「有一天，這會是個適合講給孩子聽的好故事。」

蘿倫脫下戒指。「我會告訴他我的皮膚對這個戒指過敏，他必須拿去退。我寧願他買那架梭機，我們可以一起漫遊星際，不受任何重量拖累。」

影片現在顯示出一架兩人座梭機的駕駛艙，瑪姬認出是亞瑟・艾文斯號，不過乾淨許多，看起來也比較新。詹姆士和蘿倫坐在兩張椅子上。

詹姆士嘆氣：「我以為這是妳想要的。」

「我以前想。」

「那是什麼改變了？」

蘿倫咬住嘴唇。「在銀河系飛來飛去五年了，我們到底得到什麼？二十箱毀壞的古物，幾篇沒人讀的專題論文。死掉的外星人沒有後代到處遊説、要求保存文化，而且我們研究的所有文明都在他們離開各自的母星之前衰亡，因此也沒有科技方面的回報。面對現實吧，大家就是不關心死外星人。」

「我關心。他們被記住、被了解對我而言很重要。人想留下自己的名字，文明想留下他們的故事，只有我擋在他們和遺忘之間。」

「詹姆士，我們不年輕了。我們不能永遠在星辰間流浪，必須想想未來，想想我們。」

詹姆士的表情變得冷酷，嘴唇抿成一條細線。「我不要坐在辦公室裡的辦公桌後，只為了我們能在某個新開發星球買下一間外面有圍籬的房子，再迸出幾個小孩。地球化業者的動作很快，在他們永遠抹除這些謎之前，我必須能救多少救多少。」

「等到孩子大了，我們總是可以再回到這種生活，再次漂泊。」

「只要在某個地方扎根，我們就不會離開了。重負導致更多重負。」

「你連試一下也不願意嗎？幾年就好？」

「我不懂是什麼改變了。」

「你這麼同情消逝的外星人，卻無法感受我想要什麼？」

「沒什麼好討論的了。」他起身離開駕駛艙。

蘿倫靜靜坐在那兒，孤單一人。一會兒後，她嘆氣，輕撫腹部。

「妳為什麼不告訴他？」發話的是茱莉亞。

蘿倫搖頭。「如果我告訴他，他會讓步，會努力負起責任，但他會永遠怨恨我和寶寶。比起讓他相信我們是重負拖住他，我寧願根本不要擁有他。」

「我會試著努力，妳知道嗎？」

影片中，她父親幾天沒刮鬍子了。機艙亂成一團，無人打理，食物包裝到處亂丟，髒衣服披在椅子上。他一直在喝酒。

「她不想逼你在你想做的事和你覺得必須做的事之間選擇。」茱莉亞說。

「她覺得我還沒準備好，」他回嘴：「她不信任我，或許她是對的。」

早餐後，詹姆士將懸浮腳踏車備妥。

他關切地看著瑪姬。「妳有黑眼圈，沒睡好嗎？妳今天可能留在梭機裡休息比較好。」

不過瑪姬不接受勸阻，她登上腳踏車，坐在父親身後，手臂環住他的腰。然後，她往前靠，臉貼著他的背。

詹姆士一時間動彈不得，這個信任的舉動令他不知所措。小寶寶瑪姬的照片閃過他腦中，突然間，他對那包無助的粉紅、緊握的拳頭和緊閉的眼睛萌生一股排山倒海的柔情。

他們騎著懸浮腳踏車快速駛過大地，朝廢墟的中心前進。

「開玩笑的吧。」詹姆士說道，同時突然停下腳踏車。

他們早先從空中看見多條同心環型街道，眼前是其中的第一條，只不過現在事實擺在眼前，環狀物根本不是街道，而是渠道，平坦牆面垂直而下，超過五十米深，寬度則有兩倍。

「城市內部的護城河嗎？」瑪姬覺得好笑。

「我開始覺得這裡的訊息相當簡單：我們不希望你們到中心去。」

「那我們還真得去。」瑪姬一臉調皮、孩子氣。「肯定有個好祕密。」

詹姆士輕笑，不過他也和瑪姬一樣興奮。他將懸浮腳踏車收折為小巧的收納型態——像個過時的公事包。他將腳踏車拋下渠道，腳踏車一路響亮地鏗哩哐啷，直到最後停下來。然後他拿出垂降鉤和纜索，示範給瑪姬看如何使用。她學得很快，兩人快速垂降到渠道底，走到另一邊再爬上去。

幾分鐘後，他們在一座龐然五角錐腳下再次停下來。

「看那個，」詹姆士說：「新的圖。」

熟悉、重複的刻文旁，有一系列新圖板沿角錐底部排列，看起來就像連環漫畫。

「從哪一邊開始？」瑪姬問道。

詹姆士聳肩。「不知道。妳也看到了，我到目前為止能做的就只有比對符號群，像是表意文字。我不知道這裡的閱讀習慣是左到右、右到左，還是根本非線性。」

瑪姬決定先試試看左到右。

有五片圖板。第一幅描繪熟悉的城市「地圖」，下一幅加入兩個蛋形人，各有八條放射狀的腿。其中一顆蛋位於城市中心，它的腿蜷縮起來，軀幹有平行的細線，另一顆蛋在城市之外的遠處。

「這些蜘蛛狀的東西是琵．碧艾歐居民的非寫實畫像。」詹姆士說道。

「為什麼其中一個都是裂痕？」

「不確定。不過有可能是藉此表示這一個死了、生病，或並不真實。代表它有什麼事不對。」

第三幅圖板中，兩顆蛋都畫上平滑的外表與直腿。原本在城市中心的那一個朝邊緣移動了一段距離，另一個則往城市靠近。

「有可能是復活或重生的神話。」詹姆士說道。

第四幅，兩顆蛋更加靠近，而在最後一幅圖板中，兩顆蛋在城市邊緣相聚，它們的腿交纏。

瑪姬大感興奮，她看出圖板的主題了。「所以這地方就像魔法山洞，你在這裡與死而復生的所愛之人相會。」她大笑。

詹姆士也跟著笑，沒發現他有多想念探索這些孤寂廢墟時有個愛的人在身邊。

他從最後一幅圖板往回走，皺起眉。「但如果妳由右向左，故事就截然不同了：兩個朋友來到城市，一個決定進去，另一個決定離開，冒險的那一個在中心死掉。」

「那麼你那個版本的標題會是：『琵．碧艾歐法老的詛咒』。寶藏獵人和未來的考古學家小心了！如果不立刻離開，可怕的命運在前方等待！」瑪姬輕拍她父親的背。「太好玩了，我們一定要證明詛咒是錯的！」

她跟我好像，詹姆士心想，無畏、好奇；也好像她，那笑聲。

一瞬間，他似乎看見蘿倫站在瑪姬站立的位置，看起來跟他們向彼此道別的那天一樣年輕。

「算你好運。你錯過尿布、耳道感染、睡覺哭鬧和可怕的兩歲、三歲還有五歲。」蘿倫說道。但她在對他微笑。「不過你必須應付青春期。」

「對不起。」他說：「我希望——」他沒辦法說完。

「她真了不起，對吧？」她撥開頭髮。她的手指上還戴著那個樸素的塑膠戒指；她用這個戒指取代他送她的那一個。他的心臟似乎漏跳一拍，雙眼模糊，他看不見她了。

「爸！爸！你怎麼了？」

他偷偷抹抹眼睛。這是她第一次叫他爸。他看著瑪姬，對她的責任感一點也不沉重，感覺像一對翅膀。「沒事，吹到風而已。」

「我們去中心吧。」

他一隻手臂環住她的肩膀。「我在琵．碧艾歐的其他廢墟看過使用極強大武器的痕跡。建造這個地方的人科技先進，我不覺得這些警告只是迷信，我認為它們是在提醒闖入者遠離真正的危險。」

「什麼危險能維持兩萬年？」

「我不知道，不過我相信這個狀況需要謹慎行事。」

瑪姬看著父親，瞪大眼。「我以為你想了解他們的訊息。」

詹姆士感覺中心的謎在拉扯。危險的暗示向來只會更挑起他的興趣，他渴望屈服，渴望聽從瑪姬的提議。

他想起剛剛騎腳踏車時瑪姬把頭靠在他背上的感覺。**比起死外星人和他們的訊息，有些事更重要。**

「情況……不一樣了。」他說道。慢慢地，有點不情願地，他把腳踏車掉頭。「太冒險了。」

「我不懂，是什麼改變了？」

他看著她，沒回答，反倒把她拉入懷中。她先是僵硬了一秒，然後接受他的擁抱。

瑪姬輾轉難眠。

她提議派一些機器人去調查城市中心，這比他們自己去安全多了。不過詹姆士拒絕，機器人必須在彗星到來前修好亞瑟·艾文斯號。

瑪姬越想越覺得沒有真正的危險。父親說這裡的文明達到高科技水準，但這地方是用石塊建造，而且還刻了漫畫！聽起來就像一座迷信的神殿，不是什麼先進的軍事設施，還附有經過兩萬年依然正常運作的陷阱。

情況……不一樣了，他是這麼說的。她記得他決定放棄探險時一臉嚮往。

她父親相信死外星人有值得講述的故事，但他也愛她母親，而他原本會，正要開始，會，愛她。

比起讓他相信我們是重負拖住他，我寧願根本不要擁有他。

她著裝。

「茱莉亞。」詹姆士在他的鋪位喊道。

「睡不著嗎？」

「我好像沒辦法放著謎團不管。」

「我想也是。」

茱莉亞開燈，詹姆士坐起來。

「掃描城市的『地圖』，其中一定有什麼模式。」

茱莉亞幾分鐘後出聲：「我想我有發現了。七條渠道將城市切分為七塊同心環帶，中間是一個小圓。角錐在每張圖中的位置都不同，不過不同圖中環帶內的角錐數量與形狀是一致的。」

茱莉亞將一張表格投放在詹姆士艙房內的牆上：

「很好，不過這代表什麼意義？」詹姆士問道。

「我可以在資料庫裡以這些數字做蠻力搜尋，看看有沒有結果。」

環帶	四面體	四角錐	五角錐	圓錐	小計
1	2	0	0	0	2
2	2	6	0	0	8
3	2	6	10	0	18
4	2	6	10	14	32
5	2	6	10	3	21
6	2	6	1	0	9
7	2	0	0	0	2

「做吧。我繼續研究，看看會不會有什麼發現。」

彗星的距離拉近許多。在它們的蒼白光輝下，地面像覆蓋一層霜。騎在懸浮腳踏車上的瑪姬大有進展，她剛剛誘哄茱莉亞把裝備釋出給她，並要人工智慧發誓保密。

「只是跟我媽一樣，我不想要他怨恨我。」她這麼對茱莉亞說：「我會證明他不需要因為我而改變。」

背上綁著一輛懸浮腳踏車，從第一條渠道底部上爬的過程千辛萬苦。

「我不會拖住你。」她咕噥道，把自己又往上拉一點。

相鄰的每一條渠道都比前一條深，也更廣。一段時間後，她已經滿身是汗，夜晚的空氣感覺也不再那麼冷。

終於，越過最後一條渠道後，她看見中心有一根巨大的石柱，像根控訴的手指一樣朝天聳立數百米。

詹姆士感覺有點噁心頭暈。發生太多事了：墜機、有關蘿倫的回憶、應付瑪姬。他吃不下，也睡不好。

他試著靜下心來。九十二個角錐，像結晶殼一樣排列成同心圓。

前晚的一個畫面不請自來出現在他腦中——茱莉亞夸夸談論週期表，瑪姬無聊得睡著。他微笑，想像他女兒在隔壁艙房安詳沉睡。他正想起身，只要凝視她睡著的模樣就好……

「茱莉亞，我想到了！」

茱莉亞期待地發出唧唧聲。

「城市的平面圖是原子模型，但並不是我們熟悉的模型。同心圓是電子殼層，錐體代表不同軌道的電子。來，叫出其中一幅影像，我解釋給妳聽。」

茱莉亞將其中一幅圖投影在艙房牆上。詹姆士一面用手指，一面往下說：「四面體是S軌域的電子，四角錐是P軌域，五角錐是D軌域，圓錐則是F軌域。這地方是一個鈾原子，原子量是九十二，有九十二個電子。」

「所有硬體錯誤就說得通了。」

一陣寒慄沿詹姆士的脊椎而下，打斷他的興奮。

「我以為是便宜記憶晶片的問題。」

「那是我的原始理論，不過近處的α粒子來源可以更妥善解釋錯誤的頻率。由於所有輻射防護罩和監測儀都還在軌道上，我沒辦法確定。不過考量自然生成的可裂變材料中以鈾最為常見，用鈾的非寫實圖案指出有輻射存在，這算是一種很不錯的標誌。」

詹姆士目瞪口呆。「妳認為這地方是一個巨大的輻射警示標誌？我們什麼時候能起飛？」

「我可以加速維修，要機器人在幾個小時內完成，不過我必須告訴你一件有關瑪姬的事。」

最後一條渠道和石柱之間，地面覆滿尖突的石頭和看似碎玻璃的物體。瑪姬慶幸自己騎著懸浮腳踏車，若是徒步，最後這一段會是一場噩夢。建造者真心不希望任何人進來。

她來到尖石柱底下，到了。她會解開廢墟中心的謎，向父親證明她不會成為重負。

我們原本可以是星辰間的一家人。

尖石柱腳有一個洞穴。瑪姬將明亮的手電筒綁在頭盔上，走進去。洞穴朝下旋繞。她覺得渾身發熱，停下來一會兒抹掉額頭的汗。**熬夜的後果找上門了**，她心想。

洞穴底部是一道金屬柵欄，瑪姬用考古多功能工具的火炬刀切開一個洞。

她爬進去。

柵欄內，洞穴裡堆滿層層疊疊的玻璃球。她拿起一顆，玻璃球的直徑大約五十公分，細小的金屬珠懸浮其中，排列成緊密的格狀。在她的手電筒照耀下，珠子呈現七彩的顏色。

玻璃球非常重，而且熱熱的。

詹姆士騎著腳踏車衝入異星廢墟，一面咒罵茱莉亞和自己。

「我以為讓她去是最好的做法。」茱莉亞剛剛努力辯解：「我想給她機會證明自己，不要像你和蘿倫那樣，你們不曾給過自己機會。」

琵．碧艾歐人擁有核能。他們知道使用過的燃料要耗費億萬年才能衰退到安全的水平，因此將廢料掩埋在這裡，盡可能遠離他們的文明。

或許他們知道他們的星球正慢慢乾涸，也或許只是謹慎，無論如何，他們建造這個地方警告後代或來自其他星球的訪客。就算即將衰亡，他們也想著關心自己之外的人，也想著對未來說話。

他們試著以多種方式、不同難易度將這則訊息編碼。他們以岩石建造，這是唯一能維持百萬年的建材。他們希望這則訊息能被普遍地理解：**這裡沒有任何有價值的事物。危險！不要靠近。**

只不過他懂得太晚。

他莽撞地衝下渠道，從另一邊爬上去。他的呼吸變得凌亂，他調高面罩的氧氣輸出。他從頭到尾都想著高速飛向他的隱形粒子，穿過他，撕開細胞與組織。

他越過最後一條渠道。

「瑪姬！」他大吼。

中心巨大的尖石柱底部，一個微小人影對他揮手。

他一扭懸浮腳踏車的把手，一分鐘後就來到她身旁。

瑪姬站在二、三十顆玻璃球旁邊，臉脹紅，滿是汗水。

「這些球是不是很美？」她說道：「爸，下面還有更多。我做到了，我解開他們的祕密了，我們可以一起做到。」然後她癱倒，拉下面具，嘔吐。

他扶起她，把她抱回腳踏車上，盡可能飆車遠離那些玻璃球，直到被渠道擋住去路。瑪姬現在這麼虛弱，她不可能獨力用繩子垂降下去再從另一邊爬上來，只靠一條繩索也沒辦法安全地背負她。

他祈禱茱莉亞能及時修好梭機過來接他們。同時間，他們困在這裡，暴露在一個過去文明的致命廢料中。

他低頭看瑪姬發燒的臉。她暴露的時間比他長好多，年紀又比較小，她可能撐不到茱莉亞來。他必須再把玻璃球埋起來以減少她的暴露，他必須接近致命輻射的源頭。

他輕輕把瑪姬放在地上，騎回玻璃球的位置，把它們一顆接一顆搬回洞穴內。他動作很快，努力不去想自己體內正發生什麼事。**還有希望**，他心想，**茱莉亞很快就會把梭機開過來。她可以讓瑪姬和我都休眠，直到我們抵達醫院**。

他回來時，瑪姬掙扎著坐起來。「爸，我不舒服。」她聲音嘶啞。

「我知道，寶貝，那些玻璃球害妳生病，再撐一下下就好。」他調整位置，擋在她和中心的尖石柱之間，彷彿他的肉體能為她緩衝高能量的粒子，能改變些什麼。

推進器的巨大呼呼聲淹沒所有聲音，泛光燈籠罩他們，茱莉亞開著亞瑟·艾文斯號過來了。

他抱著瑪姬登上梭機，瑪姬癱軟在他懷中。他的皮膚感覺像擦傷、灼熱。

「茱莉亞，把休眠艙準備好。瑪姬，不要害怕，妳只要睡一會兒。」

瑪姬安全地進入休眠艙，她點頭，同時閉上眼。

詹姆士覺得口渴、頭昏，而且非常累。他最後一次看向導航面板，正打算下令叫茱莉亞起飛，然後自己也進入休眠艙。

面板上好幾顆紅燈閃爍。**硬體錯誤**。

發射進入行星軌道需要小心操作，容不得絲毫錯誤。

一時間，他被純粹的憤怒席捲——氣自己，氣這地方的建造者，氣死去的琵．碧艾歐文明，也氣宇宙。他們要死了，被一個他沒能及時解開的遠古謎題害死。

「我害怕。」半夢半醒瑪姬粗啞地低語。

他看著她。她睡著的臉上有一抹淡淡的微笑，她全心信任他。

他知道自己該怎麼做。他準備好了，雖然他不知道，但他一直以來都做好了準備。

他彎腰探入休眠艙。她在他的碰觸下醒來，他撥開她眼睛上的頭髮，親吻她的額頭。

「聽著，瑪姬，我把梭機開上軌道後，茱莉亞會送出求救訊號。地球化業者應該會收到，然後在幾個月後過來接妳。別擔心，在他們能夠把妳送去真正的醫院之前，茱莉亞會讓妳維持假死狀態。他們應該可以把妳修得跟新的一樣好。」

「我真的很抱歉，爸。」

「沒關係，甜心。妳衝動、想找到答案，跟我一樣。」他停頓。「不對，妳比我更好。妳總是知道真正重要的是什麼。」

「等我醒來，我們再一起探索宇宙，告訴所有人衰亡世界的故事。」

他深呼吸，屏住氣息片刻。應該讓她知道實情。

「我們不會再見了，寶貝，現在就是道別。」

「什麼？」她掙扎著要起來。他推她躺下。

「讓茱莉亞駕駛梭機風險太高，輻射造成太多硬體錯誤，我們一開始就是因此而墜機。我必須以類比操控手動駕駛梭機。等到我把我們送上軌道，我身體受到的輻射傷害會嚴重到休眠也沒用，我撐不過去了，瑪姬，對不起。」

「不要，讓茱莉亞飛！你要跟我一起待在裡面，我不能失去媽也失去——」

他打斷她：「在我研究過的謎中，就屬妳最美好。我愛妳。」

她來不及再開口，他已經關上休眠艙。

他感覺發燒、譫妄。他想像無情的輻射線切入他的身體，那是一個衰亡文明的餘熱，但他不害怕、不傷心，也不生氣。就算要死了，琵．碧艾歐人也努力拯救身後之人，他現在也在為他女兒做相同的事。就算是在一個冰冷、黑暗、走向死亡的宇宙，這樣的故事永遠有意義，一則值得傳遞下去的訊息。

天空中的彗星如此明亮。一切將重新開始。

他將操縱桿往後拉，感覺行星遠去。

切

Cutting

山頂，遠在雲層之上，許州寺廟中的僧侶從他們的聖書切下文字度日。

僧侶的信仰源自久遠之前。他們從聖書所用的羊皮紙得到這個推論，羊皮紙易碎、起皺，多處遭水破壞，以至於文字難辨。住持是寺廟裡最年長的僧侶，他記得他年輕剛來的時候，聖書看起來就是這樣。

「聖書是由曾與神同行、與神交談的人撰寫。」顫抖的住持暫停，讓他剛剛的話深入嚴守戒律、整齊排坐在他面前的年輕僧侶心裡。「他們記錄下經驗中記得的部分，因此，閱讀聖書等於再次聽見神的聲音。」年輕僧侶以前額碰觸石地，祈禱時雙手手掌向上平攤。

然而僧侶也知道神常言談隱晦，而人的記憶又是脆弱且微妙的工具。

「想著童年玩伴的臉，」住持說道：「將那畫面留在腦中，寫下有關那張臉的描述，盡可能詳細。

「現在再想著那張臉，它在你的記憶中已產生微妙變化。你用來描述那張臉的文字已取代你對他的部分記憶。回憶是一種追溯，藉由回憶，我們清除、改變了模板。

「撰寫聖書的人也曾如是。他們在熾情與熱誠中寫下相信為真的事，但多有錯判。他們只是人類。

「我們鑽研、深思聖書的文字，才能挖掘出埋藏在層層隱喻中的真理。」住持輕撫他長長的白鬍鬚。

因此，年復一年，僧侶們經過多輪辯論，對於要再從聖書切下哪些文字達成共識。這些割下來的羊皮紙片隨即被焚燒，當作獻給神的祭品。

體。

就這樣，他們裁去多餘的部分，揭示書下之書、故事後的故事，僧侶們相信他們也與神合為一

數十年過去，聖書變得輕薄許多，書頁中原本文字所在之處布滿洞孔、缺口、空白，彷彿金屬絲飾品，彷彿蕾絲，彷彿消融的蜂巢。

「我們努力的目標不是記住，而是遺忘。」住持邊說，邊從聖書切下另一個字。

山頂，遠在雲層之上，許州寺廟中的僧侶從他們的聖書切下文字度日。

僧侶的**信仰**源自久遠之前。他們從聖書所用的羊皮紙得到這個推論，羊皮紙**易碎**、起皺，多處**遭**水**破壞**，以至於文字難辨。住持是寺廟裡最年長的僧侶，他記得他年輕剛來的時候，聖書看起來就是這樣。

「聖書是**由**曾與神同行、與神交談的人撰寫。」顫抖的住持暫停，讓他剛剛的話**深入**嚴**守戒**律、整齊排坐在他面前的年輕僧侶心裡。「他們記錄下**經驗**中記得的部分，因此，閱讀聖書等於再次聽見神的聲音。」年輕僧侶以前額**碰觸**石地，**祈禱**時雙手手掌向上平攤。

然而僧侶也**知道**神常言談隱晦，而人的**記憶**又是**脆弱且微妙**的工具。

「想著**童年**玩伴的臉，」住持說道：「將那畫面留在腦中，寫下有關那張臉的描述，盡可能詳細。

「現在再想著那張臉，它在你的記憶中已產生微妙變化。你用來描述那張臉的文字已取代你對他的部分記憶。回憶是一種追溯，藉由回憶，我們清除、改變了模板。

「撰寫聖書的人也曾如是。他們在熾情與熱誠中寫下相信為真的事，但多有錯判。他們只是人類。

「我們鑽研、深思聖書的文字，才能挖掘出埋藏在層層隱喻中的真理。」在持輕撫他長長的白鬍鬚。

因此，年復一年，僧侶們經過多輪辯論，對於要再從聖書切下哪些文字達成共識。這些割下來的羊皮紙片隨即被焚燒，當作獻給神的祭品。

就這樣，他們裁去多餘的部分，揭示書下之書、故事後的故事，僧侶們相信他們也與神合為一體。

數十年過去，聖書變得輕薄許多，書頁中原本文字所在之處布滿洞孔、缺口、空白，彷彿金屬絲飾品，彷彿蕾絲，彷彿消融的蜂巢。

「我們努力的目標不是記住，而是遺忘。」在持邊說，邊從聖書切下另一個字。

記住　遺忘。

謝詞

本書所用的表情貼取自 Twitter Color Emoji SVGinOT 字形，這套字形是以 Twitter Emoji for Everyone 插圖為基礎。創作者將他們的作品提供給大眾使用，我對此十分感激。授權資訊請見：https://github.com/eosrei/twemoji-color-font/blob/master/LICENSE.md

本書得以問世，我要在此衷心感謝這些人：Joe Monti（全世界最偉大的編輯）、Russell Galen、Danny Baror、Heather Baror-Shapiro，以及 Angela Cheng Caplan（我的經紀人，因為他，我才可能擁有我的寫作生涯）；Nic Cheetham 和他在 Head of Zeus 出版社的員工（英國版）；Lauren Jackson（行銷宣傳）；Madison Penico（手稿整理）、Valerie Shea、Steve Boldt，以及 Alexandre Su（文字編修）；Michelle Marchese（設計）；Kaitlyn Snowden（印務）；John Vairo 與 John Yoo（美術指導與封面）；Jennifer Bergstrom 與 Jennifer Long（發行）；Caroline Pallotta 與 Allison Green（執行編輯）；還要感謝諸多一開始出版這些故事的編輯、鼓勵我繼續走下去並慷慨給予我建議的朋友、覺得這些故事值得一讀並來告訴我的讀者——沒有你們，我可能已經放棄了。

最後，感謝我的家人。因為他們，這一切都值得了。

文學森林LF0158

隱娘

The Hidden Girl and Other Stories

作者
劉宇昆（Ken Liu）
美國文學界備受讚譽的作家，曾獲得星雲獎（Nebula Award）、雨果獎（Hugo Award）、世界奇幻獎（World Fantasy Award）、側面獎（Sidewise Award）、軌跡獎（Locus Award）和科幻暨奇幻翻譯獎（Science Fiction & Fantasy Translation Award），並入圍西奧多·史鐸金紀念獎（The Theodore Sturgeon Memorial Award）。他的短篇小說〈摺紙動物園〉是第一部同時獲得雨果獎、星雲獎與世界奇幻獎的作品。他也翻譯了劉慈欣的《三體》，於二〇一五年獲得雨果獎最佳長篇小說獎，是首部獲得雨果獎的翻譯小說。劉宇昆首部長篇小說《國王的恩典》（*The Grace of Kings*）是他與藝術家妻子鄧啟怡（Lisa Tang Liu）一起創造的宇宙，也是絲綢龐克史詩奇幻系列（silkpunk epic fantasy series）首部曲。現與家人住在波士頓附近。

譯者
歸也光
現代人，經營文字加工場。譯有《孤獨癖》、「星辰繼承者」三部曲、《神經喚術士》、「銘印之子」系列、《第八位偵探》、《貓與城市》等書。聯絡信箱：gabbybegood@gmail.com

封面設計　Digital Medicine Lab 藍秞鈞、朱冠豪
版權負責　陳柏昌
行銷企劃　羅士庭
副總編輯　梁心愉
初版一刷　二〇二二年四月六日
定價　新台幣四八〇元

ThinKingDom 新經典文化
發行人　葉美瑤
出版　新經典圖文傳播有限公司
地址　臺北市中正區重慶南路一段五七號十一樓之四
電話　02-2331-1830　傳真　02-2331-1831
讀者服務信箱　thinkingdomtw@gmail.com
FB粉絲專業　https://www.facebook.com/thinkingdom/

總經銷　高寶書版集團
地址　臺北市內湖區洲子街八八號三樓
電話　02-2799-2788　傳真　02-2799-0909
海外總經銷　時報文化出版企業股份有限公司
地址　桃園市龜山區萬壽路二段三五一號
電話　02-2306-6842　傳真　02-2304-9301

隱娘/劉宇昆著；歸也光譯. --
初版. -- 臺北市：新經典圖文傳播, 2022.04
480面; 14.8 × 21公分. -- (文學森林；LF0158)
譯自：The Hidden Girl and Other Stories
ISBN 978-626-7061-18-3(平裝)

874.57　　111002669